49 jours

Je compterai pour toi

Image de couverture : Shutterstock © Babaroga
Design de couverture : Christophe Petit
Collection créée par Hugues de Saint Vincent
et dirigée par Arthur de Saint Vincent
Ouvrage dirigé par Marine Flour

34-36, rue La Pérouse
75116 Paris
www.hugoetcie.fr

ISBN : 9782755648102
Dépôt légal : septembre 2020
Imprimé en Espagne par CPI Black Print

C.S. QUILL

49 jours

Je compterai pour toi

Hugo Poche

NEW ROMANCE®

Jour 1

BREEN

Jeudi 27 juin 2013.

Je suis éreintée. Mes muscles souffrent, mes cuisses me brûlent et mon intimité est marquée pour toujours par ce qui vient de se passer. Je ne suis plus que courbatures et fatigue. J'ai mal, aussi bien en dedans qu'en surface. Je ne supporte plus le moindre effleurement, même la plus petite respiration me provoque des élancements douloureux.

Comment ai-je pu en arriver là ? Il paraît que le temps aide à oublier ce genre d'épreuves, mais en cet instant, je n'en crois pas un mot. Comment pourrais-je effacer de ma mémoire ce que je viens de traverser ?

Depuis que je suis arrivée ici, je ne fais que revivre inexorablement les actes qui m'ont conduite dans cet endroit, regrettant chaque mauvaise décision qui a jalonné ces derniers mois. Mon corps ne s'en remettra jamais et mon esprit gardera cette empreinte jusqu'à la fin de ma vie. Mon envie de pleurer est abyssale, mais mes sanglots restent bloqués, devenant une boule épineuse dans ma gorge encore irritée de mes suppliques. Même mes haut-le-cœur n'arrivent pas à m'en débarrasser. Je n'ai pas versé une seule larme jusqu'ici, j'ai hurlé dans ma tête, serrant les dents jusqu'à risquer de les briser. J'ai prié, pour la première fois de ma vie, cherchant un soutien quel qu'il soit. Sauf qu'il n'y a eu personne pour me venir en aide. Personne pour me mettre en garde, me protéger ou même me soutenir maintenant que c'est terminé.

Je ne suis plus prisonnière de son existence, il n'a plus d'emprise sur mon corps. C'est fini. Mais plutôt que d'être soulagée, je me sens perdue. Isolée. Terriblement bouleversée. Pourtant les inconnus qui m'entourent ne semblent pas porter de jugement sur moi. Ils m'envoient au contraire de l'empathie et de l'espoir. Comme s'ils savaient déjà ce qui m'attend. Comme s'ils n'avaient aucun doute sur le futur qui patiente derrière ce mur gris, que je regarde sans réellement le voir. Ce futur que je n'espère plus et qui s'apprête à chambouler ma vie.

Les allées et venues sont si fréquentes que j'ai cessé de regarder vers la porte chaque fois que celle-ci s'ouvre. J'ai rempli ma part du marché, j'ai fait exactement ce qu'ils attendaient de moi. J'ai mis ma honte et ma peur entre leurs mains. J'ai parlé, ils savent. Maintenant, je veux juste me reposer. J'ai besoin d'un moment afin de remettre de l'ordre dans mes idées, de réfléchir à ce que je vais devenir. Ma grand-mère est morte, ma mère m'a rayée de sa vie, je n'ai plus un seul ami ici.

Les minutes s'égrènent au rythme des *tic-tac* de l'horloge, des *boum-boum* de mon cœur, des pleurs lointains qui résonnent entre mes tempes. Puis, sans prévenir, toutes ces sensations et ces pensées sont éclipsées par une présence qui pénètre dans la petite pièce tamisée dans laquelle je me trouve. Mes yeux se tournent vers elle et mon cœur réagit instantanément, alors que je le pensais trop blessé, trop abusé pour ça.

Un courant d'air à la fragrance inconnue se faufile jusqu'à mon lit tandis que la silhouette approche. Je remonte le drap sur moi, le serre entre mes doigts froids pendant que je contemple mon visiteur.

– Salut.

C'est un garçon. Sa tenue est exactement comme celle des autres que j'ai aperçus en arrivant ici, sauf qu'il est sans aucun doute le plus beau de tous. Sa beauté se fracasse contre mon cœur fatigué et, même si je ne croyais pas ressentir une telle chose à un moment pareil, je ne peux pas la nier. Je ne peux pas la rejeter.

Il me semble le connaître, pourtant c'est la première fois que je le vois. Mais je n'ai besoin que de cette seconde pour sentir au fond de moi l'effleurement d'un sentiment nouveau. Oui, moi, cette fille paumée et fragile qui vient de vivre sa pire année, en un seul regard, c'est comme si je l'aimais déjà. Je devrais être terrifiée. Je le suis peut-être un peu jusqu'à ce qu'il tourne ses yeux bleus dans ma direction. Il ne sourit pas, sûrement tout aussi troublé que moi par cette étrange atmosphère. Il partage mon air surpris, regardant par-delà mon corps comme s'il s'était trompé d'endroit. Une petite voix me souffle qu'il est exactement là où il doit être.

Ce n'est ni le lieu ni l'instant pour ressentir quelque chose comme ça et pourtant… Des tas de questions affluent dans mon esprit soudain plus alerte. Des interrogations saugrenues, un brin désespérées. J'attends, sans respirer, que ses iris inconnus rencontrent les miens. Suspendue dans un moment hors du temps, une réalité où ce que je viens de traverser ne doit rien venir gâcher. Il est peut-être ma chance de me relever, mon unique espoir pour avancer. Et quand il s'adresse à moi, le son mélodieux qu'il m'offre annihile tous mes doutes. Ma poitrine se contracte et je sais. Je sais, sans comprendre comment, que quelque chose s'est aussi allumé en lui, alors qu'il ne connaît même pas celle que je suis. Étrange ? Probablement. Mystique ? Irrémédiablement.

Il avance vers moi et je me redresse pour mieux l'accueillir. Il me salue d'une main hésitante, se présente d'une manière inattendue et un peu maladroite. Et je ris. Doucement mais sincèrement. Un son que je n'avais plus entendu depuis des lustres. Et ça m'emplit d'espoir.

Cela fait des mois que je navigue dans la brume, sans confiance et sans soutien. De longs mois à prier pour qu'*il* arrête de me faire si peur. Pour qu'*il* ne soit plus le cauchemar qu'on m'a promis. Ce temps-là semble révolu aujourd'hui, comme le premier jour d'une nouvelle vie. Mon instinct s'enflamme et me promet que cette rencontre marquera à jamais un tournant dans mon existence.

Jour 1. Celui où les certitudes meurent et où une nouvelle voit le jour : l'amour.

Jour 1

BREEN

Cinq ans plus tard. Aujourd'hui.

Je pose une main sur la porte vitrée devant laquelle j'hésite depuis dix bonnes minutes. Partir ou entrer, je n'arrive pas à me décider. L'expo photo à laquelle mon ami Ben m'a invitée a attiré du monde, il ne remarquerait peut-être pas mon absence si je choisissais de faire machine arrière.

– Breen !

Zut, je suis repérée.

– Salut, Ben.

– Tu es venue, il lance avec un grand sourire en me serrant dans ses bras. Suis-moi !

Il attrape ma main, pousse la porte d'un coup d'épaule et me traîne à sa suite parmi la foule.

– Il y a beaucoup de monde ! je m'étonne en m'accrochant à son bras. C'est super pour toi !

– Ils ne sont pas tous là pour moi, tu sais. Je ne suis pas le seul à exposer ce soir, il y a aussi ce photographe anglais hyper connu, Sawyer Hall.

Il vient de prononcer ce nom en prenant une voix de speaker de fête foraine et en exagérant un horrible accent anglais. Cet imbécile arrive toujours à me faire rire de rien.

– La plupart des gens présents sont là pour lui, il reprend avec le même engouement. Ses expositions sont peu nombreuses, ce qui les rend exceptionnelles. J'ai halluciné quand j'ai su qu'un mec de son envergure avait lui-même demandé à exposer ici. Il aurait pu aller sur Paris, mais au lieu de ça, il a choisi la Bretagne ! J'ai jamais vu autant de monde débarquer à Camaret, les rues sont bondées !

– C'est vrai qu'on a eu beaucoup de clients au café aujourd'hui, je comprends mieux. Mais peu importe qu'ils viennent pour ce type, c'est l'occasion pour eux de découvrir ton talent.

– Carrément, je suis trop content de partager les murs avec lui ! C'est comme un fantasme que tu t'attends pas à réaliser. Ça me prend aux tripes, ça descend même plus bas et…

– J'ai saisi ! je le coupe en grimaçant, mes paumes levées devant son visage.

– Désolé, je suis tout excité ! il exulte en tapant dans ses mains. Attends-moi là, je vais saluer un ami et après je te ferai une visite guidée.

– Classe !

Il s'éloigne et je tourne sur moi-même pour repérer un coin moins peuplé. Camaret est une petite ville, c'est aussi pour ça que je m'y sens si bien, et je n'ai pas l'habitude de la foule. Quand les touristes débarquent, je les évite un maximum. Mais là, même si la galerie est plutôt immense, je suis obligée de jouer des coudes. Je m'excuse en souriant, jusqu'à me retrouver dans une aile plus calme. Je frotte mes mains contre mon pantalon, pas très à l'aise entre ces murs couverts de photographies que je détaille sans le vouloir. Des portraits, des lieux insolites *made in France*. Sans m'en rendre compte je déambule, incapable de les quitter des yeux, cherchant mon souffle dans ces moments de vie.

C'est étrange ces choses que j'aimais avant et que je déteste aujourd'hui. Les photos en font partie. Elles me rappellent trop que ces arrêts sur image sont un mensonge. En immortalisant l'instant, elles promettent l'éternité alors qu'en réalité la seconde qui suit a déjà tout effacé. Sourire sur une photo n'empêche pas de pleurer une fois le flash passé.

Et puis il y a ce que j'aimais et que je désespère de retrouver. Jour après jour. Ma vie est comme une photographie, tout compte fait, qui me maintient prisonnière d'un paysage qui ne change jamais.

Mon cœur s'agite. Je n'aurais pas dû venir. Il y a tout ce monde et toutes ces photos, partout… Ça m'oppresse. J'amorce un pas pour rejoindre la sortie, avant de me figer face à un mur qui me renvoie une image que je reconnais. Elle a été prise à quelques kilomètres d'ici, à la pointe de Pen-Hir, sur la plus haute des falaises qui surplombe l'océan agité. J'adore cet endroit, j'y vais souvent. Chaque fois que j'ai besoin de respirer.

Absorbée par ma contemplation, je détaille la minuscule silhouette qu'on aperçoit à peine, tout en haut de la toile brillante. Qu'est-ce que je disais ? Encore un leurre ! Cette personne a peut-être sauté et la trace qu'elle laisse ici n'a plus d'écho dans la réalité.

– Vous aimez ? me demande une voix grave derrière moi.

– J'aime cette falaise, je réponds sans me retourner.

– J'ai cru comprendre…

Son timbre étrange me fait lâcher la photo des yeux. Je me retourne pour faire face à l'homme qui n'a pas bougé et, soudain, comme si je me trouvais moi-même à l'extrémité de cette falaise, je ressens un profond vertige. Exactement comme lorsque je marche tout au bord pour apercevoir les rochers meurtriers en bas. Le vent y souffle fort, il tourbillonne dans un vide qui m'attire. Et cet inconnu me fait le même effet, ses iris bleus, perdus entre des cils épais, me fascinent. Ils ont une profondeur que je reconnais.

Mon cœur tressaute. Je cligne des yeux, consciente que je suis en train de le dévisager avec trop d'insistance. Il est beau, ce qui ne m'aide pas à me détourner. Je ne sais pas dire quel âge il a. Peut-être vingt-cinq ou trente ans. Il a essayé de coiffer ses cheveux en arrière, sûrement pour coller au cadre propret de l'endroit, mais ils ne tiennent pas en place. La même mèche retombe sans cesse sur son front hâlé. Il est rasé de près, mais je suis prête à parier que ça n'arrive presque jamais. Sa bouche est entrouverte, probablement à cause de cette fille bizarre en train de le reluquer. Mon regard descend le long de son torse, courant sur sa chemise blanche impeccable. Sur la poche est épinglée une petite carte portant ce qui doit être son nom. En le lisant, j'entends la voix de Ben résonner dans mon crâne. *Sawyer Haaaall !*

– C'est bien moi, il précise en voyant ma tête aller et venir entre lui et le grand cadre derrière nous. Sawyer Hall, enchanté.

Ben a dit qu'il était anglais mais son français est parfait. Si je tends l'oreille, il a bien un léger accent, que je reconnais uniquement parce qu'à une époque j'ai eu le même. Je mets plusieurs secondes à repérer la main qu'il tend dans ma direction et la serre, maladroite. Je ne sais même pas ce qu'il vient de me dire. Je vois bien qu'il attend que je me présente, mais je suis trop perturbée par la chaleur qui se diffuse entre nos doigts.

– Je l'ai prise il y a quelques semaines, il m'informe en parlant de la photo exposée devant nous, sans me lâcher.

– Elle ne ressemble pas aux autres, je murmure en scrutant ses prunelles.

Je ne peux pas m'en empêcher. Elles ont ce je-ne-sais-quoi de… familier.

– C'est vrai, elle n'est pas comme les autres, il acquiesce en plissant ses yeux, comme s'il voyait en moi quelque chose d'insolite.

Je pourrais presque croire qu'il est en train de parler de moi. Mon cœur s'emballe.

– Elle ne devait pas être exposée, au départ, il poursuit sur le même ton. C'était censé être un simple paysage parmi tant d'autres, rien qu'un souvenir de voyage perdu sur une énième pellicule.

– Qu'est-ce qui vous a fait changer d'avis ?

– *Elle*, il chuchote comme si cet aveu était son plus grand secret.

Je reste muette, à observer cette petite silhouette lointaine que je regardais plus tôt et qu'il me montre du doigt. Floue et minuscule au milieu du reste. Insignifiante. Pas pour lui, apparemment.

– Breen, tu es là ! s'exclame Ben en interrompant cet instant étrange. Je t'ai cherchée partout !

– Trouvée, je rétorque en fermant les paupières.

En les rouvrant, je me rends compte que le photographe a finalement lâché ma main pour disparaître dans la foule.

– C'était qui ce type ? il me questionne en me tendant une coupe de champagne.

– Sawyer Hall.

– Sérieux ? Merde, il est parti si vite que je ne l'ai même pas reconnu ! Il a coupé ses cheveux, faut dire ! Il t'a parlé de mes photos ?

– Du calme, il s'est juste présenté.

– En tout cas, il est encore plus canon que sur Instagram. Tristement hétéro, mais canon, il ajoute en grimaçant de déception, le regard braqué derrière moi. Mais on dirait que ton joli petit cul lui a tapé dans l'œil… il susurre en posant son bras sur mes épaules.

– Qu'est-ce que tu racontes ? je grince en me dégageant de son étreinte. Tu l'as dit toi-même, tu l'as à peine vu !

– Ouais, mais maintenant je l'ai dans le viseur et il a les yeux fixés sur toi, chérie.

– N'importe quoi, je râle en le bousculant. Quand est-ce que tu vas arrêter de m'inventer continuellement des pseudo-prétendants ?

– Je ne mens pas ! Regarde !

Il attrape mon menton et je suis la direction du doigt qu'il pointe sans discrétion.

Mon cœur connaît son premier vrai raté depuis presque une année. Ce petit loupé de battement caractéristique, qui m'avait tant manqué. Comme le signal muet d'une nouvelle chance à espérer.

Les yeux du photographe de renom s'accrochent aux miens et je frissonne quand il m'adresse un léger signe de la main.

– Qu'est-ce que je disais… raille Ben en vidant son verre.

Je suis incapable de lui répondre, ou de me détourner de Sawyer Hall. Parce que mon esprit vient de partir bien plus loin qu'il n'y paraît. En arrière de quelques années, lors de ce jour fatidique où il ne m'a fallu qu'un regard pour aimer.

– Je vais à l'étage, tu viens ? me demande Ben.

– Je te rejoins, j'articule doucement.

– Ok !

Quand je réussis enfin à détacher mes yeux de Sawyer Hall, c'est pour me replonger dans la contemplation de cette falaise. Je retiens mes doigts qui aimeraient tracer le contour de la silhouette minuscule, si proche du précipice qu'on la verrait presque chuter sans prévenir. Un frisson bizarre glisse le long de mes reins, alors je vide ma coupe d'une traite et tourne les talons, bien décidée à sortir. J'ai besoin d'air.

– Si vous cherchez votre petit ami, je l'ai vu prendre les escaliers.

C'est lui. Je reconnais déjà sa voix, comme si elle avait toujours fait partie de ma vie.

– Pardon ? je questionne sans comprendre.

– Votre petit ami, il répète en tendant son doigt vers le fond de la galerie.

J'éclate de rire, si fort qu'il m'adresse une moue surprise.

– Je ne sors pas avec Ben ! je me justifie immédiatement en comprenant qu'il est sérieux.

– Oh…

Son air soulagé entoure mon cœur d'une bulle de chaleur.

– Je m'appelle Breen, je lance tout à coup, alors qu'il ne m'a rien demandé.

– Breen… il répète pour lui-même. Ravi de vous rencontrer.

On se scrute en silence, aveugles de l'effervescence qui tourbillonne autour de nous.

– Je dois y aller, je souffle, même si j'aimerais rester là à le contempler.

– Déjà ? Vous venez à peine d'arriver.

– Comment…

Je ne termine pas ma phrase, trop décontenancée par son air impénétrable. Parmi tous les gens qui se pressent ici, il n'a pas pu me remarquer entrer. Pourtant, j'ai l'impression que c'est ce qu'il vient d'avouer à demi-mot.

– Laissez-moi vous offrir un verre, il reprend en cherchant mon regard. J'aimerais votre avis sur certains clichés.

– Je ne crois pas être la mieux placée. Pour tout avouer, je suis venue uniquement pour faire plaisir à Ben, alors…

– Vous n'aimez pas les expos photo ?

– Je n'ai rien contre les expos…

Je danse d'un pied sur l'autre et passe une main dans mes cheveux lâchés. Ce mec est photographe, alors si je lui dévoile le fond de ma pensée, il risque de m'assommer avec son appareil. *D'ailleurs, d'où est-ce qu'il l'a sorti ?* je me demande en le découvrant dans ses mains.

– Hey ! je m'écrie quand le flash m'explose en pleine figure.

– Désolé, mon doigt a ripé, il se marre en jetant un coup d'œil rapide sur le petit écran. Donc, il poursuit en souriant, vous détestez les photos... Mon cœur saigne, il surjoue en frappant sa poitrine.

Ma salive passe de travers dans ma gorge, j'essaie de lui répondre par un sourire crispé.

– Je plaisante ! il s'empresse d'ajouter en remarquant mon malaise. Allez, venez !

Il m'attrape par le coude et m'attire à sa suite, sans me laisser la moindre chance de lui opposer une résistance.

– Celle-ci, il lance en me plaçant devant un cadre et en se glissant derrière moi. Qu'est-ce qui te chagrine ?

Je frissonne en l'entendant me tutoyer, ou peut-être parce que ses mains viennent de se poser sur mes épaules. Je recule et l'objectif de l'appareil qu'il a accroché autour de son cou s'enfonce entre mes omoplates.

– Je ne suis pas susceptible, il souffle dans mes cheveux. Je t'écoute.

Je détaille ce qui s'expose dans mon champ de vision. Je tremble un peu, Sawyer doit s'en rendre compte parce qu'il resserre sa poigne sur moi.

– Qu’est-ce qui la fait rire autant ? je lui demande en scrutant la jeune femme sur le portrait.

– Est-ce que c’est important ?

– Évidemment !

– Pas pour moi, il contre d’une voix plus rauque. C’est l’instant qui prime sur le reste.

Je poursuis mon observation de ce visage rieur, cherchant à définir ce qui peut bien provoquer l’éclat de rire immortalisé. Je ne suis pas d’accord avec lui, c’est la raison qui compte, pas la conséquence. Si ce qui la rend heureuse disparaît, son sourire n’a plus de raison d’exister. Et je sais de quoi je parle. Voilà pourquoi je n’aime pas ces fichues photos !

Il me pousse sur le côté et m’immobilise devant un nouveau cliché.

– Qu’est-ce que tu vois ?

– Une barque à la dérive, je murmure.

Vide, sans passager pour la manœuvrer. Certainement ce qui se rapproche le plus de la réalité.

– Je l’aime bien, je m’entends articuler en frôlant le papier glacé.

– Pourquoi ? Qu’est-ce qu’elle a de si particulier ?

– Elle ne ment pas.

Il se met à côté de moi et je regarde son profil concentré. Une main sous le menton, il observe son œuvre comme s’il la voyait pour la première fois.

– Je vois…

– Pourquoi tu fais ça ? je lance, piquée par la curiosité. Pourquoi tu as choisi ce métier ?

– Parce que les gens ont cette faculté insupportable à oublier, il réplique d'une voix étrange. Dès que je prends une photo, j'arrête le temps. Je capture le moment pour que personne n'oublie. Jamais.

Je le regarde, bouche bée. Sawyer Hall est mon exact opposé. Moi, je veux me souvenir seulement pour mieux oublier.

Il se racle la gorge et secoue la tête, comme s'il se rendait compte de la portée de ses confessions.

– J'ai besoin d'un verre ! il lance en tapant dans ses mains.

Il part d'une démarche certaine et je fixe son dos, en me demandant qui est ce type avec qui je discute comme si nous nous connaissions depuis longtemps.

– Breen ? il m'interpelle, en remarquant que je ne l'ai pas suivi.

J'ouvre la bouche, sûrement pour lui rétorquer que je dois vraiment rentrer chez moi. Pourtant, mes pieds ont déjà traversé l'espace qui nous sépare. Je le suis en silence dans les escaliers, étourdie par le petit sourire qu'il m'adresse par-dessus son épaule tous les trois pas. Il est si large que je ne vois pas par-delà son corps. Alors je me contente de le suivre, comme si ma vie en dépendait. Et c'est peut-être vrai.

Il attrape deux coupes sur un plateau au passage et reprend sa route jusqu'à la terrasse qui entoure le bâtiment.

– Tu as froid ? il s'inquiète en me voyant frissonner.

Été comme hiver, j'ai toujours froid, mais je ne lui dis pas.

– Tu es de Camaret ? il me demande en s'appuyant contre la rambarde. Ton prénom ne sonne pas très français.

– Je suis née au pays de Galles, près de Cardiff, je m'entends lui confier sans filtre. Mais ma grand-mère avait une maison ici, qui appartenait à son père breton. Elle est revenue y vivre à la mort de mon grand-père et on l'a rejointe quand j'avais dix ans.

– Donc tu vis là avec ta famille ?

– Ma famille… je murmure en grimaçant. Je suis fille unique et ma mère et son nouveau mari vivent à Brest, maintenant, enfin, aux dernières nouvelles. Je ne suis pas proche d'eux. Je ne l'ai jamais vraiment été et je n'ai plus de nouvelles depuis des années. Ce n'est pas comme s'ils me manquaient.

– Et ton père ?

– Inconnu au bataillon. Et toi ? Il paraît que tu es anglais !

– Yes ! Je suis né à Brighton, très exactement. Mes parents y sont toujours. Quant à moi, dès que j'ai eu l'âge de partir, j'ai dépensé toutes mes économies dans un appareil photo et un billet d'avion pour l'Australie. Depuis, j'ai voyagé non-stop et je ne me suis plus posé nulle part.

– C'est pour ça que tu parles si bien français ? Grâce à tous tes voyages ?

– Mon père est français, j'ai grandi avec les deux langues. J'ai aussi passé deux étés sur la côte ouest quand j'étais au lycée. Et je reviens souvent en France, parce qu'il y a des tonnes de choses fabuleuses à photographier.

– Tu connais déjà ta prochaine destination ?

– J'ai décidé de faire une pause. Camaret ne m'a pas encore dévoilé tous ses mystères.

– Pourquoi être venu ici ?

– Un grand professionnel de la photographie m'a parlé de cet endroit et de l'atmosphère particulière de ses alentours. Il avait raison, cette ville et ses habitants m'inspirent…

Il prend une longue respiration, en me regardant droit dans les yeux.

– C'est chouette.

Je ne sais pas trop quoi dire de plus. Ma vie est tellement différente de la sienne. Fade, en comparaison. Pour autant, il s'intéresse à toutes les petites choses que je veux bien lui raconter et, sans m'en rendre compte, j'écoute les anecdotes de ses shootings à l'étranger. Je m'entends rire, le questionner, le charrier, et mon champagne manque même de me ressortir par le nez. Sawyer est drôle et avenant, ça faisait longtemps que je n'avais pas passé un aussi bon moment.

C'est seulement lorsqu'un lointain clocher sonne vingt-trois heures que je réalise que je n'ai pas vu les minutes s'écouler.

– Cette fois j'y vais, je lance en renouant mon foulard autour de mon cou.

– Les gens doivent se demander où j'ai disparu tout ce temps, il rit en posant nos coupes à ses pieds. Je te raccompagne en bas.

On retraverse la foule toujours aussi compacte, il en profite pour me redemander mon avis sur plusieurs de ses œuvres. Je le remercie quand il me tient la porte pour sortir de la galerie et j'inspire une grande bouffée d'air frais.

Je n'ai même pas dit au revoir à Ben. Ce n'est pas bien grave, je l'ai aperçu avant de sortir, il avait l'air très occupé à échanger avec un homme. Échanger sa salive, pour être plus précise.

– Bon… j'amorce en refermant ma veste. C'était sympa de te rencontrer.

– Oui, il acquiesce en mordant sa lèvre.

– Bonne continuation…

Je laisse ma phrase en suspens, sur un léger ton d'interrogation. Je n'arrive pas à m'éloigner de son aura attirante et inutile de chercher le soutien de mon cerveau, ce n'est pas lui le capitaine de mon âme. C'est mon cœur qui commande, toujours. Il ignore les bons usages, il est intenable, intransigeant, pressé d'aimer.

– Écoute, Breen, il m'interrompt d'un air gêné. Comme je te l'ai dit, je reste dans le coin un petit moment, alors, ce serait sympa de se revoir…

Ce serait sympa de le revoir, oui. Ce serait encore plus sympa de l'embrasser. Ça fait des jours et des jours que je n'ai pas ressenti une attraction aussi forte envers un homme. Mon cœur est compliqué. Et en cet instant, il me hurle d'essayer.

– Enfin, si ça te dit… il articule en riant devant mon visage perplexe.

Il prend ça pour de l'hésitation, mais j'essaie juste de maîtriser mon cœur surexcité. Il bat si fort que mon corps tressaute en avant, comme s'il essayait de me pousser vers Sawyer.

– Ok.

Quelle conne, cette réponse est nulle !

– J'aimerais bien, je m'empresse d'ajouter d'une voix trop aiguë.

– Tu m'intrigues et je… Mince, j'ai l'impression que si je te laisse partir comme ça, je ne te reverrai pas.

– Tu ne me connais que depuis quelques heures…

– En fait, je…

Il ne termine pas sa phrase et je hausse un sourcil étonné. Il regarde autour de nous, avant de me dévisager.

– Tu risques de me prendre pour un fou, mais si je ne le fais pas, j'ai peur de le regretter.

De quoi est-ce qu'il parle au juste ?

Et puis je comprends. Ses yeux vont et viennent entre mes prunelles et ma bouche. Je salive et mes lèvres tremblent, mais je ne me détourne pas. Je l'aime bien et mon cœur, lui, habitué à œuvrer de son propre chef, me crie de ne surtout pas reculer.

Sawyer amorce un pas vers moi, hésite, cherche à s'assurer que je suis prête à le laisser approcher. L'un comme l'autre, nous sommes conscients que cet instant est étrange, que deux personnes ne sont pas censées faire ça après seulement quelques paroles échangées et une coupe partagée. Pourtant, je hoche la tête dans un mouvement à peine perceptible et c'est tout ce qu'il attendait. Il efface le dernier espace entre nous et pose ses mains sur chacune de mes joues. Un truc passe dans ses yeux.

J'inspire quand ses lèvres me touchent, avide de son oxygène. Il m'embrasse, lentement, comme s'il pressentait déjà tout ce qu'il va avoir à apprivoiser. Il laisse sa bouche contre la mienne, immobile. Je le sens sourire, apprécier l'étreinte de nos souffles courts. Mon cœur exulte, espérant déjà pouvoir battre plus longtemps que cette barrière qu'il n'arrive jamais à dépasser. Quarante-neuf marches vers la liberté. *Prêt, feu, partez* !

J'entrouvre mes lèvres et il en profite pour glisser sa langue entre mes dents. Il m'embrasse avec une tendresse incroyable, tout en me laissant deviner ce qui bout derrière. Et j'ai hâte de le découvrir.

Ses doigts se perdent dans mes cheveux, les miens s'enfoncent dans sa taille. Ses mains pressent mes joues plus fort, me faisant pencher la tête pour approfondir nos mouvements. C'est langoureux, incroyablement bon. Un premier baiser à la hauteur de ce premier jour. Puissant et étonnant.

J'éloigne mes lèvres de celles de Sawyer après des minutes qui se confondent en heures et laisse mes yeux se perdre encore un peu dans les siens.

– J'ai eu envie de t'embrasser dès que je t'ai aperçue, Breen.

Il y a tant d'intensité dans sa voix que j'ai l'impression qu'il a attendu cet instant toute sa vie. Dans le fond, je sais que c'est seulement ce que je ressens moi. Parce que je suis comme ça. J'attends la rencontre qui me changera. Et dans mon esprit abîmé, désespéré, l'idée que Sawyer est peut-être celui qui réparera mon cœur vient de s'imprimer. C'est de la folie, mais je me mets à prier pour qu'il soit celui qui réussira là où tous les autres ont échoué.

L'exaltation embrase mes veines et je presse ma bouche sur la sienne, si fort qu'il grogne et me colle à nouveau contre lui. Je le sens partout, chaud et vibrant. C'est lui qui recule, cette fois, et je lèche mes lèvres pour apprécier encore un peu le goût qu'il y laisse.

– Un resto ? Demain soir ? il m'interroge, essoufflé, en levant un sourcil complice.

– Demain soir, j'accepte sans hésiter.

– Le *Kraken* ?

– Le *Kraken*.

Il rit, recommence à m'embrasser avant de se détacher à contrecœur.

– Je dois y retourner, il grommelle en coiffant mes cheveux ébouriffés derrière mes oreilles. Je t'attendrai à vingt heures. Non, à dix-neuf heures, il corrige en me faisant un clin d'œil.

Moi aussi je suis pressée de le retrouver demain. Je le connais à peine, mais ce qu'il crée en moi trouve un écho qui n'a rien d'étranger.

– Bonne nuit, jolie Breen.

Il enfonce ses mains dans ses poches et recule lentement, sans me quitter des yeux. Son sourire est magnifique et il continue à flotter dans mon esprit durant tout le trajet de retour.

Quand je verrouille ma porte, mon corps fourmille d'excitation. J'éclate même de rire en réalisant que je viens d'échanger un baiser, plusieurs, même, avec un homme à peine rencontré. Est-ce que c'est important ?

– C'est parti, Breen, je me murmure à moi-même.

Non, ça n'a aucune espèce d'importance.

Je marche jusqu'à la commode, jette un coup d'œil à l'horloge. Il est presque minuit. Je tire sur le tiroir pour en sortir un stylo. J'ouvre ma paume gauche et observe cette peau restée vierge d'encre trop longtemps. J'appuie la mine, je la sens s'enfoncer à mesure que je trace les contours de ce chiffre qui m'avait tant manqué.

1

Ce soir, un homme m'a embrassée, une nouvelle relation est née. Le Jour 1 vient de lancer le compte à rebours. Celui que je vénère autant que je le redoute. Mon cœur frappe un coup fort contre ma poitrine, comme pour me jurer qu'il va essayer.

Encore une fois. Ce pauvre cœur déréglé, qui ne sait plus comment aimer plus de 49 jours. Perdu dans un labyrinthe passé, dont la clé a été emportée en même temps que le reste.

Cette rencontre inattendue vient de m'offrir une nouvelle chance. Mon dernier échec m'avait laissé croire que ça n'arriverait plus. J'avais tort. Sawyer vient de remettre la machine en route. Mon cœur se tient prêt, comme au premier jour, revigoré par les sentiments que cet homme vient de lui insuffler. C'est encore léger, mais c'est bien assez pour relancer les rouages que je croyais bloqués. Seigneur, ça m'avait tellement manqué. *Il* m'avait tellement manqué.

Jour 1. Celui où les certitudes meurent pour mieux renaître. Recommencer.

Jour 2

BREEN

Vendredi 28 juin 2013.

Je n'ai pas dormi de la nuit, je suis pourtant fatiguée. Les sutures sont encore douloureuses et gonflées. Pour la première fois, ce ne sont plus mes mauvais rêves qui m'ont tenue éveillée. Ni cette présence angoissante qui a pris possession de mon corps sans mon consentement. Encore moins l'empreinte qu'il laissait un peu plus en moi semaine après semaine et dont je ne pouvais pas me défaire. À présent, mon corps m'appartient. Un corps encore fragile et marqué, mais libéré.

Non, je n'ai pas fermé l'œil car j'ai passé chaque seconde à penser à *lui*. Il s'appelle Will, je ne compte plus le nombre de fois où j'ai prononcé son prénom à voix haute depuis hier. Pas pour m'y habituer, parce que j'ai le sentiment que c'est déjà fait. Nous venons à peine de nous rencontrer, dans des circonstances peu propices à ce genre de sensations, mais je ne peux déjà plus me retenir d'imaginer des scènes d'un avenir jusque-là incertain. Je ne devrais pas m'emballer, mais je n'ai pas pu m'empêcher de fantasmer sur des instants de nos vies, quand nous serons sortis d'ici. Sur nos rires, nos disputes, nos étreintes à venir. Des détails d'une existence qui ne m'auraient jamais effleuré l'esprit avant.

Avant lui.

Tout va si vite, mais il y a des choses contre lesquelles on ne peut pas se battre. Les sentiments ne se maîtrisent pas. Je m'étais juré de ne plus subir les assauts de mon cœur, d'être mon seul guide. Je pensais être guérie de l'amour. Mais ma rencontre avec Will vient de tout remettre en question. Il a ce regard doux, il ne me juge pas quand je lui confie certaines de mes craintes. Avec lui, ce sera différent, je le sens, c'est certain. Je n'ai eu besoin que d'un seul jour pour l'espérer. D'un deuxième pour m'y accrocher.

Les autres peuvent bien se moquer, me dénigrer ou essayer de me faire trébucher. Avec Will, j'ai l'intuition de pouvoir me relever quoi qu'il arrive. Je trouverai en lui la force qui me manquait. Je ne suis déjà plus celle que j'étais en entrant ici. Je n'accepterai plus qu'on me blesse sans riposter. C'est fou ce revirement. Comment un garçon que je viens tout juste de rencontrer peut-il à ce point m'ébranler ? Comment réussit-il à me convaincre que, au fond, la vie vaut d'être vécue ?

La porte s'ouvre et je sais déjà que c'est lui. Parce que personne d'autre ne se préoccupe de la pauvre Breen, mais surtout parce que mon cœur tressaute en sa présence. Will est venu me rendre visite plusieurs fois, comme pour me prouver combien lui aussi est perturbé par la situation. Je sens qu'il aimerait rester plus longtemps à mes côtés, mais il doit me laisser récupérer. Me retaper. Les médecins sont formels, si je veux sortir au plus vite, je dois me reposer. Et Will aussi. Il ne me le dit pas ouvertement, bien sûr, mais ses yeux parlent pour lui. Ce qu'il vient de traverser de son côté l'a bouleversé, j'ai entendu les médecins en parler. J'ai envie de le réconforter, mais je suis encore trop faible et maladroite. Il nous faut plus de temps pour nous cerner, nous apprivoiser, nous aider mutuellement.

Quand il ne me rejoint pas, il est seul et ça me tord le bide. Littéralement. Sa famille ne veut plus en entendre parler, je ne comprends pas qu'une si belle personne puisse être ainsi rejetée. Je me sens investie envers lui d'une mission que je ne comprends pas encore très bien. Peut-être parce qu'on ne m'a jamais protégée et que Will a besoin d'une aide que personne ne veut lui donner. Moi, je le veux. Je devrais me concentrer sur moi-même, me reconstruire d'abord, mais il me touche d'une manière inconnue. Il me ressemble beaucoup et notre solitude trouve le même écho. Je crois que c'est l'une des raisons qui nous poussent l'un vers l'autre. Ça, et cet incroyable lien qui semble unir nos âmes. Un vrai coup de foudre. Je n'avais jamais rien compris à ces histoires d'âmes sœurs, totalement fermée à ce genre de pensées. Étanche à l'humanité. Jusqu'à aujourd'hui.

Car aujourd'hui, alors que je le regarde sans plus savoir comment respirer, j'ai envie de serrer la main qu'il me tend, pour ne plus jamais la lâcher. J'avais peur, peut-être que je tremble encore à l'intérieur, mais mon corps meurtri se sent prêt à l'accueillir avec douceur. Avec espoir. Avec amour.

Jour 2. Le deuxième jour de ma nouvelle vie, celui des premiers cris du cœur.

Jour 2

BREEN

Aujourd'hui.

Je n'ai pas dormi de la nuit. Ce n'est pas à cause de la peur, ni de la douleur, ou du silence insupportable qui m'étrangle depuis cinq années. J'ai fait défiler le film de l'expo, encore étonnée de la tournure que cette soirée a prise. J'essaie de saisir ce qui a pu provoquer une telle explosion d'émotions en moi. J'ai déjà fréquenté des hommes et ressenti cette urgence du premier jour, mais pas si fort. Sawyer a réveillé quelque chose de plus profond dans mon cœur. C'est encore trop obscur et englué dans une vieille souffrance pour que je puisse le comprendre, mais c'est bien là.

J'espère que ça ira, cette fois.

Je repousse la couverture et serre l'oreiller contre ma poitrine. Au matin du deuxième jour, j'ai toujours cette angoisse latente qui me tourmente. J'ai tendance à aimer vite. Trop. Est-ce que j'aime comme il faut ? La seule façon de le savoir est de laisser les jours faire leur œuvre, encore. Ce sont eux qui mènent la barque. Comme celle que Sawyer a photographiée, qui dérive sans que personne ne connaisse sa destination. J'espère juste qu'elle ne sombrera pas au quarante-neuvième jour.

Chaque jour en son temps.

Je me lève et rejoins la cuisine. Comme tous les matins, je fais réchauffer le café de la veille, celui que j'oublie toujours de boire. Je joue distraitement avec le stylo que j'ai laissé là hier soir, perdue dans mes pensées.

– Sawyer Hall…

Je le prononce à voix haute, variant les intonations comme une étrange incantation. Ça sonne bien, je trouve. Quand je pense que je l'ai laissé m'embrasser, mon cœur s'emballe. Je suis à la fois gênée et ravie. *Bon sang, un photographe, qui l'aurait cru ?* Il m'intrigue. Il ne partage pas la vision négative que j'ai des photos, mais il semble avoir une motivation intime qui aiguise ma curiosité. S'il y a bien une chose que j'ai comprise ces dernières années, c'est qu'il ne faut jamais alimenter ses *a priori*. Will est le premier à me l'avoir appris, et depuis, j'essaie de m'y tenir.

Je réalise ce que je suis en train de faire quand je sens la pointe du stylo s'enfoncer dans ma paume.

J'ai hâte d'être à ce soir. J'aime quand la peur se laisse doucement recouvrir par l'espoir.

Je m'active, prends une douche rapide qui n'efface pas ce chiffre familier et enfile mon uniforme de travail. Le café qui m'emploie depuis quatre ans m'oblige à porter une robe aubergine qui me tombe aux genoux, recouverte d'un tablier noir que j'ai oublié de repasser. Je crois que c'est ce que j'aime le plus dans ce boulot. Derrière ces habits imposés, personne ne devine ce qui se cache.

***

– Salut, Breen ! m'accueille Josie, la gérante de l'endroit. Comment c'était hier soir ?

– C'était… étonnant, je réponds en m'installant derrière le comptoir.

– J'espère que Ben a su se tenir, elle raille en me tendant un donut recouvert de sucre.

– Tu le connais !

– C'est bien ce que je pensais. Il m'a dit qu'un autre type exposait, je l'ai cherché sur Google et waouh…

– C'est vrai que Sawyer est canon, je souffle sans réfléchir, en croquant dans mon beignet.

– Je parlais de ses photos… elle précise en haussant un sourcil.

– Ah. Oh. Oui, oui, je m'empresse de rétorquer. Les photos étaient bien.

Elle m'observe avec ce regard canaille qui fait craquer tous les clients.

– Toi, tu ne me dis pas tout… elle articule en pointant son doigt vers moi.

Bon sang, cette femme est impossible !

La plupart du temps, les gens qui partagent mon quotidien ne font pas attention à moi. Du moins, pas plus que ce que je veux bien leur montrer. Mais Josie a le nez fin. Elle ne sait pas ce que j'ai traversé, elle ne connaît rien de Will et de ce qu'il a provoqué dans mon existence. Mais elle sent malgré tout que je cache beaucoup de choses. Elle a vu les marques sur mon poignet. Peut-être parce qu'elle a les mêmes.

Machinalement, je regarde le tatouage que j'ai fait faire par-dessus, pour recouvrir ce souvenir douloureux.

Will I survive

Une phrase simple au premier coup d'œil, un mantra stupide pour certains. Pourtant, il signifie beaucoup plus que ça pour moi. Personne ne voit qu'il y a plusieurs façons de traduire ces trois petits mots. Ils sont à la fois une question que je me pose chaque fois que ça devient trop dur : *est-ce que je vais survivre* ? Mais ils sont aussi une promesse, un pas en avant quand mon cœur reprend son décompte. *Will, je survis*. Sans toi. Pour toi. À cause de toi.

– Hey ! s'exclame Josie pour me ramener au moment présent.

– Désolée.

– Tu t'apprêtais à me parler de ce fameux Sawyer, elle insiste en posant deux thés sur un plateau.

– Je n'ai jamais dit ça.

– Ne m'oblige pas à te virer !

– Mais quel tyran ! On a un peu discuté, voilà, c'est tout.

– Et…

– Et j'ai rendez-vous avec lui ce soir, j'avoue en verrouillant le percolateur.

– J'en étais sûre ! Je l'ai tout de suite vu sur ton visage quand tu es entrée !

Elle traverse la salle pour servir nos clients et revient au pas de course. Elle attend que j'emballe une pâtisserie, souffle quand l'homme que je sers met trop de temps à compter sa monnaie.

Quand il part enfin, elle reprend son interrogatoire.

– J'espère que tu vas lui laisser le temps de t'amadouer, cette fois.

Je hausse les épaules, pour éloigner la raideur qui cherche à les accabler. J'espère aussi, mais ce n'est pas si simple.

– Ton dernier rencart était sacrément sexy. Vous êtes restés ensemble quoi… un mois ?

17 jours. Mon cœur sait aimer 49 jours, mais parfois il s'essouffle bien avant de les avoir atteints.

– Vous allez dîner ?

– Oui, au *Kraken*.

– Demain, je veux tous les détails !

Je souris, consciente qu'elle n'aura que la surface des événements. Et demain est un autre jour, rien ne dit que mon cœur battra encore pour Sawyer à ce moment-là.

On se sépare pour gérer l'affluence et, à la fin de mon service, je décide de faire un saut dans une boutique. J'ai besoin d'une nouvelle tenue, une qui ne portera pas les traces de mes précédents échecs. C'est facile de se recouvrir d'une couche toute neuve. C'est vital. Dommage que je ne puisse pas en faire autant avec mon cœur, il est caché dans ma poitrine, terré dans sa grotte obscure.

Je traverse les rues de Camaret, sur ces trottoirs que je connais si bien. Je n'ai plus peur du regard des autres, ils ont oublié, si tant est qu'ils aient su. J'ai toujours été une fille transparente, vide de l'intérieur, et les seules fois où je me suis sentie comblée, c'était grâce à Will.

***

Je dépose mes achats sur le canapé et allume la télévision pour anéantir le silence qui règne chez moi. Le temps de reprendre une douche, de camoufler les dernières traces de ma nuit sans sommeil et de passer la combinaison kaki que je viens d'acheter, il est déjà l'heure de repartir. Je détache mon vieux vélo, l'unique moyen de locomotion dont je dispose, avant de le rattacher devant le restaurant dix minutes plus tard. Pile à l'heure.

Quand je remarque par la grande vitre que Sawyer n'est pas encore installé, je décide de l'attendre sur le trottoir. Je n'ai même pas pensé à prendre son numéro de téléphone, hier soir, et au bout de quinze longues minutes, je me dis qu'il n'a aucun moyen de me prévenir s'il a eu un empêchement.

– Je suis là ! j'entends une voix hachée crier derrière moi.

Je me retourne en souriant et mon souffle semble se caler au sien lorsque je l'observe courir vers moi. Ça tambourine dur dans ma poitrine quand je laisse mes yeux le détailler. Il est moins chic que la veille, il a troqué sa chemise pour un large tee-shirt et ses cheveux ont repris le dessus sur la coiffure qu'il leur avait imposée hier. Il est beau.

– Pardon, je suis en retard !

– Pas de souci.

On reste un moment à s'observer, à reprendre notre respiration. Je suis immobile depuis que je suis arrivée, mais j'ai le souffle court moi aussi.

– J'étais pas sûr que tu viendrais, il articule sans oser m'approcher davantage. Hier soir, c'était si…

– Soudain ?

– C'était intense, il corrige en mordant dans sa lèvre. Presque trop pour être vrai.

Il se balance d'un pied sur l'autre, en regardant tantôt ma bouche tantôt mes yeux.

– On entre ? je propose pour le mettre à l'aise.

Je sens bien qu'il a envie de m'embrasser, je ressens un besoin similaire. Mais j'essaie de m'imposer un rythme plus tranquille. Peut-être que ça préservera suffisamment mon cœur pour lui permettre de battre plus longtemps.

– Yes, il lance en se frottant les mains.

Il me tend son bras pour que je passe le mien en dessous et j'inspire l'odeur qui émane de lui. Je m'attends à une fragrance musquée, caractéristique des parfums d'homme, certainement pas à cette senteur légère, presque trop douce pour un mec comme lui.

– Tu as froid ? il s'inquiète en me sentant trembler contre son bras.

Oui, mais ce n'est pas ce qui fait tressaillir mon corps.

On pénètre dans le *Kraken* et le bruit des conversations étouffe mes souvenirs.

– L'expo s'est bien terminée ? je l'interroge en accrochant mon sac sur ma chaise.

– Ça n'en finissait plus, mais le résultat est là. J'ai vendu beaucoup de clichés et j'ai de nouveaux contacts plutôt énormes.

– C'est génial. La falaise a été acquise ?

– Celle-là n'était pas à vendre, il réplique d'une voix troublée. Mais la barque est partie !

– Elle vogue encore, alors…

– Elle vogue toujours, il ajoute en me dévorant de ses yeux brillants.

L'atmosphère est la même qu'hier soir, j'ai encore cette impression étrange que Sawyer voit en moi quelque chose qui m'échappe. Et notre baiser semble avoir amplifié cette électricité qui crépite entre nous.

J'attrape la carte et cache mon visage rougissant à l'intérieur. En parcourant les plats, je réalise que je meurs de faim.

– Qu'est-ce que tu as fait aujourd'hui ?

– J'ai travaillé, je réponds en souriant au serveur qui approche pour prendre notre commande.

– Tu bosses où ? poursuit Sawyer dès que nous sommes à nouveau seuls.

– Dans un café sur la grand-rue, *La Petite Tasse*. C'est moins épique que ton boulot, mais je m'y plais.

– J'ai été barman à Sydney, j'adorais ça. Le bruit, la vie… le vin ! il renchérit devant la bouteille qu'on vient de nous servir.

– Je suis d'accord.

C'est drôle, sans le vouloir, Sawyer vient de citer les deux raisons principales qui m'ont poussée à choisir ce travail.

– Et toi ? J'imagine que tu as dormi toute la journée pour récupérer de ton bain de foule d'hier ? je plaisante en le regardant remplir mon verre de vin.

– Pour tout te dire, j'ai eu un mal fou à trouver le sommeil.

Il m'adresse un clin d'œil et j'avale l'alcool d'une traite. J'étends mes jambes pour soulager la pression qui court en moi et mon pied bute contre quelque chose.

Je me penche davantage sur le côté et souris en le voyant poser une main sur sa sacoche noire.

– Tu l'amènes partout avec toi ?

– Sans mon appareil photo, je me sens nu. Tu vois ces rêves où tes habits ont disparu et que tu te sens horriblement mal ? Eh bien, c'est l'effet que ça me fait.

Je vois très bien, même si mes raisons sont probablement très différentes des siennes. Je glousse en imaginant Sawyer déambuler entre les tables de ce restaurant, nu comme un ver. Je m'empresse de remplir mon verre pour noyer la sensation de chaleur que cette image diffuse en moi. Il rit à son tour, comme si mon visage trahissait le fond de ma pensée.

– Tu as quel âge ? je bafouille pour changer de sujet.

– Vingt-sept ans pendant encore quelques semaines. Toi ?

– Vingt-trois, je soupire malgré moi.

Même si j'ai l'impression d'en avoir cent, parfois.

– Je te donnais plus, il commente en me dévisageant.

Qu'est-ce que je disais...

– Au fait, j'ai discuté avec ton ami Ben après ton départ. Il a un sacré débit.

– Seigneur, je n'aurais jamais dû te laisser à sa merci ! je raille en secouant la tête. Dis-moi qu'il ne t'a pas parlé de sa muse japonaise…

– Alors il était sérieux ? il s'esclaffe en enfonçant sa fourchette dans son steak. Ce type est bizarre… mais ses photos sont cool !

– Attends, tu peux le redire pendant que j'enregistre ? Histoire que je lui fasse écouter chaque fois qu'il vient pleurnicher chez moi pour se plaindre de ses *shootings* !

Il pose ses couverts, trifouille son téléphone et l'approche de sa bouche.

– Bonté divine ! il crie soudain vers l'appareil. Les photos de Ben…

Il s'interrompt, me lance un regard perdu.

– Lebreton, je lui réponds en essayant de ravaler mon fou rire.

– Lebr… Sérieux ?

– J'te jure !

– Ok… Donc, les photos de Ben Lebreton sont incroyables ! Il a vraiment du talent, ce mec ira loin !

Je plaque une main contre ma bouche pour étouffer mes rires et j'essuie mes yeux humides avec ma serviette. Il relève la tête, et devant mon visage rouge, il se met à rire à son tour.

– Je te l'envoie, c'est quoi ton numéro ?

Je lui dicte, tentée de faire remarquer combien il est malin. Jolie technique pour choper mon numéro l'air de rien.

Ma poche vibre, mon cœur aussi.

– Bonté divine ? je reprends ses mots en lui faisant les gros yeux.

– C'est mon côté français. Et j'avais peur qu'un « putain de merde » ne te donne une mauvaise image de moi. Je peux faire une deuxième prise, si tu veux !

– Non ! Je n'arriverai jamais à finir mon assiette si je me remets à rigoler !

– C'est un son agréable, il souffle en m'observant sous ses longs cils.

– Tu ne diras plus ça le jour où tu m'auras entendue renifler comme un petit porc épileptique.

– Je me tiendrai prêt à t'enregistrer.

– Enfoiré ! Oh, et je ne valide pas le « Bonté divine » !

– C'est noté, va pour les grossièretés !

On se marre comme deux amis, même plus que ça vu les regards que nous partageons parfois. Mais certainement pas comme si nous venions juste de nous rencontrer. C'est vraiment fou ce qui se passe entre nous.

***

– Excusez-nous, mais le restaurant va fermer, nous interrompt poliment le serveur.

Je lance un regard surpris à ma montre. Le temps a filé à toute allure et j'aurais aimé que cette soirée dure encore un peu. Quand je relève la tête, Sawyer range son portefeuille dans sa poche intérieure.

– On s'était mis d'accord pour faire moitié-moitié ! je grommelle en croisant les bras sur ma poitrine.

– Alors on est obligés de se revoir, il rétorque en haussant les épaules.

Il cache son sourire en coin en se baissant sur le côté, ce qui l'empêche par la même occasion de voir le mien. Je me retourne pour attraper ma veste sur mon dossier et avant de lui refaire face, un léger *clic* parvient à mes oreilles.

– Tu m'as prise en photo ? je l'interroge d'un air soupçonneux.

– Nope. Ce serait très impoli !

Il garde le nez sur son appareil, avant de le ranger aussi vite qu'il l'a sorti. Il fait racler sa chaise contre le sol et m'adresse un hochement de tête vers la sortie. J'ai les mains moites, soudain, parce que dehors, il n'y aura plus de table entre nous. Plus rien pour contrôler l'attraction que je sens remonter alors que je le suis à l'extérieur. Plus rien pour éloigner ses lèvres qui viennent déjà de se poser sur les miennes. J'entends un grondement léger, que sa langue dépose sur la mienne. En retour, je lui offre un doux gémissement qui se mêle à sa salive.

– Putain, il gronde en posant son front contre le mien.

– Bonté divine, quelle vulgarité écœurante, je raille en le repoussant à peine.

Il reprend possession de ma bouche et son baiser est aussi bon que celui d'hier. Il dure plus longtemps, s'insinue plus loin en moi. J'ai chaud partout. Je ne sais pas l'image que nous donnons, à nous étreindre de cette manière au beau milieu d'un trottoir, mais je m'en fous. Sawyer est en train de me faire un bouche-à-bouche salvateur et je ne veux pas que ça s'arrête. Je ne demande rien de plus, pour l'instant du moins.

– C'est la dernière fois que je me retiens pendant tout le repas, il articule en serrant mon visage entre ses mains. Qui es-tu, jolie Breen ? Pourquoi est-ce que j'ai autant envie de t'embrasser ?

Et moi, pourquoi j'ai autant envie de t'aimer ?

Je sens mes joues chauffer entre ses doigts froids, comme s'il venait de ramasser mon cœur gelé au bord de la route.

– Je veux te revoir, il conclut comme une évidence imbattable.

– Tout ça pour que je te paie le prochain resto, je blague pour cacher mon trouble.

– Je suis démasqué.

On avance en silence jusqu'au bord de la route, là où ma bicyclette patiente sagement.

– Jolie bécane ! il lance en hochant la tête. Elle fait des pointes à combien ?

– Ne te moque pas, elle est très susceptible ! je chuchote en m'accroupissant vers l'antivol.

Il m'observe défaire la chaîne.

– J'ai une grosse journée demain, il se plaint en fourrageant dans ses cheveux. Et j'ai un rendez-vous le soir. Un rendez-vous pro ! il ajoute pour me rassurer. Je peux t'appeler lundi matin ?

J'acquiesce en souriant, avant d'enfourcher mon bolide.

– J'ai passé une très bonne soirée, il souffle en scrutant mon visage.

– Moi aussi.

Il attendait cet aveu pour m'embrasser une dernière fois.

Je m'élance en pédalant doucement et je me retourne pour lui faire un dernier signe de la main. Quand il disparaît de mon champ de vision, je ferme les yeux une seconde. Je suis épuisée, mon corps subit toujours les vagues d'émotions comme une tempête qui n'offre aucun abri. C'est usant, terrifiant, mais ce sont les seuls moments où je me sens réellement en vie.

***

Je suis en train de chercher mes clés au fond de ma poche quand mon téléphone vibre contre mes doigts.

Sawyer : Bien rentrée ?

J'ouvre ma porte en tapant d'un doigt sur l'écran, puis je la claque avec mon talon en appuyant sur envoyer.

Breen : À l'instant et toi ?

Sawyer : Je viens à peine de réussir
à boucler ma ceinture.

Breen : Seulement maintenant ?
Pas très habile de ses doigts,
le photographe.

Sawyer : J'avais la tête ailleurs ☺

Mes joues s'échauffent et mes lèvres forment un sourire attendri. J'observe l'écran, je ne sais pas quoi lui répondre. J'attends le bon moment. Sûrement l'instinct de préservation. Mon attention est figée sur les minutes qui s'égrènent. 23 h 57. 23 h 58. 23 h 59. *Minuit.*

Je fouille dans mon sac, décapuchonne mon stylo avec les dents et pose le téléphone sur ma cuisse. L'instant d'après, je réponds à Sawyer.

Breen : Bonne nuit et merci.

Merci pour ce premier souffle que je désespérais de reprendre. Merci pour le deuxième qui laisse entrer un peu d'air dans ma poitrine. Merci pour le suivant qui débute à peine.

3

Je regarde ce chiffre tout frais sur ma paume, qui recouvre l'ancien, avant de serrer le poing. Pas d'une manière victorieuse, parce que le chemin à parcourir est encore long et incertain. Je le serre encore, et encore, et encore, comme si mon cœur était à l'intérieur.

Jour 2. Le deuxième jour d'une autre vie, d'un autre cœur.

Jour 6

BREEN

Mardi 2 juillet 2013.

Je tourne en rond, ouvre et referme mon sac pour la énième fois. Je vérifie que je n'ai rien oublié, ce qui est vite fait vu que je ne possède presque rien. Je défais mes lacets et les renoue encore, je ne sais plus quoi faire pour patienter jusqu'à l'arrivée de Will. Il a été occupé une grande partie de la matinée, à subir toutes sortes d'examens et de tests pour s'assurer qu'il va bien, qu'il est apte à sortir, lui aussi. Sans risque. J'ai hâte qu'il arrive, quand il n'est pas à proximité, la solitude qui m'étreint depuis si longtemps semble plus profonde que jamais.

Je me suis sentie abandonnée en arrivant ici, encore plus qu'auparavant. Jugée, alors que je ne pouvais plus cacher ce que mon corps subissait depuis des mois. J'ai cru que ce serait pire après. J'ai cru mourir, à cause de la souffrance, de la honte. J'ai voulu mourir. J'ai supplié pour que ça s'arrête. Je souhaitais juste que le temps se suspende, que la douleur disparaisse. Ne plus bouger.

– Reste en mouvement, Breen.

Will. Il n'était pas en meilleure forme que moi la première fois que j'ai posé mes yeux sur lui, mais il avait cette force incroyable qui irradiait de lui. J'étais transie de froid et sa chaleur a trouvé le chemin de mon cœur. Il m'a montré comment retrouver la confiance qu'on m'avait arrachée. Rien que pour ça, je me suis juré de me battre. Pour moi, cette fille trop naïve qui ne doit plus se laisser faire. Pour Will, qui mérite que quelqu'un se soucie de lui. Je ne sais pas si je suis celle qu'il lui faut, mais il est le premier à me laisser ma chance, le premier à m'ouvrir les yeux sur l'avenir.

Six jours. Presque une semaine que nous partageons nos journées. Quand il se réveille en pleine nuit, il me rejoint et je l'écoute jusqu'au petit matin. Je le découvre chaque jour un peu plus, si bien que je relègue mes blessures et mes erreurs au second plan. Dès qu'il approche, j'oublie tout. C'est incroyable l'effet qu'il a sur moi.

Je tire sur la fermeture Éclair de mon sac au moment où il entre. L'oxygène emplit la pièce.

– Prêt à sortir d'ici ? je lance, en essayant de cacher mon appréhension derrière un large sourire.

Je ne m'attendais pas à sortir si vite et Will encore moins. Je ne suis pas sûre d'être prête à rentrer chez moi, j'essaie de faire bonne figure mais au fond, je suis morte de trouille. La porte est restée ouverte et une femme que je n'ai jamais vue entre derrière Will.

– Tout va bien, mademoiselle Peterson ?

– Je crois, je murmure en enfilant mon manteau.

– Je sais que votre famille n'est pas présente, elle démarre sans introduction. N'hésitez pas à nous contacter au moindre problème. À la moindre angoisse, vous pouvez me téléphoner.

J'attrape la carte qu'elle me tend et la glisse dans mon sac sans la consulter. Je n'ai jamais demandé d'aide à qui que ce soit, sûrement parce que personne ne m'en a jamais proposée jusque-là. J'ai pris l'habitude de me débrouiller seule, encore plus quand ma mère m'a tourné le dos après que je lui ai avoué ce qu'il se passait.

– Quant à Will, elle poursuit plus bas pour que je sois la seule à l'entendre, ce ne sera pas toujours simple. Vous semblez avoir noué une vraie relation tous les deux en quelques jours. C'est très bien, pour lui et pour vous. Je vous ai observée, et pour tout vous dire, je ne m'attendais pas à ce qu'une jeune femme telle que vous s'investisse autant de but en blanc. Pas après ce que vous avez traversé…

Elle s'interrompt en me voyant grimacer et pose une main sur mon épaule.

– Ne vous méprenez pas, Breen, c'est vraiment une bonne chose. Vous en avez besoin, tous les deux. Mais vous êtes encore fragiles, l'un comme l'autre, alors faites attention, d'accord ? La réalité peut être différente hors d'ici. Au moindre problème, appelez-moi.

Je serre les dents et jette un coup d'œil de biais à Will, qui attend près de la fenêtre. Quand est-ce qu'il ne provoquera plus une telle peur chez les autres ? Sa famille, cette femme… J'ai l'impression d'être la seule à voir en lui plus d'espoir que d'angoisse. Il me fascine. Je sais que j'ai cette fâcheuse tendance à offrir mon cœur un peu trop vite, mais les événements récents m'ont appris à distinguer les bons choix des mauvais. Je n'ai pas peur de lui, il ne me fera aucun mal.

– On y va, je conclus pour mettre un terme à cette conversation.

Je balance mon sac sur mon épaule et entraîne Will avec moi. On dit au revoir à ceux que nous croisons, écoutons encore quelques recommandations et sortons sur le trottoir, pour la première fois depuis des jours. Je laisse à Will le temps de profiter du soleil qui rayonne sur son visage. Ça l'éblouit, il est encore plus beau à la lumière du jour. J'ai vraiment de la chance. Je regrette que personne ne remarque combien il est unique. Il a cette richesse en lui, tant pis pour ceux qui refusent de s'en saisir. Je suis certaine de ne jamais m'en lasser. C'est peut-être facile à dire en seulement quelques jours, mais je ne veux plus gâcher mon temps. Mon cœur fond. Je le quitte des yeux le temps de repérer le taxi que j'ai pris soin de réserver.

Le chauffeur nous ouvre la portière avant de s'occuper de nos petits bagages.

– Bon, mon appart n'est pas immense, mais j'espère que tu t'y plairas.

Will m'offre un petit sourire, si fugace que je ne suis pas sûre qu'il ait vraiment existé. D'un regard extérieur, il n'est pas très démonstratif. Je n'ai pas besoin de ça. Lui et moi, on a un langage silencieux qui m'étonne encore. Un truc indescriptible, invisible, que seuls mon cœur et mon âme entendent.

– Je vis à une heure d'ici, j'ajoute en bouclant ma ceinture.

– C'est où, exactement ?

Je récite l'adresse lentement pendant que le chauffeur démarre, prenant pleinement conscience de ce que ça signifie. Je rentre à la maison et Will vient avec moi. Je n'en reviens toujours pas. J'avais peur que les autres s'y opposent, qu'ils n'aient pas confiance en moi. Tout est allé si vite, il y a de quoi avoir des doutes. J'ai conscience que Will nécessite une attention toute particulière, mais les sentiments qu'il a fait naître en moi me persuadent que je peux le faire. Je veux le faire. C'est une certitude qui m'emplit tout entière. Et puis je ne suis pas facile non plus, après tout. J'ai mes bagages, moi aussi, et Will les accepte sans me juger.

Le taxi s'engage dans la circulation et quand il roule sur un nid-de-poule, je sens Will sursauter. Il se raidit, regarde tout autour de lui et je ne sais pas encore bien comment le rassurer.

– Hey, je murmure en caressant sa joue. Ne t'angoisse pas, ok ?

Je me stresse déjà assez pour deux. Je n'ai jamais vécu avec personne, encore moins avec quelqu'un que je viens à peine de rencontrer. Mais Will n'a pas d'autre endroit où aller, alors je vais devoir apprendre à composer avec cette nouvelle vie qui débute. On va construire sur des ruines.

La voiture se stationne, la portière s'ouvre, et j'essaie de maîtriser le tremblement de mes jambes. Quand je pousse enfin la porte de mon appartement après avoir fait tomber trois fois mes clés, le silence qui y règne est à la fois rassurant et pesant.

– Bienvenue ! Fais comme chez toi, je glousse dans un mouvement de bras exagéré.

J'ai peur qu'il n'aime pas. Je veux vraiment qu'il se sente bien ici.

– Le salon, la cuisine, la salle de bain, la chambre… j'annonce en lui faisant découvrir l'appartement que j'occupe depuis presque un an.

Je me retourne vers lui et je le découvre concentré sur moi, comme si tout ce qui importait était le fait que nous soyons ici ensemble. Pour lui comme pour moi, c'est étrange, imprévu, nouveau. Mais évident. Je le laisse s'approprier mon lit, allongé en son centre, il s'étire et reste un moment à regarder le plafond. Je frissonne en réalisant qu'il va partager mes nuits. Je sais déjà que nous n'allons pas beaucoup dormir.

J'ouvre l'armoire, décale mes vêtements pour déposer ses affaires et ses traitements, puis le regarde encore. Je suis soulagée de le sentir à l'aise et apaisé.

– J'ai la dalle !

Je tape dans mes mains et m'empresse de rejoindre la cuisine. Je retrouve mes repères et en deux temps trois mouvements, le repas est servi. Je suis fière de moi. Ce n'est qu'un repas, mais il me donne le sentiment d'être quelqu'un. Will se jette dessus et avale tout d'une traite, il a meilleur appétit jour après jour.

Je lui raconte des idioties, l'écoute quand j'ai la bouche pleine, commente ses réactions. C'est notre première soirée en tête à tête et j'ai déjà oublié mes appréhensions.

Je bâille malgré moi et me masse la nuque en étendant mes jambes sous la table.

– Tu veux qu'on aille se coucher ?

Il est encore tôt, mais c'est vrai que cette journée a été riche en émotions pour tous les deux. Je me lève, débarrasse la vaisselle et consulte l'horloge au-dessus de l'évier.

À peine un instant après, Will est contre moi. Je serre mes bras autour de son corps, enfouis mon nez dans son cou. Je l'entends marmotter et recule mon visage pour capter son regard.

– Merci…

Je lui souris et mon cœur frappe contre le sien. Comme s'ils s'encourageaient, se reconnaissaient, s'entraînaient.

Sans réfléchir, on se met à se balancer, à danser l'un contre l'autre, et le reste disparaît. Les doutes, les appréhensions, le regard des gens. Ne reste que nos deux corps qui se fondent parfaitement ensemble. Cette étreinte n'a rien à voir avec les précédentes. Elle est plus forte, plus intense.

Je sens l'électricité courir dans mes veines. Je me sens vivante, comme si je venais de voir le jour. C'est un peu ça, Will est une lumière douce qui a éclairé mon obscurité. Avant lui j'existais, à présent je vis.

Quand on tombe de fatigue, mon lit devient notre cocon d'amour. Je me blottis contre lui, repousse la couette trop lourde. J'écoute ses rêves d'une oreille attentive, puis son souffle régulier. Le silence qui m'accompagnait a disparu et je ne veux plus jamais qu'il revienne. Je ne pensais pas que la solitude avait été un tel poids jusque-là.

Je souris dans le noir et l'engourdissement du sommeil se mêle à mes nouvelles certitudes. Je repense à celui qui m'a infligé la pire des douleurs. Il m'a détruite, piétinée, abusée. Je pensais le haïr toute ma vie, jusqu'à ce que Will vienne remplacer ce ressentiment sans effort. Juste en un battement de cœur, un regard, une promesse silencieuse.

Il est comme une armure toute neuve, une comme je n'en ai jamais porté.

Je vais leur prouver qu'ils se sont trompés. Lui, eux, tous. Will aussi a ses preuves à faire et je crois que cet écho est le gouvernail qui me manquait. Il est plus fort que moi, alors je puiserai en lui la force d'avancer. Je suis moins lâche qu'eux, c'est ce que je veux offrir à Will en retour. Pour le remercier de m'avoir sauvée.

Jour 6. Celui où la caresse d'un amour naissant panse les vieilles plaies du cœur.

Jour 6

BREEN

Aujourd'hui.

Je fais les cent pas dans mon appartement. Je remets les coussins en place sur le canapé, pour la quatrième fois au moins. Je pose mon front contre la fenêtre de ma chambre, tire le rideau avant de le rouvrir, me recoiffe. Les mains sur le dossier d'une chaise, ma jambe bat la mesure qui s'essouffle dans ma poitrine. J'attends Sawyer et je suis à la fois impatiente et terrifiée.

Depuis notre premier rendez-vous au *Kraken*, il a été si occupé que je ne l'ai revu que de manière très rapide. Je ne m'attendais pas à le voir débarquer devant mon comptoir ce jour-là. Le jour 3. Il m'avait prévenue qu'il avait tout un tas de rendez-vous et qu'il m'appellerait le lendemain matin. Je venais de renverser du café sur mon tablier et je crois que j'aurais pu vider la cafetière entière en le voyant là, tant mon cœur a tressailli. Il n'est pas resté longtemps, assez pour m'embrasser et me confier qu'il serait bientôt plus disponible. Il est repassé le lendemain, le temps d'emporter un café en me laissant un sourire et un baiser. Il est revenu chaque matin, comme pour s'assurer que j'étais bien là. Comme s'il avait senti que chaque jour compte pour moi. J'ai attendu, m'accrochant aux jours qui défilent dans le creux de ma main. Les dizaines de messages que nous nous sommes envoyés depuis ont suffi à combler son absence. C'est si facile ainsi.

Le jour est en train de tomber quand on frappe enfin à ma porte. Je regarde la pendule et secoue la tête en souriant. Décidément, Sawyer semble être le genre de type au timing absolument imparfait. Aucun souci, j'ai gardé l'habitude des choses inattendues.

– Salut, Sawyer…

Je n'ai pas le temps de terminer ma phrase qu'un flash m'aveugle et me fait plisser les yeux.

– Il faut vraiment que tu arrêtes de faire ça ! je m'insurge en cachant mon visage. C'est super flippant !

– Oups, faux contact ! il élude en faisant la moue.

Je lui claque la porte au nez et l'entends éclater de rire derrière le battant.

– J'ai apporté de quoi prendre l'apéro, Breen ! il crie d'une voix chantante. Je peux tenir un bon moment !

– Du vin ? je l'interroge en essayant de cacher mon rire.

– Hum hum. Tu veux vraiment qu'un mec ivre se frotte à ta porte toute la nuit ?

– Tu te frottes à la porte des filles, toi ? je rétorque en ouvrant à nouveau.

– Seulement celles qui me plaisent… il précise d'une voix plus grave.

Je secoue la tête devant cet homme drôle et charmant.

– Où est le vin ?

Il se penche et se redresse aussitôt en agitant la bouteille devant mes yeux.

– Ok, dans ce cas tu peux entrer.

– Femme de peu de foi… il lance en levant les yeux au ciel.

– Ton côté français est tellement spirituel…

– Amen !

– J'ai presque fini de me préparer, je ris en me décalant.

– Tu es déjà très jolie, il me complimente en faisant descendre son regard sur mon corps.

Il n'en faut pas plus pour mettre en ébullition mes hormones déjà bien agitées. Six jours sont passés depuis que nous nous sommes embrassés pour la première fois et si j'ai envie de recommencer, là, tout de suite, un désir plus profond émerge en même temps. Plus intense, plus charnel.

J'expire et lui laisse juste assez d'espace pour qu'il puisse entrer. Mais pas assez pour qu'il évite de frôler mon corps. D'ailleurs, il ne se fait pas prier. Il dépose ses affaires sur la console et, du bout des doigts, caresse ma main, remonte jusqu'à mon épaule et accroche ma nuque. Mon cœur s'élance dans un rythme qu'il croyait avoir oublié et j'inspire son souffle quand ses lèvres se posent sur les miennes. Doucement. Puis plus profondément.

– Tu m'as manqué, jolie Breen… J'ai détesté être à ce point débordé. Camaret était censé être une parenthèse détente.

– Le succès n'a pas de frontières, je raille en jouant avec ses cheveux.

– Je n'ai plus rien de prévu les prochains jours…

Il lève un sourcil révélateur, m'embrasse, se recule et recommence encore. Une nuée de tout petits baisers, tendres et joueurs. Un baume pour le cœur.

– J'ai cru que cette journée ne finirait jamais, il grogne en se détachant de moi pour m'observer.

– Moi, je n'ai pas vu le temps passer ! je mens de manière peu convaincante.

Une urgence me submerge et je suis sûre que Sawyer la sent. J'essaie juste de ne pas avoir l'air trop pressée. Lui ne fait pas tant d'efforts. Il revient à la charge, se régale de mes lèvres et de ma langue. Quand je la glisse dans sa bouche, il l'aspire et la retient, l'emprisonne dans des liens coquins.

– J'ai l'impression d'être un ado excité, il soupire en me relâchant. Désolé, j'attends ce moment depuis que je suis réveillé… Est-ce que ça fait de moi un type flippant et désespéré ? il s'inquiète soudain.

– Carrément ! je confirme en hochant la tête.

– Ok, alors je vais m'asseoir juste là, sur ce canapé qui a l'air tout aussi attirant que toi.

Il s'y installe et caresse le tissu du bout des doigts, en me lançant un regard moqueur.

– Drôle de comparaison.

– Il est doux, accueillant, parfumé… il énumère en jouant avec un coussin.

– Il s'affaisse au milieu et il est râpé de tous les côtés !

– Comme nous tous, il réplique en tapant du plat de sa main contre l'accoudoir.

J'ignore le spasme indolore qui traverse ma poitrine. Sawyer dit vrai, je suis comme ce foutu canapé, tout compte fait.

– Donne-moi cinq minutes et on pourra goûter ce vin, je lance en lui tendant un tire-bouchon.

Je le laisse faire plus ample connaissance avec le divan et des souvenirs défilent dans mon esprit. Will aussi aimait s'allonger là. On y passait des heures, des nuits entières, parfois, à regarder la télé l'un contre l'autre. Je ferme les yeux pour refouler la brûlure qui remonte dans ma gorge et, avant d'entrer dans la salle de bain, j'observe l'air concentré de Sawyer. Il s'est mis à détailler chaque recoin de mon salon et je me mords la lèvre. C'est étrange, mais ça me stresse, parce que j'ai envie qu'il se sente bien chez moi, lui aussi.

Je me force à bouger et laisse la porte ouverte, comme je le faisais avant. Face au miroir, le visage que me renvoie le reflet est à la fois familier et étranger. Moi qui suis si pâle, d'habitude, ce soir mes joues sont roses. Sawyer est en train de souffler sur mon cœur et ravive une braise étouffée. Je n'ai plus qu'à attendre que la flamme apparaisse.

Je jette un coup d'œil à mon poignet, comme chaque fois que j'ai besoin d'un coup de pouce pour avancer. *Will I survive*. J'essaie. Avec Sawyer, qui m'aide à déchirer les premières pages de ce foutu calendrier.

Quand le trait d'eyeliner est posé, il me faut une minute de plus pour me lancer. Parce que j'ai l'impression que ce qui m'attend dans le salon n'est qu'une illusion et que le 6 qui a un peu bavé dans ma main risque de s'effacer.

– Ton appart est top ! je l'entends s'exclamer.

– Oh, merci !

– On s'y sent vraiment bien, c'est dingue.

– Tu trouves ?

Je le rejoins et tourne sur moi-même pour essayer de comprendre ce qui peut bien lui donner un tel sentiment. Pour ma part, je ne vois que des meubles bon marché que j'ai récupérés après mon déménagement précipité. Des objets incapables de combler ma solitude. Puis mon regard s'attarde sur Sawyer, sur son corps attirant et sur l'aura étrangement apaisante qu'il dégage. Jamais aucun lieu ne saura me donner le sentiment d'être à l'aise, excepté lorsque je suis accompagnée par quelqu'un qui me plaît. Et Sawyer… Ce gars-là me fait déjà vraiment craquer.

Je prends deux verres dans un placard et, toujours debout, je bois le premier si vite que j'ai la tête qui tourne. Il me raconte sa journée, je lui explique la différence entre un cappuccino et un café latte. Le vin rouge me donne chaud, Sawyer encore plus. Il ne se rend pas compte à quel point il m'attire et chaque fois qu'il me lance son regard perçant, je prie pour qu'il mette mes rougissements sur le compte de l'alcool.

– Où est-ce qu'on va manger ? je lui demande en m'asseyant finalement sur l'accoudoir près de lui. À moins que tu ne décides de me laisser tomber pour ce sofa poussiéreux que tu as l'air de beaucoup aimer ?

– Choix draconien… il soupire en serrant le coussin entre ses bras. J'aime beaucoup cette petite banquette !

– Donne-moi ça !

Je tire sur le coussin de toutes mes forces et quand Sawyer le lâche enfin, je m'en sers pour le frapper au visage.

– Ok, ok ! il crie en rigolant.

Il se tourne vers l'autre côté du canapé et se racle la gorge.

– Je suis désolé Sofa…

– Sofa ?

– Shhht ! il rétorque sans me regarder. Sofa, toi et moi, ça ne pourra pas fonctionner. Je sais, je sais, il poursuit en tapotant l'assise. Mais c'est pas toi, c'est moi. Il y a cette fille qui me drague et qui use de ses coussins d'une manière imparable.

Je le frappe encore, essoufflée de rire devant cette scène inédite.

– Qu'est-ce que je disais… il soupire sans se retourner. J'espère qu'on restera amis, Sofa…

– C'est bon, t'as fini ?

– Je viens de sacrifier une relation naissante pour toi, jolie Breen. Tu pourrais te montrer plus reconnaissante !

– T'es taré, je pouffe devant son air sérieux. Bon, et sinon, ça ne me dit pas où on va dîner.

– Ça dépend de ce que tu as envie de manger.

– Laisse-moi réfléchir… Peut-être quelque chose d'épicé, on pourrait aller au *Boucanier*…

– On m'a parlé d'un super resto au coin de….

– Ah non, pas épicé ! je l'interromps sans faire exprès. Des fruits de mer !

Comme une envie insatisfaite, je salive d'avance en y pensant.

– Ça me va ! Je n'en ai plus mangé depuis des années, et autant te l'avouer de suite, je suis le pire utilisateur de pinces au monde !

– Je vise hyper bien, t'auras juste à ouvrir la bouche, je propose en haussant les épaules avec nonchalance.

– Vendu !

Il croise les bras derrière sa tête en s'enfonçant dans le canapé. Il se passe plusieurs secondes pendant lesquelles il me regarde. Comme s'il avait besoin de cette petite pause pour apprécier cette facilité étonnante que nous avons à rire et à discuter.

Je m'aperçois que je n'ai pas repris mon souffle et, avant que je puisse inspirer, il s'avance et m'attrape sans prévenir. Il me tire vers lui et je tombe lourdement, à moitié allongée sur ses cuisses. Le vin se mélange à ma surprise et je me redresse si vite que mon front cogne son arcade sourcilière.

– Tu m'as tapé dans l'œil, il grommelle en se frottant le visage de sa main libre.

– Toi aussi !

Vise le cœur, Sawyer !

Son autre main est posée contre mes reins, large et chaude. Il est tout proche de moi, pour la seconde fois depuis qu'il est arrivé.

– Tu n'as pas l'air très pressé de manger…

– Tu te trompes… il chuchote contre mon oreille. Je suis affamé.

L'atmosphère se charge en désir. Un feu vivace alimente ce lien pressant qui nous unit. Il me scrute, j'ai l'impression qu'il attend un signe de ma part pour aller plus loin. Il en a envie. Assise en travers de ses jambes, je devine facilement les élancements de Sawyer. Et quand il m'étreint davantage pour permettre à sa langue de cajoler ma bouche, je n'ai plus aucun doute. Sa raideur taquine ma moiteur. Sa chaleur enivre mes peurs.

Une de mes mains se pose sur son torse, migre vers sa nuque et s'enfonce dans ses cheveux. L'autre s'agrippe à son épaule pendant que les siennes me pressent en douceur. Il est tendre, langoureux, et je sens les battements de mon cœur résonner plus bas. Tout palpite, se contracte et s'échauffe. C'est délicieux. Il m'aura fallu six jours pour ressentir à nouveau ces sensations dans le bas de mon ventre. C'est une étape, une nouvelle marche vers ma guérison. Peut-être que, cette fois, ça fonctionnera.

Je le laisse combler mes sens. Je hume son parfum, j'écoute son souffle et regarde sa bouche approcher. Dans son cou, mes doigts perçoivent son pouls, comme pour me rappeler la magie de cet instant.

– Hum, ta bouche est parfaite, je gémis contre son sourire.

Sa langue s'amuse à tracer le contour de mes lèvres et mes yeux rencontrent deux grands iris azur. J'oublie à nouveau de respirer. Ses lèvres descendent contre mon cou et je m'entends glapir. C'est vraiment trop bon.

– Tu veux peut-être y aller…

– Continue ! je grogne en l'attirant encore plus près de moi.

Au diable les envies de fruits de mer. Ce que je veux est là, tout contre moi, et cuit à point.

Je change de position pour m'asseoir à califourchon sur ses cuisses. Il ne lui en faut pas plus pour faire remonter ses mains le long de mes jambes. Ma jupe se relève, mais je n'ai pas froid, cette fois. Quand ses doigts s'enfoncent dans mes hanches, je rejette ma tête en arrière pour essayer de trouver de l'air. Parce que j'étouffe sous le raz de marée qui déferle en moi.

Comme s'il lisait dans mes pensées, il fait remonter mon tee-shirt. L'instant d'après, il embrasse la dentelle de mon soutien-gorge, trace les limites du tissu et referme ses lèvres humides autour d'un de mes tétons.

Pendant une poignée de secondes, cette sensation me plaît. Mais très vite, mon corps me rappelle qu'il ne peut pas tant en supporter. Il porte des marques que Sawyer ne doit pas deviner. Pas encore. Je ne suis pas prête à répondre à ses questions. Alors avant qu'il ne dépasse la barrière de mon soutien-gorge, j'entoure ses joues d'un geste précipité pour le faire remonter jusqu'à ma bouche.

– Je vais trop vite ?

– Embrasse-moi, j'ajoute en réponse à son regard inquiet.

Son doute s'évapore et sa bouche fond sur la mienne, étouffant son cri rauque dans mon inspiration soulagée. Mon corps bascule sur le canapé. Un genou entre mes cuisses, il m'observe, me détaille. Et j'en fais autant, jusqu'à ce que mes yeux découvrent le cœur de son excitation. Quand il comprend que toutes mes pensées sont dirigées vers son sexe encore caché, j'entends clairement sa respiration s'accélérer. Je me redresse sur les coudes et, sans trembler, j'approche une main pour la poser contre le tissu étiré. Il vient de se pencher et, dans un même rythme, alors que je descends sa fermeture doucement pour le libérer, lui fait remonter entièrement ma jupe pour découvrir ma culotte.

– Tu n'imagines même pas l'effet que tu me fais, Breen… J'ai envie de… mais si tu…

– Viens.

J'écarte les cuisses dans une douce invitation et fais descendre son boxer sous ses fesses. Je regarde mes doigts courir sur sa peau tendue, dessiner son extrémité, avant de repartir vers sa base. Il halète et je capte son regard brillant, fiévreux. Il pose sa paume contre mon intimité, la presse et la caresse, sans cesser de me jauger. Il prend son temps, je lui offre le mien avec espoir. Une espèce de dévotion désespérée. Sa langue retrouve la mienne, dans un baiser bouillant. Ma poigne se resserre autour de son érection et son index se perd entre mes chairs. Il n'entre pas encore, se contente de réveiller des sensations exquises.

– Qui a dit que le photographe que je suis n'était pas habile de ses doigts ?

– Une ignorante…

Il appuie là où il faut, entoure et frôle le sommet de mon envie. Il durcit, grossit entre mes doigts, et l'espace d'une seconde, je me demande si l'encre qui orne ma paume moite ne risque pas de lui laisser une trace. Une empreinte qu'il ne comprendrait pas. Une ombre noire comme celle qui obscurcit mon cœur.

J'expire bruyamment au moment où son doigt s'enfonce enfin en moi, et l'air vicié qui venait de polluer ma poitrine s'échappe par mes lèvres ouvertes. Je retombe dans le plaisir instantanément et la tension monte à mesure qu'il me pénètre. Lentement. Comme pour nous laisser le temps de nous évaluer. Comme pour nous permettre de visualiser ce lien nouveau qui prend forme entre son sexe et le mien, avant même qu'ils se soient mêlés. Il crochète ma serrure, je gémis. Il ne sait pas que c'est seulement la première et qu'il y en a encore de nombreuses avant d'arriver tout au bout. Tout là-haut.

Il ajoute alors un deuxième doigt, qui m'empêche de contrôler l'effervescence qui bout partout en moi. Je rattrape le cri de plaisir qui cherche à s'enfuir en abattant une main sur ma bouche.

– Ne fais pas ça, il halète juste au-dessus de moi. Je veux t'entendre autant que je te sens.

Mes doigts libres s'accrochent à son tee-shirt alors qu'il accélère la cadence. Il doit sentir combien je me contracte autour de lui, proche de l'orgasme autant qu'il l'est. Je le sens fourmiller, s'étirer chaque fois que ma main remonte et redescend. Il pose son front contre le mien et quand il replie ses phalanges et explore chaque recoin de mon impasse, j'explose.

Je deviens sourde à ce qui m'entoure, protégée par une bulle lumineuse.

Quand je reprends mes esprits, mon tee-shirt est humide et Sawyer a le souffle court. Il retombe doucement sur le côté et, dans un doux réflexe, profil contre profil, j'enroule une de ses mèches autour de mon doigt.

– Tu es sûre de vouloir aller au resto ? il murmure contre mon nez en caressant mon flanc.

Je lui réponds avec un rire qui pourrait facilement se confondre avec un gémissement. Je me relève et mes jambes tremblantes me portent difficilement jusqu'à la salle de bain. J'enlève mon haut et efface les traces humides que Sawyer vient de me laisser sur la peau. Les autres cicatrices restées cachées s'étirent, blanches en surface mais toujours écarlates à l'intérieur. Mes ongles s'enfoncent dans la faïence et je baisse la tête, cherchant à rattraper le plaisir, pour recouvrir la douleur. Un voile d'amour par-dessus cette ombre de mort.

Je compte jusqu'à 6, incapable de me souvenir de ce qui vient après. Comme une vieille leçon dispensée une seule et unique fois, que je n'arrive pas à me rappeler en totalité. Mais aujourd'hui, le chapitre 6 est plus clair que jamais et je m'y accroche de toutes mes forces. Sawyer m'attend derrière la porte, mon cœur est prêt à le laisser progresser. À se souvenir.

Jour 6. Celui des souhaits. Je fais le vœu d'y arriver. Je souhaite réapprendre à aimer.

Jour 7

SAWYER

Je fais tourner l'objectif entre mes doigts, module le diaphragme pour faire entrer un peu plus de lumière. La prise oscille entre clarté et obscurité, exactement comme les images qui passent dans mon esprit. J'essaie d'y voir plus clair parce que depuis que je suis parti de chez Breen, cette nuit, je suis dans le flou.

Clac.

Deux doigts viennent de claquer devant mon visage et je croise le regard attentif de Chuck. C'est un vieil ami photographe, aussi baroudeur que moi, rencontré quelque part entre l'Érythrée et l'Éthiopie.

– Je viens d'me taper mille bornes pour te voir, Saw, tu pourrais au moins avoir l'air content ! il raille en prenant une voix de fille déçue. Tu m'as tellement manqué ! il minaude en battant des cils.

Je me marre en posant mon appareil devant moi. L'écran me renvoie le visage de Breen capté hier soir. Je l'observe et les doutes reviennent. Mon cœur bat plus vite et ça n'a rien à voir avec la caféine que j'ingurgite depuis que je suis réveillé. Je connais à peine cette fille et pourtant je…

– Qu'est-ce qui t'arrive, mec ? lance Chuck en interrompant mes pensées.

– Hein ?

– Ça fait deux fois que je te pose une question et tu me réponds pas… Je vais finir par te cogner et tu sais que je vais gagner.

– Tu m'as dit quoi ?

– Que j'allais te frapper. Et j't'ai demandé où t'en étais du shooting au Mexique dont tu m'as parlé par mail. Tu dois pas y aller la semaine prochaine ?

– J'ai reporté. J'ai besoin de faire un break.

– Toi ? Le Sawyer Hall incapable de lâcher son appareil photo ?

– J'le lâche pas ! je rétorque en l'agitant devant ses yeux. Mais Camaret est une ville sympa. Elle m'inspire, j'élude en espérant que ça suffise à le convaincre.

Je baisse les yeux vers mon café fumant, pour cacher à mon meilleur ami ce que je ne lui dis pas ouvertement. Camaret m'inspire, c'est vrai, mais c'est surtout l'une de ses habitantes qui me donne envie de rester. Et je trouve ça déjà assez dingue pour ne pas le dire à voix haute.

– C'est vrai que le coin est joli… il commente en regardant par la fenêtre du café. Belle lumière naturelle, perspectives intéressantes et jolis petits culs, il ajoute en suivant une femme des yeux. Mais de là à y rester plus de quelques jours…

Il se gratte le menton et tire sur sa barbe épaisse en poursuivant son observation.

– Raconte ! il lance en se retournant vers moi. Elle s'appelle comment ?

Je souris en levant les yeux au ciel. Ce gars me connaît. Ouais, il sait que je ne m'installe jamais nulle part longtemps. Pas sans raison. Et il n'y en a jamais eu aucune depuis que j'ai mis les voiles de chez moi, il y a des années de ça.

– M'oblige pas à te faire parler, Saw… J'ai un tas de photos compromettantes, j'te rappelle…

– Breen, je souffle en posant ma cuillère sur la table. Elle s'appelle Breen.

– J'le savais ! il exulte. Tu l'as déjà baisée ?

– Ferme-la ! je me braque en l'entendant parler comme ça.

– Hey du calme ! Je te demande ça juste pour savoir combien de temps tu comptes encore rester ! Je sais comment tu fonctionnes. Dès que l'affaire est faite, tu te tires illico. Alors…

– N'importe quoi !

Mauvaise foi. Il a raison, je suis comme ça. J'ai l'habitude des aventures sans lendemain. Ce n'est pas un état d'esprit, seulement je n'ai jamais ressenti l'envie d'aller plus loin. Je n'ai besoin que des photos pour me sentir en phase avec les autres. Voilà pourquoi je ne quitte pas mon appareil.

– Wow… Ça a l'air plus compliqué que ça… raille Chuck en me balançant un morceau de sucre dans la tronche. T'es *in love* ou quoi ?

– Bien sûr que non !

En fait, je ne sais pas. Mais ce que je sais, par contre, c'est que cette histoire avec Breen semble aller vite. Jamais je ne me suis soucié de ça avant elle. Quand je sors avec une fille, je ne réfléchis pas. J'agis, sans prendre la peine de savoir si c'est bien ou non. Je me laisse porter, je me fie à mon instinct. Mais Breen bouleverse toutes mes habitudes. Elle est différente sans que je sache pourquoi. Depuis la première fois que je l'ai vue, un sentiment bizarre s'est logé dans ma poitrine. Un truc indéfinissable pour un gars comme moi. Sans attache, sans attente.

J'ai toujours flippé de m'attacher et, Dieu merci, ça ne m'est jamais arrivé. Jusqu'à maintenant. Le plus fou, c'est que c'est plus facile que ce que je pensais. Être avec Breen, c'est simple, évident. Et c'est pour ça que je suis en train de me prendre la tête comme un con en martyrisant mon toast beurré.

– T'as déjà rencontré quelqu'un qui te fait te poser mille questions et te donne mille autres réponses ?

Chuck me dévisage longuement, la lueur moqueuse a disparu de ses iris marron.

– Tu sais bien que non, il souffle en entourant sa tasse de ses mains. C'est ce qu'on cherche tous, mec ! Nous plus que les autres. C'est ce que j'aspire à trouver chaque fois que je mitraille ce qui m'entoure.

– Et quand tu l'auras trouvé, tu crois que tu arrêteras de tout photographier ?

– Carrément pas. Il me faudra des millions de clichés pour réussir à cerner cette personne dans sa totalité. À condition qu'elle existe, évidemment.

– Elle existe, je murmure, les lèvres contre le bord de ma tasse.

Il s'enfonce dans son siège et croise les bras sur son torse. Chuck a raison. Si j'ai plongé corps et âme dans la photo, c'est pour être sûr de pouvoir capter cette petite chose qui me fait défaut depuis mon année de terminale. Depuis ce jour où j'ai compris qu'il fallait que je retrouve des réponses oubliées. L'oubli, ma plus grande crainte depuis que ma mère est *partie*. Je ne supporte plus d'être empli de questions qui ne trouvent pas de réponses. J'ai traversé des pays, des océans et des foules en espérant que quelqu'un m'apporte une solution. Jusqu'à atteindre cette falaise qui aurait pu n'être qu'une nouvelle impasse dans ma quête. Puis j'ai entendu des cris. Les miens, se mêlant aux hurlements du vent. Les siens, tourbillonnant et se fracassant contre les parois vertigineuses.

– Fais gaffe, Sawyer. Prends le temps de réfléchir avant d'agir, tu sais ce qu'on dit à propos de *la* photo. Il faut savoir appuyer sur le déclencheur au bon moment. Si tu appuies trop tard, la magie disparaît. Si tu vas trop vite, tu n'as plus le temps de rattraper l'instant. Ne reste que le flou et l'imparfait.

Le flou et l'imparfait, ma vie résumée en deux mots.

– Je te savais pas si philosophe, je lance pour camoufler la résonance de ses mots en moi.

– Et tu m'as pas vu au pieu, il raille en enfilant sa veste. Faut que j'y aille, mais t'as intérêt à m'en dire plus quand on se reverra. Je repars vendredi prochain, fais-moi signe si tu décolles avec moi.

On se sépare sur le trottoir et, le temps de marcher jusqu'à chez moi, les doutes m'assaillent. Chuck m'a rappelé comment j'avais l'habitude de fonctionner et, du coup, j'ai peur d'être allé trop vite hier soir en montrant à Breen combien je la désire. On est adultes, il n'y a rien de mal à se chauffer comme on l'a fait, mais je crois que j'ai montré un peu trop d'empressement. Je n'avais jamais eu autant envie de quelqu'un avant elle. Je ne parle même pas de sexe. Il fallait que je la touche, comme pour appréhender un peu mieux ce qu'elle m'inspire.

Cette fille me rend dingue depuis que je l'ai aperçue là-bas… J'ai sauté sur l'occasion de me rapprocher d'elle, surpris de réussir si vite à entrer dans sa vie. Mais le problème avec Breen, c'est que j'en veux plus. Elle est exactement telle que je l'avais imaginée. La seule chose que je n'avais pas anticipée, c'est cette urgence qui crépite entre nous, comme si le temps qui défile était compté.

Au final, j'ai le sentiment d'avoir sauté des étapes. Je ne connais même pas son nom de famille, je ne sais presque rien d'elle alors que j'ai déjà effleuré sa féminité. Est-ce que j'ai déconné ? *Mais surtout, depuis quand je me pose ce genre de questions ?*

J'attrape mon téléphone et tape un message rapide.

Sawyer : Ça va ?

Je fais tourner l'appareil entre mes mains, attends qu'elle me réponde comme si ma vie en dépendait.

Au bout de dix minutes, toujours rien. En refermant la porte de l'appartement que je loue, je lui en envoie un second.

Sawyer : Passe le bonjour à Sofa ☺

Je m'assieds sur une chaise dans la cuisine, pianote sur la table en fixant l'écran. Pas de réponse.

Je secoue la tête et me lève si brusquement que ma chaise bascule en arrière. *Merde ! Et si je l'avais fait flipper ?* Nous nous fréquentons depuis quelques jours à peine, je ne sais même pas ce qu'elle attend de moi. De nous. *Nous… Mais qu'est-ce qui m'arrive ?*

Je lance mon portable sur la table devant moi, pour éloigner l'envie de l'appeler. Je pousse la porte de la chambre noire que j'ai déjà aménagée dans l'appartement et m'attelle à développer mes dernières prises. Quand j'épingle les clichés devant moi, le visage de Breen renforce cette sensation qu'avec elle tout semble à portée. Comme la parfaite photographie qui ne s'altère jamais, pourvue de cette perspective rare qui donne une impression d'infini. Dépourvue d'oubli.

Je retourne dans la cuisine et mon téléphone est toujours aussi silencieux. Breen a dit qu'elle était en repos aujourd'hui, elle est probablement occupée. Pourtant, elle m'a toujours répondu instantanément. Je repasse notre soirée d'hier dans ma tête, je me souviens l'avoir sentie se raidir quand j'ai goûté à ses seins. Peut-être qu'elle a deviné que j'étais en train de la fouiller.

Il faut que je la voie !

J'enfile ma veste et retiens difficilement mon pied sur la pédale d'accélérateur. Je monte les marches de son escalier trois par trois et sonne à sa porte avant d'avoir pu prendre conscience de ce que je fais. J'entends des pas, puis des clés qui tournent dans la serrure.

– Sawyer ?

Par la porte entrebâillée, elle m'adresse un regard surpris, fronce les sourcils devant mon silence qui s'éternise. Je suis venu ici sur un coup de tête, conduit par ce besoin urgent de m'assurer que je n'ai pas mal agi. Trop agi.

– Tout va bien ? elle s'inquiète en ouvrant plus grand sa porte.

Elle s'appuie contre l'encadrement et ferme les pans de son gilet en croisant les bras sur son ventre.

– Ouais…

– T'as oublié quelque chose, hier ?

– Non, non. J'ai essayé de t'appeler, je passais dans le coin et je…

– Tu veux boire un café ? elle propose en me sentant hésitant.

– Avec plaisir.

Je la suis dans son appartement et m'assieds sur la chaise qu'elle me propose.

– Mon téléphone est resté dans mon sac, elle s'excuse en nous servant du café. T'as l'air bizarre, elle commente en déposant une tasse devant moi.

Je me sens soudain comme un con flippé et je regrette déjà d'avoir cédé à cet instinct étranger. Mais au point où j'en suis, autant y aller.

– En fait, j'ai pas mal repensé à hier soir et…

Je jette un coup d'œil au canapé et avale ma salive avec difficulté.

– Tu regrettes d'avoir rompu avec mon sofa ? elle plaisante en portant son mug à ses lèvres.

– Est-ce que je suis allé trop vite ? je lâche en la regardant droit dans les yeux.

– Comment ça ?

– J'ai le sentiment de m'être jeté sur toi et je…

Elle ricane et je lève un sourcil curieux.

– T'es venu jusqu'ici pour ça ?

Elle éclate de rire et je lève les bras pour les croiser derrière ma tête.

– J'ai pas eu l'impression que tu m'aies forcée… elle articule en se grattant le menton.

– Moi non plus mais, en y repensant ce matin, j'ai…

– T'as flippé ?

– Dis comme ça, c'est ridicule… je grommelle en faisant la moue.

– Non, c'est mignon.

– C'est bien ce que je disais…

Elle termine son café, se lève et contourne la table pour se mettre à côté de moi.

– Je t'aime bien, Breen, je la devance alors qu'elle ouvre la bouche pour parler.

Elle sursaute en entendant mes mots, avant de m'offrir un sourire léger. *Aïe ! En disant ça, je fais tout l'inverse de ce pour quoi je suis venu.*

– Ça te dirait d'aller te balader ? je lance avec empressement.

Je prends un air faussement dégagé et l'observe réfléchir à ma proposition.

– Ok, elle répond au bout de longues secondes. Mais je dois prendre une douche avant, je te laisse avec Sofa, j'en ai pas pour longtemps.

Je souris et me lève au moment où elle s'apprête à avancer. On se retrouve l'un devant l'autre et je regarde spontanément sa bouche. *Doucement Sawyer, si tu vas trop vite, elle va…*

... t'embrasser.

Ses lèvres viennent de se poser contre les miennes et la retenue que j'essayais d'adopter disparaît instantanément. Le temps que je cherche mon souffle et autre chose derrière sa langue, elle se recule en pouffant.

– Fais pas ton timide, Sawyer, elle articule en secouant la tête.

Elle me dépasse et je la suis encore des yeux quand elle se retourne vers moi.

– Et je t'aime bien aussi, elle ajoute avant de refermer la porte de la salle de bain sur elle.

Je lâche tout l'air comprimé dans ma poitrine et me laisse tomber sur le canapé. J'écoute l'eau couler, en redessinant sur mes lèvres l'empreinte que Breen vient d'y laisser.

– J'me prends trop la tête, hein, Sofa ?

– Tu fais un peu pitié, je réponds en prenant une voix aiguë, dans un faux dialogue de cinglé.

– Mais elle a dit qu'elle m'aimait bien, je rétorque en me frottant les mains. Donc je devrais être rassuré.

– Moi aussi je t'aime bien, je susurre comme si Sofa me répondait.

– C'est réciproque, je me sens à l'aise avec toi, c'est confortable de discuter tous les deux. Et je compte sur toi pour m'empêcher de déconner, ok ?

J'entends un éclat de rire, un vrai cette fois, et je découvre Breen derrière moi, en train d'observer mon manège de dégénéré.

– J'aurais peut-être dû prendre plus de temps à me préparer, elle raille en pointant son doigt entre le canapé et moi. Vous aviez l'air en pleine discussion.

– Sofa est très chaleureuse.

– Tu sais qu'elle est beaucoup plus âgée que toi, elle chuchote en cachant sa bouche derrière sa main.

– Elle est hyper bien conservée, je rétorque en tapotant le rembourrage.

Breen secoue la tête en riant et traverse la pièce pour attraper ses baskets.

– Tu veux aller où ? elle me demande en nouant ses lacets.

– J'en sais rien. Tu connais un coin sympa à me montrer ?

– Des tas ! Pas d'appareil photo aujourd'hui ?

– Il est dans ma voiture, j'avoue avec un clin d'œil.

– Photographe… elle souffle, plus pour elle que pour moi, en fermant les yeux.

– Et chauffeur de jolie Breen en intérim, j'ajoute en faisant tinter mes clés devant moi.

Elle se met sur la pointe des pieds pour décrocher sa veste du porte-manteau. Elle n'est pas très grande, ça me plaît. Si je me calais dans son dos et que je l'entourais de mes bras, elle disparaîtrait dans mon étreinte. *Ouais, j'aime bien cette idée.*

Elle me donne envie de la protéger, même si je ne ressens aucune faiblesse venant d'elle.

– Je suis prête !

Je saute sur mes pieds et nous descendons en silence jusqu'à ma voiture. Elle se fige et me lance un regard moqueur.

– Jolie voiture…

– C'était la seule disponible à la location, j'argue en faisant la grimace.

– Elle est très… verte.

Je détaille la carrosserie plutôt immonde et, quand j'ouvre la portière côté passager pour que Breen s'installe, j'attends sa remarque quant au grigri pendu au rétroviseur. C'est un énorme donut en fourrure, que j'aurais dû virer dès le premier jour, mais j'ai pensé à tout sauf à l'enlever. Elle pouffe discrètement alors que je boucle ma ceinture et elle effleure la fourrure d'un doigt timide.

– Adorable, elle commente en essayant de se montrer aimable.

– Je suis censé la rendre la semaine prochaine, je me justifie en démarrant. C'est pour ça que j'y ai pas touché.

– Tu vas repartir ? elle me demande alors.

Et il me semble voir son sourire vaciller. C'est très rapide, je cligne des yeux pour vérifier que je n'ai pas rêvé.

– J'en sais rien, je réponds en profitant d'un feu rouge pour croiser ses yeux. Je suis libre, alors tant que j'aurai envie de rester à Camaret, je ne bougerai pas d'ici.

Je la scrute, sans lui avouer que je resterai ici tant que j'aurai besoin de la côtoyer. Tant qu'elle me laissera faire.

Elle se détourne et regarde droit devant elle, en hochant la tête. Elle frotte ses mains, passe son pouce dans sa paume.

– Prends à gauche, elle lance en pointant son doigt devant elle.

Je suis ses instructions et ce sont les seules paroles qu'elle prononce jusqu'à ce que je me gare dans un petit parking terreux, en dehors de la ville. Je me demande si le fait que je sois de passage à Camaret a influé sur sa bonne humeur. Dans le fond, je l'espère.

– Bienvenue au manoir du Boultous ! elle s'exclame tout à coup.

Je lâche le volant et détends mes doigts raidis. Lorsque je lève les yeux, le paysage que je découvre me coupe le souffle.

– Waouh… je m'émerveille en sortant de la voiture.

***

Je ne me souviens pas d'avoir attrapé mon appareil photo, mais il est devant mon visage, à mitrailler ce qui s'étend au-delà des arbres.

– On peut s'approcher ? j'interroge Breen en désignant le petit château en ruine qui apparaît au bout du chemin.

– Bien sûr. Tu vois les menhirs de Lagatjar, là-bas ? Et ces petits sentiers qui s'enfoncent dans la végétation ? Si on continue jusqu'au bout, on peut rejoindre Pen-Hir. J'adore cet endroit.

– Qui vivait ici ?

– Un poète, Saint-Pol-Roux.

– Jamais entendu parler.

– « *Camaret, par ce matin d'été, c'était la beauté, toute la jeunesse du monde. Je sentis que mon destin m'y conduisait, que je n'avais plus le droit de partir... Et j'y suis demeuré. Ici, j'ai découvert la vérité du monde...* », elle récite en se mettant à marcher. C'est une version abrégée, elle ajoute en riant.

Je la regarde avancer entre les herbes, chamboulé par les mots qu'elle vient de prononcer. Ces vers qui font sens dans mon esprit, parce que j'aurais pu les écrire. Pas avec une si belle poésie, certes, mais ils révèlent exactement ce que je ressens.

– Tu viens ? elle m'interpelle en remarquant que je suis toujours immobile.

– Ouais !

Je la rejoins en courant et nous descendons un chemin fleuri. Je l'écoute me raconter des anecdotes, j'observe la mer en contre-bas, qui reflète les rayons du soleil. Le bruit de nos pas se mêle aux *clics* de mes prises. Je fais une pause, règle mon objectif et profite que Breen soit de dos pour la prendre en photo.

Ses cheveux volent dans le vent qui s'est levé et je finis par nouer mes doigts aux siens comme si elle risquait de s'envoler. En me sentant, elle resserre sa poigne et sourit.

– Tu aimes ? elle me demande en remettant une mèche derrière son oreille.

– Beaucoup.

Trop.

Je m'apprête à l'embrasser mais elle se remet déjà en mouvement. Je la laisse me traîner à sa suite.

– Tu viens souvent ici ?

– J'étais plus revenue depuis…

Elle hésite, avale sa salive.

– Depuis un moment, elle reprend finalement en humectant ses lèvres.

– Tu n'as jamais eu envie de vivre ailleurs ?

– Si, mais ça fait très longtemps que je vis ici, alors… certains souvenirs me retiennent.

– Quel genre de souvenirs ?

– Tu ne peux pas la voir, mais derrière cette falaise, là-bas, il y a la maison de ma grand-mère, elle confesse en rompant le contact entre nous.

– Vous êtes proches, toutes les deux ? je m'enquiers en voyant son regard brillant.

– Nous l'étions… Elle est décédée quand j'étais au lycée. Elle me manque tous les jours.

– La mienne me manque aussi, j'avoue dans un murmure.

– Elle est morte ?

– Non, je me contente de répliquer.

Elle me dévisage mais ne cherche pas à en savoir plus. C'est réconfortant qu'elle soit si douce et calme. Peut-être que, plus tard, je lui raconterai tout ce que j'ai laissé derrière moi en quittant ma famille. C'est bien la première fois que cette idée m'effleure l'esprit.

– En route, Sawyer Hall ! elle lance en tapant dans ses mains. J'ai de quoi satisfaire ton appétit de photographies un peu plus loin.

– Je te suis, Breen…

Je laisse son prénom résonner autour de nous, dans l'attente qu'elle le complète.

– Peterson, elle articule en comprenant ce que j'attends.

– Breen Peterson, je répète dans un sourire. Enchanté !

Elle serre la main que je lui tends et me tire la langue sans la lâcher, je me sens plus serein.

Aujourd'hui, je découvre davantage qui est cette fille qui m'interpelle. J'ai encore envie de lui poser des tonnes de questions, mais je ne sais en formuler aucune. C'est une sensation très étrange. J'ai envie de la connaître, j'en ai besoin, mais ce n'est pas quelque chose qui peut s'obtenir avec des mots, des confidences. Je commence tout juste à réaliser qu'entre elle et moi, ça se joue ailleurs. Plus loin. Plus en profondeur.

Comme en haut des parois rocheuses qui disparaissent dans la mer, je vais devoir accepter de me pencher si je veux apercevoir ce qui se cache plus bas. Apercevoir ce que personne ne voit, ce que je ne pensais pas vouloir un jour chercher. C'est risqué, vertigineux, je pourrais facilement tomber.

– Fais attention de ne pas glisser, Sawyer.

J'ai déjà commencé à déraper, mais il est bien trop tôt pour le lui avouer.

Jour 9

BREEN

Vendredi 5 juillet 2013.

J'entends Will qui m'appelle depuis le salon, je ne sais pas depuis combien de temps je suis immobile devant mon lavabo, à repenser à des choses que je préférerais oublier.

– J'arrive ! je crie en coupant l'eau du robinet qui coule encore.

Je jette un dernier coup d'œil à mon reflet, encore surprise de ne plus lire la peur et les larmes sur mon visage. Plus de lèvres entaillées d'avoir les dents si serrées. Je regrette qu'on ne m'ait pas prédit tout ce que Will m'apporterait. Ça m'aurait apaisée, à l'époque.

Je le rejoins dans le canapé et rigole en découvrant son air renfrogné. Je lui tire la langue, enfonce mon doigt dans sa joue pour l'embêter, puis me penche pour attraper mon appareil photo sur la table basse.

C'est le seul objet de valeur que je possède. Sans compter Will, bien sûr, qui vaut tout l'or du monde. Un véritable chevalier en armure, un personnage inattendu qui éloigne les misères. Alors que je croyais mon histoire terminée, sans le *happy end* promis, Will a mis un coup d'épée dans le piège que je sentais se refermer sur moi. Il m'a sortie des sables mouvants et, même si j'ai encore du mal à faire face, à me débarrasser des grains qui enraillent mes rouages, il me redonne la force d'espérer.

J'entame une nouvelle histoire, avec une héroïne blessée et un héros fragile. Mais est-ce que ça compte ? La force n'est pas ce que l'on prétend. Ce n'est pas un sentiment qui comble nos parts de vide. C'est un sourire discret, une étreinte légère et des syllabes jetées comme ça. Un langage sans maléfice, un hymne du cœur.

– Photo ! je chantonne en le visant dans l'objectif.

Je le mitraille tandis qu'il râle, esquive quand il tend sa main pour tirer sur la lanière.

– Non non ! je ris en me reculant.

Je fais le tour du canapé en courant, il me suit des yeux, résigné. Je me cale juste derrière lui, pose mon menton contre sa tempe et tends les bras devant nous pour immortaliser mon sourire.

– Allez, fais un effort ! je le taquine en embrassant sa joue. Souveniiir ! je m'exclame en montrant toutes mes dents.

Clic, clic, clic.

Je ne compte plus le nombre de prises que j'ai déjà, de lui, de nous. J'ai rempli une carte mémoire et fait tirer les plus beaux portraits. Mon appartement est dénué de photographies. Toutes celles que j'ai récupérées chez ma mère me laissent un goût amer. Il n'y en a pas une sur laquelle je souris, pas une sur laquelle je regarde l'objectif. Ça rendait maman folle à chaque prise. Elle me hurlait de la regarder, mais j'avais toujours le nez levé, à détailler un nuage, un oiseau, ou simplement le ciel. Ma grand-mère adorait ça, elle. On se ressemblait tellement, je ne comprends toujours pas comment elle a pu enfanter quelqu'un comme ma mère. Froide, égoïste et tellement étroite d'esprit. Je me réjouis d'être son opposé. Même si ça m'a valu les pires épreuves.

Je scrute l'écran de mon appareil et souris en remarquant que, sur presque chacun des clichés, Will me regarde. Puis j'observe cette Breen souriante. *Waouh* ! Je suis tentée d'en envoyer une à ma mère, juste pour lui montrer que, pour la première fois, sa fille affronte l'objectif comme jamais. Droit dans les yeux, droit devant. Peut-être parce que je n'ai plus besoin de chercher ailleurs ce qui manquait à ma vie avant Will.

Je le veux sur chacun de mes murs, parce qu'il est imprimé sur chacune de mes cellules.

Il faut absolument que j'aille acheter des cadres, dès que j'aurai retrouvé un travail. Ce n'est pas prévu pour l'instant, j'ai envie de rester avec Will encore un peu. On a des économies pour tenir encore plusieurs semaines. Le temps pour moi de me retaper, le temps pour lui de démarrer sa nouvelle existence à mes côtés. Parfois j'ai peur qu'il se rende compte que la vie que je veux partager avec lui est loin de celle qu'il aurait dû avoir.

– Arrête…

Ce n'est qu'un murmure rauque, mais je m'y accroche assez pour éloigner mes doutes.

Toujours derrière lui, je laisse sa joue et son nez caresser mon visage. Je lui réponds par des dizaines de petits baisers, que je laisse glisser de son front jusqu'à son cou. Il frissonne et cherche à capter mon regard. Quand nos yeux se retrouvent, j'y lis un amour incommensurable. Neuf jours, ça semble encore irréel. Est-ce que j'ai tort de m'abandonner ainsi à lui ?

– Reste en mouvement, Breen.

Oui, toujours.

C'est un vrai apprentissage. Je réapprends à vivre, à aimer. Je croyais connaître l'amour, mais j'avais tort, il est né avec Will.

– Will et Breen, je scande en fermant les yeux.

J'écoute l'écho de mes paroles rebondir tout autour de nous, mêlé aux confidences si particulières de Will.

– Je t'aime.

Je vacille, enfonce mes ongles dans le canapé et retiens ma respiration en entendant cet aveu emplir la pièce. Ces mots tant attendus, dont personne ne m'a jamais gratifiée et que je suis enfin prête à offrir à mon tour. J'ai envie de pleurer de joie face au cadeau qu'il me fait. Aimer, un verbe que je trouvais creux et usé.

J'escalade le dossier du sofa et me colle contre lui, le serrant aussi fort que je peux.

– Je t'aime, Will, c'est la première fois que je suis si sûre de moi.

Il était une seconde fois au goût de première.

Jour 9. Celui qui éloigne les histoires qui font peur, pour ne laisser qu'une page remplie d'amour.

Jour 9

BREEN

Aujourd'hui.

J'entends Sawyer qui m'appelle depuis le salon. Je ne sais pas depuis combien de temps je suis immobile devant mon lavabo.

– J'arrive ! je crie, en coupant l'eau qui coule encore.

– Ne viens pas te plaindre si je prends mes aises sur Sofa ! il raille en haussant ses sourcils. Elle est très entreprenante !

– Désolée, je rétorque en lui donnant une petite claque derrière la tête après être arrivée au salon. Où est-ce que j'ai mis mes clés ? je râle en tournant sur moi-même.

Sawyer se lève, étire ses muscles et vient m'enlacer alors que je me tords le cou pour essayer d'apercevoir mon fichu trousseau.

– Toi, tu cherches encore une excuse pour rester ici… il murmure dans mon cou. Il suffit de demander…

Je pouffe en le laissant atteindre ma clavicule. C'est vrai que depuis que nous sortons ensemble, on n'a pas toujours respecté nos plans. On est souvent restés ici, à faire des choses imprévues, emportés par notre attirance qui défie les codes. Le plus dingue, c'est que malgré cette tension hormonale hallucinante, on n'a pas encore couché ensemble. C'est le dernier rempart entre nous. Peut-être parce que Sawyer a peur d'aller trop vite, encore une fois. Ou, surtout, parce que j'ai encore du mal à lui laisser l'accès total à mon intimité. Il n'a pas fait de remarques sur le fait que je ne me dénude jamais complètement. Il a déjà caressé mes jambes nues, il a goûté à mes chairs pour la première fois hier, seulement parce qu'il faisait déjà nuit et qu'il était trop occupé par ses assauts pour se soucier de la lumière à peine tamisée. Quand sa main s'est aventurée sous mon tee-shirt, mon ventre s'est serré, j'ai eu peur que la pulpe de ses doigts ne remarque les stigmates de ma vie d'avant. Je ne suis pas prête à ça, ce n'est pas le moment. Simple question de timing, un point c'est tout.

Mais Sawyer est si doux, si prévenant, qu'il suit les réactions de mon corps à la perfection. C'est comme s'il comprenait que chaque jour doit être respecté. Est-ce qu'il entend, derrière ma poitrine, les instructions de mon cœur ? Ce cœur qu'il faut défaire de ses couches pour pouvoir l'atteindre. Le libérer.

Je veux croire que Sawyer saura y arriver. Neuf jours que je dépose cette prière silencieuse sur ma paume.

– Je vais chercher dans ma chambre, tu peux regarder dans la commode, s'il te plaît ?

– Moui, il grogne en mordant mon épaule.

Je gigote pour me défaire de ses bras et éclate de rire en voyant sa mine boudeuse. J'allume la lumière de ma chambre et peste en poussant les habits qui s'amoncellent sur mon semainier. Je redeviens bordélique chaque fois que je recommence à aimer.

Je suis à genoux, la tête sous le lit, quand j'entends Sawyer me parler depuis l'entrée de la pièce.

– Aïe ! je râle en me tapant le crâne contre le sommier. T'as dit quoi ?

Je me frotte la tête en me tournant vers lui et ma vue se brouille soudain. Pas à cause du coup de latte, ni de la poussière qui s'est collée à mes cils. Je préférerais cent fois que ce soit pour ces raisons et non à cause de ce que Sawyer tient entre ses mains. Bon sang, où est-ce qu'il a trouvé ça ? Il me dévisage avec un sourire interrogatif et mon cœur s'affole.

– Petite cachottière !

– Je…

Je fixe les morceaux noirs qu'il exhibe devant moi et je réalise que je recule quand mes mollets tapent contre le matelas.

– Il est cassé… j'articule entre mes dents serrées.

– J'avais compris ! Sacrilège, j'espère qu'il n'a pas souffert.

Si, il a partagé ma douleur, Sawyer. Il a aussi subi mon désespoir et ma rage.

J'évite de regarder les débris de mon appareil photo entre ses doigts, mais mon regard retombe inexorablement sur cet objet que je n'ai jamais réussi à détruire totalement. J'aurais aimé qu'il devienne poussière sous ma semelle, mais je ne suis pas parvenue à le jeter pour autant.

– Je ne suis pas sûr que ce soit possible, mais je peux essayer de le réparer, si tu veux !

– Non ! je réponds un peu trop vivement.

Il y a des choses qui demeurent brisées, irréparables.

Je claque une main sur ma bouche et Sawyer fronce les sourcils. Jusque-là il parlait sur le ton de la plaisanterie, il ne comprend pas le changement soudain d'atmosphère. J'aimerais faire machine arrière, éluder la situation d'un geste de la main, mais je ne peux pas. Ces choses-là sont trop puissantes pour moi. Ce n'est pas une mouche gênante que l'on peut repousser, c'est un nuage de frelons aux dards acérés.

– Hey, il s'inquiète, en se rendant compte du malaise.

Il amorce un pas dans ma direction, gêné. Le matelas m'empêche de reculer davantage, mais mon aura orageuse le garde à distance.

– Remets ça où tu l'as trouvé, je lâche d'une voix dure.

– Breen, tu…

– S'il te plaît !

Il se fige, secoue la tête, et ses iris me transpercent. Sans le savoir, en cet instant, il a une vue directe sur mon âme. Heureusement, elle est comme un puzzle dont les pièces sont toutes mélangées. Il ne peut pas comprendre.

– Tiens, j'ai trouvé tes clés, au fait, il ajoute en les lançant sur mon lit.

Il ressort de la pièce en refermant doucement la porte derrière lui. Sans un regard ni un mot. *Breen, pourquoi tu lui fais ça ?* pleurniche une petite voix dans mon esprit. Je ferme les yeux et crie dans ma tête pour la faire taire. C'est plus facile comme ça.

– 1, 2, 3… je gémis pour calmer mon cœur. 4, 5, 6… je poursuis en serrant mon poing. 7, 8, 9… Respire, Breen. Reste en mouvement.

Quand je reviens finalement dans le salon, les tremblements de mes mains ont presque disparu. Sawyer est au téléphone, je ne distingue que son dos voûté dans le canapé. Je m'approche doucement et, par-dessus son épaule, je vois qu'il tient dans sa main une vieille photo de moi. Peut-être la seule que j'ai, datant de l'époque où j'avais deux nattes grossières et un walkman dont je ne me séparais jamais. Il a dû la trouver au même endroit que mon vieil appareil. *Quelle idiote de lui avoir demandé de chercher mes clés là-bas !* Heureusement que le reste est mieux caché, hors de portée.

Il la fait tourner entre les doigts de sa main gauche. Je n'écoute même pas ce qu'il raconte à son interlocuteur.

Quand il raccroche, je m'installe à côté de lui, essuyant discrètement mes paumes moites sur mes cuisses.

– J'espère que tu ne m'en veux pas… je souffle en lui donnant un coup d'épaule.

– De quoi ? il m'interroge l'air de rien.

D'être comme ça…

– De l'avoir cassé, je réponds à la place, d'une voix éraillée. Je sais que tu voues une adoration sans limite aux appareils photo et je me doute bien que tu es outré.

J'essaie d'avoir un ton léger pour désamorcer ma réaction de tout à l'heure. Je ne veux pas qu'il me pose de questions, même si ça me tue de ne pas être sincère avec lui. C'est bien la première fois que je ressens cette petite pointe de culpabilité à l'égard d'un homme. J'espère que c'est bon signe.

– Je suis dévasté… il surjoue en feignant un haut-le-cœur. Est-ce que tu as d'autres cadavres dans le placard ?

J'inspire violemment et je m'empresse de le cacher derrière un éclat de rire forcé. Il n'y a pas de cadavres ici, mais bien des fantômes. Celui de Will et le mien.

– T'étais toute mignonne, il embraye en agitant la photo entre nous. Tu regardais quoi ?

Je grimace en fixant la petite Breen sur ce papier corné, toujours le nez en l'air.

– Je regardais constamment vers le ciel… je marmonne en replaçant une mèche derrière mon oreille.

– C'est cool !

– Ma mère détestait ça…

– Moi je trouve ça génial. Et ça te va bien, ce petit côté rêveur.

Il me regarde avec douceur et je rougis.

– C'était il y a longtemps…

– Tu le fais toujours, tu sais.

Je fronce les sourcils, baisse les yeux et mords l'intérieur de ma joue.

– J'ai plusieurs photos de toi…

– Je pense toujours que le fait que tu aies toutes ces photos de moi est vraiment flippant… je le coupe pour changer de sujet.

– … où tu regardes les nuages, il termine en m'adressant un regard de cinglé.

Oui, c'est vrai, je le fais encore. Mais plus pour les mêmes raisons qu'auparavant. Avant, j'avais le nez en l'air parce que je me sentais prisonnière sur terre. Là où les autres s'évertuaient à avancer en regardant droit devant eux, moi j'avais ce besoin de m'élever et c'est avec Will que j'ai réussi à me libérer. Il m'a donné des ailes, avant de me les arracher. Depuis, j'erre et j'ai recommencé à chercher la paix au-dessus de ma tête. À le chercher lui, quelque part, où qu'il soit aujourd'hui.

– On y va ? il s'exclame en déposant délicatement la photo sur la table basse.

Je hoche la tête et je sens toutes les questions que Sawyer n'ose pas me poser flotter entre nous. Je pourrais lui donner quelques détails, lui dire qu'avant j'étais comme lui. Que j'adorais tout photographier, comme pour immortaliser ma chance. Sans réaliser que ça ne l'empêcherait pas de disparaître. Mais si je lui dis ça, il me verra comme une pauvre fille blasée, alors je préfère attendre de me débarrasser de mes boulets. Il n'y a que là que je pourrai tout lui raconter.

Heureusement, l'après-midi s'écoule dans une bonne humeur facile à cultiver. Sawyer est vraiment un mec génial. Il parle à tout le monde, fait l'imbécile et rit à toutes mes blagues, même les plus pourries. C'est simple d'être avec lui, si naturel que j'en oublie les minutes qui défilent.

Quand il me ramène, j'ai l'impression d'être déconnectée. J'aimerais que ça ne finisse jamais, c'est bon de se sentir à ce point apaisée.

– Mon ventre va exploser, je geins en maudissant chaque marche de mon escalier. J'avais plus mangé autant depuis…

Depuis Will, je termine en silence.

– C'est quoi tes projets ? il me demande alors que nous débouchons dans mon couloir.

– Mes projets ? Pour ce soir ?

– Ouais.

Nous sommes devant mon appartement et j'appuie mon dos contre la porte en le défiant du regard.

– Je vais dormir, dormir et… dormir, j'énumère en comptant sur mes doigts. Tu m'as épuisée !

– Sérieux ? Pourtant on n'a même pas…

– Tais-toi ! je glousse en le frappant.

Il éclate de rire, si fort qu'une porte s'entrouvre au fond du couloir.

– Oh salut, Mei ! je lance en agitant ma main à l'intention de ma voisine de palier.

– *Ni hao* [1], elle répond en nous souriant.

Sawyer la salue à son tour, et quand elle referme le battant, je sais déjà qu'elle ne va pas tarder à venir sonner chez moi. Non pas qu'elle soit curieuse de nature, loin de là, mais elle vivait ici avant moi. Elle sait. Tout. De moi, de Will et du reste. Et j'ai bien vu ce qui se cachait derrière son regard quand

---

1. Bonjour, en chinois.

elle a détaillé mon compagnon. Je n'ai pas envie d'entendre ce qu'elle va me dire, une fois de plus.

– Breen ?

Sawyer claque deux doigts devant mon visage.

– Elle a l'air sympa, il commente en parlant de Mei.

– Elle est géniale, je souffle avec un petit sourire.

– Je dois faire un saut à Brest demain matin, je viendrai déjeuner à *La Petite Tasse* ensuite, ok ?

– Avec plaisir !

Il pose ses coudes sur mes épaules et entoure ma tête de ses bras. Je le sens caresser mes cheveux sans me quitter des yeux. Il réfléchit, je bloque sur sa langue qu'il fait passer et repasser sur ses lèvres. Mon ventre se met à fourmiller d'excitation, j'ai envie de sentir à nouveau ses baisers entre mes cuisses.

– J'ai envie de te voir tous les jours, il a l'air de s'excuser. Tu me le dirais si je suis trop…

– Trop… ? je répète en reprenant mon souffle.

– Ben tu sais, trop…

– Trop photogénique ? Sympathique ?

– Sympathique ? il s'offusque en reculant d'un pas pour mieux me regarder. Sérieux, c'est ce que je t'inspire ? Merde, c'est la honte !

Sans prévenir, je colle ma bouche à la sienne, glissant mes mains dans les poches arrière de son jean. De cette manière, ses hanches s'enfoncent dans les miennes et ses doigts emprisonnent mes cheveux. La porte contre laquelle je suis adossée m'empêche de reculer sous l'appui de son corps tendu. J'aspire la langue qui me faisait fantasmer une minute plus tôt et colle ma poitrine contre son torse qui se soulève vite.

– Voilà ce que tu m'inspires… je halète contre son souffle. Dis-le-moi si je suis trop…

Je répète ses propres mots en levant un sourcil aguicheur.

– Trop sexy… il murmure en mordant doucement dans ma lèvre inférieure.

Il fait glisser une de ses mains le long de mon bras, jusqu'à atteindre ma cuisse dénudée. Il ne me quitte pas des yeux, tandis qu'il trace de longues lignes sur ma peau, remontant toujours plus haut sous ma jupe. Je m'entends inspirer ses ardeurs et expirer mes fièvres. Quand il suit la couture de ma culotte, je ne me dis même pas qu'on est en plein milieu du couloir, à la vue de tous.

– Trop belle, il reprend en empoignant une de mes fesses. Trop tout, il poursuit en revenant sur le devant de ma dentelle.

Il a prononcé cette dernière phrase son front collé au mien, et je me retiens de lui avouer que je me sentais « trop rien » avant de le rencontrer.

J'anticipe son prochain mouvement, je le devine prêt à dépasser la frontière de mon sous-vêtement. Mais des éclats de voix résonnent dans la cage d'escaliers et il se recule, un peu pantelant, laissant un goût de trop peu entre nous.

– À chaque jour suffit sa peine, il énonce en se frottant le visage. Je vais te laisser te reposer pour que tu sois en forme demain.

À chaque jour suffit sa peine... C'est tellement vrai. Sawyer trouve toujours les mots parfaits pour alimenter mon cœur déchargé.

– On se voit demain, jolie Breen.

Il me serre une dernière fois contre lui, embrasse mes cheveux en lâchant une longue inspiration.

On a passé une après-midi géniale, mais je me demande s'il repense à mon appareil photo et à la réaction que ça a provoquée chez moi. Plusieurs fois, j'ai senti son regard, son attention finement portée sur mon visage. Je ne lui en veux pas, lui est plutôt transparent comme garçon, hormis peut-être certaines fois où je le surprends à fixer l'écran de son appareil photo. Dans ces moments-là, il semble être à des milliers de kilomètres de là.

Quand il a descendu la dernière marche et que j'entends le moteur de sa voiture démarrer, je compte dans ma tête. Rien à voir avec mon habitude maladive, cette fois, j'attends de voir combien de temps va mettre Mei pour rouvrir sa porte et me faire signe d'entrer.

– 11, je lance à voix haute en voyant son visage apparaître dans l'entrebâillement.

– Viens donc discuter un moment, j'ai de la vodka, elle se contente de répliquer.

– Moi qui comptais sur tes origines chinoises pour me mettre au thé, je raille en levant les yeux au ciel. Je sais ce que tu vas me dire, je grommelle en entrant chez elle.

– Alors je t'en sers une double, elle répond avant d'enchaîner en chinois.

J'agite ma main, l'air de dire « fais ce que tu veux » et m'allonge sur son divan couleur moutarde.

– Comment il s'appelle ? elle démarre sans attendre en me donnant un petit verre.

– Sawyer.

– Combien de temps ?

Elle attaque direct, la garce !

Je tente une moue dubitative, mais quand ses yeux se brident davantage, je sais que ça ne sert à rien de jouer avec elle. Alors je tends mon bras entre nous et ouvre ma main pour qu'elle puisse lire dans ma paume.

– *Jiu*, elle lit dans sa langue. 9… Tu n'as pas peur, Breen ?

– Pas encore.

Elle me pose la question en connaissant pourtant très bien la réponse. La peur ne va pas tarder, je le sais, mais le neuvième jour en est dénué. J'ai paniqué tout à l'heure, c'est vrai, mais là Mei parle de la peur viscérale qui s'insinue dans chaque cellule, coupe les jambes et fait prier. Je la connais. Malheureusement, c'est l'un des rares héritages que Will m'a laissés. Et Mei s'en souvient trop bien.

– Je sais ce que tu penses, Mei…

– Je ne te juge pas, Breen, jamais. Mais je me fais du souci pour toi. Chaque fois, tu retombes un peu plus bas.

– Sawyer est un mec bien, je… je l'aime vraiment beaucoup. Il rend tout ça plus simple. Ce sera peut-être le bon, cette fois.

– Je l'espère de tout mon cœur. Est-ce que tu as eu des nouvelles de Stephan, depuis… ?

Mon ventre se gorge d'acide instantanément et j'avale la vodka d'une traite. Pourquoi est-ce qu'elle ramène chacune de mes histoires à lui ?

– Non. J'imagine qu'il est toujours au Canada.

– Il était gentil, lui aussi.

– Je n'ai pas envie de parler de lui et tu sais très bien pourquoi. Je n'aurais jamais dû sortir avec Stephan pour des dizaines de raisons. Je l'ai blessé, Mei. Le pire, c'est que je n'arrive même pas à m'en vouloir. Il est… je ne veux plus parler de lui.

– Et ton Sawyer, est-ce que tu comptes le mettre au courant ?

– Toujours la même question et toujours la même réponse, Mei. J'ai besoin de temps.

– De jours, elle corrige dans un souffle.

– Encore 40. À quoi bon lui confier mes secrets si mon cœur ne sait pas l'aimer plus longtemps ?

– Il n'y a pas de honte à avoir, Breen.

– Tu ne peux pas comprendre, je m'essouffle en sentant l'étau dans ma poitrine se resserrer. Ma honte, mes regrets, je peux vivre avec. Ça fait mal, mais j'y arrive, jour après jour. Si je ne supporte pas d'en parler, c'est parce que chaque fois les regards qu'on m'adresse alors sont insupportables. Il y a toujours ce silence pesant qui s'installe, ces mots maladroits. Et leurs yeux, Mei, qui valent mille paroles et plus de jugements encore. Ils se demandent comment je peux rire, comment je peux ne serait-ce que respirer. Ils estiment que je devrais être morte. Ils n'imaginent pas que j'ai essayé mais que même ça, ça n'a pas marché…

– Ne dis pas ça ! elle s'écrie en posant son verre d'un geste sec tout en regardant mon poignet découvert avec désolation. Si je n'étais pas arrivée à temps ce matin-là…

Elle recommence à baragouiner en chinois, je n'ai pas besoin de lui redire combien je suis désolée. J'ai regretté mon geste dès que j'ai vu le sang couler.

– J'ai besoin de temps, je répète en fixant le plafond. Mon cœur a besoin de retrouver son tempo. Dès que j'arriverai à aimer un peu plus longtemps, je serai libérée de mes maux. Et des mots.

– Tu n'as pas peur de la réaction de Sawyer à ce moment-là ?

– J'ai peur de bien des choses… Mais pas de ça…

– Je persiste à croire que ça t'aiderait, elle souffle en se renfonçant dans son fauteuil.

– Parce que Stephan a compris ? je m'emporte en me redressant sur le canapé. Ça a changé quoi que ce soit à tout ça ?

– Non, bien sûr, mais Stephan est…

– Je suis fatiguée, je lance en me levant pour me diriger vers la porte.

Je reste la main sur la poignée quelques secondes, je sens les yeux de Mei sur mon dos.

– Je suis désolée, j'articule sans me retourner. Je sais que tu veux m'aider, tu as toujours été là pour moi quand Will m'a… Mais je dois le faire seule, Mei. Je dois laisser mon cœur retrouver le bonheur sans le brusquer. Je ne sais même pas comment il tient encore accroché dans ma poitrine, alors si je le presse, il risque de tomber à mes pieds. Et là, je n'aurai plus la force de le ramasser.

Je tire sur la porte, et avant de la refermer derrière moi, je l'entends murmurer. Je crois qu'elle prie et je ne vais pas l'en empêcher. Même si je ne crois plus en mon Dieu, j'accepte volontiers l'appui de tous les autres.

De retour chez moi, je brise le silence en allumant la radio. Je respire, une fois, deux fois, neuf fois. *Voilà, comme ça*. Je regarde autour de moi, repousse les souvenirs, les recouvre d'une couche de présent. *Reste en mouvement, Breen. Survis* !

C'est la voie que j'ai choisie quand Will m'a menée aux frontières de la mort.

Je sors mon téléphone de ma poche et le serre fort entre mes doigts.

Breen : Merci pour cette journée.

J'appuie sur envoyer d'un geste pressé, parce que j'ai besoin de retrouver le sentiment que Sawyer a laissé en moi tout à l'heure.

Sawyer : Attends de voir celle
de demain et là tu me remercieras
vraiment !

Je souris, persuadée que son ignorance est la clé pour que je puisse ouvrir cette ultime porte qui demeure inlassablement verrouillée. Il comprendra. Si je l'aime encore dans 40 jours, il comprendra.

Breen : Sofa pense
que tu aurais dû rester…

Sawyer : Je sais. On a tout
notre temps.

Peut-être, qui sait ?

Sawyer : Allez va te coucher ☺.

Breen : À demain, Sawyer.

Sawyer : À demain, jolie Breen.

Je cherche quoi lui répondre, mais rien ne vient. Il y a cinq ans, j'ai dit à Will que je l'aimais ce jour-là et c'est la seule chose que je suis incapable de reproduire aujourd'hui. Je n'ai jamais cru que c'était précipité entre lui et moi et je ne regrette pas de lui avoir répété ces mots chaque jour. Mais depuis lui, impossible de les prononcer. Même durant les quelques jours où je suis sûre d'aimer, il reste cette barrière trop dure à dépasser. Je crois que c'est une manière de me protéger, un dernier instinct de survie pour empêcher mon cœur de mourir. 49 jours de sursis, ce n'est pas si terrible, si ?

J'ai un petit sourire aux lèvres en branchant mon téléphone près de mon lit. Je ne dois pas me laisser atteindre par le reste. Sawyer et moi, c'est là-dessus que je dois me concentrer. Après tout, ces neuf premiers jours ont été absolument parfaits.

Jour 9. Celui d'une seconde fois au goût de première. Je veux croire que ce sera enfin la bonne, la dernière.

Jour 14

SAWYER

Je me sèche les cheveux d'un geste rapide et enfile mon boxer sur ma peau encore humide. Moi qui suis d'un naturel plutôt tranquille, aujourd'hui je suis pressé comme jamais.

Depuis quatre jours, je n'ai pas pu voir Breen et ça me rend dingue. Je devais passer la voir au café mais j'ai été retenu à Brest plus longtemps que prévu et le soir, elle était trop fatiguée. Le lendemain, elle est tombée malade, une sale grippe qui l'a clouée au lit jusqu'à aujourd'hui. J'ai eu envie de lui rendre visite un millier de fois, mais je me suis raisonné. Toujours à cause de cette pression latente d'aller trop vite, de cette peur de la braquer. Moi-même je me fais flipper à lutter entre hâte et patience.

Breen ne ressemble pas aux filles que j'ai connues, ni à l'idée que je me faisais de la femme avec qui j'aurais tant envie de partager mon temps. Elle est réservée, calme comme un lac d'hiver silencieux. Elle est aussi drôle et futée. Indomptable, c'est ce qui me vient à l'esprit quand je pense à elle. Elle semble avoir son propre rythme et c'est peut-être ça qui me perturbe le plus. Je n'ai pas encore trouvé le tempo qui la définit. Et c'est à la fois excitant et flippant. Ça fait quoi, deux semaines que nous nous fréquentons ? Je suis ridicule. D'autant qu'on n'a même pas encore couché ensemble, donc cette histoire ne devrait pas revêtir un caractère aussi sérieux à mes yeux. Ou bien c'est peut-être justement là tout le problème. D'habitude, je couche le premier soir, ou le deuxième, à la limite.

Le pire, c'est que ça me plaît de sentir cette boule de nerfs s'agiter dans mon bide. Elle s'échauffe, grandit chaque jour un peu plus et, ce matin, je la sens plus haute, à la frontière de ma poitrine.

Je n'y comprends pas grand-chose et je n'arrive pas à mettre de mots sur ce que je ressens. Je parviens seulement à y mettre des photos, qui s'accumulent à chaque journée passée ensemble. Je pourrais en faire une exposition tout entière. Ce tout premier jour, celui où, le nez en l'air, elle ne m'a même pas remarqué alors que je la mitraillais sans pouvoir me retenir. Cette soirée au restaurant, où j'avais déjà une impression d'évidence, puis tous les jours qui ont suivi. Elle est comme un portrait en pied dont les contours se stabilisent lentement. Reste l'intérieur, encore flou, un fondu qui m'attire et que je veux percer à jour.

Sawyer : Bonjour, jolie Breen.
Je vais décoller de chez moi.

Je glisse mon téléphone dans ma poche, attrape ma sacoche et dévale les deux étages comme un gamin un soir de réveillon. Je vérifie si elle m'a répondu en bouclant ma ceinture. Néant. Je jette le téléphone sur le siège passager et donne un coup dans l'horrible donut qui est encore pendu au rétro. Breen joue toujours distraitement avec, c'est l'unique raison de sa survie.

– Tu pars en couille, Sawyer, je marmonne en tournant les clés dans le démarreur.

Je m'apprête à m'insérer dans la circulation quand ma sonnerie retentit. Persuadé que c'est Breen qui m'appelle à la suite de mon texto – non, je ne suis pas obsédé par cette fille –, je ne prends pas la peine de regarder l'écran avant de répondre.

– Yep ! je lance en coupant le moteur.

Le silence que je reçois en guise de réponse me fait froncer les sourcils.

– Allô ?

– Fils.

Mes doigts se crispent autour de l'appareil et je l'éloigne de ma bouche pour pouvoir reprendre mon souffle.

– Papa ?

– Tu t'attendais à quelqu'un d'autre, je me trompe ? En général il me faut une dizaine de coups de fil pour réussir à t'avoir. Et je n'avais plus entendu ce ton enjoué depuis le lycée.

J'expire lentement en fermant les yeux. *J'aurais dû mater l'écran* ! Jamais je n'aurais répondu si j'avais vu que c'était lui. Pas aujourd'hui, en tout cas. Peut-être demain ou la semaine prochaine. Je sais pourquoi il m'appelle.

– Tout va bien ? j'articule la gorge serrée.

– Tout va, il se contente de rétorquer. Brighton reste ce qu'il est. La voisine vient de divorcer et la fille des Hedgers est enceinte du fils des Swanson.

– Ashley s'en sort à la fac ?

– Ta sœur reste égale à elle-même, c'est-à-dire le minimum pour y arriver. Ça a l'air de lui plaire. Pour l'instant. En parlant d'elle, elle rentre pour les vacances, dans trois semaines.

Bien sûr... Pour l'anniversaire de maman. 65 ans, sur le papier cela dit.

– Tu viendras, cette année ?

Nous y voilà...

– À quoi bon ? je lâche à voix haute malgré moi.

– Sawyer ! gronde mon père.

– Je vais voir si mon planning me le permet…

– Ton planning ? il s'offusque. Fais un effort, c'est ta mère, nom de Dieu !

– Pour ce qu'elle le sait…

– Tu es dur, je ne te comprends plus. Je peux cautionner beaucoup de choses, mais… Vous étiez si proches elle et toi, pourquoi tu lui fais payer ça ? Ce n'est pas sa faute.

Sa voix se brise et je me prends une vague de culpabilité en pleine poitrine. Adieu la boule agréable *made in Breen*. À la place, l'angoisse, la colère et la douleur reviennent. La honte aussi, mais je la refoule derrière le reste. Je sais que c'est mal, mais la fuite est ma seule libération face à tout ça.

– Je t'en prie, Sawyer. Ta sœur sera là, tu ne l'as pas vue depuis presque deux ans.

– Je vais y réfléchir…

– Ta mère va mieux.

– Vraiment ? je siffle, acide.

– Pas comme tu le voudrais, d'accord, mais…

– Je vais y réfléchir, je répète d'une voix moins dure.

– Tu me manques, fils. Tu nous manques à tous.

Pas à tous, non, justement.

– Je te tiens au courant, papa.

Je raccroche aussi sec, pour venir serrer le volant de mes mains tremblantes. *Je ne peux pas aller là-bas*... Je ne supporterai pas de la voir. Ça me tue.

Un coup de klaxon me fait sursauter, c'est moi qui l'ai déclenché en tapant trop fort. Je remets le contact, fais une embardée pour sortir de mon stationnement et dépasse largement la limite de vitesse autorisée. Comme si je pouvais laisser mon père et ses reproches derrière moi.

Si j'étais pressé de retrouver Breen, à présent je suis désespéré de la revoir. J'ai besoin d'elle et je ne sais même pas pourquoi c'est si fort. J'aimerais lui parler de cette partie de ma vie que je fuis, mais que pensera-t-elle de moi quand elle saura ? Elle ne voit que le Sawyer que je veux bien lui montrer, mais on en est qu'au début, alors… J'ai le droit d'attendre encore un peu.

Sawyer : J'arrive !

Je tape distraitement sur mon portable en tournant dans sa rue.

Breen : Tu montes ?

Je me tâte, environ deux secondes.

Sawyer : Yep !

Je me gare n'importe comment et attrape la lanière de ma sacoche avant de m'engouffrer dans son immeuble. J'arrive devant sa porte avec le besoin vital d'une greffe de poumon et je l'entends rire devant mon corps essoufflé.

– Dire que je t'ai choisi uniquement pour ton physique avantageux ! Je te pensais plus endurant !

– Tu veux tester mon endurance, poupée ? je souffle en m'avançant vers elle.

– Obsédé… elle pouffe entre mes lèvres quand je l'enlace. Ah, et je ne valide pas le « poupée », que ce soit clair entre nous !

– C'est plutôt étroit entre nous, je corrige, en la collant davantage contre moi.

– Je suis sûrement encore contagieuse.

– J'ai de la fièvre moi aussi, tu veux vérifier ?

– Si t'es en train de me demander de te mettre un thermomètre dans les fesses, je t'arrête de suite ! elle lance en me repoussant d'une main contre ma poitrine. C'est beaucoup trop tôt pour ce genre de familiarité, elle poursuit sur le même ton rieur.

– Et est-ce que c'est trop tôt pour ça ? je lui susurre en posant mes deux mains sur ses seins.

– Tu prends mon pouls, là ?

– Ton cœur bat vite, je crois qu'il m'aime bien.

Je sens sa poitrine se relever dans un sursaut, que je traduis par la même excitation qui court dans mes veines.

– Et tes seins aussi, je raille en les sentant pointer contre mes paumes.

– Des frissons de grippe, faut pas chercher plus loin.

Je les serre plus fort entre mes doigts, avant de longer ses flancs. Elle frissonne et je ris doucement.

– Des frissons de grippe ? je répète en arquant un sourcil.

– Assurément, elle rétorque en me défiant de son regard troublant.

Je scrute ses prunelles aux jolies couleurs d'automne, captivé par les petites paillettes dorées qui ressemblent à de lointaines étoiles. On dirait une galaxie inconnue, gardienne des secrets de l'humanité. *Non mais qu'est-ce que c'est que ces pensées ?*

– Tu prends ton air philosophe, Sawyer Hall.

Je baisse les yeux, avant de les relever.

– Et là ? je réplique en jouant des sourcils.

– On dirait que tu fais une crise d'épilepsie. C'est effrayant.

J'éclate de rire et elle pousse un cri quand je cale mes mains sous ses fesses pour la porter. Je ne la relâche qu'une fois près de Sofa, qui l'accueille à coussins ouverts quand je la jette dessus. Voilà pourquoi il me tardait de la rejoindre. Elle a ce pouvoir de me changer les idées en un battement de cils.

– Vilaine Peterson, la grippe t'a rendue revêche !

– Si tu l'dis !

Elle se recule en s'aidant de ses pieds nus et se cale contre l'accoudoir, serrant un coussin entre son ventre et ses bras.

– Quoi d'neuf, sinon ? je lance avec une furieuse envie de faire la conversation.

Même si ce sont d'autres lèvres qui m'intéressent à ce moment précis, mais passons.

– Je déteste être malade, elle grommelle en remuant ses orteils.

– Moi aussi. Tu m'as manqué, je m'entends répondre un peu trop vite.

– Si tu m'avais vue, tu aurais quitté la ville sur-le-champ. Un cadavre ambulant.

– Ça m'étonnerait.

– Pire, tu m'aurais photographiée, elle s'exclame alors, outrée. Avoue !

– Euh… Ouais, probablement. Les tons de gris se marient parfaitement avec les yeux vitreux…

Elle me balance son coussin en pleine figure et m'achève avec un coup de pied sur la cuisse.

– Pourquoi est-ce que je sors avec toi, déjà ? elle soupire avec une grande théâtralité.

Je bloque sur son visage. C'est la première fois qu'elle parle de nous. Jusqu'à maintenant, on s'est contentés de partager des instants, sans jamais évoquer ce qui se passe réellement.

– Quoi ? elle m'interroge alors que je la fixe.

– Qu'est-ce qu'il se passe entre nous ? j'ose finalement lui demander.

– Comment ça ?

– Laisse tomber, je rétorque alors, gêné.

Je regarde mes jambes et je sens son regard sur moi.

– Ma sœur fait des études en comptabilité.

Je viens de lancer ça de but en blanc, Breen referme la bouche qu'elle venait d'ouvrir.

– Quelle horreur, elle répond en expirant.

– T'aimes pas les chiffres ?

Elle reste pensive, observe sa paume avec attention avant de refermer son poing.

– Parfois oui, parfois non.

Hum, c'est-à-dire ? Breen est la reine des réponses bizarres.

– T'es allée à la fac, toi ?

– Non, elle souffle en regardant vers la cuisine.

– Moi non plus.

– Je sais, l'appareil photo, l'Australie, tout ça tout ça… elle répond dans un doux sourire.

Ça me fait plaisir qu'elle se souvienne de notre première conversation.

– Je devais aller à l'université, j'embraye en replongeant dans mes souvenirs. Une filière de droit des affaires, un truc super chiant et carrément inintéressant.

– Qu'est-ce qui t'a fait changer d'avis ?

Ma mère...

– Un tas de choses, j'élude en traçant des carrés sur Sofa. Il fallait que je parte, que je voie du pays. Un monde entier à découvrir pour ne rien... oublier.

Sauf une chose, dont je pourrais lui parler, là, maintenant.

– Et toi, pourquoi tu n'as pas étudié ?

– L'argent, elle sort un peu trop vite, comme une excuse facile.

– T'as pas eu de bourse ? j'insiste en sentant quelque chose derrière son regard lointain.

Parle-moi, Breen. Il y a quelque chose que tu ne me dis pas et je ne vois soudain que ça. Parle-moi et je te raconterai tout. Je n'ai pas de prise sur cette petite voix qui vient de pénétrer mon esprit.

– C'était trop compliqué à gérer, elle poursuit en frottant ses mains entre elles. Il y a des choses qu'on ne contrôle pas, des rencontres, des choix...

– Il y avait donc un garçon derrière tout ça ? je réplique en me sentant un peu jaloux.

Une première, encore une fois.

– Quelque chose comme ça, elle répond d'une toute petite voix. Et si on se décidait à aller dans ce musée dont je t'ai parlé ? elle s'exclame après s'être raclé la gorge. J'ai une folle envie de prendre l'air après avoir passé ces longues journées coincée ici !

– Vos désirs sont des ordres, madame. Puis-je vous offrir mon cheval, j'ajoute en lui proposant mon dos.

– T'es sérieux ? elle se marre en mordant sa lèvre.

– On ne peut plus sérieux, l'amie !

Elle se redresse, debout sur le canapé, et vient s'accrocher à mon dos.

– Je ne valide pas « l'amie », elle murmure dans le creux de mon oreille. Il y a plus que ça entre nous, voilà ce qui se passe.

Elle m'embrasse sur la joue, puis sur la bouche quand je tourne la tête pour atteindre ses lèvres. En quelques mots, elle vient de me rassurer, même si j'aimerais qu'elle soit plus précise.

Je cale mes bras derrière ses genoux et quand nous croisons sa voisine sur le palier, Breen lui fait un signe de la main en gloussant.

– Ne la lâche pas, Sawyer, elle me lance alors en nous regardant tour à tour.

– Aucun risque, je la retiens !

Je dévale les escaliers, proche du coma par strangulation.

– Tu m'étrangles un peu, là…

– Oups, désolée ! Attends, j'ai oublié de mettre mes chaussures ! elle s'écrie en explosant de rire.

Elle tend ses jambes devant nous et agite ses pieds.

– T'as mis ta culotte ? je m'inquiète en posant une main sur ses fesses.

Elle me tape sur la tête en pouffant et je pince son petit cul. Je la fais glisser sur le côté, jusqu'à l'asseoir sur le capot verdâtre.

– T'as gardé la même voiture de location, finalement ?

– Ouais, je m'y suis attaché. Et puis cette teinte te va si bien, je la taquine en reculant d'un pas pour l'observer.

Elle fait courir ses doigts fins sur la carrosserie, perdue dans ses pensées.

– L'espoir me va bien ? elle demande en relevant sa tête vers moi.

– Pour moi, le vert, c'est plutôt la couleur des tortues ninja, mais ok. L'espoir, ça me va. Et il te va bien aussi, tu as raison.

Je me cale entre ses cuisses, mes mains de part et d'autre de ses hanches.

– Tu espères quoi, jolie Breen ?

Elle me dévisage longuement, avant de me serrer dans ses bras. Une étreinte comme nous n'en avons jamais eue, pleine de sentiments silencieux, de force et de douceur mélangées.

Et dans le tumulte de la rue, alors que je hume le parfum subtil de ses cheveux, il me semble entendre un murmure s'échapper de ses lèvres. Un murmure qui ressemble à un « toi ». *Je t'espère aussi, Breen.*

Jour 15

BREEN

Jeudi 11 juillet 2013.

J'ai toujours adoré me promener dans les rues de Camaret. L'air y est doux, ça sent les fleurs et la mer. Dès que Will est entré dans mon quotidien, il a appris à aimer nos petites escapades lui aussi. Depuis qu'il est sorti de l'hôpital, il prend goût à la vie. Il sourit de plus en plus et c'est pareil pour moi. C'est notre deuxième point commun. Le premier étant cet amour neuf qui nous lie. On adore rester dans l'appartement, rien que tous les deux, mais nos balades nous rappellent qu'à l'extérieur, notre binôme est plus fort que tout. On est libres. On s'installe souvent sur le banc qui surplombe la jetée, main dans la main, et je lui raconte tous les souvenirs que j'ai ici. Après tout, il me connaît à peine, il a tellement de choses à apprendre sur moi. J'ai toujours été plutôt timide, mais avec lui, les mots sortent naturellement. C'est aussi ça l'amour, m'a-t-on dit.

– Tu vois la plage, là-bas, je lui indique en pointant l'étendue sableuse au bas de la falaise. J'y allais avec ma grand-mère et on y passait des journées entières. Tu l'aurais adorée, je souffle, nostalgique.

Je suis sûre qu'elle aurait aimé Will. Je ne peux pas en dire autant du reste de ma famille et je ne parle même pas de la sienne. Voilà un troisième point commun.

– Comment ? je lui demande en me retournant vers lui. Oh oui, le déjeuner !

J'attrape mon sac, sors ce que j'ai préparé et me rapproche de lui. J'adore sentir son corps contre le mien. Il a cette chaleur qui m'entoure comme un cocon revigorant.

– Bon appétit !

Je l'écoute, sans le quitter des yeux. Moi aussi, j'ai encore des milliers de choses à apprendre de lui.

– Breen ?

Je sursaute, cligne des yeux. Will vient de s'interrompre et regarde l'homme qui se tient devant nous, cachant le soleil derrière son dos.

– Éric… j'articule en me réfugiant spontanément contre Will.

Je cherche instinctivement autour de cet homme que j'espérais ne plus croiser, jusqu'à apercevoir au loin celle qui ne le quitte jamais.

– Qu'est-ce que vous faites là ? je l'interroge en essayant de maîtriser ma voix.

– A…

Je serre le bras de mon compagnon, lui intimant de ne rien dire.

– Éric, qu'est-ce que tu fabriques ? s'impatiente une voix derrière moi.

Il lance un regard gêné à la grande femme acariâtre qui vient de le rejoindre. Je serre les dents quand des iris froids se posent sur moi.

– Toi… elle crache en me pointant de son ongle écarlate.

– Madame Jacob…

Esther Jacob. Je me plains de ma propre mère, mais elle…

– Comment oses-tu t'exhiber ainsi avec lui ! C'est insupportable.

Elle lance un regard furieux vers son fils qui ne bronche pas. Pauvre Will, sa « famille » est à vomir.

– Je suis là, je lui murmure en le sentant s'agiter.

– Maman, je…

– Tais-toi ! elle l'interrompt avec fureur. Éric, on s'en va !

– Peut-être qu'on devrait…

– C'est hors de question ! elle siffle en regardant tout autour d'elle. On ne sait même pas s'il est vraiment…

Le regard noir que je lui adresse l'empêche de finir sa phrase. Cette femme sévère me hait. Aujourd'hui comme hier. Bon sang, j'étais tellement naïve à cette époque… Éric et elle vivent à Crozon, une ville voisine et j'ai fait leur connaissance peu après avoir fêté mes dix-sept ans. Au premier regard, j'ai vu combien cette femme me méprisait. Je n'étais qu'une gamine aux parents absents, à mille lieues de sa bourgeoisie écœurante. À cette époque, j'étais loin d'imaginer l'existence de Will. Elle a tout fait pour tirer un trait sur lui, pour l'effacer de ses projets parfaits. Raté. Nous voilà un an plus tard, Will et moi, réunis devant ces gens qui n'ont pas réussi à éradiquer ce fils de la honte.

– Sérieusement ? je tique, acide. C'est tout ce que vous avez à dire ?

– Écoute, Breen, tout ça est vraiment très compliqué… souffle Éric en dévisageant son fils qui reste muet.

Lui qui aime tant échanger avec les autres, face à son père, il reste droit et fier. Pas un son ne sort de sa bouche. Comme s'il sentait que rien ne pourrait leur faire ouvrir les yeux sur nous et cette réalité qu'ils préfèrent rejeter.

– Je n'aurais jamais dû te laisser l'approcher, marmonne Esther en passant son bras sous celui d'Éric.

Bon sang, on a déjà eu cette conversation ! On est adultes, c'est quand même fou qu'elle persiste à se comporter de la sorte. Je ne leur demande rien, je sais que m'occuper de Will est difficile, qu'on avance sur une corde fragile, mais je m'en moque. Je suis prête à tout pour lui.

– On ne vous demande rien, j'assène d'une voix rauque. Rien. On est heureux. On s'aime. C'est la seule chose qui m'importe. Continuez à fermer les yeux, conservez cette ignorance que vous maîtrisez à la perfection depuis le début. Je n'attends rien de vous.

Esther ignore ouvertement Will et s'éloigne déjà sans un au revoir.

Je reporte mon attention vers Éric, qui me dévisage d'un air contrarié. Je sais que c'est elle qui tient les rênes, je devine parfois quelque chose au fond de ses prunelles. Une minuscule étincelle qu'il n'assumera jamais. C'est si bref que ça disparaît aussitôt.

Il lance un regard étrange à Will, rempli d'incompréhension, de ce vide qui me rend malade. *Comment peut-il agir ainsi avec son propre fils ?* Tout ça parce que Will est… Éric ne voit en lui qu'une maladie incurable, un frein, qu'il préfère renier. Personne ne suspecte l'existence de ce fils rejeté. Je suis la seule à connaître la vérité. J'ai honte de cet homme faible et égoïste qui me fait face. Je le déteste.

Je le dévisage dans un silence éloquent. Si Will a hérité de ses yeux bleus, le reste ne lui ressemble en rien. Bon sang, je n'en reviens pas qu'il ait pu si facilement leurrer son monde. Me leurrer, moi.

Ça doit le rendre malade de me voir en pleine rue, au bras de ce fils qu'il a gommé de son existence. Si j'étais mauvaise, je crierais à tous ces gens son horrible secret. Mais ça n'a aucun intérêt. Ça ne changerait rien. Will n'a pas besoin de lui, ni d'Esther. Il m'a moi. Et à chaque doute qu'il aura, je le rassurerai. Je l'aime trop pour le laisser tomber. Sans compter que j'ai tout autant besoin de lui. Will et Breen, les deux moitiés d'un tout que le destin a réunies, envers et contre tous. Ceux qui m'ont brisée n'avaient pas imaginé qu'ils mettraient sur ma route un sauveur brun aux grands yeux bleus.

Éric ne bronche pas. Il demeure muet, autant qu'il peut être sourd et aveugle. Quand on y pense, je ne le connais pas vraiment, mais s'il y a bien une chose dont je suis sûre, c'est qu'il n'est pas capable de repérer cet amour étrange qui me lie à son fils. Je ne crois même pas qu'il connaisse ce sentiment, de toute façon. Alors il ne réalise pas combien notre relation est forte et profonde. Je devrais lui expliquer que quinze jours nous ont suffi pour accepter cette évidence. Que dès le premier jour où nos regards se sont croisés, j'ai compris qu'il était celui que j'attendais. On partage ce besoin de vivre, de construire, avec tous les sacrifices que cela implique aujourd'hui. Demain.

Mais ce type n'entend pas, il ne voit pas, ne ressent rien.Tant pis pour lui. Du moment qu'il ne me cause pas d'ennuis, qu'il me laisse être avec Will, il peut bien rester aveuglé par ses projets.

– Comment ça se passe ? il se sent obligé de demander.

Il respire mal, se tord les mains, lance des regards de tous les côtés.

– Tout se passe très bien.

Il nous observe l'un et l'autre et arrête un grand moment son regard sur nos mains jointes. Ses longs doigts enfermés sous les miens sont si doux, ils m'apaisent.

– Toi et Will… C'est allé si vite, il commente en grattant sa barbe. C'est… Je… Tu penses vraiment être de taille à affronter ça, Breen ?

– Absolument, Éric, je réponds en insistant sur son prénom.

– Will est… Je me fais du souci pour toi.

Et pour lui, bon sang ? Espèce de connard !

– Sans blague ! je ricane en me redressant pour lui faire face. Depuis quand ? Vous avez refusé de prendre Will en charge quand c'est arrivé, alors que moi, j'ai choisi de tout lui donner !

– Tu es si jeune, tu ne te rends pas compte… il rétorque en reculant d'un pas. Ce n'est que le début.

– J'espère bien ! Vous ne comprenez rien. Lui et moi, c'est évident.

– Breen, je…

– Vous devriez avoir honte, tous les deux… Bonne journée, Éric, je conclus en attrapant mes affaires.

Je lance un sourire réconfortant à Will, qui ne regarde déjà plus son père. Même si je n'aborde pas ce sujet avec lui, il sait au fond de son cœur qu'Éric et Esther l'ont banni de leur vie. Tout ça parce qu'il n'est pas le fils parfait qu'ils espéraient. Ils sont tellement stupides, Will est exceptionnel.

On se remet à marcher le long de la jetée et l'air frais n'a rien à voir avec les frissons qui courent sur ma nuque. Cette rencontre avec Éric et Esther m'a ébranlée. Je les hais de réussir à me faire douter. C'est léger, mais c'est intolérable. Je peux y arriver.

Will essaie d'attirer mon attention et je réalise que j'ai cessé de marcher. *Breen, tu ne dois pas t'arrêter*. Je ne dois pas leur laisser ce pouvoir sur moi. On m'a trop souvent entravée. *Reste en mouvement, Breen*. Toujours. Pour Will, pour moi, pour notre amour. C'est la seule clé pour nous ouvrir un avenir libre de peur, de préjugés et de rancœurs. Cette maladie insidieuse qui essaie de nous faire trébucher, je dois la relayer loin, très loin.

– Je suis désolée, je murmure en l'embrassant.

Il me sourit, comme s'il lisait dans mes pensées, et je prends sa main pour couvrir ma joue.

– Je t'aime tellement.

Mon cœur s'étire, se gorge d'une douce chaleur, et ses battements renforcent mes certitudes.

– Je t'aime.

Aujourd'hui plus qu'hier, l'amour s'impose comme une évidence. Je n'aurais jamais cru ressentir ça un jour. Si Will est loin de l'homme que j'avais imaginé pour partager ma vie, je n'ai pas le moindre doute en cet instant. Peu importe les obstacles, peu importe les craintes silencieuses que Will fait naître en moi, je ferai ce qu'il faudra. Je serai celle qu'il veut que je sois. Il est encore fragile, je dois être forte pour deux.

Jour 15. Celui qui lutte contre les courants glacés du cœur.

Jour 15

BREEN

Aujourd'hui.

Les mains dans l'eau savonneuse de l'évier, je lève le nez vers l'horloge. Il est encore en retard. La plupart des gens détestent ça, mais moi, ça me plaît. Beaucoup, même. C'est excitant, il peut débarquer à n'importe quel moment. Quelque chose peut se produire à tout instant. Quelque chose de bon, j'entends.

Ça me rappelle un tas de souvenirs. Ils ne sont pas tous heureux, mais depuis ces dernières années, mon cerveau a appris à étouffer ceux qui me font sombrer. Il est encore trop tôt pour m'en rappeler et le 15 que j'ai tracé ce matin au creux de ma paume est là pour m'en assurer. Me rassurer.

Je souris en repensant au meilleur, à cette époque où je ne pouvais rien programmer avec Will. Parce qu'il était plein de surprise. Imprévisible. Parfois il se manifestait quand je m'y attendais, mais à d'autres moments, il me surprenait. Pour le meilleur et pour… le pire.

Je m'essuie les mains sur le torchon et reste un instant à regarder ce numéro encore visible. Le quinzième. Aujourd'hui, en attendant que Sawyer arrive, je ressens la même chose que par le passé. Mon cœur a le même rythme désordonné, tantôt calme, tantôt effréné. Je suis tout autant excitée par ce nouveau départ qui perdure, grisée par cette sensation d'être à ma place. Exactement ce que je ressentais auprès de Will. J'avais peur mais j'étais forte, capable de rendre mon avenir plus beau que ce qu'on m'avait prédit. Alors ça me donne l'espoir que je peux y arriver. Avec Sawyer. Enfin. Il le faut.

Des coups résonnent contre la porte d'entrée et mes pensées disparaissent en même temps que l'eau dans le siphon. Je cours pour aller ouvrir, pressée de le revoir. Mais comme une gamine trop jeune pour gérer ce qui lui arrive, je glisse sur le parquet et atterris sur les fesses.

– Merde !

– Breen ? j'entends Sawyer s'inquiéter dans le couloir.

– Tout va bien ! je crie en riant.

Je me redresse aussitôt et actionne la poignée.

– Salut, je lance en ouvrant enfin.

Je suis essoufflée de ma petite course et il m'adresse un sourcil interrogateur.

– C'était quoi ce bruit ?

– Mes fesses !

– Quoi ?

– Sur le sol ! je m'empresse de préciser en éclatant de rire. J'ai glissé à cause de mes chaussettes… Bref, entre !

Il se marre devant ma moue rieuse et me dépasse pour me rejoindre à l'intérieur. Je referme derrière lui et quand je me retourne, mon nez s'enfonce dans son torse. J'inspire son odeur de gel douche, j'aime cette fragrance délicate qui émane de lui. Je lève les yeux vers son visage au moment où il pose ses mains sur mes joues. La chaleur qui s'en dégage trouve un écho similaire dans mon cœur. C'est encore léger, mais c'est plus fort qu'hier. Et ça, c'est l'un des signes que j'attendais. Il m'embrasse, d'abord doucement, puis avec plus de force, et je me mets sur la pointe des pieds pour approfondir un peu plus ce baiser.

– Bonjour, il murmure contre mes lèvres.

– Bonjour, j'articule à mon tour en souriant contre les siennes.

– Très jolie jupe, il me complimente avec un air coquin en se penchant en arrière.

Je souris en faisant redescendre le tissu qui s'est relevé un peu trop haut dans ma chute. Puis je reste un instant dans son étreinte, les yeux fermés, concentrée sur les battements qui résonnent dans mes tempes. Je connais chacune de leurs mélodies.

Une partition en quarante-neuf temps que je rejoue souvent.

– Toujours motivée pour un ciné ? il susurre en déposant de légers baisers sur mes paupières.

Sa bouche descend sur ma joue, glisse le long de ma nuque et embrasse mon épaule dénudée.

– On a dit qu'on sortait, cette fois, je pouffe en repensant aux autres soirées qui se sont toutes terminées sur mon canapé.

– Humm… il gronde sur un ton capricieux.

– J'enfile une veste et on décolle, j'insiste en essayant de décrocher nos corps.

– N'oublie pas tes chaussures, alors.

– Bien vu ! je rétorque en reculant vers ma chambre.

Il amorce un pas dans ma direction, je le stoppe en levant une main entre nous.

– Ttt, ttt ! Tu ne bouges pas de là !

– T'es trop tentante…

Il grimace et je l'entends marmonner, faussement contrarié, tandis que je finis de me préparer.

J'ai la tête ailleurs quand je me débarrasse de mes chaussettes pour enfiler des ballerines. Un sourire idiot est accroché à mes lèvres encore humides des siennes et mes sentiments s'affolent. Plus mon corps se souvient de ce que je ressentais avec *lui*, plus mon cœur palpite vite pour Sawyer. Quinze jours. Il est encore trop tôt pour célébrer ce qui se passe, mais dans mon cas, il n'y a pas de petite victoire. Chaque jour qui s'écoule est un pas en avant. Un battement supplémentaire vers celle que j'étais, vers ce que je ressentais et que je convoite plus que jamais.

– Je suis en train de t'imaginer nue, Breen ! s'exclame Sawyer depuis le salon. Si tu ne sors pas très vite, tu peux tirer un trait sur le ciné !

– Mais tu ne penses vraiment qu'à ça ! je rétorque en attrapant la veste qui traîne sur le dossier de ma chaise. Je suis prête ! j'ajoute en marchant d'un pas rapide jusqu'à la porte.

Il me regarde passer, presque déçu, mais amusé par le regard équivoque que je lui jette.

– On prend ma voiture ! Comme ça je te ramène rapidement après la séance…

Je rougis, hésite à lui tenir tête rien que pour voir apparaître sa fossette. Finalement j'acquiesce, je suis sur la même longueur d'onde érotique. J'ai de plus en plus envie de coucher avec lui, de découvrir cette partie de lui. De nous.

***

Il y a foule aux abords du cinéma et je joue des coudes jusqu'à atteindre le guichet.

Pendant que Sawyer m'entraîne vers la longue file d'attente, je laisse mon regard vagabonder, sans rien chercher de particulier. La vie grouille tout autour de moi et j'observe ces hommes et ces femmes vivre paisiblement. Ils n'imaginent pas la chance qu'ils ont. Ou peut-être que si, peut-être qu'eux aussi ils cherchent l'amour pour survivre. Je secoue la tête pour chasser les pensées qui cherchent à s'infiltrer en moi et j'y suis presque. Mais à un battement d'y arriver, mon cœur se contracte si fort que je sens mon corps partir en arrière. Je ne sais pas si j'ai réellement bougé, mais c'est tout comme. Les lumières viennent de se mettre à valser et le passé se met à dangereusement flirter avec le présent.

– Éric.

Ce prénom est déjà en train de résonner dans ma tête quand la femme qui se trouve juste devant moi le prononce.

– Éric !

Elle insiste, hausse le ton, cherche à attirer l'attention de l'homme qui l'accompagne. Mais ce dernier ne l'entend pas. Il ne la regarde plus. Il est bien trop concentré sur mon visage, qu'il n'a plus revu depuis que…

– Breen.

Il murmure mon prénom et, malgré les gens qui passent entre nous, je l'entends aussi nettement que s'il me l'avait soufflé au creux de l'oreille. *Cette voix.*

– Pourquoi tu n'avances plus ? me demande Sawyer en agitant deux doigts devant mes yeux.

Sauf que je suis incapable de les détacher de ce fantôme de mon passé.

– Tu le connais ? il m'interroge en réalisant que je suis tétanisée, le regard braqué sur un homme qui semble tellement plus… vieux.

Dans mon champ de vision, j'entrevois sans peine que la femme se pose la même question. Ses yeux curieux vont et viennent entre lui et moi.

Quand Éric se met à avancer dans ma direction, j'enfonce mes ongles dans mes paumes, sans parvenir à lui hurler de s'arrêter. Sans pouvoir bouger. Mes cris restent désespérément coincés. *Je ne peux pas*... Pourquoi est-ce qu'il fait ça ? Il n'a pas le droit de s'approcher de moi !

Je sens les doigts de Sawyer s'enrouler autour de mon avant-bras, je le devine en train de me dévisager. Il ne peut pas ignorer que je me suis mise à trembler. Je devrais le supplier de m'éloigner d'ici, d'autant qu'il ne doit rien savoir de cet homme faible et méprisable. Mais je suis figée, comme une enfant qui aurait traversé sans regarder, éblouie par des phares meurtriers, prisonnière d'un passé qui vient de se refermer sur moi comme une cage en acier trempé.

– Breen… répète Éric, à présent tout près.

Bien trop proche de celle que j'étais. Mais si je cherche à retrouver ce que je ressentais à l'époque, ce que cet homme réveille en moi est précisément ce que je veux oublier. Le mauvais. Il est trop tôt. *Trop tôt*.

– Tu as changé, il poursuit maladroitement.

Même si de petites rides sont venues accentuer ses expressions et que son visage a l'air d'avoir pris quinze ans, il est toujours le même, tout compte fait. Il est encore aveugle quand il me regarde. Cet homme ne m'a jamais vue comme il fallait. Il se trompait déjà à l'époque, et aujourd'hui, il a tort une fois de plus. Je n'ai pas changé. *Pas encore.*

J'essaie de me défaire de ses prunelles bleues qui me renvoient en pleine poitrine ce que je désespère de refouler.

– Qu'est-ce qui se passe ? s'inquiète la jeune femme, glissant son bras sous celui d'Éric. Qui est-ce ?

– Jeanne, je te présente Breen. Une amie de la famille.

J'avale ses mots sans savoir comment les digérer. Alors voilà ce que je suis pour eux ? Je suis passée de la belle-fille indésirable à une « amie ». *La blague !* J'en ricanerais presque si ça ne faisait pas si mal. Comment peut-il prononcer le mot « famille » en me regardant droit dans les yeux ? Il ne sait même pas ce que ça veut dire !

Mais je me garde bien de le lui faire remarquer et je reporte mon attention sur cette fameuse Jeanne. Je la scrute, peut-être un peu trop intensément, simplement pour voir si mon prénom évoque quelque chose pour elle. Mais ses iris ne me trompent pas. Elle n'a aucune idée de qui je suis. Évidemment. Certains sont plus doués que d'autres pour tirer un trait sur leur passé. Je regarde ses doigts accrochés à la manche d'Éric et je me surprends à chercher

Esther derrière eux. Où est-elle ? Pourquoi est-il sans elle ? Je ne les ai jamais vus l'un sans l'autre, le duo de l'enfer. Pourtant, je ne la vois nulle part. Non pas qu'elle me manque.

Je recommence à détailler Jeanne, dans un réflexe impossible à dompter. Elle est beaucoup plus jeune que lui, je dirais même plus jeune que moi. Seigneur, je me demande vraiment ce que pense Esther de tout ça. J'espère juste que cette situation lui brise le cœur. Que son cher Éric lui a brisé le cœur, si tant est qu'elle en ait un. Peut-être, alors, comprendra-t-elle ce qu'ils m'ont fait subir à l'époque. Sans compter Will.

– Sawyer, lance soudain une voix à côté de moi.

Zut, Sawyer !

Il se présente de lui-même, parce que j'en oublie les bonnes manières. Mais je ne sais même plus si je suis encore dans ce cinéma ou à des années d'ici. Pourquoi faut-il que je le croise précisément aujourd'hui ? Il n'y a pas de cinéma, là où il vit ? *Seigneur, j'espère qu'il n'a pas déménagé à Camaret…*

– Enchanté, répond poliment l'homme que j'aurais aimé ne plus jamais recroiser, interrompant mon monologue interne. Je suis content que tu…

Une douleur se ravive quelque part et je le foudroie du regard. Un silence pesant s'installe, Éric a l'air de vouloir me dire mille choses avec ses yeux. *Ses* yeux.

L'oxygène semble avoir diminué de moitié. Je me détourne de lui, pas assez vite pour lui épargner la colère que je ressens encore à son égard. Et cette culpabilité qu'il ne mérite pas.

Je prends une longue inspiration, cherche une échappatoire quelque part. N'importe où. Je veux qu'il s'éloigne, que fait-il encore là ? Qu'est-ce qu'il cherche, bon sang ? Cet homme ne fait plus partie de ma vie depuis que son fils m'a…

Arrête. Il est trop tôt, Breen.

Je plaque un sourire sur mon visage. Il n'est pas très grand, pas sincère et certainement pas facile, mais c'est un sourire salvateur. Si j'ai bien compris quelque chose après avoir traversé ce que la vie m'a infligé, c'est qu'un sourire, même minuscule, peut vous sauver. Il vacille, alors j'inspire plus fort pour le maintenir en place. *Allez, juste quelques secondes, le temps de les congédier.* Mais quand je remarque un détail qui m'avait jusque-là échappé, j'arrête totalement de respirer et ma bouche retombe aussi sec. Mon cœur avec.

Je relève spontanément les yeux vers ceux d'Éric. Il attendait que je réagisse et je le vois pâlir.

– Que pense Esther de cette nouvelle ? je lui demande en essayant de contenir mon émotion.

J'entends sa compagne grincer des dents. L'évocation de cette affreuse bonne femme produit le même effet sur elle que sur moi, apparemment.

– Elle ne fait plus partie de ma vie, il articule après avoir dégluti. J'ai choisi Jeanne, aujourd'hui.

Il a assené ça avec tout ce que ça sous-entend. Il a fini par mettre un terme à cette relation venimeuse. Il a enfin choisi, ce qu'il n'a jamais fait pour Will, jamais. Je serre les poings. Je me fous de ses regrets. J'espère que ça l'accable, que ça l'étouffe à petit feu.

– On s'est mariés le mois dernier, précise cette dernière en posant sa main sur son ventre proéminant.

Je jette un œil à son alliance, mais c'est son ventre qui accapare toute mon attention. À l'époque, Éric semblait trop jeune pour être le père de Will. Maintenant, je le trouve presque trop vieux pour être celui de cet enfant. En fait, je n'avais simplement pas imaginé qu'il puisse recommencer, avec ce qui est arrivé. Et dire que sa nouvelle femme n'a même pas l'air au courant. Je suis écœurée.

– Le film va bientôt commencer et on n'a toujours pas pris nos billets, murmure Sawyer dans mon oreille.

Je sursaute. *Merde, je l'avais encore oublié.* J'étais loin d'ici, cinq années en arrière, plus précisément. Je sens sa main dans la mienne et je frémis. Je la serre pourtant plus fort, en affrontant Éric du regard. Comme avant. Comme avec *lui*. Les jours passent et se ressemblent encore. C'est étrange cette manière qu'ils ont de se succéder dans une même série.

– Breen, je… amorce Éric.

– Bonne soirée.

J'ai craché ça d'une voix froide, avant de sentir enfin mes jambes s'activer. Je me mets à fendre la foule vers la sortie, j'ai besoin de quitter cet endroit.

J'émerge enfin sur le trottoir et avale tout l'air que je peux. Il est froid, parfait pour étouffer la brûlure qu'Éric m'a infligée. Hier, aujourd'hui. Même si je n'ai jamais déménagé, je ne l'avais pas recroisé depuis… *Ça suffit, Breen !*

Je regarde ma paume, mes yeux piquent de fixer ce 15 avec tant d'intensité. *Jour 15, Breen.* C'est Sawyer qui compte. C'est Will qui comptait. Éric n'est qu'un figurant insignifiant.

– Hey !

Je ravale mes émotions, conserve seulement celles qui comptent aujourd'hui et me retourne vers Sawyer en enfonçant ma main dans ma poche.

– C'était quoi, ça ? il m'interroge en pointant son doigt vers le cinéma.

– Quoi donc ? je tente d'éluder maladroitement.

– C'est qui ce type ?

– Rien qu'un souvenir sans intérêt… je marmonne en avançant vers lui. Viens !

J'attrape son poignet et essaie de le tirer à ma suite. Il résiste, m'oblige à m'arrêter.

– Attends, Breen !

– Quoi ?

– Tu veux bien m'expliquer ? Tout allait bien jusqu'à ce que tu te décomposes devant ce mec. Qui est-il ?

– Un vieil ami de la famille, j'ironise avec dégoût.

– Mais encore ?

Je serre les paupières. Je n'ai pas d'explication à lui donner. Un jour, peut-être. Mais pas le quinzième.

– Écoute, Sawyer, tout va bien, ok ? J'ai juste changé d'avis, je n'ai plus envie de regarder un film. Il y a beaucoup trop de monde, je préfère un coin plus tranquille.

Je me colle contre lui, glisse mes bras autour de sa taille et enfouis mon visage dans sa veste ouverte. Je mets toutes mes forces dans la maîtrise de mes tremblements. Je me sens en colère mais je ne dois rien laisser paraître. J'ai envie de retourner à l'intérieur pour hurler les pires insanités au visage d'Éric. Tous ces mots que je ne lui ai jamais dits. Tous ceux que Will ne lui a jamais dits. Mais je sais que ça ne changerait rien. Il lui a tourné le dos depuis longtemps, et même s'il semble avoir mis un terme à sa relation nocive avec cette vieille folle d'Esther, ça ne change rien. À l'époque, ils ont choisi de ne pas s'occuper de lui. Heureusement que j'étais là… Mais je ne peux pas m'empêcher de me demander ce qu'il se serait passé s'ils avaient pris leurs responsabilités. Est-ce que Will aurait eu une autre vie ?

– Est-ce qu'il t'a fait du mal ? il chuchote en resserrant sa prise sur moi.

Oui, puis non.

– Br…

Je secoue la tête contre lui et me grandis pour atteindre sa bouche. Je force la barrière de ses lèvres, attaque sa langue pour l'empêcher de parler davantage. Voilà les seules réponses que je peux lui offrir ce soir et s'il en veut plus, alors ce sera sans moi. Ce qui circule en moi est organisé dans un ordre bien précis. Si je chamboule quoi que ce soit, tout partira en vrille. Mon équilibre est fragile, il suffirait d'une pichenette de rien du tout pour que tout s'affaisse.

– Tout va bien.

Mon cœur tambourine fort, il est prêt à poursuivre sa course folle à condition que Sawyer m'accepte telle que je suis. Avec mon passé, mes secrets et l'amour qui fleurit doucement. Comme une graine inattendue dont germe l'inespéré.

– Breen… il susurre contre mes lèvres.

– T'avais raison tout à l'heure, j'aurais dû t'écouter, je l'interromps en l'embrassant plus passionnément. Pas de ciné.

Je me recule si vite que sa bouche grogne d'avoir perdu la mienne. J'agrippe le col de sa veste et le pousse en arrière, jusqu'au bord de la route. Il fronce les sourcils, son esprit est encore empli de questions. Et il n'y a qu'une manière de le purger. Et même si, demain, je vais me détester pour ce que je m'apprête à faire, je décide de ne pas y penser. Il veut une part de moi que je ne suis pas prête à lui céder, mais j'ai de quoi le satisfaire à n'en pas douter. Mon corps et un petit bout de mon cœur, c'est déjà bien assez. Le reste viendra après. *Si je survis.*

Je perds la notion du temps, je remarque à peine le trajet qui défile dans le flou de ses yeux. J'ai mal aux lèvres de l'embrasser avec tant de force et ma poitrine doit être tuméfiée de l'intérieur tant les battements qui y résonnent sont puissants.

Quand mon dos percute ma porte d'entrée et que mes jambes s'enroulent autour des hanches de Sawyer, j'en oublierais presque quel jour on est. *Si seulement.*

– Tu vas pas m'expliquer, hein ? il tente une dernière fois, me faisant grimacer en secret.

– Y a rien à expliquer, je lâche entre dix baisers. Pas besoin de remuer le passé.

– Pour l'instant, il me semble l'entendre murmurer. Clés ?

– Sac.

Je suis presque venue à bout de ses interrogations, il ne prononce plus que de petits mots, sa langue est prisonnière de la frénésie dans laquelle je l'ai volontairement plongé. Moi-même, je suis presque noyée dans cette bulle salvatrice. Noyée dans ses respirations erratiques et ses assauts de moins en moins contrôlés.

Il essaie de m'entraîner vers la chambre, je le pousse sur le canapé avant qu'il puisse y arriver. Il tombe assis et ce que je lis dans ses yeux est parfait. Ici, en cet instant, Éric est oublié.

Ses prunelles brillent d'excitation, s'embrasent quand je tire sur les boutons de son jean. Il lève les fesses pour me laisser le débarrasser de son pantalon, son boxer part avec. Nos corps sont animés de sursauts survoltés, je ne sais pas ce que je fais.

Quand il essaie de me libérer de mon tee-shirt, je fais passer le sien par-dessus sa tête pour bloquer sa tentative. Je n'ai pas allumé le plafonnier, mais les lampadaires à l'extérieur diffusent trop de lumière ambrée pour que j'accepte de me déshabiller entièrement. Quand j'embrasse son torse et son cou, il abandonne et rejette la tête en arrière.

– Tu me rends dingue… il halète alors que je me tortille pour faire remonter ma jupe jusqu'à la taille.

Je baisse les yeux sur son sexe déjà prêt, protégé. Parfait pour oublier. Ce n'est pas comme ça que j'avais imaginé notre première fois mais je me rattraperai un autre jour. *Un autre jour.*

– Quelle rapidité, je glousse en me laissant déjà retomber sur sa virilité.

Je lâche un cri aigu, suivi d'un souffle rauque, et j'inspire la libération que je ressens soudain. C'est éphémère et malvenu aujourd'hui, mais je n'en ai rien à faire. Le vide se réduit, le bon recouvre le mauvais. Il bande ses muscles, enfonce ses doigts dans mes hanches en poussant un son grave qui résonne partout. Mon cœur frappe contre ma cage thoracique, au rythme des claquements de nos corps. J'ai chaud, à l'extérieur, à l'intérieur. C'est tellement bon. Sawyer n'essaie plus de me retirer mon haut, il se contente de tirer sur mon décolleté pour étouffer ses halètements dans ma poitrine, sans la regarder. Je me colle davantage à lui pour le sentir plus profondément, attrape le dossier du canapé derrière sa nuque pour pouvoir accélérer la cadence. Ces émotions-là, je les contrôle, du début à la fin.

Je crie quand il me relève pour me faire redescendre avec puissance. Ses doigts pincent mes fesses, ses dents mordent mes lèvres. Ma langue devient dure sous l'effort que la sienne lui impose. Il durcit lui aussi, encore et encore, comblant mon néant, colmatant des failles juste un moment. Avant de jouir bruyamment, j'espère que cette brève sensation d'être réparée trouvera son sommet lorsque les 49 jours seront écoulés.

Jour 15. Celui qui lutte contre le courant pour maintenir ce cœur en place.

Jour 16

SAWYER

L'anneau qui retient mes clés tourne autour de mon doigt. Une fois dans un sens, une fois dans l'autre. Encore. Et encore. Je suis devant ma voiture, sur le trottoir en face de chez Breen. Il est désert, vu l'heure. Minuit, peut-être un peu plus, maintenant, vu le temps passé à réfléchir depuis que je suis sorti de chez elle. Mon corps est encore parcouru de spasmes légers qui font vibrer le bout de mes doigts. Mes pieds tapent le sol dans une marche immobile. Un tour à gauche, un tour à droite.

J'avais imaginé mille scénarios pour le jour où je coucherais enfin avec Breen. Certains sensuels, d'autres totalement érotiques. J'avais fantasmé sur son corps nu dans ma voiture, allant et venant si vite que le donut s'agiterait dans tous les sens. Ses fesses offertes alors qu'elle se pencherait sur le dossier de Sofa. Son dos glissant contre le mur de son couloir… Et rien ne m'avait préparé à ce qu'il vient de se produire. Absolument rien.

C'est tout Breen, ça. Jamais là où je l'attends, toujours à me faire ressentir des émotions contraires. Je suis coincé à un carrefour, au croisement de l'exaltation et de la déception. J'aurais aimé que ce soit le meilleur coup de ma vie mais je n'arrive même pas à trancher. Pour cela, il faudrait que cette fille ait une comparaison possible avec mes anciennes aventures, ce qui est loin d'être le cas.

– Nada, niet, rien, je grommelle en faisant tomber mon trousseau par terre.

Je me penche pour le ramasser et finis par me laisser tomber assis sur le rebord du trottoir.

– Breen Peterson me rend fou, je souffle en me prenant le visage entre les mains.

J'inspire un bon coup, serre les bras autour de mon buste comme dans une camisole, et les sensations reviennent : ses lèvres contre ma gorge, ses cuisses douces glissant contre mes hanches, ses chairs broyant les miennes dans une pure extase, ses gémissements chantants. Bon sang, j'en rebanderais presque. Presque, parce qu'il y a autre chose qui parasite mes réactions et brouille mes émotions.

Je peux techniquement dire que je viens d'être au plus près de Breen. Peau contre peau, enfoui en elle jusqu'à la base et peut-être davantage. Langues et doigts entremêlés, souffles et battements coordonnés. Tout à portée, à l'exception d'une chose. Son âme.

Celle-là même que je n'arrive pas à capter avec mon appareil photo malgré tous mes efforts.

La première fois que j'ai débarqué en Nouvelle-Guinée, j'ai vécu dans une tribu Papoue pendant près d'un mois. Je me souviens de la réaction de leur chef quand je lui ai montré son portrait sur mon écran. Il est resté figé, à s'observer en psalmodiant dans son dialecte. J'en ai encore des frissons en me le rappelant.

– *Il voit son âme*, m'avait alors traduit l'interprète qui m'accompagnait.

Dès lors, j'ai appris à voir plus loin que la barrière du cliché. L'étincelle d'un regard, la forme d'une fossette, une moue fugace, un tas de détails qui donne bon nombre d'informations sur une personne. Des réponses. Mais avec elle cela ne fonctionne pas. Elle est un prisme à cent facettes, un diaporama défilant trop vite. Je suis maso, parce que cette particularité m'attire plus qu'elle ne me rebute.

– Chiotte !

– Tout va bien ?

Je relève la tête à m'en tordre le cou vers le type qui se tient derrière moi, et j'acquiesce.

– Je cherchais mes clés ! je lance devant son regard interrogatif.

Je les secoue entre nous. Un tour à gauche, un tour à droite.

– Je promène mon chien, il rétorque alors en grattant sa barbe hirsute.

– Euh, cool.

– Il est gentil, il poursuit. Il s'appelle Gérard.

Intéressant... Je scanne les alentours d'un œil dubitatif pour saluer son compagnon. Sauf qu'il n'y a pas de clebs à la ronde.

Je me racle la gorge et le silence perdure. Il finit par hausser les épaules, baragouine un truc incompréhensible et repart d'une démarche claudicante jusqu'à disparaître dans la nuit. *Note à moi-même : prévenir Breen qu'un type inquiétant traîne dans son quartier.*

J'étends mes jambes et reprends mes réflexions. Je jette un dernier coup d'œil pour m'assurer que l'homme n'est pas sur le point de se jeter sur moi, avec son chien fantôme au doux prénom de Gérard. J'éclate de rire et me redresse finalement pour rejoindre mon siège.

– Jolie, jolie Breen, je chantonne en tapotant sur le volant.

Je regarde de l'autre côté de la route, pour observer sa fenêtre. De la lumière s'en diffuse encore derrière les rideaux tirés. Je me demande ce qu'elle fait. Après s'être rhabillée – ce qui lui a pris environ trois secondes vu qu'elle n'avait rien enlevé –, elle a eu l'air épuisée.

Je m'attendais à ce qu'elle se couche immédiatement, pourtant je vois son ombre aller et venir.

Qu'est-ce qui se passe dans sa tête au juste ? Parfois j'arrive à lire en elle comme dans un livre ouvert, mais la plupart du temps, elle m'est aussi étrangère qu'un vieux grimoire écrit en araméen.

Je tape ma tête contre le volant et quand mon klaxon résonne, je jure.

Je lance un regard gêné vers l'appartement de Breen, le rideau est en train de remuer. *Quel con !*

J'enfonce les clés dans le démarreur pour me barrer d'ici au plus vite. Si elle me trouve là, près d'une heure après l'avoir quittée, elle va vraiment me prendre pour un taré. Je n'aurai plus qu'à accompagner monsieur Flippant et on promènera Gérard bras dessus, bras dessous.

Je m'égare. Je tourne les clés pour lancer le moteur et me penche pour attraper ma ceinture.

– Putain de merde !

Mon cœur vient d'exploser tellement j'ai eu la trouille. J'ouvre ma vitre et croise le regard moqueur de Breen, qui m'observe, les mains sur les hanches.

– Qu'est-ce que tu fais là ?

On a prononcé ces mots en même temps, mais pas sur le même ton. Le sien est rieur, là où le mien est encore teinté de la frayeur qu'elle vient de me faire.

Elle fait le tour de la voiture, ouvre la portière et vient s'asseoir à côté de moi.

– Tu sais ce qu'on dit des mecs qui restent sous les fenêtres des filles au beau milieu de la nuit ? elle balance en tordant la bouche.

– J'ai pas pris de photos, je réplique en levant mes mains entre nous.

– T'as pas répondu à la question.

– Qu'ils sont ténébreux ? je tente en haussant un sourcil.

– Mais encore ?

– Somnambules ?

– Bien tenté, mais t'as l'air parfaitement réveillé !

Je la fixe, compte jusqu'à dix dans ma tête et cligne des paupières de manière exagérée.

– Breen ? je m'exclame alors en prenant un air faussement surpris. Qu'est-ce que tu fais là ? Et moi, qu'est-ce que je fiche encore ici ? Doux Jésus, j'ai dû m'endormir dans la voiture…

Elle éclate de rire et ce son me fait du bien. Je l'écoute reprendre son souffle sans trop savoir quoi dire.

– Y a un kebab qui ferme tard à dix minutes d'ici, elle lance alors. Ça te dit ?

– C'est vrai qu'on n'a même pas mangé, je réalise tout à coup. Et j'ai la dalle, en fait ! Dormir m'a donné faim.

– Moi, c'est toi qui m'a affamée… elle souffle en bouclant sa ceinture.

Je ricane, comme chaque fois qu'elle m'offre des remarques tendancieuses. Elle a l'air si douce et si timide, parfois, que j'en suis toujours étonné.

– J'aurais dit comblée, transportée, enivrée… je poursuis en comptant sur mes doigts.

– Je crois que j'ai saisi, monsieur Humilité.

– Donc tu confirmes ? je rétorque en posant mon bras sur son siège.

Je la détaille plus que de raison, je pourrais passer un temps infini à faire ça. Parce qu'elle est belle, mais aussi et surtout parce qu'elle attise mon côté artiste. Si je ne me retenais pas de la photographier à chaque instant, j'aurais de quoi remplir toutes les galeries de la Terre.

– Ça se pourrait, ouais… elle répond sans se douter de tout ce qui traverse mon esprit amouraché. Mais je persiste à dire que je suis surtout affamée.

Je souris en enroulant mes doigts autour du volant, avant que mon esprit ne reparte en direction de Sofa et des marques que nous avons laissées dessus. J'ai à nouveau envie d'elle, différemment, parce qu'elle semble plus calme que tout à l'heure, plus saisissable. Je crois qu'elle a tout déversé sur mon corps, jusqu'à ce que son orgasme emporte les ombres de son joli visage de poupée. Ce voile léger que je ne pige pas. En fait, plus j'y pense, plus je comprends que je suis attiré par ce qu'elle me laisse entrevoir, mais excité davantage par ce qu'elle maintient caché. *Tu crains, mon pote.*

Certaines questions laissées en suspens en profitent pour revenir, en particulier au sujet du couple croisé au cinéma. J'ai senti combien l'atmosphère s'est chargée au moment où ils se sont approchés de Breen. Surtout lui. Elle n'a rien voulu me dire, mais j'ai bien vu la manière dont elle l'a dévisagé. Un mélange de colère et de mépris. Qui qu'il soit et quoi qu'il ait fait, elle le hait. Je suis contrarié qu'elle ne se soit pas confiée à moi quand je l'ai questionnée, mais à l'inverse, suis-je prêt à lui raconter certaines choses de mon passé ? Pas vraiment.

– Va pour un kebab ! je conclus en m'insérant sur la route.

J'écoute ses indications, et quand elle a récupéré nos commandes, nous repartons dans la nuit. Elle grignote ses frites, m'en tend une que j'attrape entre mes lèvres. Je me gare en contre-bas de la route, dans un terrain sableux entouré d'arbres feuillus. Je coupe le moteur et le bruit des vagues s'infiltre par nos vitres ouvertes.

– Cette région est splendide, je commente en déballant mon sandwich.

– C'est vrai, elle souffle en se penchant sur le tableau de bord. J'ai beau y avoir passé plus de la moitié de ma vie, Camaret me surprend encore. Tu devrais voir les ciels d'hiver ici, ils sont magiques.

– Hâte de voir ça…

Je me mords l'intérieur de la joue en réalisant ce que je viens de sous-entendre. On est à peine au début de l'été, c'est une manière de dire que je compte encore être ici dans plusieurs mois. Plus j'y réfléchis, plus ça me semble évident. Je n'ai pas envie de quitter la ville et c'est bien la première fois que ça m'arrive.

– C'est super bon, je lance la bouche pleine. T'es vraiment la meilleure guide de Camaret que je pouvais espérer !

– À ton service. Mais je dois t'avouer que tu auras bientôt fait le tour, je t'ai déjà montré les meilleurs coins !

– Ça m'étonnerait… Il y a plein de choses que je n'ai pas encore explorées, je me risque à rétorquer en la dévisageant. Dis-moi un truc que je ne sais pas sur toi, j'ajoute d'une voix douce.

Sa lèvre inférieure disparaît sous ses dents. Elle la mordille sans me quitter du regard, je pourrais presque deviner ses mots ricocher derrière cette barrière blanche.

– Je ne suis pas du matin, elle murmure en grimaçant.

– Bidon ! je m'esclaffe en secouant la tête. Un vrai truc, je veux du dossier !

– Je ne sais pas parler de moi, elle semble s'excuser.

Ses prunelles brillent, je l'ai mise mal à l'aise et ma poitrine se pince. Bon sang, j'ai envie de tout connaître d'elle, mais ça semble lui coûter un effort énorme. Je lui en demande sûrement trop, trop tôt, mais je n'arrive pas à me satisfaire du peu qu'elle m'offre. Parce que c'est si léger que ça pourrait s'envoler. J'ai l'impression de me tenir à nouveau tout en haut de cette falaise quand je regarde la profondeur de ses iris. D'un autre côté, avancer à tâtons rend notre relation unique et je me raccroche à ça pour faire taire mes interrogations. Il faut que cela suffise pour l'instant. Je ne sais pas combien de temps je vais pouvoir patienter, mais je dois prendre les jours qu'elle me donne sans l'acculer.

– Je suis désolée…

Je cligne des yeux en entendant sa voix voilée et le temps que j'émerge de mes pensées, elle est sortie de la voiture.

– Hey ! Attends !

Je me dispute avec ma foutue ceinture que je n'avais pas détachée et je m'empresse de la rejoindre près du rocher contre lequel elle vient de s'appuyer.

– Pourquoi tu t'excuses, Breen ?

Elle continue à regarder droit devant elle, la lune qui se reflète sur l'océan brille aussi dans ses prunelles.

– J'ai l'impression d'être nulle… à ça… elle chuchote en bougeant sa main entre nous.

– Ça ?

– Toi et moi, elle articule avec difficulté, comme si elle n'y croyait pas. Je vois bien que je ne suis pas comme tu le voudrais…

Quoi ? Mais pas du tout !

Je l'attrape par les épaules et l'oblige à me faire face.

– Regarde-moi, jolie Breen. Regarde-moi, j'insiste devant son regard fuyant.

Elle bat des cils, puis relève ses yeux vers les miens.

– Si je t'ai fait croire une seule fois que tu n'es pas assez bien, alors pardonne-moi. Insulte-moi, pousse-moi dans les rochers, n'importe quoi… Ce que tu viens de dire, c'est n'importe quoi… Tu me plais, Breen. Beaucoup. J'ai envie de tout apprendre de toi, c'est vrai, mais ça fait quoi, à peine deux semaines qu'on se connaît…

– 16 jours, elle murmure dans un timbre indéchiffrable.

– On a tout notre temps.

– Tu crois ?

– Je te le jure.

Elle me détaille, la tête légèrement penchée sur le côté, comme si sa réflexion pesait trop lourd. Et à chaque clignement de mes paupières, je vois son visage changer pour se muer en un apaisement et un sourire soulagé.

– Viens, Sawyer.

Elle attrape mon bras et m'entraîne derrière elle. On n'y voit rien, Breen connaît vraiment bien le chemin car la descente jusqu'à la plage n'est pas facile. Je glisse, trébuche et manque de laisser une jambe à mi-chemin.

– Je rigolais quand je te disais de me pousser dans les rochers, je m'essouffle dans son dos.

J'entends son rire résonner devant nous et, quand je foule enfin le sable, j'ai l'impression d'être un survivant. Même si ça ne dure qu'une seconde, avant que Breen ne poursuive son trajet plus loin. Au bord de l'eau.

– Euh… Oui ? je bafouille en reculant.

– Déshabille-toi, elle susurre en me lâchant enfin le bras.

La nuit est noire. Quelques nuages sont venus voiler la lune et je la discerne à peine. Je reste figé, à la regarder se débarrasser de sa jupe, puis de son soutien-gorge… C'est la première fois qu'elle se livre entièrement à moi et je ne vois que sa silhouette, une ombre parmi les ombres.

– Dépêche-toi ! elle glousse en me jetant une poignée d'eau avec sa main. Elle n'est pas si froide !

Mon cerveau est en panne, tout va trop vite. Là-haut, Breen semblait fragile et épuisée, alors que là, à quelques centimètres de moi, elle est différente. Vivante.

– Alors quoi ? Sawyer Hall, le grand photographe aventurier ne s'est jamais baigné cul nu dans l'océan ? Ce même Sawyer, qui a traversé des contrées sauvages et dangereuses, s'angoisse devant l'Atlantique ?

– Tu m'as cherché sur Wikipédia ! je raille en la pointant du doigt. Et après, c'est moi qui suis bizarre !

– Mais non ! elle se marre, en bougeant ses pieds dans l'eau. J'y avais même pas pensé ! Tu crois que je devrais ?

– Ben si tu t'intéresses à mes abdos d'acier, ils ont quelques photos de moi plutôt avantageuses. D'ailleurs je me demande bien où ils les ont chopées… Bref, il y a aussi un article entier sur ma bi…

Je laisse exprès ma phrase en suspens, prétextant une toux soudaine. En réalité, j'espère surtout voir Breen rougir. J'adore quand son visage s'empourpre. Mais il fait trop sombre et je ne perçois que son éclat de rire, qui résonne tout autour de nous.

– Tu plaisantes ?

– Ma bipolarité, je conclus alors. Qu'est-ce que t'es allée imaginer ?

– Bipolaire, hein ?

– Ouep !

– J'aurais plutôt dit poule mouillée.

– Je suis sec ! je contre en essayant de voir ses seins.

Splash !

– Une poule *mouillée* ! elle crie après m'avoir arrosé de la tête aux pieds.

– Je vais me la faire ! je gueule en sentant l'eau glacée imprégner mes vêtements.

– Mais j'espère bien ! elle rétorque en pouffant.

J'arrache mon tee-shirt et galère à en faire de même avec mon jean et mon caleçon, tant ils collent à mes cuisses.

– Cours, Breen. Vole, nage… vite. Parce que je te jure que tu vas me le payer !

– Ouh ! elle minaude. Je suis terrorisée !

J'amorce un pas vif vers elle et elle saute en arrière en couinant. Mauvaise idée, j'aurais dû finir de me foutre à poil avant de tenter le moindre mouvement. Résultat, je viens de me casser la figure dans le sable, qui s'insinue partout et se colle à ma peau.

– Tu veux un coup de main ? j'entends Breen crier, son corps à moitié englouti dans l'eau noire.

– Je t'avais prévenue… Je peux être calme, comme maintenant… Avant de devenir enragé !

Sur ce dernier mot je bondis jusqu'à elle et nous fais plonger sous l'eau. *Oh bordel, elle est gelée !*

Breen se débat un peu sous ma prise et quand nous remontons à la surface, elle m'insulte entre deux rires. *Seigneur, j'adore ce son* ! Et j'aime encore plus la sentir contre ma peau. Elle est douce, ses courbes épousent parfaitement les miennes.

– J'ai bu la tasse ! elle tousse en essayant de m'échapper.

Elle réussit à s'éloigner et se retourne pour avancer vers le large. Sa taille est en train de s'immerger quand je reviens à la charge dans son dos. Mon torse à présent collé à ses omoplates, je la ceinture. Elle est essoufflée et la main que je viens de caler juste sous son sein tendu par le froid perçoit les battements furieux de son cœur. Elle rejette sa tête en arrière pour la caler contre mon pectoral.

– Tu fais ça souvent ? je chuchote contre sa joue.

– Barboter nue dans l'Atlantique ?

– Ouais.

– Non, elle pouffe. Plus depuis des années…

– Et jamais aussi bien accompagnée… je raille sur un ton que je veux léger, même si j'espère qu'elle va acquiescer.

– J'en sais rien. Après tout on n'y voit pas grand-chose, elle me cherche en remuant ses fesses contre moi.

J'inspire précipitamment en sentant ma queue glisser entre elles.

– Est-ce que tu as vraiment besoin de la voir ? je l'interroge en donnant un coup de hanche. C'est souvent ce qui est caché qui se révèle être de toute beauté.

Je ponctue mes mots en caressant son sein, alors que mon autre main migre vers son abysse.

– C'est vrai, elle répond d'une voix qu'elle peine à maîtriser. Mais j'apprécierais que ta « beauté » ne reste pas trop longtemps cachée.

– Serais-tu encore affamée, jolie Breen ? Je croyais que les frites t'avaient rassasiée ?

– Faut croire que non… Oui !

– Oui ou non ? je la taquine, conscient que ce sont mes doigts en elle qui l'ont fait gémir ainsi.

Je me penche un peu pour pouvoir la pénétrer davantage. Elle relève ses bras pour crocheter ma nuque et je suis le mouvement de ses seins avec ma paume. J'aime sentir mes ongles la titiller, les siens griffer mon cou.

Ce moment est parfait. Je la sens sur le point de venir et je ne suis pas loin moi non plus. Les courants froids de l'océan n'ont pas d'influence sur mon excitation. Ses fesses semblent être animées d'une frénésie qui pourrait faire bouillir l'eau entre nous. L'un comme l'autre, nous sommes prêts pour aller plus loin dans notre étreinte. Il suffirait que j'écarte sa cuisse pour m'enfoncer en elle. Mais je la veux face à moi. Je veux l'embrasser, glisser ma langue dans sa bouche, en même temps que je me faufilerai en elle, voir la lune qui se reflète dans ses prunelles être remplacée par mille étoiles quand j'atteindrai son impasse. Et peut-être que j'ai aussi besoin qu'elle puisse lire dans mes yeux ce que je ressens pour elle. Ce que je n'ose pas lui avouer.

– Sawyer… elle gémit en tenant difficilement sur ses jambes.

Son corps vibre, réagit dans un désaccord extatique, et quand ses chairs pincent mes doigts entre deux soupirs, je pose ma tempe contre la sienne. Je l'écoute atteindre le sommet, chercher son oxygène comme si elle venait de gravir la plus haute montagne du monde. Et avant qu'elle se mette à redescendre vers la réalité, je la retourne vers moi et la rapproche jusqu'à sentir ses tétons contre mon torse. Deux petites pointes dures qui me transpercent jusqu'au cœur.

J'ai tout un tas de confessions qui se bousculent sur ma langue, mais Breen ne me laisse pas l'occasion de les lui souffler. Sa bouche vient de forcer le rempart de mes lèvres salées et ses jambes se sont enroulées autour de mes hanches. Je ne sais pas qui de nous deux est la bouée et qui est le naufragé. Probablement sommes-nous un peu des deux.

Elle gigote contre moi et j'empoigne ses fesses en avançant entre les vagues.

Quand l'eau clapote contre nos gorges, nous n'avons toujours pas éloigné nos lèvres. Je la serre fort, l'imprégnant de tout ce qui s'agite en moi. Je grogne, elle gémit. Je l'appelle, elle s'enhardit. Je la recule juste assez pour m'insinuer à nouveau en elle en prenant mon temps, juste pour le plaisir de voir ses yeux s'agrandir de plaisir.

– Il n'y a rien entre nous, elle articule mollement.

Je fronce les sourcils, avant de comprendre de quoi elle parle.

– J'ai fait des tests en arrivant en France et je n'ai couché avec personne depuis. Tu prends la pilule ?

– Oui. Et j'ai des analyses à la maison si tu préfères attendre de les voir.

– Je te fais confiance, je souffle en aspirant sa lèvre. Et c'est bien trop bon comme ça…

– Oui, elle gémit quand je reprends mes poussées.

J'appuie sur ses fesses pour guider son corps, elle entoure mon visage de ses mains pour contrôler ma bouche. Le doux bruit de nos ébats se marie parfaitement au léger fracas des vagues sur la plage. Je ne vais pas tenir longtemps, j'aimerais faire durer l'extase mais son corps semble m'aspirer tout entier. Plus vite, plus fort et plus loin. Jusqu'au bout. Jusqu'à la fin. Jusqu'à ce que mon corps relâche son excitation. Jusqu'à ce que mon cœur libère une marée d'émotions.

Je la repose doucement et m'immerge totalement alors qu'elle recule un peu. La tête sous l'eau, j'entends mes battements de cœur frapper contre mes tympans. Des pulsations qui ressemblent à des mots. Trois mots.

Je tends mes jambes pour remonter à la surface et cherche Breen du regard. Je contemple son profil pensif qui observe le ciel. Encore une fois. Je ne crois pas que quelque chose m'ait déjà provoqué un tel sentiment de plénitude avant elle. Je pourrais la regarder faire ça toute ma vie, il ne m'a fallu qu'une poignée de jours pour en être convaincu.

16, elle a dit. Je n'aurais pas cru qu'il m'en faudrait si peu pour aimer, même si, sans qu'elle le sache, je suis tombé amoureux d'elle avant ça. Dès le premier jour, mais pas celui qu'elle croit. Je devrais lui dire, lui avouer que…

– Allô ? La mer à Sawyer, je répète, la mer à Sawyer !

Je secoue la tête et lui envoie une nuée de petites gouttelettes libérées de mes cheveux. Elle rit, avant de disparaître sous l'eau à son tour. Quand elle en ressort, elle s'allonge à la surface et forme la plus belle planche qu'il m'ait été donné de voir. Je devine ses jolis tétons qui émergent des flots comme deux petits icebergs. Je veux bien volontiers chavirer contre eux. Je me laisse aller dans la même position qu'elle et tends le bras pour enrouler mes doigts aux siens. Pour être sûr qu'elle ne s'éloigne pas de moi, emportée par le courant. Pour assumer le fait que, peu importe où notre relation va me faire dériver, je ne veux pas la lâcher.

Jour 18

BREEN

Dimanche 14 juillet 2013.

Aujourd'hui est un jour un peu particulier.

– Où est-ce que je l'ai mis, bon sang ? je grogne en claquant la porte de mon petit placard de salle de bain.

Je fouille dans le tiroir sous le lavabo, pour remettre la main sur mon fond de teint et peut-être même mon mascara, si la chance est avec moi. Je ne me maquille pas souvent, en tout cas plus depuis un moment, mais ce matin j'ai envie de faire un peu plus attention à moi. Will se fiche pas mal que je me pomponne, il m'aime avec mes cernes et mes cheveux ébouriffés. C'est agréable de pouvoir être si à l'aise auprès de quelqu'un. Il me fait sentir belle, même quand le miroir me renvoie un reflet plus mitigé. Mais aujourd'hui est un jour un peu particulier…

– Ah, c'est pas trop tôt ! je m'exclame en trouvant enfin ce que je cherche.

Ce n'est pas pour lui que je recouvre ma peau et mes cils, le front presque collé au miroir encore embué. Pour la première fois, je vais présenter Will à mes amies. Les deux seules que j'ai conservées depuis le collège. Nous avons rendez-vous avec Sabrina et Joannie, les pipelettes qui ont partagé ma chambre quand j'étais en internat. Et si elles ont compris que j'allais leur présenter quelqu'un, elles ne s'attendent sûrement pas à quelqu'un comme Will. Il n'a rien à voir avec ceux que j'ai cru aimer avant lui et elles ne savent rien de cette année qui vient de s'écouler. Elles ne connaissent pas cette Breen-là. Sabrina était en Angleterre pour étudier et Joannie quelque part en Argentine pour y passer une année sabbatique.

Elles ne sont au courant de rien. J'aurais pu les appeler, je sais qu'elles auraient accouru pour m'aider. Mais je ne pouvais rien dire à personne. J'avais tellement honte que je ne me sentais pas la force de leur avouer ce que je vivais. J'avais tellement peur de *lui* que je me suis renfermée. Je le regrette à présent et j'ai l'intention de me rattraper. Peut-être bien parce que je cherche à être encouragée, à entendre que toute cette histoire n'est pas folie et que je vais y arriver.

Aujourd'hui est un jour un peu particulier, parce que je vais tout leur raconter. Dans le moindre détail. J'en ai besoin, pour avancer, c'est une manière de me prouver que tout cela est derrière moi et que Will est devant. Il fait rempart au reste. J'appréhende un peu la réaction de mes amies. J'ai peur du regard qu'elles vont poser sur lui quand elles comprendront qu'il n'est pas comme les autres garçons que je leur ai présentés par le passé. Elles vont baliser. Will fait toujours cet effet. Même à moi, parfois.

– Arrête d'y penser, Breen, je me lance à moi-même en fronçant les sourcils devant le miroir. Ce sont tes amies. Tout va bien, ok ? Tout.Va.Bien. Se.Passer, j'articule en pointant mon reflet du doigt.

Je referme ensuite mon tube de rimmel et rejoins Will dans notre chambre. Il est déjà habillé et m'attend patiemment.

– Je suis prête ! On passe par la pharmacie récupérer ce qu'il te faut et on file rejoindre les filles ! Tu vas les adorer !

Je ne lui laisse pas le temps de répondre et sautille jusqu'au salon pour prendre mon sac et enfiler mes chaussures. J'oscille entre hâte et stress et mon cœur bat à toute allure. *Respire, Breen.*

– *Let's go* ?

Je souris à Will, qui est un peu agité lui aussi. Je suis sûre qu'il va adorer Sab et Jo et je le lui répète tout au long du trajet.

– Bon, bon, bon, nous y voilà, je lance, alors que nous arrivons devant la terrasse du restaurant.

Je me mets sur la pointe des pieds pour chercher Joannie et ses cheveux facilement repérables. Un orange vif, qu'elle porte à la perfection depuis le lycée.

– Breen !

Je tourne la tête en reconnaissant la voix haut perchée de Sabrina et la localise tout à gauche, grâce aux mouvements qu'elle fait avec ses bras. Avant d'avancer jusqu'à elle, je me retourne une dernière fois vers Will, la gorge un peu serrée.

– Ce sont mes meilleures amies, je murmure en lui prenant les mains. Elles sont géniales, j'te le jure. Je sais qu'elles vont t'aimer. Mais s'il te plaît, pas de crise, ok ?

J'avale ma salive en le dévisageant. C'est arrivé deux fois ces derniers jours, il paraît que c'est normal. Mais je préférerais qu'il évite de faire ça au milieu des gens. Je n'ai pas envie de sentir leurs regards pesants sur nous. Il me fixe sans broncher, avant que son regard me dépasse.

– Allons-y.

J'expire et nous avançons vers l'extrémité de la terrasse, slalomant avec toutes les peines du monde entre les tables bondées.

Quand mon pied bute enfin contre la chaise de Joannie, je lève le nez et reprends une longue inspiration. Je serre la main de Will et il en fait autant.

– Salut les filles.

J'avais prévu de parler d'une voix chantante, comme si on venait tout juste de se quitter. Pourtant, ces trois mots ressemblent davantage à un croassement un peu honteux. *Ça suffit, Breen ! Tu n'as pas le droit de réagir comme ça !*

Je relève un peu plus la tête, redresse mes épaules pour chasser la sensation de gêne. *Will ne mérite pas ça*, je me répète encore. *Et toi non plus.*

Joannie se retourne, un grand sourire aux lèvres, et j'entends Sab s'étrangler avec son sirop.

– Euh… Salut Breen, répond Joannie en nous détaillant sans grande discrétion.

Elle me regarde de haut en bas, de droite à gauche, comme si j'étais une parfaite inconnue. J'ai un peu changé, c'est vrai.

– Qui est-ce ? elle ajoute sans oser regarder mon compagnon trop longtemps.

– Voici Will, je lâche d'un ton plus maîtrisé cette fois. Will, je te présente mes amies Sabrina et Joannie.

– Bonjour.

– Bonjour, réplique Sabrina en même temps que son acolyte.

Je m'assieds en face d'elles, je les observe réfléchir, échangeant des regards et des froncements de sourcils. Elles sont toujours pareilles, elles savent parler sans même prononcer une parole.

– Il nous faut de l'alcool ! lance alors Sabrina.

– J'y vais ! Allez, Will ! Viens donc au bar avec moi chercher de nouvelles boissons ! propose Jo avec entrain en tendant ses mains vers lui. Je suis sûre que tu vas faire craquer la barmaid et nous avoir une tournée gratuite.

– Hey ! je m'exclame en pouffant.

Mon cœur retrouve enfin ses battements sereins quand je la vois traverser la foule, en grande conversation avec lui. Je savais qu'elle comprendrait. *Reste plus qu'à gérer la plus difficile des deux.*

– Ne me juge pas, ok ? je lance sans attendre à Sab, alors qu'elle me dévisage en silence. Ne *le* juge pas. S'il te plaît.

– Merde, Breen, c'est…

– Juste un garçon.

– Oui oui, je sais. Vous… Toi et lui, vous… Est-ce qu… Est-ce qu'il vit avec toi ? elle m'interroge sans me quitter de ses grands yeux perçants.

– Ouais ! je ricane en avalant trois gorgées de son soda sans respirer. Rien que tous les deux, j'ajoute ensuite.

– Waouh, ok ! Je… Pardonne-moi, Breen, mais je vois bien que c'est tout récent et… quand je suis partie en Angleterre, tu étais si solitaire et différente que…

– Tu ne t'attendais pas à ça, hein ?

– Ben non… Faut dire que je ne t'ai jamais vue fréquenter beaucoup de garçons, alors j'ai l'impression d'avoir loupé des épisodes… voire une saison tout entière ! Il est d'ici ? elle poursuit un ton en dessous, en avançant son buste sur la table.

– Non, de Crozon.

– Et est-ce qu'il…

– Est-ce qu'il est au courant ? Oui, il le sait mais il s'en fout.

– Je vois…

Les coudes ancrés à la table, elle tourne la tête derrière elle pour observer Will par-dessus son épaule. Il est en train de jouer de ses charmes au comptoir et Jo lève ses pouces vers nous en guise de victoire.

– Est-ce qu'il est gentil ? elle murmure sans le quitter des yeux.

– La plupart du temps, j'avoue malgré moi.

– Raconte-moi tout, elle lâche alors en croisant les mains devant elle. Je veux tous les détails, depuis le premier jour.

Depuis le premier jour…

Je me lance dans l'histoire de ces derniers mois, jetant parfois des coups d'œil vers Will qui est toujours avec Joannie près du bar. Je ne sais pas ce qu'elle lui raconte, mais il est concentré sur son visage et boit ses paroles. Il est à l'aise et ça me réchauffe le cœur.

Je reviens sur Sab et cherche mes mots pour expliquer comment j'ai fini par me retrouver à l'hôpital le mois dernier. Comment le cauchemar a pris un tournant inattendu grâce à Will.

– Donc t'as traversé ça toute seule sans jamais nous appeler, elle m'interrompt en posant sa main sur la mienne. Pourquoi tu n'as rien dit toutes les fois où je t'ai appelée pour avoir de tes nouvelles ?

– J'en sais rien…

– Putain, j'ai trop la haine contre ta mère de n'avoir rien fait pour t'aider ! C'est horrible…

– Depuis qu'il y a Will, j'ai presque tout oublié. Maintenant, j'ai juste envie d'avancer.

– Il est beau, elle commente en se retournant une fois de plus. Et Jo a l'air de vouloir le bouffer, tu devrais la surveiller !

On éclate de rire et le malaise d'avoir remué le passé s'éloigne.

– Comment vous vivez, tous les deux ? Tu ne bosses toujours pas, d'après ce que j'ai compris, et avec la famille de Will qui l'a laissé tomber…

– Il me reste des économies et je n'ai toujours pas touché au compte que m'avait ouvert ma grand-mère.

– Tu sais que si tu as besoin…

– Ça va aller, je coupe, en ne voulant surtout pas attirer la charité. Je retournerai travailler dans quelques semaines et Will a le droit à une petite pension. On n'a pas besoin de plus.

– Pourquoi tu ne viendrais pas vivre à Brest avec moi à la fin de l'été ? Je suis sûre que mon père pourrait te trouver un appart près de chez nous. Ce serait cool de vivre proches l'une de l'autre.

– Je me plais ici, Camaret est une petite ville, c'est plus facile avec Will.

– Mais t'es toute seule !

– Non, j'ai Will. On est super bien tous les deux, j'te jure que c'est merveilleux.

– Je vois bien que tu as l'air heureuse et Will aussi. Mais c'est le début… alors réfléchis-y, ok ? Et puis j'ai pas envie de laisser passer une autre année avant de te revoir. Dieu seul sait ce que tu pourrais encore faire !

Je serre mon verre entre mes doigts et mords ma lèvre, un peu vexée par ses paroles.

– Ne le prends pas mal, Breen, je ne voulais pas dire ça comme ça. Je veux juste être là pour toi. Pour vous deux.

– Je sais, Sabrina. C'est vraiment gentil de ta part. On n'attendra pas aussi longtemps pour se revoir, c'est juré. Pour l'instant, on a besoin de passer du temps tous les deux. Apprendre à se connaître, tout ça tout ça…

– En tout cas, si t'en as marre, tu pourras le filer à Jo sans souci. Regarde-la, encore un peu et il aura des traces de rouge à lèvres partout sur la figure !

– On parle de moi ? lance l'intéressée en revenant enfin à la table.

– Où sont nos verres ? l'interroge Sabrina en haussant les sourcils.

– Oups !

Je secoue la tête en me rapprochant de Will et le laisse jouer avec mes doigts.

– Quoi qu'elle t'ait raconté sur moi, sache qu'elle exagère systématiquement, je souffle contre son oreille.

Il profite de ma proximité pour frôler ma joue et j'embrasse chacun de ses doigts.

– Alors c'est ça, l'amour ? Will ? demande Sabrina en nous couvant du regard.

– Oui.

C'est ça, l'amour. Une bulle qui grossit grâce à deux souffles.

Jour 18. Celui où les mots n'ont pas besoin de parler d'amour, parce qu'ils ne m'apprennent rien que mon cœur ne connaisse déjà.

Jour 18

BREEN

Aujourd'hui.

Je suis en retard pour le travail. Je ne me souviens pas de la dernière fois que ça m'est arrivé.

Je cours sur le trottoir et, comme si la journée n'avait pas déjà suffisamment mal commencé, une lourde pluie se met à tomber. *La totale, c'est parfait !*

– C'est pas vrai ! je grogne en accélérant le pas.

J'ai l'habitude de la météo d'ici, mais ce matin je me serais bien passée d'une deuxième douche froide. Heureusement, pas de maquillage qui pourrait couler sur mon visage trempé, juste mes cheveux qui vont rester plats toute la journée. J'ai horreur de me laisser dépasser par le temps.

Je me suis pourtant levée de bonne heure, comme chaque jour. Je me suis préparée en quelques minutes, et si Josie ne m'avait pas demandé de lui rendre un livre qu'elle m'a prêté il y a des mois, je serais déjà derrière le comptoir du café. Sauf que j'ai dû retourner la moitié de mon appartement pour remettre la main dessus ! Et même si j'ai délibérément évité une certaine boîte remplie de souvenirs douloureux, j'en ai retrouvé un qui m'a coupé les jambes. Une vieille photo déchirée en deux et recollée grossièrement, pile au milieu de mon visage plus jeune et tellement souriant. Une ancienne Breen, divisée en deux, seulement reliée par un vieux bout de scotch jauni qui peine à camoufler la balafre. C'est bien la seule vérité qui émane de cette photo. Sur les deux extrémités, je suis entourée de Sabrina et Joannie. Elle a été prise le dernier jour du lycée, scellant notre promesse d'amitié. Envers et contre tous. Du moins, c'est ce que je croyais à l'époque. Je les ai aimées, elles aussi. Elles ont été parfaites avec Will, le temps que ça a duré. Mais quand mon bonheur a été ébranlé par ce séisme et que les répliques ont atteint mon cœur, notre amitié a subi le même sort. Trop de magnitude pour en réchapper.

Je les revois encore, affolées face à moi. Effondrées. J'avais besoin de force, mais elles n'ont su me renvoyer que de la faiblesse. Mes faiblesses, que j'ai prises en pleine gorge comme un lasso acéré. Leurs mots maladroits m'ont étranglée et quand la suffocation est devenue intenable, je me suis débattue. J'ai crié, juste une fois, jusqu'à ce que tout éclate. Un long cri de rage et de détresse, qui a suffi à briser notre lien. Il fallait qu'elles partent, qu'elles sortent de ma vie. Une deuxième mort, plus familière, plus facile que d'essayer de vivre.

Je ne les ai plus jamais revues depuis et, aujourd'hui, en regardant cette vieille photo que je pensais perdue, je me demande ce qu'elles sont devenues. Ce qu'aurait été mon existence si je leur avais laissé une chance.

Pour autant, je n'ai pas de regrets. Je reste persuadée au fond de mon cœur que, pour pouvoir recommencer, j'ai seulement besoin de retrouver le chemin que Will m'a montré. 49 pas pour me ramener jusqu'à lui. Jusqu'à l'amour. Certains appelleront ça du déni, mais pour moi, c'est de la survie.

Voilà pourquoi je ne parle jamais à qui que ce soit de ce que j'ai traversé, pourquoi j'ai repoussé les quelques personnes qui savaient. Ce serait comme lancer une ligne lestée à la mer. Une ligne accrochée à mes chevilles jusqu'à la chair, qui m'emporterait vers le fond. Alors j'ai tout sectionné, c'était la seule solution. La douleur m'avait rendue minuscule, me donnant l'impression d'être entourée de géants qui prenaient trop de place, faisaient trop de bruit. J'ai tout coupé. Il ne me reste que Mei, la seule qui sait y faire avec moi.

– Waouh, t'es dégueulasse ! lance une voix moqueuse alors que je me précipite à l'intérieur du café.

– Ben… je maugrée en saluant mon ami d'un doigt d'honneur dégoulinant.

Je file dans les vestiaires et me débarrasse de ma tenue trempée.

– Tiens, prends celle de Laeti, elle est en congés jusqu'à la fin du mois.

– Merci, Josie, je soupire en attrapant l'uniforme sec qu'elle me tend. Je t'ai rapporté ton bouquin et désolée pour le retard.

– T'en fais pas, je sais ce que c'est !

– Arrête, t'es jamais à la bourre.

– Oui, mais moi aussi je passe des nuits enfiévrées… elle susurre en jouant des sourcils. Certains matins sont difficiles après ça.

– Quoi ? Mais non, pas du tout !

Ça n'a rien à voir avec Sawyer, il n'a encore jamais dormi chez moi. Mais je n'ai pas le temps de le lui dire qu'elle a déjà tourné les talons en riant.

– Qu'est-ce qui est si drôle ? m'interroge Ben, alors que je rejoins le comptoir.

Accoudé avec sa nonchalance éternelle, il est ici comme chez lui. Il vient presque tous les jours pour manger ou simplement travailler sur son ordinateur portable. C'est d'ailleurs comme ça que nous nous sommes rencontrés. Il a été mon premier client quand Josie m'a offert ce travail il y a quatre ans. Un client très expressif. J'étais discrète, effrayée à l'idée de nouer des liens amicaux avec qui que ce soit. Mais cet énergumène s'est imposé avec ses blagues et sa grande bouche intarissable. Même s'il ne connaît de mon passé que les quelques infos que j'ai bien voulu lui laisser glaner, même s'il n'a aucune idée de ce que j'ai traversé avant et avec Will, il m'apporte une certaine stabilité. Sans le savoir, il m'a fait sauter le pas de l'amitié en m'intégrant à son cercle d'amis.

– Rien, j'élude en essuyant une tasse avec une immense concentration.

S'il est accro à notre café, son autre passion est de profiter des commérages du quartier. *Hors de question qu'il sache !*

– Josie ? il tente alors.

Je jette un regard sans équivoque à ma patronne et je la vois se mordre la joue. Je hausse les sourcils et pince mes lèvres pour lui faire comprendre qu'elle a intérêt à la fermer. Ses yeux repartent sans cesse vers Ben, qui la supplie comme si sa vie était en jeu.

– Breen a un amoureuuux ! elle chantonne finalement depuis la table qu'elle nettoie.

– Oh Seigneur, Josie ! je râle en relevant la tête. Tais-toi !

– Qui ça ? s'exclame Ben en se retournant vers moi. Qui ça ? il répète plus lentement.

– Ah non ! Pas ce regard-là ! je me défends en le pointant du doigt.

– Parle, femme ! Je le connais ?

– Oui !

– Josie ! je crie en la regardant de travers. Y a plein d'autres ragots à lui balancer alors laisse couler !

– Breen… il croasse. Tu sais que je suis capable de tout quand il s'agit de potins croustillants…

Je l'ignore et fais semblant de ranger les sacs de grains.

– Ok, je vais faire de ta vie un enfer, Peterson. Te suivre, t'appeler jour et nuit, coller mon oreille à ta porte, renifler ta petite culotte…

– Sawyer Hall ! j'aboie à bout de patience, consciente qu'il en est carrément capable.

Il garde le silence, mais je devine le sifflement de son souffle qui remonte depuis le fond de sa gorge. Je le connais par cœur, il lui faut environ neuf secondes pour réagir.

3, 2, 1…

– Tu te fous de ma gueule ! il braille en abattant ses mains sur le comptoir.

Il explose de rire et je l'entends applaudir comme un cinglé. Puis je suis obligée de lever les yeux vers lui quand il se met à remuer les fesses dans une horrible danse de la joie.

– Merci Josie, j'articule, ironique, en lui désignant Ben du menton.

– Qui c'est qui avait raison, hein ? C'est Benny, c'est Benny ! il scande à tue-tête. Je t'avais bien dit qu'il matait ton petit cul, la bave aux lèvres !

– Ferme-la, je grince en lui lançant un torchon dessus.

Des clients viennent d'entrer, et, vu leurs têtes effarées, ils ont forcément entendu les mots de cet abruti de Benjamin ! Ça pourrait être pire… C'est du moins ce que je pense jusqu'à ce que je reconnaisse l'un d'entre eux en bout de file. Je ferme les yeux et prie pour qu'il n'ait pas compris.

– Qui mate ton petit cul ? j'entends soudain plus près.

– Sawyer Hall, rétorque Ben avant de se retourner.

– C'est pas vrai ! je m'étrangle de honte.

Sawyer éclate de rire et Ben s'y met aussi dès qu'il se rend compte que l'intéressé se tient juste derrière lui, avec ce foutu sourire en coin. *L'enfoiré, je vais le tuer !*

– Ben, c'est bien ça ?

– Quand on parle du loup… Ravi de te revoir, mon pote ! Tu peux m'appeler Benji !

Benji ? Non mais sérieux, je crois rêver !

– Ben, tu dégages… je grogne entre mes dents.

– Je pensais que tu étais déjà reparti à l'étranger, il poursuit en m'ignorant ouvertement.

Sawyer passe une main dans ses cheveux mouillés et s'accoude à son tour. Il est aussi trempé que moi tout à l'heure et ça renforce le parfum qui émane de lui. Il est beau et j'aime beaucoup les petites perles de pluie qui subsistent encore à la pointe de ses cils.

– Je ne suis pas pressé, il réplique en m'adressant un clin d'œil.

– Tu m'étonnes ! Vilaine cachottière, m'engueule Benji l'abruti.

– Ben… je répète sur le même ton.

– Ça te dirait de venir chez moi ce soir ? il propose à son nouveau meilleur ami. J'ai invité Josie et quelques potes, qui sont aussi ceux de Breen, il ajoute avec un rictus diabolique.

Non, non, non !

– Pourquoi pas, répond Sawyer en cherchant mon regard par-dessus la tête de Ben. Breen ?

– Sawyer ? je réplique en faisant non de la tête.

J'ajoute un mime de décapitation, tout en articulant un « s'il te plaît » silencieux. Il m'observe, semble peser le pour et le contre, plutôt amusé par la situation. Il acquiesce et je reprends mon souffle.

– C'est d'accord, compte sur nous !

– Quoi ? je couine sans rien comprendre.

– On mangera des crêpes, conclut Ben tout sourire.

– Des crêpes, insiste Sawyer en me fixant avec insolence. J'en ai pas mangé une seule depuis que je suis arrivé ici.

– Hérésie ! Alors à ce soir !

– Bye Benji !

Rhaa ! La situation m'échappe totalement et je les observe l'un après l'autre, bouche bée.

Avant que je puisse reprendre mes esprits pour fracasser le mug que je tiens sur le crâne rasé de Ben, il s'est évaporé. Je jure entre mes dents quand j'entends Sawyer ricaner et je pose mon regard meurtrier dans le sien, en le pointant du doigt.

– Traître, tu ne viendras pas te plaindre ! Tu n'imagines pas dans quoi tu t'apprêtes à mettre les pieds.

– Moi homme, moi peur de rien ! il rétorque en frappant sur son torse.

– Toi prendre tasse dans la tronche ! je contre en agitant mon arme de fortune devant lui.

Il tire le tabouret en se marrant et se laisse tomber lourdement dessus.

– Tu vas avoir droit à tous ses clichés. Tous ! je poursuis.

– J'ai vraiment bien aimé son expo, tu sais. Ça ne me gêne pas, affaire réglée ! Un café, s'il vous plaît !

– Alors là, tu peux toujours courir !

– Je m'en occupe ! intervient Josie.

Je l'avais oubliée celle-là. *Bon sang, acte 2 scène 2...*

– Je suis Josie, elle poursuit avec un sourire malhonnête. On s'est déjà vus, mais on n'a jamais vraiment été officiellement présentés.

– Sawyer, il répond en attrapant le gobelet qu'elle lui offre.

– Je sais. Cadeau de la maison pour l'amoureux de Breen !

– Mais qu'on m'achève !

Elle m'adresse un raclement de gorge sonore qui n'échappe à personne et je réalise que j'ai pensé à voix haute.

– Je suis juste venu prendre un café, je dois filer. Je passe te chercher ce soir, jolie Breen.

Je m'apprête à lui rétorquer qu'il est le seul à avoir accepté d'y aller et que rien ne m'oblige à lui ouvrir la porte quand il viendra, mais à peine ai-je ouvert la bouche qu'elle se trouve recouverte de la sienne.

– Je suis aussi passé pour ça, il murmure contre mes lèvres. Mais ne le dis pas à Josie, il fait mine de chuchoter. Laisse-la croire que c'est uniquement pour son merveilleux café.

J'entends ladite Josie soupirer comme une gamine à côté de nous et le rouge me monte aux joues. Je tâche de ravaler le rire que Sawyer parvient toujours à créer en moi, même quand je ne le veux pas.

– À tout à l'heure, les filles !

– Mouais… je déclare en haussant les épaules.

– Reviens quand tu veux, Sawyer.

Il m'envoie un baiser depuis le trottoir et disparaît de ma vue, emporté par la pluie.

– Traîtresse, je grogne devant le visage rieur de ma patronne.

– Vous êtes adorables, tous les deux. Et je suis amoureuse de son cul…

– Hey !

– T'inquiète, ce mec est définitivement fou de toi.

– N'importe quoi !

– Ça se voit comme l'énorme nez tordu de Ben au milieu de sa figure, ma petite.

Vraiment ? La remarque de Josie me met mal à l'aise et j'essaie d'éloigner ce trouble en me dirigeant vers un client attablé. Mais j'ai beau porter toute mon attention sur mon travail, je ne fais qu'y penser. Parce que depuis que je sors avec Sawyer, je ne me suis intéressée qu'à mon cœur, sans réellement me soucier de ce que lui pouvait bien ressentir pour moi. Pourtant, ça devrait compter. Si je réussissais à l'aimer mais qu'en retour il me laissait tomber ?

– Arrête, Breen… je me murmure à moi-même.

Si je réussis à l'aimer, si je dépasse ces 49 jours qui m'oppressent, alors j'aurai réussi à me libérer. C'est tout ce qui compte, pas vrai ? Réussir juste une fois, là où j'échoue depuis des années. C'est la seule chose à laquelle je dois penser aujourd'hui. Ma priorité.

***

– Bon, on se voit chez Benjamin tout à l'heure ! me lance Josie, qui tire sur la lourde grille pour fermer le café en fin de journée.

– Super, je grommelle en levant les yeux au ciel.

– Oh allez, c'est juste une soirée.

Je hoche la tête et pars dans la direction opposée de la sienne. Juste une soirée, pendant laquelle je vais devoir présenter Sawyer à mes quelques amis. Ces personnes que je fréquente depuis à peine plus de trois ans et qui n'ont aucune idée de mon passé. Ils n'imaginent pas combien ça me coûte de leur faire connaître Sawyer. J'ai l'impression de leur ouvrir une petite fenêtre donnant directement sur mon cœur névrosé.

***

En refermant la porte de chez moi, je suis à deux doigts d'annuler. Je pourrais trouver une excuse, n'importe quoi pour y échapper, mais rien ne vient. Comme si une partie de moi, probablement la plus maso, ou la plus désespérée, avait malgré tout envie d'y aller. D'aller jusqu'au bout.

Je n'arrête pas de repenser à Will, à cette journée où il a fait la connaissance de mes amies dans ce restaurant bondé. Il était heureux, je ne l'avais jamais vu si apaisé en rentrant chez nous le soir même. Mais après… *Seigneur, je ne veux pas repasser par là avec Sawyer. Je ne peux pas…*

***

Toc toc dring.

Je sursaute et fais tomber mon jus d'orange par terre. Le verre se brise à mes pieds, baignant maintenant dans une petite flaque orangée.

– Breen ?

– J'arrive !

Je regarde l'heure, il est déjà plus de vingt heures. J'ai tellement ruminé que je n'ai pas vu le temps défiler. À présent Sawyer est derrière la porte, je suis coincée. Sauf si j'use de mes charmes pour lui faire oublier la soirée. Après tout, je l'ai déjà fait.

– Re-bonjour, Peterson ! il s'exclame après que j'ai ouvert la porte.

– Hall… je rétorque avant de repartir aussitôt vers la cuisine, pour nettoyer le sol.

– Je te file un 0/10 pour l'accueil chaleureux !

Je l'entends arriver derrière moi d'un pas rapide. L'instant suivant, il a tiré sur mon bras pour me ramener jusqu'à lui et je le laisse m'embrasser sans pouvoir maîtriser ma langue, ravie de retrouver la sienne.

– Mais un 10/10 en *french kiss*… il commente en léchant ma lèvre, avant d'enchaîner par un petit baiser sur le bout de mon nez.

Je me recule, juste assez pour croiser son regard amusé, et lui offre une moue boudeuse en retour.

– Et si on restait ici… je tente en grimaçant. Ils rediffusent un super film.

– Nope !

– Ou bien on pourrait retourner se baigner… je propose sur un ton aguicheur, en souvenir de nos ébats de l'avant-veille.

– D'accord…

Sérieux ? C'était presque trop facile !

– On ira en partant de chez Benji, il termine en m'arrachant un grognement de frustration.

– Benji ! je crache avec dédain. Personne ne l'a jamais appelé comme ça, je te ferais dire !

– Tu m'en vois honoré, dans ce cas. Et puis, quoi de mieux qu'un bain de minuit pour digérer une petite dizaine de crêpes ?

– Attends de les avoir goûtées…

– Moi homme, moi pas…

– Tu me fatigues ! je le coupe en le repoussant en arrière.

Je ne peux pas m'empêcher de sourire en m'éloignant.

– Je t'ai vue ! il raille derrière moi. Plus sérieusement, Breen, pourquoi t'as pas envie d'y aller ? C'est juste une soirée !

Je crois que j'ai saisi ! Je hausse les épaules et me retourne pour effacer les traces de ma maladresse par terre.

– Ça t'embête d'y aller avec moi ?

Sa voix s'est faite plus grave et je relève immédiatement la tête, malgré le poids de la culpabilité.

– Quoi ? Non, bien sûr que non ! je bafouille un peu. C'est juste que… je suis fatiguée et je sais comment ça va se passer. Ça va s'éterniser, Ben va faire son intéressant puis, quand il sera bourré, il va se mettre à te draguer…

J'enchaîne toutes ces excuses sans respirer et conclus en jetant les morceaux de verre à la poubelle. On se défie du regard, immobiles, jusqu'à ce que Sawyer se mette à hocher la tête tout doucement.

– Tu mens. Y a autre chose.

Il me scrute avec une telle force qu'une vague de froid remonte le long de mes bras.

– Ou peut-être quelqu'un ?

– Pas du tout ! Sawyer, je…

– Tu ?

Disparu son air jovial, son visage est devenu soudain un peu crispé. Je pourrais lui tenir tête, ou bien me perdre dans des explications tortueuses.

– Je ne leur ai jamais présenté qui que ce soit, je lâche finalement d'une voix blanche.

À quoi bon lui cacher la vérité, ce n'est pas comme si j'étais forcée de lui expliquer les raisons profondes derrière cet aveu. Il ouvre de grands yeux et je discerne clairement le soulagement qu'il expire alors.

– Sérieux ? Genre, jamais jamais ?

– C'est ça…

– Pourquoi ?

Parce que je n'ai pas confiance en moi. Parce que je ne veux plus avoir à faire machine arrière encore une fois. C'était trop dur avec Will.

– Je ne sais pas… je me contente de lui répondre d'un timbre las.

– Tu flippes, c'est tout ? Breen, c'est juste…

– Une soirée, je termine à sa place.

Il se mord la lèvre, comme chaque fois qu'il réfléchit. Et dans un mimétisme quasi parfait, j'en fais autant. Il avance vers moi et, en un battement de cils, son front est posé contre le mien.

– Ça me ferait *vraiment* plaisir de t'accompagner ce soir, Breen.

Tout est trop confus pour que je traduise pleinement ses mots. La seule chose qui se détache clairement, c'est son regard à la fois doux et fébrile. Qu'est-ce qu'il attend de moi, au juste ?

– Breen ?

– Hum ?

– Je t'ai perdue ?

– Non ! Je suis là.

Je suis là, ici et maintenant. *Reste en mouvement, Breen.*

– Allons-y, je murmure, incertaine.

– Comment ?

– Allons-y, je répète plus fort pour qu'il m'entende.

Pour que mon cœur l'entende aussi. Il est peut-être temps de le secouer un peu. Ça ne me ressemble pas de penser ainsi, mais pour la deuxième fois, Sawyer éveille en moi une partie que je ne reconnais pas. Comme sur la plage. Il ne le sait pas, mais cette nuit-là, je n'étais pas tout à fait moi. Du moins, pas celle que je suis depuis Will, et même avant, je crois. Pendant un petit laps de temps, je n'ai pensé à rien. Seulement à lui. Je l'ai laissé me toucher tout entière, noyée dans l'obscurité de la nuit, autant que dans celle que Sawyer a jetée sur mes volontés. Sur la culpabilité que j'ai ressentie juste après avoir couché avec lui de la pire des manières, pour oublier le désastre du ciné.

Alors nous y allons et, vu la tête de Ben quand il ouvre sa porte, je devine sans peine qu'il s'attendait à ce que je me défile. Encore une fois.

– Entrez, entrez !

Il bouge ses mains dans tous les sens, je ne l'ai jamais vu aussi excité devant ses invités. Je crois que Sawyer lui fait sacrément de l'effet.

– Sawyer Hall, les gars ! il crie en entrant dans son salon. Oh, et Breen aussi. Ils sont ensemble. Elle et lui. Genre en couple, il prend la peine de préciser en agitant ses doigts entre nous.

– On a compris… je grince en le frappant derrière la tête.

– Sawyer Hall, les gars ! il répète encore une fois, en le dévorant de son regard brillant.

Les six personnes qui entourent sa table basse lèvent le nez et nous dévisagent avec stupéfaction. Sawyer se racle la gorge, je devrais peut-être lui dire que leurs réactions n'ont rien à voir avec sa notoriété. C'est moi qu'ils fixent ainsi, ou plus précisément ma main emprisonnée dans celle de mon compagnon. J'ai bien essayé de la libérer de sa poigne, sans succès. Et la pression qu'il exerce sur mes doigts fait écho à celle qui appuie sur ma trachée, à cause du stress mais aussi parce que j'oublie de respirer. Je ne fais que superposer les visages de Joannie et Sabrina, quand elles ont rencontré Will, sur ceux de mes amis d'aujourd'hui. Will soulevait plus de réactions que Sawyer, mais les sensations n'en restent pas moins similaires. Je me sens jugée, jaugée, et je ne peux rien faire contre ça. En définitive, chacun de mes choix me mène toujours sur ce terrain-là.

Sawyer est à l'aise et salue tout le monde, pendant que je le suis comme un automate autour de la table.

– Alors t'es photographe, toi aussi ? démarre Gabriel en nous tendant une bière.

J'écoute la conversation qui naît instantanément entre eux, toujours un peu étonnée par la facilité d'intégration de Sawyer. Il s'intéresse à tout et semble intéresser tout le monde.

À quel moment en sont-ils venus à parler de brandade de morue, au juste ?

– Comment tu vas, Breen ? me demande Sarah qui vient de changer de siège pour se rapprocher de moi. Ça fait un bail qu'on ne s'est pas vues !

– C'est vrai, mais tu étais à la montagne, non ?

– Oui, j'ai fait la saison d'hiver dans les Alpes et je suis restée jusqu'à la fin du printemps.

– Ça t'a plu ?

– Ouais, c'était génial. Les moniteurs de ski sont de méchants coups…

Je pouffe et Sawyer nous lance un regard amusé avant de poursuivre sa discussion.

Quand Sarah a fini de m'expliquer comment batifoler dans la neige sans choper une double pneumonie, je m'intéresse de nouveau à la discussion entre Gabriel et lui.

– Tu fais quoi dans la vie ? il lui demande en acceptant déjà une deuxième bière.

– Je suis tatoueur sur Paris, répond Gab en jouant avec son piercing à la lèvre.

– Sympa !

– C'est lui qui m'a tatoué, l'informe Ben en montrant son bras entièrement encré.

– Beau boulot, c'est une sacrée pièce, commente Sawyer en souriant.

– Ah ça, c'est sûr qu'il n'est pas rikiki comme celui de Breen ! il se moque en me lançant une cacahuète dessus.

– T'es tatouée ? s'étonne Sawyer en me lançant un regard surpris.

Je hoche la tête, sans rien ajouter. Je pensais qu'il l'avait déjà aperçu.

– Un vrai petit tatoo de fille, raille Ben en me lançant une seconde cacahuète.

S'il recommence, je jure de lui balancer un truc bien plus volumineux en retour. Sa télé serait une bonne idée.

– Une phrase sur le poignet, en anglais, il poursuit en secouant la tête.

Jamais il ne la ferme ?

Je jette un coup d'œil vers son téléviseur pour évaluer mes possibilités de réussite.

– J'en tatoue quasiment tous les jours, c'est la mode, réplique Gab en haussant les épaules.

C'est la mode, ouais ! Pratique pour me fondre dans la masse. Et puis j'ai délibérément choisi une autre langue, pas parce que c'est celle de mon enfance, seulement pour que personne ne puisse imaginer ce que ces trois mots révèlent réellement. De cette manière, ça passe pour un tatouage sans aucune originalité.

Je sursaute en sentant des doigts se refermer autour de mon bras et observe Sawyer tirer dessus, pour découvrir ce détail qu'il n'avait apparemment pas encore remarqué. Je l'entends murmurer les trois mots qu'il est en train de déchiffrer :

– Will I survive.

Il marque une pause en laissant ses yeux parcourir les courbes de mes maux, ancrées à jamais en moi.

– C'est joli… il murmure en s'apprêtant à passer son index dessus. Qu'est-ce que ça sign…

Je dégage ma main aussitôt, de peur qu'il ne sente mes cicatrices sous l'encre. Il s'interrompt et me regarde avec étonnement. Je ris nerveusement et camoufle mon geste en saisissant mon verre. Je le bois sans réfléchir et glisse ensuite mes mains entre mes cuisses, l'air de rien.

– Et toi, Sawyer, t'es tatoué ?

– Oui, monsieur ! il articule en se détournant de moi au ralenti. Mais ça va pas te plaire, Benji…

– Ne me dis pas que… Non ! Pas toi aussi ?

– Je plaide coupable, votre Honneur.

Il remonte son tee-shirt et je lève les yeux au ciel quand j'entends Ben et l'un de ses copains soupirer devant la musculature de Sawyer. Josie pouffe et je repose aussitôt mes yeux sur ce flanc découvert. Ben s'approche et me bouche la vue. Dans cette position je ne vois plus ce que Sawyer lui montre.

– Tu me déçois, mec. Je m'attendais à un bon gros tatouage artistique et au lieu de ça…

Je fronce les sourcils, ma curiosité est largement attisée par l'air dépité de mon ami. Je n'ose pas bouger pour élargir mon champ de vision, mais Sawyer doit deviner mes questions, parce qu'il se tourne soudain vers moi, de manière que je puisse à mon tour profiter de ce qu'il exhibe. Je ne m'attendais pas à ça. Une petite phrase, tatouée dans une calligraphie fine et presque trop féminine pour un homme tel que lui.

J'ai les yeux encore rivés sur sa peau quand il fait retomber son tee-shirt en se raclant la gorge. Mais même si je ne les vois plus, les mots continuent à flotter devant mes yeux.

With (out) you

– Will I survive without you[2] ? s'exclame Ben en nous montrant du doigt l'un et l'autre. Vous étiez faits pour vous rencontrer ! il se marre en tapant sur ses cuisses.

---

2. Survivrai-je sans toi ?

– On peut aussi lire Will I survive with you[3] ? corrige Gab.

– C'est trop mignon, ajoute quelqu'un.

– C'est surtout hyper drôle ! rétorque un autre.

– C'est navrant… conclut Ben en grimaçant.

Le bruit des conversations autour de nous devient un brouhaha confus, alors que mes yeux sont soudés à ceux de Sawyer. Dans ses prunelles, je lis ses interrogations, tandis que les miennes se mélangent dans mon esprit. *With(out) you* ? Qu'est-ce que ça peut bien vouloir dire ? Pourquoi ces parenthèses ? Avec toi mais sans toi ?

Puis je regarde mon poignet et me répète ce que Ben et Josie viennent de dire. *Will I survive without you ? Will I survive with you* ? Est-ce que je survivrai sans toi, Will ? Est-ce que je survivrai avec toi, Sawyer ? Le tout résonne comme une déflagration assourdissante. Le résumé de ma vie, passée et présente, lancé sur le ton de la rigolade. Sauf que ça ne me fait pas rire. Loin de là. Je sens déjà les remous de la tempête Breen s'agiter dans mon ventre et remonter vers ma poitrine.

– Je vais aux toilettes, je bafouille en me levant précipitamment.

Je croise le regard de Josie et tente un vague sourire rassurant. C'est la seule à ne pas avoir donné

3. Survivrai-je avec toi ?

son avis sur les mots inscrits sur mon poignet. Elle sait ce qu'ils recouvrent, même si elle ne m'en a jamais parlé.

Je me retiens de courir, dépasse les toilettes et m'engouffre dans la salle de bain. Je claque la porte derrière moi, reste le dos appuyé contre le battant sans allumer la lumière. J'appuie finalement sur l'interrupteur et fais trois pas vers le robinet. J'ai besoin de me rafraîchir, je suis en train de suffoquer. Un vertige me surprend et je me rattrape *in extremis* au rebord du lavabo, renversant au passage les dizaines de flacons de Ben. Ce type a plus de produits de beauté que Josie et moi réunies !

Je m'accroupis, cherche mon souffle entre mes jambes.

– Respire, Breen. Respire.

C'est trop dur. Je n'arrive pas à repousser les souvenirs qui mitraillent mes tempes. Je voudrais être ici avec Will. Je *devrais* être ici avec lui. Parfois, mon manque est si fort que j'ai envie de tout casser autour de moi. À l'image de ce qui est brisé à l'intérieur. Je serre mes paupières de toutes mes forces en les sentant brûler. *Je n'aurais pas dû accepter cette soirée.*

Mes oreilles se mettent à siffler. Je ne dois pas pleurer. Pas ici, alors que j'entends les rires de l'autre côté de la porte. Je dois ravaler ces larmes jusqu'à boire la tasse. Même si ça noie mon cœur chaque fois.

Je me redresse et m'oblige à affronter mon reflet dans le miroir. Je fixe cette pauvre fille, qui refuse d'admettre qu'elle marche bien trop près de la folie. Puis mes yeux dévient sur ma paume moite, où le 18 a presque disparu.

– Breen, ça va ? s'inquiète alors Josie derrière la cloison.

– Oui, oui, je croasse en refermant mon poing.

Je m'empresse de ramasser tout ce que j'ai renversé et je suis à genoux par terre quand la porte s'ouvre derrière moi. *J'ai oublié de la verrouiller, quelle imbécile !*

– Ben est une vraie gonzesse ! je feins de me moquer en cachant mon visage derrière mes cheveux.

Je réunis tout ce qui se trouve à ma portée, sans grande réussite.

– Attends, je vais t'aider.

– Ça va, je rétorque précipitamment.

J'ai besoin de me refaire un masque épais, pour qu'elle ne remarque pas combien je suis mal.

Je me relève au moment où elle se baisse et lui tourne le dos pour déposer ce que j'ai dans les mains.

– Breen ? Breen ? elle insiste d'un ton pressant.

J'expire de frustration, pince mes lèvres et bats des cils pour chasser les dernières traces de mon dérapage.

– Hum ? je lance en lui faisant enfin face.

Elle fronce les sourcils et penche la tête sur le côté.

– Tiens, t'as oublié celui-là, elle souffle en me tendant un pot violet.

– Oh, merci.

Je lui souris et prends tout mon temps pour le ranger parmi les autres.

– Quelle maladroite… je ricane bêtement.

– Ça arrive.

Je ne réussis pas à retenir le tremblement qui me secoue et peste intérieurement.

– Ils n'ont pas dit ça méchamment, elle souffle en posant une main sur mon épaule. Ils ne savent pas ce que ton tatouage signifie.

Elle non plus. Elle ne perçoit que la surface, comme tout le monde.

– Tu sais que tu peux me parler, hein, Breen ?

Je lui tourne toujours le dos, elle ne me voit pas grimacer.

– Tu le sais, pas vrai ?

– Bien sûr, Josie. Mais tout roule.

Le silence devient pesant. Elle attend quelque chose que je ne peux pas lui donner.

– On y retourne ? Sawyer va se demander où je suis passée !

Elle acquiesce et je m'empresse de sortir de cette pièce devenue trop exiguë.

– Tout va bien ? s'enquiert Sawyer quand je me rassieds à côté de lui.

Il presse mon genou en avançant la tête pour chercher mon regard.

– Oui, oui.

J'attrape mon verre et avale péniblement l'alcool amer. Autant que le reste de la soirée passe dans une espèce de brouillard alcoolisé, qui rendra les choses plus faciles.

Mais, contre toute attente, c'est Sawyer qui m'aide à repousser les vieux souvenirs pour profiter de l'instant. Chaque fois que je me sens partir à la dérive, il me tire vers lui et embrasse tendrement ma joue. Je ne sais pas comment il se débrouille pour toujours éclairer mes obscurités.

***

– Une mouche sans ailes ! Une mouche bourrée sans ailes ! crie Ben alors que nous entamons une deuxième partie de mimes.

J'éclate de rire devant la danse incompréhensible de Sawyer et les propositions tordues de Ben.

***

Quand la soirée se termine, il est presque trois heures du matin. La fraîcheur de la rue me surprend et Sawyer m'invite à me lover contre lui. Je me colle à son flanc rassurant et glisse mes doigts dans la poche arrière de son jean. Nous marchons ainsi vers sa voiture, d'un même pas léger.

– Tu avais raison, j'articule en levant la tête vers son profil. C'était une bonne soirée, tout compte fait.

Je le vois sourire en coin et hocher la tête, satisfait.

– Et j'ai pris suffisamment de photos pour que tu ne l'oublies jamais ! il raille en tapotant sa sacoche. Tu avais raison toi aussi, il enchaîne sur le même ton. Les crêpes de Ben étaient absolument infâmes.

– Tu les as photographiées pour t'en souvenir ?

On éclate de rire comme deux enfants qui auraient été punis trop longtemps et qui profitent enfin d'un instant de liberté partagé.

– Tu m'en cuisineras, un jour ? il me demande avec un intérêt étrange.

– Peut-être.

Pas de promesses.

Un jour. Pour tous ceux que je n'ai pas passés avec Will. Pour toutes les crêpes que je n'ai pas eu le temps de lui préparer. Un jour, peut-être. J'espère. Je dois d'abord me retrouver. Il n'y a que là que je pourrai tenir mes promesses, quelles qu'elles soient.

Jour 18. Celui qui ne promet encore rien de plus, mais rien de moins.

Jour 19

SAWYER

Les rues sont désertes tandis que je ramène Breen jusqu'à chez elle. L'habitacle de la voiture est silencieux, mais ça ne semble gêner personne. Elle est perdue dans ses pensées et moi dans les miennes.

Sans bouger la tête, je lance des coups d'œil vers ses mains qui triturent le bord de sa jupe. Même si ses cuisses nues sont très attirantes, ce n'est pas ce qui retient mes yeux. Je veux revoir son tatouage, celui-là même que je n'avais pas remarqué avant ce soir. Pourtant, depuis que Ben en a parlé, je ne vois plus que ça. Même si Breen demeure très secrète, prenant son temps pour se dévoiler, je suis certain d'une chose : elle ne fait rien au hasard. Elle ne suit pas la mouvance, elle a ses propres codes. Ben et Gab ont tort, ce *Will I survive* a forcément une signification pour elle et j'ai très envie de savoir laquelle.

– Et voilà, j'annonce en me garant devant chez elle.

– C'est bon de se faire conduire, elle formule d'une fausse voix bourgeoise.

– T'as jamais voulu passer ton permis ? Non pas que ça me pose problème d'être ton chauffeur ! C'est juste de la curiosité.

– Quand j'en ai eu envie, j'avais pas les moyens. Et quand j'ai eu les moyens, je n'avais plus l'envie… Je sors rarement de cette ville, alors mes jambes et un vélo, c'est amplement suffisant.

– T'as un peu voyagé, quand même ?

Elle inspire et approche son front du pare-brise pour observer le ciel noir.

– Pas encore. Hormis le pays de Galles où j'ai vécu la moitié de ma vie, je ne connais que Camaret et ses alentours depuis que j'y suis.

– Waouh, c'est… long ! Tu dois vraiment beaucoup aimer cette ville et tes souvenirs pour y rester ainsi.

Elle toussote en se renfonçant dans son siège et moi je la mange des yeux en espérant apercevoir ce qu'il me semble parfois deviner : une image sans filtre et sans retouche.

– T'es en train de te dire que je suis la fille la plus inintéressante que t'aies jamais rencontrée, pas vrai ? Toi t'as tout vu.

– Crois-moi, je suis loin d'avoir tout vu, je rétorque en me déplaçant sur mon siège pour lui faire face. Et pour votre gouverne, jolie Breen, je n'ai jamais rencontré quelqu'un comme vous.

Sous la lumière du plafonnier, je la vois rougir et détourner le regard. J'aimerais qu'elle me retourne le compliment, mais elle reste muette, concentrée sur son poignet.

Elle remue soudain, détache sa ceinture et sort de la voiture. J'en fais autant et la rejoins devant chez elle. Je ne suis pas fatigué, mais je n'ose pas lui demander de monter. À la place, j'ouvre mes bras pour l'inviter à s'y réfugier. En voyant mon geste, elle braque ses yeux sur mon flanc. J'attends, dans cette même position, mais elle persiste à m'observer.

– Breen ? j'insiste en penchant la tête et en saisissant sa main.

– C'est à propos d'une femme ? elle me demande soudain en posant son doigt contre mon flanc.

Mon souffle déraille un peu. C'est la première fois que Breen se montre si curieuse et je vois bien à son visage que ça l'étonne elle aussi. Elle n'est pas la seule à m'avoir posé la question, mais l'unique à qui j'ai envie de répondre. Sûrement parce que je veux en savoir plus sur le sien. Donnant-donnant. Je regarde son index, puis son poignet. Je sens sa main dans la mienne devenir plus rigide. Elle la serre et la desserre plusieurs fois, avant de se placer devant moi. Elle est minuscule mais prend toute la place.

– C'est à propos d'un homme ? je l'interroge à mon tour au lieu de lui répondre.

– Oui, elle murmure tout bas.

Un léger sourire s'imprime sur mes lèvres et je me penche davantage jusqu'à aspirer les siennes. Je l'embrasse, doucement, longtemps, dans un étrange moment de complicité.

Quand je n'ai plus d'air, je me recule et joue avec la pointe de ses cheveux. Elle me dévisage, attend que je réponde à mon tour.

– Oui, je me contente de déclarer.

C'est une femme. Que j'ai aimé toute ma vie. Que j'aime encore aujourd'hui malgré la douleur qu'elle me cause à chaque instant. Une femme qui a oublié que je suis son fils. *Avec elle, mais sans elle.*

On reste ainsi un long moment, chacun préservant ses secrets dans une espèce d'accord tacite. C'est juste un oui, qui ne raconte presque rien mais signifie beaucoup. C'est apaisant de se livrer de cette façon. J'aime la manière dont elle m'accepte petit bout par petit bout. Une autre aurait pu se montrer plus curieuse, jalouse, même, mais pas elle. Breen n'est jamais pressante et ça me ferait presque tout déballer. Mais dans un sens, chacune de mes confessions amène l'une des siennes, alors je vais prendre mon temps, faire durer le plaisir, souffler doucement sur ce feu pour qu'il grandisse. Je ne veux pas qu'il s'éteigne. Alors je la serre contre moi, hume ses cheveux en caressant ses reins. Je n'ai pas envie de rentrer.

J'ouvre la bouche pour lui demander de me laisser monter avec elle, mais elle m'interrompt sans m'en laisser le temps.

– Merci de m'avoir ramenée, elle murmure contre mon torse.

Je cligne des yeux et chasse la déception qui cherche à me gagner. J'ai envie d'elle, envie de passer la nuit dans son lit, mais Breen est déjà en train de reculer vers son petit immeuble.

Je cherche mes mots, gonfle et dégonfle mes joues sans la quitter des yeux. Je pourrais lui suggérer l'idée, mais rien dans son comportement ne me laisse deviner qu'elle en a envie. Ça me rend dingue, mais je ne le montre pas.

– Bonne nuit, jolie Breen.

– À toi aussi.

Elle recule encore et me fait au revoir de la main. Son tatouage s'agite devant mes yeux et au moment où elle pousse la porte du hall, je l'interpelle une dernière fois.

– Breen !

– Oui ?

– Du coup, t'as survécu ?

Ma phrase devait sonner comme une affirmation, mais sans que je le veuille, le résultat est légèrement teinté d'interrogation. Elle fronce les sourcils, avant de comprendre à quoi je fais allusion. Elle pince ses lèvres tandis qu'elle baisse les yeux sur son poignet.

– On dirait, elle admet d'une petite voix.

Elle expire, m'offre un dernier sourire et laisse la porte se refermer sur elle.

***

Sa réponse tourne en boucle à mesure que je me rapproche de chez moi. Une multitude de sentiments est passée sur son visage quand elle m'a répondu : la peine, la fierté, la surprise, le regret, l'appréhension, le courage, la fatigue… À cet instant, la Breen qui m'accompagnait m'était presque inconnue. Je réalise alors que j'ai toujours perçu Breen comme un portrait conquis. La première fois que je l'ai vue, photographiée, j'ai pensé avoir su immortaliser sa réalité. Mais ce soir, je me rends compte qu'elle est comme un cliché qu'on n'aurait pas regardé avec suffisamment d'attention. Derrière, dans un recoin à peine visible, il y a ce détail. Cette silhouette qu'on ne détecte pas au premier coup d'œil. Exactement comme la photo de la falaise devant laquelle nous avons échangé nos premiers mots. Maintenant que je l'ai découverte, je ne vois plus que ça. Et j'ai besoin de savoir qui est cette ombre qui plane dans le paysage. Cette Breen-là.

J'y pense encore en me douchant, en me couchant et en me réveillant quelques heures plus tard. J'y pense tellement que c'est en train de me bouffer de l'intérieur et je déteste la sensation que ça imprime dans ma poitrine. Ce n'est pas bon. Ni pour elle, ni pour moi. Ni pour nous.

– Il faut que je me soigne, je gronde en ouvrant mon ordinateur portable.

Depuis que je suis revenu à Camaret, j'ai repoussé pas mal de rendez-vous, décliné de belles propositions, ignoré des dizaines de mails, simplement pour rester auprès d'elle. Ma messagerie déborde, il devient urgent que je me remette au boulot. Je n'ai jamais eu si peu de motivation, alors c'est peut-être ce qu'il me faut. J'ai besoin d'un peu d'air pour y voir plus clair et je dois en laisser à Breen si je ne veux pas qu'elle se lasse de me trouver partout où elle va. Je suis arrivé à un stade où cette fille accapare chacune de mes pensées. Je dois préserver un juste équilibre.

Je fais défiler tous les messages non lus de ma boîte de réception, passe quelques coups de fil que je ne peux plus retarder.

Après de longues minutes d'auto-négociation, je me force à accepter un shooting de deux jours sur Paris pour lequel j'ai déjà reçu une avance. Ils veulent commencer dès demain, ce qui m'oblige à partir aujourd'hui. C'est parfait si je ne veux pas changer d'avis.

Dans la foulée, je réserve mon billet d'avion et préviens un vieux pote que je vais débarquer. C'est nickel. En tout cas, c'est ce que je me répète. *Sawyer a toujours aimé l'imprévu, Sawyer a toujours foncé.*

Sawyer doit se rappeler qui il est. Alors ces deux jours tombent à pic. J'ai le sentiment d'être déconnecté de la réalité depuis que j'ai mis les pieds à Camaret. Depuis que j'ai foulé la pointe de Pen-Hir. Ouais, quelque chose a changé. Et j'ai soudain peur de ce que ça pourrait provoquer.

Je claque l'ordi et récupère mon portable pour taper un sms à Breen.

Sawyer : Je monte sur Paris
dans l'après-midi pour un shooting.

J'appuie sur envoyer, avec déjà un goût de regret dans la bouche. J'aurais au moins pu lui dire bonjour, lui demander comment elle va et si elle a bien dormi. Au lieu de ça, j'ai balancé mon message sans prendre le temps de réfléchir, pour ne pas reculer. Dans le fond, j'ai peut-être aussi fait ça pour la faire réagir. Pour partager mon appréhension de m'éloigner d'elle, même pour un court moment.

Sa réponse arrive presque immédiatement et enfonce le clou un peu plus.

Breen : Super !

Si j'espérais la sentir frustrée, il n'en est rien. Je balance mon téléphone sur la table, pars dans ma chambre préparer mon sac et mon matos. *Je suis vraiment atteint* ! Je réunis tout ce dont j'ai besoin et dépose mes affaires dans l'entrée.

Avant de glisser mon portable dans ma poche, je remarque que Breen m'a envoyé un autre message.

Breen : Tu reviens dans combien
de jours ?

Un sourire idiot étire mes lèvres et je me détends.

Sawyer : 3 ou 4 !

Breen : OK ☺ Profite bien. Il paraît
que c'est une ville magnifique,
j'espère que tu auras le temps
de visiter un peu.

Sawyer : Pas sûr d'avoir le temps,
mais j'y suis déjà allé.

Breen : Ah ben oui, le photographe
aventurier ☺ Alors travaille bien !

Sawyer : Aventurier et musclé !

Breen : Évidemment !

Sawyer : Et talentueux !

Breen : Bon voyage, Sawyer !
#prétentieux

Je fixe l'écran, je ne sais plus quoi ajouter alors que j'ai des centaines de choses dont j'aimerais lui parler. Je me résous à n'envoyer qu'un simple merci, avant de charger ma voiture. J'ai une heure de route jusqu'à l'aéroport de Brest, je suis large mais je me connais. Je vais faire une bonne dizaine de pauses photo tout au long du trajet, même si mon principal modèle, celui dont je ne me lasse pas, ne sera pas là. Breen. *Pourquoi est-ce que je me tire, déjà ?*

Je roule lentement, le trafic est dense, aujourd'hui, à cause des touristes qui commencent à débarquer. Je bifurque plusieurs fois pour éviter les bouchons, emprunte des rues que je ne connais même pas. Jusqu'à ce que je reconnaisse précisément celle dans laquelle je viens de tourner. *Vraiment atteint, je disais ?* Je lève machinalement les yeux vers la façade que je longe, en me moquant de moi-même. J'en reviens toujours au même point.

– Trace ta route, mec.

Sauf qu'en arrivant au bout, je la vois. Elle marche d'un pas tranquille sur le trottoir, un sac de courses dans chaque main, et je ris en la voyant le nez en l'air, à regarder les épais nuages blancs qui laissent filtrer le soleil. Elle ne m'a pas vu, je pourrais poursuivre sans m'arrêter… Mais à la place, j'ouvre la fenêtre de ma voiture de location.

– Breen ! je m'entends la héler sans pouvoir me contrôler.

Elle sursaute, trébuche, et j'ai le réflexe de vouloir la rejoindre alors que ma ceinture de sécurité est encore attachée. Elle me claque contre le torse au moment où je pile.

– Je te croyais déjà parti, elle crie en approchant.

– Je suis en chemin pour Brest.

– Tu sais que tu vas dans la mauvaise direction ? elle raille en pointant son doigt de l'autre côté de la rue.

– Ah ?

Ou peut-être qu'au contraire, c'était la bonne.

– Hé ho ? elle lance en secouant sa main devant mon visage.

Je suis très loin dans mes pensées. Loin de Brest ou de Paris. C'est alors que je me remémore notre conversation de cette nuit et mes résolutions s'envolent aussitôt.

– Viens avec moi ! je balance sans crier gare.

– Quoi ? elle répond en ouvrant grand les yeux.

Les miens expriment le même étonnement, ce n'était pas ce que je comptais dire. Ce break sur Paris, c'était aussi pour me retrouver, alors… Alors rien du tout, son visage fin et un peu rougi par le soleil me fait déjà oublier tous mes projets.

– Accompagne-moi !

– Mais bien sûr ! elle pouffe en secouant la tête.

– J'suis sérieux ! Tu ne connais pas Paris, c'est l'occasion rêvée !

– C'est tentant, mais j'ai du travail, Sawyer. Je ne peux pas partir comme ça.

– Je suis sûr que je peux convaincre Josie…

– Ah ça, j'en doute pas ! elle ricane à ma fenêtre. Mais c'est non quand même.

Je retourne tout ça dans ma tête, cherche comment la faire changer d'avis. Mais c'est Breen, même si je ne la cerne pas tout entière, ce dont je suis sûr, c'est qu'elle n'est pas du genre à se laisser convaincre sans résister. C'est énervant, mais surtout motivant. Qui aime les choses trop faciles ? *Note pour Wiki : Sawyer Hall adore les challenges !*

– Dommage, je m'incline en faisant la moue.

– Quoi, tu abandonnes déjà ?

Dans tes rêves !

– Ouais, mais j'ai une condition.

– Nous y voilà ! Dis toujours.

– La prochaine fois que je te propose une escapade, tu seras obligée d'accepter.

– T'es un vrai tyran, tu le sais ça ?

– Pense à le faire ajouter sur ma fiche Wikipédia à l'occasion.

– Je n'y manquerai pas.

– Je suis sérieux, Breen. Un autre jour, tu viens avec moi.

– Un autre jour, elle répète en hochant la tête.

Elle se penche, passe la tête par la vitre et, entre ses cheveux, ma bouche rejoint la sienne. J'ai le cœur qui bat à deux mille, le souffle altéré. J'essaie de cacher mon trouble quand je me recule et passe une main moite dans mon cou.

– On s'appelle plus tard ?

Elle acquiesce, se baisse pour récupérer ses sacs et marche à reculons jusqu'au trottoir.

– Bonne route, elle conclut en remuant ses doigts.

La route à laquelle je songe dépasse Brest et Paris, mais sa destination finale me demeure encore inconnue. Ça ne gêne pas le Sawyer Hall aventurier. Mais ça terrifie le Sawyer Hall que Breen a réveillé. Reste donc à composer avec ces deux parties de moi-même qui ne se sont jamais rencontrées avant cette fille.

Jour 22

BREEN

Jeudi 18 juillet 2013.

Ce matin, en me réveillant, je ressens un apaisement qui m'avait fait cruellement défaut depuis longtemps. Même si j'ai passé une grande partie de la nuit à écouter les insomnies de Will et à regarder des émissions futiles à la vieille télévision, je ne suis pas fatiguée. J'aime bien notre petite vie. Elle est à des années-lumière de ce que j'ai pu vivre avant lui. Il est fondamentalement différent de ceux avec qui j'ai partagé mes jours et mes nuits. Peut-être parce qu'il m'aime vraiment, peut-être parce qu'il m'accepte avec toutes mes erreurs et mes peurs. Peut-être parce que je l'aime, comme jamais auparavant. J'ai l'impression qu'un soleil énorme s'est enfin levé dans ma poitrine.

Je fourre quelques affaires dans un sac à dos, j'y ajoute tout ce dont Will et moi aurons besoin pour notre après-midi à Pen-Hir. Si, au début, j'avais des appréhensions à traverser la ville, maintenant ça me fait plaisir. Ma mère ne vit plus ici et comme j'étais en internat pendant toute la durée du lycée, on ne peut pas dire que les habitants de Camaret me connaissent plus que ça. Les touristes affluent déjà, nous nous fondrons dans la masse. Et pour ce qui est du père de Will et d'Esther, je suis à peu près sûre qu'ils sauront nous ignorer s'ils étaient amenés à nous croiser.

Je rejoins Will dans le salon et l'admire un long moment. Il ne m'a pas encore remarquée et j'en profite pour le manger des yeux. Il porte le tee-shirt bleu que nous avons acheté ensemble hier matin et qui se marie parfaitement avec ses beaux yeux de la même couleur. La vendeuse était sous le charme aussi, ça change des regards de biais dont il écope habituellement. Ou peut-être que je prends simplement davantage confiance en nous et que les jugements extérieurs m'atteignent de moins en moins.

– Bouh !

Il sursaute et je ris.

– On y va ?

Je lève mes deux pouces en ajoutant un long « *let's gooo* ». Je suis de méga bonne humeur et ça a l'air communicatif parce que le visage de Will vient de s'éclairer. En trois semaines, il a beaucoup changé. Il s'épanouit chaque jour un peu plus, en m'emportant avec lui. Nous formons chacun la moitié d'un sablier et chaque petit grain de lui qui tombe dans ma main, je le lui offre quand vient mon tour. C'est donc ça, l'amour. Un sablier que l'on retourne à l'infini.

Je ferme à clé et nous nous mettons en marche. Dès que je le pourrai, je passerai mon permis. Pour l'heure, faute de temps et de moyens, mes jambes font largement l'affaire. Il nous faut environ trente minutes pour atteindre l'endroit que je chéris. La pointe de Pen-Hir, ses falaises et ses centaines de petites fleurs violettes qui recouvrent les parties les moins escarpées. Et c'est dans un carré d'herbe balayé par le vent que nous nous allongeons. C'est paisible. Il est encore tôt et la plupart des touristes préfèrent s'aventurer plus au bord, ou sur les sentiers en contrebas. Nous sommes donc tranquilles, dans un tête à tête exquis. La météo est idyllique, le ciel est découvert et les rafales qui peuvent être violentes ici ne sont qu'un souffle estival parfumé. C'est parfait.

– Tu aimes ? je demande à Will en pinçant sa joue.

J'ai toujours envie de le toucher et ça n'a pas l'air de lui déplaire.

– C'est magnifique, exactement comme toi.

Mon sourire est si large que j'en ai mal à la mâchoire. Je reporte mon regard vers le ciel au moment où un avion le traverse, traçant une longue ligne blanche derrière lui. Mon premier réflexe est de me demander quelle est sa destination. Puis je m'entends formuler un vœu, comme il est coutume de le faire quand le ciel se zèbre de blanc.

– On ira quelque part, Will. N'importe où pourvu qu'on soit juste toi et moi, je promets en m'étirant.

Je tourne la tête vers lui, les brins d'herbe me chatouillent le visage. Les souhaits sont censés rester secrets pour qu'ils puissent se réaliser, mais quand je nous vois allongés ainsi, l'un contre l'autre au beau milieu des fleurs, je me dis que nous ne formons qu'un. Mes secrets sont les siens. Il semble fasciné par le ciel magnifique qui nous surplombe, ses doigts pianotent dans le vide comme s'il réfléchissait déjà à tout ce que nous ferons bientôt. Dès qu'il sera sur pied.

– J'ai hâte.

Je lui souris et reprends ma contemplation de l'infini azur qui s'étend au-dessus de nos têtes. En cet instant, j'ai la sensation que tout est possible et je laisse mon cerveau formuler avec mon cœur une longue liste de desseins.

– Je crois que j'aimerais commencer par descendre jusqu'à Bordeaux. Il y a des monuments magnifiques et des vins fabuleux.

Je pose ma main sur son ventre et il vient la serrer, comme pour acquiescer. Il m'encourage à continuer.

– La Méditerranée aussi, je poursuis sur un ton léger. Peut-être la Corse.

C'est la première fois que je me projette de la sorte et ça fait un bien fou. J'ai l'impression que les épreuves du passé perdent en intensité, que j'éloigne tout ce qui m'a blessée jusqu'ici. L'avenir m'attire et je ne fais rien pour me dérober. J'avance enfin.

– Paris.

C'est à mon tour de serrer sa main. J'ai eu une première vie avant lui, qui m'a laissé un goût d'échec et de fin. Puis il y a eu Will. Une renaissance. On ira à Paris, on ira partout où il voudra. Cette deuxième existence est une chance. Un voyage sans escale.

Jour 22. Celui où le vent porte les vœux jusqu'à l'autre bout du monde.

Jour 22

BREEN

Aujourd'hui.

J'ouvre le couvercle de la poubelle en expirant de frustration et y jette le marqueur qui refuse de coopérer. Cela fait une longue minute que j'essaie désespérément de tracer les contours du 22 au creux de ma main, sans succès. Ce foutu feutre persiste à ne laisser qu'une ligne à peine visible et ça me rend cinglée. Sans ça, je me sens démunie. Sawyer est encore à Paris et je ne l'ai pas revu depuis son départ. C'est le troisième jour sans lui, il n'a prévu de rentrer que demain soir et j'ai besoin de me raccrocher à mon décompte pour ne pas me laisser submerger par son absence. Il me manque. On s'est écrit, téléphoné, mais l'apaisement qui s'ensuit ne dure jamais assez longtemps.

J'enfile des claquettes sans prendre la peine de me coiffer et descends en quatrième vitesse à la supérette qui fait l'angle de ma rue. Je sais que mon comportement n'est pas normal, mais je n'y peux rien. Pour rassurer mon cœur et ralentir ses battements furieux, je dois marquer ma peau de ce 22.

Mes chaussures claquent sur le carrelage à mesure que je rejoins le rayon papeterie. Je balance l'objet de mon obsession dans le panier, reviens sur mes pas pour en ajouter deux autres par sécurité. Je déambule dans les allées, perdue dans mes pensées. Mes mains agissent toutes seules et s'emparent d'un tas de choses dans des gestes irréfléchis. Glace, biscottes, beurre, coton, lait…

C'est en arrivant en caisse que je remarque finalement ce que j'ai fait. Et c'est sous le regard curieux de la caissière que je cours reposer ce que je n'étais pas censée acheter.

J'ai du mal à respirer quand je remonte le trottoir vers chez moi et je n'attends pas d'arriver à destination pour apaiser ma poitrine. Je pose le sac plastique à mes pieds, arrache l'emballage et décapuchonne le marqueur d'un coup de dents. Mes doigts tremblent tellement que je suis obligée d'enfoncer la mine de toutes mes maigres forces pour ne pas faire un pâté illisible. Puis je m'adosse contre la façade d'un immeuble et cherche mon souffle entre les courbes de ce nombre langui.

Je compte en silence, ou peut-être à voix haute. À vrai dire, je n'en ai aucune idée, le bruit de mon cœur me rend sourde au reste. Je compte, de 1 à 22, jusqu'à ce que mes battements se calent enfin sur mes mots. Je rejette alors la tête en arrière et prends une longue inspiration.

– Respire, Breen. Reste en mouvement, je me murmure à moi-même.

Quand le tournis s'est éloigné, je récupère mes achats, remonte chez moi et repars aussitôt. J'ai besoin d'air et de soleil. J'ai besoin de Sawyer et de Will. Il n'y a qu'un endroit où retrouver un peu de sérénité : la falaise. Pen-Hir. Le croisement de mes existences.

J'enfourche mon vélo et pédale comme si j'avais le diable aux trousses. Je dérape presque en arrivant devant la Croix. J'ignore les gens qui me lancent des regards surpris, cale ma bicyclette entre deux rochers et poursuis ma route à pied. Je dépasse le parterre que nous occupions avec Will et avance jusqu'au bord de la falaise. Je ne regarde pas en bas, ni même vers l'horizon. Je porte mon regard tout là-haut, où aucune barrière ne vient encercler mon esprit. J'écoute le fracas des vagues et entends un clocher qui sonne quelque part.

Il est midi. J'adore cette heure de la journée, parce qu'elle m'offre toujours un peu de quiétude. Le matin semble déjà lointain et la nuit tout autant. On dirait une heure d'infini. J'ai le même sentiment quand je repense au jour 24, qui arrivera après-demain. La moitié du chemin, le midi des

49 jours. Ce jour-là, avec Will, j'avais l'impression que le début était il y a une éternité et que la fin n'arriverait jamais.

Je suis le mouvement des nuages et, quand un avion traverse mon champ de vision, je frissonne et reprends place dans le présent. Où sont donc les promesses que j'ai soufflées à Will, cinq ans en arrière ? Je n'ai pas pu les tenir et elles gisent en bas, là où je ne regarde pas. Je ne peux pas.

L'avion continue à me narguer et je repense alors à Sawyer. À ce qu'il m'a dit avant de partir. Peut-être que j'aurais dû l'accompagner, tout compte fait. Au lieu de ça, j'ai formulé une promesse, la même que dans le passé. Est-ce que c'est ma chance de l'honorer ? Mais quitter Camaret est une épreuve, parce que la douleur qui l'habite n'en reste pas moins un repère pour la pauvre fille que je suis. C'est tout le problème quand il est devenu plus facile de souffrir que de réapprendre à vivre. Plus facile de retenir son souffle que de respirer à nouveau.

Quand le vent se lève en apportant d'épais nuages gris, je repars vers le sentier. Je reste un moment devant la Croix, à observer ce monument érigé en souvenir de batailles que je n'ai pas vécues, mais qui font écho aux miennes. Cet endroit, cette ville, c'est mon champ de bataille à moi aussi.

Je redescends vers la ville en roue libre, l'heure est déjà bien avancée alors je dois filer direct au café. Je compte sur l'air qui fouette mon visage pour balayer les traces de mon craquage. Pas de larmes à sécher, je persiste à les ravaler.

– Salut tout le monde ! je lance en traversant la salle.

Je reçois les bonjours de mes collègues et un grand signe de la main de la part de Ben, qui est affalé sur une banquette contre la vitre. Il y reste jusqu'à la fermeture, concentré sur son ordinateur portable.

– Tu bosses dur ? je demande en lui déposant un nouveau café.

– Ouais, j'ai shooté toute la journée d'hier pour le grand hôtel qui va ouvrir près de Brest.

– C'est génial !

– Ça paye bien. C'est pas ce que je préfère, mais je ne suis pas au niveau de Sawyer, alors je ne peux pas me permettre de faire le difficile.

Ma poitrine se serre en l'entendant prononcer ce prénom et je suis sûre que si Ben n'avait pas le nez collé à son PC, il remarquerait mon visage tendu.

– Il revient quand, d'ailleurs ?

– Demain, je souffle en me balançant d'un pied sur l'autre.

– Cool. J'aimerais lui parler d'un projet sur lequel je suis depuis un bail, j'ai l'espoir un peu dingue qu'il pourrait s'y associer. Tu crois qu'il accepterait ?

– J'en sais rien, Ben. Je ne le connais que depuis 22 jours, tu sais.

– Tu les comptes ? il s'esclaffe en relevant la tête vers moi. C'est tellement niais !

Je me mords la langue, en me fustigeant d'avoir lâché ces mots qui n'appartiennent qu'à moi.

– Je lui en parlerai à son retour, il enchaîne en rabaissant aussitôt la tête.

Heureusement pour moi, personne ne décrypte jamais cette fixation des chiffres qui me poursuit depuis des années. Personne, à l'exception de Mei et Stephan.

Je lave les dernières tasses, recompte la caisse deux fois et traîne encore un peu avec Ben, qui réclame mon avis à chaque photo qu'il retouche.

Il est en train de finaliser la dernière quand j'entends la clochette de la porte d'entrée tinter. Je me retourne avec surprise, parce que j'étais persuadée d'avoir fermé à clé. Puis je vacille avec horreur, au moment où je reconnais celui qui vient d'entrer. Je reste figée, bouche bée, à observer un fantôme incarné s'approcher.

– J'ai terminé ! lance Ben en claquant son ordinateur.

Je sursaute si fort que mes muscles se révoltent douloureusement. Seuls mes yeux n'ont pas cillé, toujours bloqués sur l'homme qui attend au milieu de la salle.

– Merci pour ton aide, Breen.

Je sens la bouche de Ben déposer un baiser contre ma joue, j'aimerais le supplier de rester.

– C'est bon, tu le connais ? il s'inquiète finalement en remarquant l'intrus.

Vas-y Breen, c'est le moment de dire quelque chose !

– Tout va bien, mec. Je suis un vieil ami.

Je me sens hocher la tête. En réalité, c'est plutôt un tremblement qui remonte jusqu'à la racine de mes cheveux, mais Ben ne s'en rend pas compte. Il me lance un dernier regard, avant de sortir. Je ne suis pas en danger, mais mon cœur menace d'exploser.

– Salut, Breen.

Mon inspiration se hache bruyamment, elle ressemble à s'y méprendre à un sanglot.

– Qu'est-ce que tu fais là ? je parviens à articuler.

– Je peux avoir un café ?

– Qu'est-ce que tu fais là, Stephan ?

Il grimace en entendant ma voix se briser sur son prénom. Deux ans sont passés, je ne pensais plus le revoir. Jamais.

– Un copain d'enfance se marie le week-end prochain.

– À Camaret ?

– Non.

Il laisse son aveu flotter entre nous, en me transperçant de son regard bleu. Il n'a pas beaucoup changé.

– Qu'est-ce que tu veux, Stephan ?

– Un café.

– Stephan…

– S'il te plaît.

Je ferme les yeux et me frotte le visage.

– Assieds-toi, je souffle en reculant vers le comptoir.

– Merci.

Je l'entends se laisser tomber sur la banquette en se raclant la gorge et je me concentre sur le percolateur. Il me faut plusieurs essais pour réussir à l'enclencher. La tasse tremble sur la petite assiette quand je la dépose devant lui, mais il ne fait aucune remarque.

– Tu ne peux pas t'éterniser. Techniquement, c'est fermé.

– Je voulais juste te saluer, je ne vais pas t'embêter longtemps. J'avais envie de savoir comment tu allais.

Je me sens si lasse que je finis par m'installer en face de lui, les bras croisés sur ma poitrine. Un rempart inutile envers celui qui me connaît trop bien.

– Ça va.

Il me dévisage et je soutiens son regard malgré moi. Je n'ai jamais supporté cette manière qu'il a de sonder mon âme.

– J'étais pas sûr de te trouver ici, il poursuit en balayant l'endroit du regard. Dans un sens, je crois que j'aurais préféré que tu aies quitté la ville.

– Désolée de te décevoir.

– Tu sais ce que je veux dire par là, Breen.

– Ça va, j'assène une deuxième fois. Tu devrais boire ton café, tu détestes quand il est tiède.

– Tu te souviens de ça ?

– Je me souviens de tout.

Mon ton est cinglant, plus blessant que je ne le voudrais. Stephan ne mérite pas ça, pas plus aujourd'hui qu'hier, et pourtant, je finis inexorablement par lui faire du mal.

– Tu vis toujours au Canada ? j'articule pour me montrer moins désagréable.

– Oui, mais j'hésite à déménager.

– Où ça ?

– Pas ici, sois tranquille. Ma boîte ouvre des bureaux sur New York et San Francisco, libre à moi d'y aller si je le souhaite.

– Belle opportunité, je commente en grattant la table d'un doigt agité.

Je ne veux pas faire la conversation avec lui, je ne veux pas lui laisser la moindre ouverture sur celle que je suis encore aujourd'hui. Je ne pensais pas qu'il oserait revenir.

– Tu devrais partir, Stephan.

– Je sais.

Il fixe sa tasse qu'il n'a pas encore touchée, je sens qu'il tergiverse, retient les questions qu'il brûle de me poser. Il finit par se racler la gorge et je sais déjà que la suite ne va pas me plaire.

– Tu as rencontré quelqu'un ?

Évidemment ! La question à mille points !

Je hausse les épaules et réunis mes cheveux derrière ma nuque dans un geste qui cache difficilement ma gêne.

Au moment où je ramène mes mains devant moi, Stephan en attrape une et la tire vers lui.

– T'es malade ou quoi ? je crie en essayant de le faire lâcher.

– T'as recommencé, pas vrai ?

Il bloque mon poignet entre son pouce et son index et écarte ma paume en s'aidant de son autre main. J'ai beau tirer, sa poigne est plus puissante que la mienne et, de toute façon, il est trop tard pour cacher ce qu'il cherchait. Il a vu le 22, il a compris.

– Comment il s'appelle ? il m'interroge sans relever les yeux.

– Ce ne sont pas tes affaires, je maugrée en posant mes doigts sur son bras. Stephan, lâche-moi, s'il te plaît.

– Il m'a dépassé, il chuchote en ignorant ma requête. Est-ce qu'il est au courant ?

Je reste muette, pendant qu'il trace du bout de l'ongle ce vingt-deuxième jour que nous n'avons pas atteint ensemble.

– Bien sûr que non… il répond à ma place.

Je l'ai blessé ce jour-là et, plus de deux ans après, il semble toujours aussi affecté.

– 20… il poursuit d'une voix altérée par la tristesse. J'ai cru que j'y arriverais, tu sais. J'aurais voulu être celui que tu as mérité dès le premier jour.

Merde, il s'essouffle en se pinçant le nez. Je ne pensais pas que ça me ferait encore aussi mal.

– Je suis désolée.

– Je le sais et je ne supporte même pas de t'entendre t'excuser. Je ne t'en veux pas… J'ai de la peine pour toi, Breen. Je ne voulais pas revenir te voir, mais j'avais l'espoir fou que tu ailles mieux. J'avais besoin que tu sois réparée… J'aimerais vraiment que tu arrêtes de vivre comme ça, que tu cesses d'aimer de cette façon.

– Arrête, je lâche en le sentant dériver sur le mauvais sujet.

– Tu ne m'as pas dit son prénom, il ajoute alors.

– Sawyer. Il s'appelle Sawyer.

Il se replonge en silence dans la contemplation de ma paume qu'il n'a pas relâchée, puis je vois ses iris bleus descendre sur mon tatouage. Je ne sais pas pourquoi je le laisse faire, pourquoi je ne suis pas encore sortie d'ici. Peut-être que la culpabilité me retient. Peut-être que, d'une certaine façon, Stephan n'a pas besoin de me tenir la main pour m'empêcher de fuir. C'est précisément pour cette raison que j'ai mis un terme à notre relation. De tous, il est le seul à me rappeler tout ce qu'il y a eu de terrible avec Will. Le seul que je ne saurai jamais aimer.

Il fait claquer sa langue contre son palais et me regarde droit dans les yeux, comme s'il venait d'entendre mes pensées. Je n'aime pas l'air que prend soudain son visage. Il faut que je sorte d'ici. Vite. Avant qu'il ne…

– Tu sais qu'il ne sera jamais Will, hein ? Tu sais qu'aucun de nous ne le sera jamais ?

Trop tard… Sa main se resserre autour de la mienne et la même sensation s'étend de part et d'autre de ma gorge.

– Sawyer n'est pas Will. Tu devrais lui dire la vérité.

Je donnerais tout en cet instant pour m'arracher de son emprise, mais je suis totalement submergée par la violence de ses mots. Il n'a pas dit ça pour me blesser, et pourtant, c'est la pire attaque qu'il pouvait m'infliger. De lourdes larmes remontent de bien trop loin, je sens leur voile humide faire briller mes prunelles. Ma bouche s'étire, on pourrait croire que je suis en train de sourire. Mais c'est seulement le chant du cygne, cette illusion qui précède l'arrivée de la mort. Dans mon esprit, des images se multiplient, se heurtent et s'emmêlent. Stephan doit se rendre compte de ce qu'il vient de provoquer car je le devine s'agiter. Mais avant qu'il réagisse, avant qu'il me libère de tout ce qu'il vient de nouer autour de moi, nous sommes interrompus. De la pire des manières.

– C'est quoi ce bordel ?

Je sursaute violemment et arrache si fort ma main de celle de Stephan que je fais voler sa tasse de café. Le liquide l'éclabousse, se répand sur la table et le sol. Je relève la tête trop vite pour y voir clair, mais je n'en ai pas besoin. Je sais très bien qui est celui qui vient d'arriver sans s'annoncer.

Jour 22. Celui où l'on veut se souvenir et oublier.

Jour 23

SAWYER

Dès que j'ai eu fini mon shooting parisien, j'ai foncé jusqu'à l'aéroport avec un jour d'avance. Breen m'a trop manqué, je n'ai pas pris le plaisir habituel en travaillant. À chaque cliché, mes yeux cherchaient spontanément son joli visage. J'ai fait défiler mes photos d'elle un millier de fois sur l'écran de mon appareil et, sur certaines, j'ai eu l'impression de la découvrir comme au premier jour. Ce sont mes préférées. D'ailleurs, elle me fait souvent cet effet-là. Elle m'offre des émotions qui ressemblent à l'éternité. C'est terrifiant et grisant. C'est encore frais entre nous, mais j'ai le sentiment que je ne m'en lasserai jamais.

Le temps de vol me semble interminable et le trajet de retour depuis Brest plus encore. Je ne serais pas étonné de recevoir quelques contraventions dans les jours à venir. Quand le panneau de la ville apparaît enfin, il est presque minuit. Je devrais être exténué, mais l'excitation qui fuse dans mon corps me tient éveillé. Je n'ai jamais été aussi alerte de toute ma vie. Je pianote sur le volant, regarde sans arrêt la petite horloge du tableau de bord et peste à chaque feu rouge que je rencontre. Mon cœur exulte et, même si Breen doit probablement dormir à cette heure-ci, ma voiture prend naturellement le chemin de son appartement.

En poussant la porte de son immeuble, je constate que son vélo n'est pas là où elle le laisse habituellement et, quand mes coups à sa porte restent sans réponse, tout comme mes appels, je reprends le volant, dépité. Elle est peut-être chez Ben, il est trop tard pour qu'elle soit encore au café. Mais dans le doute, je décide de passer quand même devant *La Petite Tasse.*

– Bingo ! je souffle en apercevant la salle éclairée.

J'ai envie de rire devant mon empressement digne de celui d'un adolescent, mais je m'en fous. C'est trop bon, cette sensation. Je me sens tellement vivant. Je trottine jusqu'à la devanture, souris en voyant le vélo de Breen calé près de la porte restée ouverte. Mais mon sourire se fane presque immédiatement quand mes yeux la trouvent enfin, assise sur l'une des banquettes, aveugle à ma présence. Trop occupée par l'homme qui lui fait face. Trop troublée par ce connard qui lui tient la main et à qui elle sourit.

Qu'est-ce que...

Je suis figé, à observer cette scène hallucinante à laquelle j'étais loin de m'attendre. C'est forcément un mauvais rêve et je vais me réveiller.

– Sawyer n'est pas Will. Tu devrais lui dire la vérité.

Ce sont les seuls mots du type que j'entends, mais ils sont suffisamment éloquents pour enclencher ma réaction.

– C'est quoi ce bordel ? je crache en déboulant dans le café.

C'est peut-être un peu trop direct mais Breen sursaute si fort d'être prise sur le fait qu'elle renverse la tasse qui se trouve entre eux. Elle se tourne vers moi et je lis distinctement la stupeur qui imprègne son visage. Elle transpire l'angoisse et la culpabilité, une image que je refuse de mémoriser. Si un léger doute persistait dans mon esprit, il vient de se désagréger.

– Surprise, je siffle avec une amertume teintée de rage.

– Sawyer… Je… Tu… T'es déjà de retour ? elle bafouille en se levant.

– T'es plus perspicace que moi, on dirait.

Elle fronce les sourcils en percevant la tonalité agressive de ma voix. Elle regarde tour à tour vers l'autre homme puis vers moi et serre sa main en un poing.

– J'ai essayé de t'appeler pour te prévenir que j'arrivais, mais tu ne m'as pas répondu. Je comprends mieux, maintenant. T'étais un peu trop occupée.

– J'ai laissé mon portable dans mon casier, elle tente de se justifier d'une voix faible. Je suis désolée.

– Pas autant que moi, je grogne en fourrant mes poings dans mes poches. Je sens que j'interromps un grand moment, j'ajoute en reculant d'un pas. Vous passez une bonne soirée ?

– Quoi ? Mais non ! elle s'exclame en semblant enfin comprendre la situation.

Je porte mon regard sur son compagnon qui est resté muet depuis que j'ai débarqué. Quand il sent le poids de mes iris transpercer son crâne, il relève la tête et croise mon regard. À l'inverse de Breen, il ne semble pas du tout mal à l'aise. Il émane de lui une fierté masculine qui m'est clairement destinée.

– J'imagine que tu es Sawyer, il lance en me jaugeant bizarrement.

– Je suis flatté que tu connaisses mon prénom. Dommage que ce ne soit pas réciproque.

– Stephan, il rétorque aussitôt. Enchanté.

Je ricane, sans lui retourner la politesse. La seule chose que j'ai envie de lui offrir en retour est mon genou dans la figure.

– Bon, je vais vous laisser, il finit par lâcher.

– Ouais, fais donc ça, je gronde entre mes dents.

Il rit doucement en secouant la tête et le sang me monte à la bouche.

– Ce n'est pas ce que tu crois, mec, il rétorque en me dépassant.

– Tu tenais la main de ma copine, *mec*, je ne peux me retenir de répliquer.

– Il ne me tenait pas la main ! s'offusque Breen.

Je lui adresse un regard entendu et elle plaque sa paume contre sa bouche.

– Non, non, non, elle répète en s'agitant.

Je la détaille pour tenter de comprendre ce que je viens d'interrompre, mais je ne vois que son affolement qui ricoche sur Stephan et moi. Surtout sur lui, en fait. Je n'arrive pas à déterminer qui de nous deux elle veut voir sortir d'ici. Le mieux à faire serait de tourner les talons, de ne pas provoquer l'une de ces scènes que je déteste quand il s'agit des autres. Quand la situation m'échappe, je m'en vais. C'est ma manière de fonctionner. Si j'ai pu le faire avec ma mère, je peux recommencer.

Breen doit percevoir mon hésitation, parce qu'elle saute vers moi et enroule ses doigts autour de mon avant-bras. Je hais le soulagement que je ressens et mes muscles refusent de réagir.

– Va-t'en, Stephan ! elle souffle en resserrant sa prise sur moi. Tu n'aurais pas dû revenir ! je l'entends murmurer.

– Revenir ? je crache en grimaçant.

– Pense à ce que je t'ai dit, il répond en reculant vers la sortie.

– Dégage, j'articule en lui adressant un regard menaçant.

– T'en fais pas, je ne suis là que pour le week-end.

Il me dévisage un instant, je suis incapable de déchiffrer ce qui traverse son regard. *J'ai envie de lui refaire le portrait* !

C'est Breen qui retient mon bras quand je fais un mouvement dans sa direction. Je ne le lâche pas des yeux tandis qu'il quitte les lieux, et je reste encore plusieurs secondes à contempler la nuit silencieuse.

J'avais imaginé une montagne de longs-métrages sur nos retrouvailles. Des trucs à l'eau de rose dégoulinants d'érotisme. Certainement pas ce mauvais film au budget misérable.

– Sawyer ?

– Breen ? je réponds sans me retourner vers elle.

– Pourquoi tu es en colère ? elle chuchote, comme si elle parlait à un enfant capricieux.

– T'es sérieuse ? je m'emporte, si vite qu'elle me lâche et recule en fronçant les sourcils. T'es vraiment en train de me poser cette question ?

Elle s'éloigne de moi, croise ses bras sur sa poitrine et mord sa lèvre, perplexe.

– J'ai quasiment bâclé mon taf pour revenir plus vite. J'ai roulé comme un dingue parce que tu m'as manqué ! Je suis crevé et, quand je me pointe ici, t'es tranquillement en train de roucouler au bras d'un autre mec ! *Mais pourquoi t'es en colère, Sawyer ?* je répète en mimant une voix féminine sarcastique.

Je reprends mon souffle, qui se terre loin derrière mes côtes.

– Je ne rou…

– C'est qui ce type ? je l'interromps sans gêne.

– Juste une connaissance, elle répond après une seconde d'hésitation.

Une seconde de trop.

– Mais encore ? je la presse.

– Mais rien du tout.

– Pourquoi tu lui tenais la main ?

– Je ne lui tenais pas la main !

– Bien sûr, j'ironise en acquiesçant lentement. Quel con, vous étiez en pleine partie de Shifumi ! je raille en tapant mon front. Qui a gagné ?

Elle secoue la tête et je repense alors aux mots que j'ai entendus avant de les interrompre.

– De quelle vérité il parlait, au juste ?

Je la vois pâlir et tordre ses mains.

– Tu dois bien avoir une explication « amicale » toute trouvée, dans ce cas.

Elle continue à triturer ses doigts puis, lentement, elle secoue la tête de gauche à droite et articule un « non » silencieux. Il ne m'en faut pas plus, j'ai ma réponse et ça m'achève.

– J'me tire.

Elle ne réagit pas tout de suite et je suis sur le trottoir quand je l'entends m'appeler et courir vers moi. Le poids sur mes épaules s'allège un peu.

– Attends ! Sawyer, s'il te plaît !

– T'as changé d'avis ?

– Je ne sais pas ce que tu t'imagines, mais il n'y a absolument rien entre Stephan et moi ! elle débite à toute vitesse.

Je stoppe mes pas et fais volte-face dans sa direction, si vite qu'elle manque de me rentrer dedans.

– Il te tenait la main ! je beugle en sentant mes dernières résistances s'effondrer.

– C'était un geste amical, ça ne veut rien dire !

– Il y a autre chose que tu ne me dis pas, alors non, je ne te crois pas, désolé.

– Sawyer, je t'en prie, je ne veux pas me disputer avec toi.

– Alors parle. Je suis patient, Breen. Mais là, ça, tu dois m'en dire plus… On sort ensemble, du moins il me semble. Tu comptes pour moi et…

Je retiens mes mots avant de me ridiculiser. Je déteste ressentir cette impuissance, cette jalousie. Je ne suis pas comme ça !

– Tu comptes aussi, Sawyer… elle articule en regardant ses pieds.

Je devrais être soulagé de l'entendre dire ça, mais il y a trop d'ombres entre nous, trop de souffles entre ses mots. Je ne l'ai jamais vue ainsi. J'ai l'impression de faire face à une totale inconnue. Elle amorce un pas vers moi, mais la main que je dresse entre nous l'empêche de s'approcher davantage.

– Reste où tu es, Breen. Reste où tu es si tu refuses encore de me parler. Tu me caches quelque chose, toutes tes réactions sont bizarres, une fois de plus. Ce n'est pas la première fois que tu réagis ainsi et si je m'en suis accommodé jusqu'à maintenant, je n'en ai plus envie aujourd'hui. Il y a d'abord eu cette rencontre étrange au ciné, puis cette soirée, alors je veux…

– Ce n'était rien du tout ! elle suffoque en m'entendant lui rappeler cet épisode, qu'elle avait relégué sous nos corps emmêlés.

– Je veux que tu arrêtes de me mentir !

– Mais je ne te mens pas ! elle se défend. Il y a des choses que je ne te dis pas, c'est vrai, elle ajoute dans un souffle douloureux. Pas encore… Mais je ne mens pas. Je te le jure.

– Ouais, eh bien ça ne me suffit pas. Ça ne me suffit plus, Breen. Je peux accepter qu'il soit trop tôt pour que tu me confies tous tes secrets… J'ai l'impression d'être le seul à faire un pas vers toi jour après jour.

– C'est faux.

– Tu ne me dis rien, jamais, je poursuis malgré son entêtement. Je refuse de te soutirer quoi que ce soit, je ne veux pas te forcer à me faire confiance.

Te forcer à m'aimer, je pense malgré moi.

Je prends une inspiration bruyante qui siffle entre mes dents.

– Mais ça ne peut pas continuer comme ça, je conclus en tâchant de conserver un masque détaché.

Au moment où je prononce cette phrase, je la vois tanguer. C'est très rapide, mais je suis sûr de ne pas avoir rêvé. Au fond de moi, je sais que mes mots n'ont rien de la rupture qu'ils évoquent, mais je veux que Breen réagisse. Même s'il y a encore une part de moi qu'elle ne connaît pas, je lui ai offert beaucoup plus qu'à quiconque jusque-là. Ça me tue de voir la souffrance que je viens de faire naître dans son regard, mais il y a trop de zones d'ombre chez cette fille. J'ai besoin qu'elle se livre, juste un peu. Elle ne peut pas persister à noyer mes doutes comme elle l'a fait jusqu'ici. Je l'aime trop pour le supporter.

– Donne-moi plus de temps, Sawyer.

Ses yeux se remplissent de larmes qui ne coulent pas et, en un clignement de cils, elles repartent aussi vite. J'ai envie de lui avouer que je suis prêt à tout lui donner si elle accepte de se confier. Mes bras qui meurent d'envie de l'étreindre. Mon cœur qui désespère de battre en rythme avec le sien. Et mon temps. Tout mon temps, jusqu'à la dernière seconde.

– Quelques jours de plus, c'est tout ce que je te demande. S'il te plaît, elle murmure en griffant l'intérieur de sa paume.

J'attends en la dévisageant, puis je commence à reculer. Je dépasse ma voiture et continue à marcher pour lui signifier que la suite ne dépend que d'elle. Si elle veut du temps, qu'il en soit ainsi. Mais ce sera sans moi. Sa tête bouge à chaque pas que je fais et je l'entends baragouiner des mots que je ne saisis pas au moment où je me détourne d'elle.

Je continue à avancer, je m'y oblige, même quand j'entends sa voix se briser. Je serre les poings dans mes poches, les dents, les paupières. Le pire, c'est mon cœur. Il se révolte, frappe fort contre mon thorax à chaque pas qui m'éloigne d'elle. Je suis peut-être en train de faire la plus grosse connerie de ma vie, mais je veux croire que Breen aussi.

Je ne marche pas vite, pour lui laisser l'opportunité de me rattraper. Je fais une courte pause à l'angle de la rue, pour lui offrir une dernière chance de me rejoindre. Juste quelques mots, je ne demande rien de plus. Mais il n'y a que le silence, qui me poursuit sur des kilomètres, jusqu'à ma porte. Jusqu'à mon lit.

J'enroule mon corps sale et suant dans le drap et étrangle le traversin entre mes mains. Je suis furieux. Je me repasse la scène du café encore et encore, pour essayer de comprendre ce que j'ai pu louper. Saisir ce qui me glisse entre les doigts. Les mots de Stephan tournent en boucle dans ma tête, cette vérité que Breen garde pour elle m'obsède. C'est insupportable et, le pire, c'est que je m'en veux de ne pas lui avoir parlé de ma mère et de ce que j'ai fait pour m'éloigner de son aura douloureuse. Peut-être que ça aurait délié sa langue, donné plus de poids à mon ultimatum. Ou peut-être pas. Je sais que si elle m'avait demandé de lui livrer un Sawyer tout entier, je l'aurais fait. Mais elle ne l'a jamais évoqué.

Alors un constat se forme tout seul dans mon esprit. Tant que Breen ne fera pas un pas vers moi, je ne reviendrai pas vers elle. Je refuse de me confier à une fille qui ne me donnera rien en retour. Ça peut paraître égoïste, je ne suis pas un expert dans ces trucs-là, mais c'est ma seule façon de me préserver.

Je ferme les yeux sur cette ultime volonté, en l'imprimant de toutes mes forces derrière mes paupières. Je n'ose pas expirer trop fort, je me contente de faibles respirations, parce que dans le fond, je crois bien que le moindre souffle pourrait faire s'envoler ma décision.

Jour 29

BREEN

Jeudi 25 juillet 2013.

J'ai horreur des disputes. Je n'ai jamais su les affronter, que j'en sois la cause ou non. Elles me prennent aux tripes, à la gorge et les mots refusent de sortir. Pour peu qu'on crie un peu trop fort, je deviens muette. La plupart du temps, je crois qu'il vaut mieux. Ça n'a jamais mené à rien de se hurler à la figure. J'ai vu ma mère s'égosiller sur ses petits amis jusqu'à en perdre la voix, plus encore sur son nouveau mari, et ça ne l'a jamais rendue heureuse. Même les fois où j'ai ressenti le besoin de jeter ma rage à certains visages, je n'ai pas pu. Je suis comme ça. Mais avec Will, que j'aime sans retenue, les disputes sont mille fois plus douloureuses. Elles sont imprévisibles, inexpliquées, à sens unique. Elles n'ont rien de similaire avec celles que j'ai pu connaître avant lui. Dans ces moments-là, il crache un flot continu de hurlements contre lesquels je n'ai pas de bouclier. Ça me touche en plein cœur, comme un impact qui se fissure sans jamais casser. C'est désagréable, mais ça finit toujours par passer. Sauf aujourd'hui.

Je regarde dans l'armoire à pharmacie si quelque chose peut le calmer, mais j'ai déjà fait le tour des possibilités. S'il ne pleuvait pas des cordes nous aurions pu sortir pour changer d'air, mais au lieu de ça, nous sommes coincés dans mon appartement qui ne m'a jamais semblé si exigu qu'aujourd'hui. Mes mains tremblent et je ne fais que jeter des coups d'œil derrière moi. *Bon sang, s'il ne se calme pas, les voisins vont finir par s'en mêler.*

Je reviens au salon, le cœur au bord des lèvres. Je lui parle, tente d'attirer son attention sur autre chose que son tourment que je ne comprends même pas. J'ai déjà fait tout ce qu'on m'a conseillé pour ces moments-là. Ils m'avaient prévenue.

Ses cris redoublent quand il m'aperçoit et je me fige, les mains agrippées au dossier du canapé. Je ne sais plus quoi faire et ça me terrorise.

– Will ?

Il se fiche des paroles rassurantes que je lui adresse ensuite et je craque. Je recule jusqu'à la chambre et me réfugie par terre, entre mon lit et la table de nuit. Juste une minute. Ça va se tasser.

Mais la minute passe, puis une deuxième. Compter les secondes en plantant mes ongles dans mes tempes n'y change rien. Enfoncer mes doigts à l'intérieur de mes oreilles non plus. Will continue à s'énerver et, pour la première fois, je ne sais pas gérer sa colère. Les mots que j'utilise habituellement pour le calmer ne fonctionnent pas. Je m'étais promis de ne pas le craindre, d'être plus forte que les autres, mais aujourd'hui, je suis transie de peur. C'est affreux ce sentiment de désarroi qui me renvoie des mois en arrière, quand j'étais encore cette gamine égarée. Je donnerais tout pour retrouver les jours paisibles auxquels j'ai goûté.

Je relève la tête pour chercher de l'air et aperçois mon sac par terre. Je me penche pour l'attraper, le tire jusqu'à moi et fouille à l'intérieur d'une main tremblante.

Quand je trouve ce que je cherche, je le repousse d'un coup de pied et observe ce morceau de papier blanc, froissé et corné. Je pourrais passer ce coup de fil. Je pourrais demander un petit coup de main. Sauf qu'il y a toujours un *mais*. Ce *mais* qui m'effraie plus que les solutions qu'on pourrait m'apporter. Je pourrais leur téléphoner, mais qui peut prévoir les conséquences ?

Mes yeux brûlent de fixer la carte sans ciller. Mes pensées tournent et virent dans mon crâne et quand ma sonnette résonne soudain, je serre le poing par réflexe et relève la tête avec angoisse.

J'attends, priant pour avoir rêvé ce son.

Dring.

– Non, je balbutie en me mettant à genoux.

J'avance ainsi jusqu'à l'entrée de ma chambre, me remets debout quand ça recommence. Je cours sans un bruit vers Will et le prends dans mes bras malgré ses mouvements de colère.

– Will, s'il te plaît, chut. Calme-toi, je le supplie en le serrant de toutes mes forces.

Il se débat, je pleurniche et m'affole quand la sonnette résonne à nouveau.

– Par pitié, les voisins vont se poser des questions… je sanglote en jetant des regards terrifiés sur la porte.

J'essaie de poser des mains rassurantes sur ses joues écarlates, mais rien n'y fait. Mon contact semble même aggraver les choses et je recule en le sentant s'agiter.

– Arrête ça, je t'en prie.

Des coups remplacent le *dring* insistant et je me résous à marcher jusqu'à la porte.

Je pose mes paumes tremblantes contre le battant et tâche de retrouver mes moyens. Ma main moite glisse sur la poignée qui cède finalement et je prends le plus d'air possible en ouvrant. Je passe seulement la tête par l'entrebâillement, en espérant que ça étouffe un peu ce qui se passe derrière moi.

– Bonjour, je murmure devant la femme qui me fait face.

Je lance un coup d'œil par-dessus son corps mince, elle est seule dans le couloir. Je reviens sur elle, mais mes yeux se posent à peine sur son visage souriant. J'évite d'accrocher son regard et observe le petit Tupperware qu'elle tient entre ses bras.

– Bonjour, je suis votre voisine, elle se présente en montrant la porte au fond du couloir d'un mouvement de tête. On n'a pas encore eu l'occasion de se rencontrer.

C'est vrai que j'ai emménagé ici comme un fantôme l'année dernière, et j'ai toujours pris soin d'éviter le voisinage. J'aime préserver mon intimité, d'autant plus depuis que Will m'a rejointe ici.

– Je m'appelle Mei, elle ajoute avec un fort accent asiatique.

– Breen, je réponds d'une petite voix hésitante.

On se dévisage un instant, elle a un air si doux que je sens mes lèvres s'étirer dans un léger sourire.

– J'ai fait de la soupe pour un régiment, je me suis dit que vous pourriez en profiter.

J'ouvre la bouche, stupéfaite et gênée. Je vois bien que son histoire de soupe n'est qu'un prétexte pour amorcer la discussion. Je m'apprête à lui répondre, mais les cris de Will reprennent de plus belle et je ferme les yeux en grimaçant.

– Est-ce que ça va ? elle s'inquiète dans un murmure.

– Oui, oui, il est juste un peu énervé. Ça va passer… je tente de me justifier.

Mais ma voix n'est pas confiante et, avant d'avoir pu me maîtriser, je me mets à pleurer. Je craque, lamentablement, devant cette femme que je ne connais pas.

– Je peux faire quelque chose pour toi, *xiao*[4] ? elle me demande en jetant de petits coups d'œil derrière moi.

– C'est très gentil mais ça va aller, je chuchote en me frottant les yeux. Ça lui arrive parfois, ne vous faites pas de soucis.

– Est-ce qu'il risque de me mordre si j'approche ?

Je me sens tellement fatiguée et impuissante que je ne contrôle pas l'éclat de rire qui s'échappe de ma bouche. Ce même rire qui, la seconde suivante, se mue en sanglots.

Dans un brouillard de pleurs et de larmes, je l'entends marmonner dans une langue que je ne comprends pas et, quand sa main se pose sur mon épaule dans une chaleur rassurante, mes dernières barrières s'effondrent. Je sens son odeur m'entourer, mélangée au fumet de sa soupe qui clapote entre nous. Elle frotte mon dos, me contourne pour entrer chez moi, mais je ne fais rien pour l'en empêcher.

Reprends-toi, Breen !

– Qui est celui qui m'empêche de regarder la télévision ? elle s'exclame pour détendre l'atmosphère.

4. Mon petit.

Je suis encore dans l'encadrement de la porte, je n'ose pas me retourner vers Will qui vient subitement de se calmer en voyant que nous avons de la compagnie. J'entends la voisine lui parler, sans parvenir à traduire ce qu'elle est en train de lui raconter. Je devrais être terrifiée par cette présence qui s'immisce chez nous, mais le silence qui vient enfin de revenir est un tel soulagement que je n'y pense pas.

Je referme derrière moi et les rejoins dans le salon. J'aperçois la petite carte de visite de l'hôpital qui gît encore par terre et mon ventre se tord. J'étais à deux doigts de les appeler et ce constat me fait vaciller. Je ne veux pas être cette fille-là. Je ne veux pas être comme ceux qui ont baissé les bras trop vite. Je plaque une main sur ma bouche devant mes faiblesses et mon cœur se serre.

Will relève la tête en me voyant revenir et j'expire devant son visage calmé. Ses yeux repartent vers Mei et il l'étudie longuement, méfiant, comme pour évaluer cette femme qui vient de l'interrompre. Je la regarde à mon tour et je me demande bien qui est le plus méfiant des deux. Ses sourcils sont froncés, je suis persuadée qu'elle va dire quelque chose que je ne suis pas prête à entendre. Une remarque sur Will, sur moi et mon incapacité à contenir ses crises. Je veux être forte, mais dans le fond, je manque cruellement de confiance en moi dans ces moments-là.

– Mangeons un peu, elle propose soudain d'une voix moins soucieuse.

Je sursaute et croise le regard de Mei qui s'est rapprochée de moi sans un bruit. Au fond de ses yeux les questions ont disparu, ne laissant qu'une étincelle de sympathie.

– C'est une soupe chinoise que ma mère cuisinait pour mon père quand ils se disputaient. Elle a l'étrange faculté de calmer tous les maux.

Elle repart vers la cuisine et me lance un coup d'œil interrogatif par-dessus son épaule. Je pointe un doigt vers le placard sous le micro-ondes et l'observe sortir des assiettes creuses avec un naturel stupéfiant. *Qu'est-ce qui se passe, au juste ?*

– Asseyons-nous, *xiao*.

Je ne sais pas ce que ça veut dire, mais mon corps réagit comme s'il comprenait le chinois à la perfection. Son timbre s'est fait plus calme, apaisant et son visage joliment ridé me rappelle un peu celui de ma grand-mère. C'est peut-être ce qui nous rend si dociles Will et moi, en cet instant, face à cette femme qui a fait irruption chez nous.

J'attrape des cuillères et m'installe entre eux. Will ne pipe pas mot et contemple celle qui nous sert, comme si tout cela n'était pas réel. Je remue sur ma chaise et déglutis en sentant mes oreilles rougir.

– Mange, elle souffle en agitant sa cuillère sous mes yeux.

Je m'exécute et la chaleur qui se diffuse dans ma gorge et mon ventre se répand très vite à tout mon corps. Je ne croyais pas avoir si faim, pourtant je porte déjà l'assiette à ma bouche pour aspirer la dernière goutte.

– Quel âge as-tu ? elle demande en me resservant.

– Dix-huit ans.

– Vous êtes mignons comme tout, elle commente en adressant un clin d'œil à Will. Je ne savais pas qu'un si joli petit couple vivait juste à côté.

Elle remplit son assiette et se relève pour déposer le Tupperware dans l'évier. J'en profite pour jeter un regard vers Will.

– C'est vraiment délicieux, je lance un peu maladroitement quand elle se rassied. Je vous remercie.

– Cesse de me vouvoyer ! J'ai la fâcheuse manie de cuisiner pour dix, alors que je vis seule. Tu sais où venir sonner à l'avenir, elle rétorque avec un beau sourire.

– C'est gentil. Ma grand-mère faisait pareil, j'ajoute avec nostalgie. Elle est morte, il y a bientôt trois ans.

Je ne sais pas pourquoi je lui raconte tout ça, mais c'est agréable d'avoir quelqu'un à qui parler en dehors de Will.

En quelques minutes, elle vient de réchauffer mon corps crispé, et les œillades encourageantes qu'elle m'adresse renforcent ce sentiment. Tout en mangeant, elle se met à nous relater de jolies histoires de famille. Son enfance en Chine, son déménagement en France et sa rencontre avec son mari militaire, décédé depuis. Chaque fois qu'elle parle de lui, ses prunelles se voilent et elle fixe Will une poignée de secondes. Je ne sais pas quelle partie de son mari Will lui rappelle, j'espère juste que ce sont de beaux souvenirs, même si je n'en suis pas tout à fait certaine. Je n'ose pas le lui demander.

– Pardon pour le désordre, je m'excuse en lançant un regard vers le salon.

Elle hausse les épaules et secoue la tête, pas perturbée pour un sou. Je me lève pour préparer du café et Mei discute tranquillement avec Will. Apparemment je ne suis pas la seule sur qui elle a cet effet tranquillisant. Je souris sans me retourner et secoue la tête en l'entendant glousser. Ce son m'avait manqué. Je pose les tasses sur la table et Will bâille à s'en décrocher la mâchoire. Pas étonnant, il sombre toujours après ses crises de nerfs. Nous parlons encore un long moment et il finit par reprendre sa place sur le canapé, si à l'aise et calmé qu'il s'endort instantanément.

– Merci, je chuchote à Mei.

– Tu es bien courageuse, ma petite. Je n'en connais pas beaucoup qui feraient ce que tu fais.

Je garde les yeux baissés vers mes mains, jusqu'à ce que les siennes les recouvrent.

– Tu n'es pas obligée de gérer ça toute seule, tu sais ? Il y a des gens qui peuvent t'aider quand ça devient un peu trop compliqué.

– Je peux m'en sortir, je rétorque d'une voix blanche.

– Évidemment ! Je n'en doute pas une seconde. Je vois bien l'amour qui vous lie.

– Quand il est entré dans ma vie, j'ai été la seule à me préoccuper de lui. Personne ne l'aime, Mei. Si tu savais comme je trouve ça injuste. Il est tellement beau, tellement gentil quand il ne… Je l'aime de tout mon cœur, même quand j'ai peur… j'avoue tout bas.

Elle serre ma main et j'essuie la larme qui glisse sur ma joue.

– Will a de la chance d'être tombé sur toi. Tu sais, ce genre d'amour est terrifiant, Breen, parce qu'il appelle des sacrifices. Il est plus difficile, mais il est unique.

– Will est unique, j'acquiesce en le regardant rêver.

Je ne sais pas si c'est cette soupe magique qui me rend soudain si rassurée. Ou bien le simple fait de parler avec quelqu'un qui semble comprendre ce que je ressens, sans me juger.

À mesure que le nuage orageux se dissipe, ma langue se délie. Et pour la première fois, je raconte à cette femme ce qui nous est arrivé. Comment la vie nous a réunis Will et moi, à un moment où j'avais perdu tout espoir. Cette évidence que je n'avais pas anticipée. La manière dont j'ai tout laissé tomber pour lui dès que mon cœur l'a choisi, par-delà les difficultés. Elle ne me traite pas de gamine amourachée, ne me lance pas d'œillades déplacées. Elle ne regarde pas Will comme une abomination qui ne devrait rien avoir à faire avec une fille comme moi. Elle me traite comme une adulte et, bon sang, ça ne m'était jamais arrivé avant.

Jour 29. Celui où les disputes d'enfant ouvrent la porte à un espoir d'adulte.

Jour 29

BREEN

Aujourd'hui.

Je tends un gobelet à emporter à la jeune femme qui patiente sagement depuis plusieurs minutes. Je l'entends bredouiller un merci, auquel je réponds d'une voix automatique. Maintenant que j'y repense, je ne suis plus si sûre de lui avoir servi ce qu'elle m'a commandé. Je ne me souviens même plus de ce que je viens de lui préparer, en fait, mais c'est trop tard pour lui crier de revenir.

Ce n'est pas mon premier black-out de la journée. Il faut le dire, je dors mal, mange à peine, et toute mon attention est dirigée derrière la grande vitre du café, vers le trottoir qui me nargue depuis des minutes, des heures, des jours. Celui-là même où la voiture de Sawyer est restée garée toute la journée du lendemain de notre dispute et encore celle d'après. J'ai passé un temps infini à l'observer, en espérant que son propriétaire se manifeste. Je n'ai eu aucune nouvelle de lui et voir sa voiture ici avait quelque chose de rassurant. Une sorte d'encouragement, la promesse d'un peu plus de temps. Et puis un matin, elle avait disparu. Il est venu la récupérer sans un mot, comme un fantôme. Un de plus dans ma vie.

– Aïe !

Je secoue la main que je viens de brûler sous la buse de la machine à café et la passe sous l'eau froide en remuant la tête de dépit. Je m'empare d'une bouteille de lait tout en bougeant mon autre main sous le jet glacé et regarde le 29 apparaître et disparaître chaque fois que je referme le poing.

Je continue à marquer les jours qui passent, même si je n'ai plus revu Sawyer depuis cette nuit de dispute qui me hante encore. Je persiste, parce qu'il me manque et que mon cœur est toujours attaché à lui.

Je tourne en rond depuis six jours, j'essaie de former des phrases à voix haute pour être capable de lui parler, mais je n'y arrive pas. Je bégaie, je bute, ça ne sort pas. C'est si profondément enseveli en moi que je ne sais même plus comment poser des mots dessus. Pourquoi est-ce qu'il me fait ça ? Tout se passait bien, au-delà de mes espérances, même, jusqu'à ce que Stephan vienne tout foutre en l'air. J'ai horreur des disputes, ça n'a pas changé, et une fois de plus je ne sais pas comment arranger les choses. Il n'y a qu'une chose dont je suis certaine :

tant que je n'aurai pas dépassé ce mur immense, dégoulinant d'un 49 écarlate, je ne pourrai pas faire ce que Sawyer attend de moi. Et ça me tue, car pour la première fois je ne suis pas celle qui fait machine arrière. Ce n'est pas moi qui mène le jeu et ces nouvelles règles vont me faire perdre la partie sans que je puisse piocher la moindre carte. Pas de joker. Impossible de passer mon tour.

Sawyer a été plus que clair : si je ne vais pas à lui, il ne viendra pas à moi. Et ça me terrifie.

– Breen ?

J'admire ces gens qui réussissent à confier leurs tourments aux autres. Ça semble si simple, vu de l'extérieur, et ça l'est peut-être. Je suis quelqu'un de compliqué, de réservé, ce n'est un secret pour personne. Pourquoi est-ce que Sawyer ne veut pas se contenter de ce que je lui donne déjà ? Il ne voit pas combien c'est énorme pour une fille comme moi ? À chaque jour qui passe, je me mets en danger. Pour lui, pour l'aimer.

– Breen ?

Il veut que je réagisse, que je fasse un pas vers lui, mais c'est exactement ce que je fais depuis le premier jour et il ne le remarque pas ! Je devrais être morte, mais je suis encore là à me battre. Je ne demande pas grand-chose, simplement un peu de patience, comme j'en ai eu avec beaucoup de personnes tout au long de ma vie. Bon sang, je lui en voudrais presque si le manque n'était pas si fort. Si la culpabilité n'était pas si grande.

– Breen, tu renverses du lait partout, là !

Je cligne des yeux et repère enfin Josie, qui claque deux doigts devant mon visage fatigué. Je relève la bouteille en soupirant et lance un regard affligé vers mes pieds, qui trempent dans une flaque blanche. Perdue dans mes pensées, je ne me suis pas rendu compte que la tasse que je remplissais a largement débordé, devant les prunelles inquiètes de ma patronne.

– Merde, je soupire en attrapant des serviettes en papier. Je suis vraiment désolée, Josie.

– Qu'est-ce qui se passe ? Depuis quelques jours tu es complètement éteinte, maladroite et cernée.

– Tout va bien, j'articule en pinçant les lèvres. Je suis juste un peu fatiguée, je ne suis pas concentrée. Encore pardon.

– Je ne te fais pas de reproches, Breen, elle souffle en s'accroupissant à ma hauteur. Je n'aime pas te voir comme ça, c'est tout. Est-ce que c'est à cause de Sawyer ? Je ne l'ai plus revu venir ici, vous vous êtes disputés ?

– Non, je… Oui, j'avoue finalement, devant sa moue qui témoigne qu'elle n'est pas dupe.

– Pourquoi ?

Je me mords l'intérieur de la joue, toujours accroupie derrière le comptoir.

– Je sais que tu as la confidence difficile, mais je suis là pour toi. Je peux le pousser du haut de Pen-Hir s'il s'est mal comporté. Je suis ton amie.

– Ne fais pas ça, je pouffe. Il ne le mérite pas, simplement il y a des choses que…

Je m'interromps déjà, ma gorge vient de se serrer comme pour m'empêcher de parler. C'est toujours pareil, je n'y arrive pas, mon corps et mon esprit se liguent, refusant de révéler ce qu'ils ont traversé.

– Respire, Breen.

J'ai un mouvement de recul en l'entendant prononcer ces mots que je me répète souvent.

– Il veut que je sois plus loquace. Sur moi, sur mon passé… Il m'a posé des questions et je n'ai pas su lui répondre. Il est fâché.

– Ok, je vois. Un de plus qui désire percer à jour la mystérieuse Breen Peterson ! C'est un peu normal, ma belle, quand on a des sentiments pour quelqu'un, on veut tout savoir de lui. Il y a des choses qui se font naturellement avec le temps, sans pression, grâce à la confiance qui s'installe. Et d'autres qu'il faut accepter de dévoiler, même si on a l'impression de se mettre en danger. Sawyer tient énormément à toi, je te l'ai déjà dit. J'aimerais qu'un homme me regarde comme lui le fait, il est… Bref, ça ne me surprend pas qu'il veuille connaître la Breen qui se cache ici et j'ai le sentiment qu'il en vaut la peine. Et *elle* aussi.

Je suis la direction de son doigt jusqu'à ma poitrine. *Aïe !* La Breen qui se terre ici ne laisse personne entrer. Pas même moi. Pas avant d'avoir compté tous les jours jusqu'au dernier. Parce que chaque fois qu'elle échoue à atteindre le bout, elle meurt une nouvelle fois. Et il faut tout recommencer, réapprendre à l'amadouer. Alors elle se protège, au risque de tout faire foirer.

– C'est important de parler, reprend Josie. Sauf si tu n'attends rien de votre relation. Dans ce cas…

– Je ne veux pas que ça s'arrête, mais… c'est dur.

– Qui a dit que l'amour était facile ?

Certainement pas moi !

– Tu devrais lui téléphoner.

– Je ne sais pas quoi lui dire…

– Vraiment pas ?

Je soupire et ne réussis pas à retenir le bâillement qui témoigne de mon épuisement.

– Tu veux prendre ta journée ? Tu détiens toujours le record des congés inutilisés, je peux rester.

– Non, non. J'aime être ici.

Chez moi, le silence m'étouffe.

– Comme tu voudras. Appelle-le, elle persiste en mimant un téléphone avec sa main. Oh ! Et il n'y a plus rien à essuyer ! elle ajoute avec un clin d'œil en direction du sol que je frotte encore, pour rien.

Je me relève, jette les serviettes dans la poubelle et tourne sur moi-même en lançant des regards hésitants vers l'arrière-salle. Mes pieds se mettent en route tout seuls et, quand mon téléphone pèse dans ma paume, je me mordille la lèvre en soupirant. J'ai besoin de lui, ou peut-être juste besoin d'avoir besoin de lui, mais ça, c'est une autre histoire. Quoi qu'il en soit, il me manque, et si je veux conserver une chance d'atteindre mon but, je dois au moins essayer. Je n'ai jamais laissé tomber Will quand ça devenait difficile, alors je ne vais pas commencer maintenant. Je donnerais tout pour retrouver les jours paisibles auxquels j'ai goûté. Encore.

Je fais défiler mes maigres contacts et mon doigt reste suspendu au-dessus de l'écran. J'ai envie de l'appeler, mais je ne sais vraiment pas quoi lui dire, par quoi commencer. Mes secrets ne méritent pas d'être excusés. Mais dans un sursaut de courage – ou bien de désespoir –, je frôle l'icône et lance l'appel.

Je garde l'appareil devant mes yeux, les tonalités résonnent dans le lointain. Quand la messagerie s'enclenche, je sursaute.

– Comme ça, c'est réglé, je grommelle en le balançant dans mon casier.

Je repars vers le comptoir et m'affaire sans prendre de pause. Enfin si, juste une, minuscule, le temps de retomber deux fois sur le répondeur de Sawyer. Il doit être occupé, ou alors j'ai trop attendu et il ne veut plus me parler. Il a peut-être même quitté Camaret, qui sait ?

Mon cœur s'affole à mesure que je pense à lui, j'ai la poitrine en feu. Les clients se font rares, je frotte le moindre recoin pour éviter de retomber dans mes pensées chaotiques.

Je relève le nez seulement quand j'entends l'orage gronder. Josie est partie, je suis seule dans le café et je lance un regard désespéré vers mon vélo garé sur le trottoir, trempé de la pluie qui s'est mise à tomber.

Quand je fais coulisser la grille pour fermer une heure plus tard, je suis déjà dégoulinante. Je défais l'antivol, rabats la béquille et, comme c'est trop risqué de rouler par ce temps, je pousse ma bécane sur le trottoir.

L'eau fouette mon visage et je peste en remontant la rue inondée. Je suis frigorifiée, m'arrête une seconde pour souffler sur mes doigts glacés. À Camaret, les orages d'été n'ont rien à envier aux hivernaux. Heureusement que le soleil n'est pas encore tout à fait couché.

Je m'apprête à repartir quand j'aperçois un petit groupe qui arrive en face de moi. Ils sont encore tout au bout de la rue et, malgré la visibilité plutôt mauvaise, je reconnais sans mal mon ami Ben, protégé sous son parapluie fluo immanquable. Je plisse les yeux pour identifier les deux personnes qui l'accompagnent et je regrette soudain de ne pas avoir pris le risque d'enfourcher mon vélo plus tôt. Je frotte mes cils pour les débarrasser des gouttelettes de pluie et contemple, avec un désarroi grandissant, le couple qui tient compagnie à Ben, sous un second parapluie.

Le tonnerre explose au même moment, en écho à ma poitrine qui vient d'être ébranlée.

Je ne sais pas qui est la jeune femme et je m'en fiche. Tout ce qui m'importe en cet instant, c'est Sawyer et le bras qu'il a enroulé autour du cou de sa compagne. Je suis tétanisée, il n'y a que mes dents qui remuent en s'entrechoquant.

Un second coup de tonnerre résonne, il n'a rien de comparable avec celui qui vient d'éclater en moi.

Je vois son visage se pencher vers celui de la fille, elle rit et se colle un peu plus à lui. Une fille certainement plus accessible que moi, moins compliquée, moins abîmée. Je comprends mieux pourquoi il n'a pas répondu à mes appels aujourd'hui.

Ils avancent droit sur moi et, avant qu'ils puissent tous se rendre compte que je suis là, je me hâte d'enjamber mon vélo. Pas question de les frôler, ce serait plus douloureux que d'être percutée par un bus lancé à toute allure.

Dans le bruit de la rue, il me semble entendre mon prénom voler jusqu'à moi, mais je n'en suis pas sûre. De toute façon, le sang bat si fort à mes oreilles que je suis sourde à ce qui m'entoure.

Je donne un coup de pédale et lance ma bicyclette vers le bord du trottoir. Il est haut, mes fesses rebondissent durement sur la selle. Je veux m'éloigner d'ici au plus vite.

Le sens de circulation me force à passer à leur hauteur, alors je ferme les yeux quelques secondes pour ne pas greffer une image supplémentaire de ce Sawyer accompagné dans ma mémoire. Sauf que je suis en plein milieu d'une route étroite et que c'est la pire idée de toutes. Avant d'avoir pu réaliser ce qu'il se passe, j'entends un crissement de pneus et un long coup de klaxon sur ma droite. Ma roue dérape aussitôt sur le bitume détrempé, je me sens partir sur le côté. Dieu merci, j'ai le réflexe de pousser avec ma jambe pour ne pas me fracasser contre le bitume. Je n'en reste pas moins par terre, les mains encore fermement accrochées au guidon, le genou tout râpé.

Quand j'ouvre les yeux, des phares transpercent la pluie et m'éblouissent.

– Ça va ? s'angoisse le conducteur en arrivant droit sur moi. Je ne vous ai pas vue, j'ai eu la peur de ma vie !

Il gesticule et me tourne autour en tordant son visage entre ses mains.

– C'est bon, j'ai rien, je le rassure en reprenant mon souffle.

– Breen !

Le tonnerre peut aller se rhabiller, la voix de Sawyer qui vient de fendre l'air est mille fois plus impressionnante. *Quelle poisse !*

– Elle va bien ! s'empresse de lancer le conducteur en regardant derrière moi.

Je ne sais pas à quoi ressemble Sawyer, mais l'homme se décompose à vue d'œil.

– Je ne l'ai pas touchée, elle a juste glissé ! il se défend avant même qu'il nous ait rejoints.

– Encore heureux pour toi, espèce de connard !

– Non mais, pas la peine de m'insulter !

Je serre les paupières en me fustigeant pour ma bêtise. Je voulais filer sans demander mon reste, c'est loupé. *Bien joué !* J'entends des semelles taper contre l'asphalte, je sens un courant d'air me frôler, des jambes sauter par-dessus mon vélo.

J'amorce un mouvement pour me redresser mais des mains se posent sur mes épaules et tâtent mon corps avec empressement.

– Ne bouge pas !

Avec le froid qui s'est insinué partout, la chaleur qui se diffuse à ce contact en devient presque brûlante.

– Je vais bien ! je crache en m'agitant pour qu'il me lâche.

J'ouvre les yeux, ignore le visage bien trop proche de Sawyer et m'adresse au pauvre homme qui piétine derrière lui.

– Vous pouvez y aller, plus de peur que de mal.

– Certainement pas ! beugle Sawyer en pointant un doigt menaçant vers lui. Tu restes là tant que je ne suis pas certain qu'elle n'a rien !

– Je vais bien ! je crie plus fort. Rentrez chez vous !

Cet ordre ne s'adresse pas seulement au conducteur, mais aussi à Ben, qui vient tout juste de s'agenouiller près de moi, à la fille qui, sous son vilain parapluie, observe la scène en ouvrant de grands yeux, à Sawyer, qui me dévisage avec un air troublé que je ne lui ai jamais vu. Il a le souffle court et les pupilles dilatées. Je ne voulais pas le regarder mais c'est plus fort que moi. Il sent l'alcool et la pluie, ses cheveux gouttent sur ses joues. Il est tellement beau et tellement proche en cette seconde que mes lèvres fourmillent de lui dire combien il m'a manqué et à quel point mes sentiments sont forts. Mais il y a cette fille que je devine sur ma gauche, alors je referme la bouche.

– Je vais t'aider…

– Pas besoin, je peux me débrouiller, je tranche en déguisant ma peine. J'ai dit que je n'avais rien, je n'ai pas besoin de toi.

Cette phrase sonne bizarrement, mais je n'ai pas le temps de m'en préoccuper. Je veux juste me tirer d'ici. *Tout de suite !*

D'un coup de pied énervé, je repousse le vélo qui bloque encore ma jambe. Je me redresse en ravalant la douleur qui fuse sous ma rotule.

– C'est vraiment pas un temps pour rentrer à vélo, commente Ben. Stupide créature !

Je lui lance un regard meurtrier, qui dévie juste une seconde sur la fille, avant de se reposer sur lui. Je n'arrive pas à croire qu'il puisse se promener ainsi, accompagné de Sawyer et de sa nouvelle petite amie. *Tout est ta faute, Breen*, j'entends une petite voix murmurer. Comme toujours.

De nouveaux klaxons se font entendre et je réalise que nous bloquons la circulation. Je me penche pour relever mon vélo et le pousse sur le bas-côté.

– Sacrée chute.

Je me retourne vers la voix chantante qui vient de me dire ça.

– Je m'appelle Ashley, je suis la…

– Viens, Breen, je vais te raccompagner, l'interrompt Ben.

Je jette un coup d'œil rapide vers la route pour tâcher de repérer Sawyer. Il est resté près de la voiture. Je ne vois que son dos courbé au-dessus du conducteur qui a repris le volant.

– Ce n'est pas nécessaire, Ben, je rétorque en levant la tête vers le ciel. La pluie s'est calmée, ne vous dérangez pas pour moi.

Je lui adresse un sourire forcé auquel il répond par une grimace d'incompréhension. Je tape du pied, plie et déplie mon genou pour mieux remonter sur mon vélo. Il n'a pas aimé sa chute mais il a l'air prêt à me ramener chez moi. C'est tout ce que je demande, parce que ma façade est en train de craqueler, et si je reste une minute de plus, il me faudra ramper pour rentrer. C'est trop pour une seule soirée.

– Breen ! j'entends soudain Sawyer s'exclamer depuis la chaussée.

Et moi qui espérais pouvoir filer sans qu'il s'en aperçoive…

– Descends de ce truc immédiatement !

Il n'est pas trop tard pour détaler. Je ne veux surtout pas avoir à lui parler. Pas après tout ça, pas avec cette fille à côté, pas avec ce cœur qui essaie de me faire trébucher.

– Bonne soirée, je lâche précipitamment en le voyant approcher à grands pas.

J'enfonce mon pied sur la pédale, insensible au sang qui dégouline sur mon tibia. Cette fois, je garde les yeux bien ouverts, en m'élançant sur mon bolide abîmé. Je tangue un peu, plus sonnée par ma chute que je ne veux bien l'admettre. Plus dévastée par mon sablier qui vient de se briser. J'entends Sawyer s'énerver derrière moi, accélérer le pas, m'appeler et jurer. À quoi bon parler, j'ai loupé le créneau. Foiré le chrono.

Je parviens enfin devant mon immeuble, épuisée et au bord des larmes. Je largue mon vélo devant les marches et trébuche sur la première. Je suis tellement fatiguée que je ne me relève pas et m'assieds là. La pluie tombe toujours, mais moins fort que tout à l'heure. La tête entre mes genoux, elle ruisselle sur mes cheveux défaits. J'ai perdu mon élastique et de longues mèches se collent à ma peau. *Respire, Breen.*

L'air a du mal à passer et de légers sanglots essaient de se frayer un chemin dans ma gorge. Je refuse de pleurer. Ça ne m'est plus arrivé depuis Will, parce que rien ne mérite plus mes larmes que lui. Rien ni personne. Ça a toujours été une évidence. Jusqu'à aujourd'hui, je ne m'étais même pas posé la question, car rien ne m'avait atteint comme de voir Sawyer au bras de cette fille. Y repenser me donne envie de vomir. Je n'aurais pas cru qu'il me remplacerait si vite, mais il m'avait mise en garde et j'ai laissé plusieurs jours s'écouler. Pourtant, je suis la mieux placée pour savoir que chaque jour compte et qu'il ne faut jamais les gaspiller. C'est toujours aussi douloureux.

J'ouvre ma paume et observe le 29 en son centre. J'ai envie de frapper dans un mur, de briser chaque os de ma main, pour ne plus avoir à subir ce *tic tac* que je m'inflige. Mais c'est sur ce tempo que mon cœur a choisi de se caler, alors si j'arrête, tout s'arrête. À chaque échec, j'ai eu l'impression de ressentir encore la mort, alors si je ne devais plus jamais recommencer, je serais incapable de me relever. Will m'échapperait pour de bon. C'est triste à dire, mais il n'y a que comme ça que je parviens à respirer. En comptant, lentement.

L'eau de pluie s'amoncelle à l'intérieur de ma paume et je passe un doigt sur chacun des deux chiffres. De plus en plus fort, de plus en plus vite, pour les effacer, tout en priant pour parvenir un jour à les réinscrire. Un vingt-neuvième jour d'une énième vie.

Ne pas pleurer, ce n'est pas si grave. Il y a eu pire. Il y a eu Will. J'ai la poitrine en feu, mais il y a des incendies que les larmes n'éteignent jamais.

L'eau continue de se déverser sur mon crâne, dégoulinant sur mes joues. L'encre refuse de disparaître et je perds mes derniers moyens.

Je ressens tout si fort que, au bout d'un moment, je ne ressens finalement plus rien.

Et si je pleure, la pluie m'empêche de le remarquer.

Et si je pleure, la brûlure sur mon âme n'en est pas plus soulagée.

Jour 29. Celui où les disputes condamnent la seule porte restée ouverte.

Jour 29

SAWYER

Parfois, le temps semble prendre un malin plaisir à passer tout doucement. Il s'étire dans un grincement sordide, les minutes se prennent pour des heures, le soleil n'a pas l'air d'avoir envie de se coucher. Ce qui résume fort bien ces six derniers jours. J'ai cru devenir fou, m'obligeant à me tenir loin de mon téléphone, loin de *La Petite Tasse*, loin d'elle. Et puis soudain, comme si quelqu'un en avait eu marre et avait foutu un coup de pied dans le moteur, le temps est reparti plus vite. Trop vite. Comme en cet instant.

– Regardez qui voilà ! lance Ben en plissant les yeux. Hey, Breen !

J'arrête de marcher en entendant ce prénom obsédant et me détourne d'Ashley pour regarder devant nous. Je n'ai pas le temps de détailler cette silhouette qui m'a furieusement manqué, pas le temps de m'insurger qu'elle ne m'ait pas appelé une seule fois, pas le temps de réfléchir au soulagement de la voir tout au bout du trottoir.

Je cligne des yeux, elle est déjà sur la route. Je cligne encore et tout s'accélère. Elle nous dépasse, malgré la pluie je la vois clairement serrer les paupières pour ne pas croiser mon regard. J'ouvre la bouche, puis j'entends des freins, un klaxon et Breen s'évapore. J'ai un moment de blanc, je sais qu'elle est tombée, mais c'est allé si vite que je suis incapable de dire si la voiture l'a percutée ou si elle a simplement dérapé. Je ne suis capable de rien, car tout mon oxygène s'est volatilisé. Je m'entends finalement crier, je me sens courir et il n'y a qu'au moment où mes deux mains se posent sur ses joues que le temps reprend son cours normal. Sentir son visage sous mes doigts remet les choses en place. J'ai envie de lui demander pourquoi elle ne m'a pas appelé, pourquoi elle a laissé filer tous ces jours, pourquoi je n'arrive pas à la sortir de mes pensées, mais je me contente de vérifier qu'elle va bien. Son regard est triste, froid et fuyant, mon cœur est furieux.

Quand elle se redresse pour rejoindre le côté de la route, je me retourne vers le conducteur de la voiture, qui vient de se rasseoir tranquillement. Comme s'il n'avait pas failli me priver de cette fille pour toujours. *Mais pourquoi j'ai laissé passer six jours* ?

– Je suis content qu'elle n'ait rien, il lance en me voyant arriver droit sur lui.

Je vois bien qu'il est sincère, mais j'ai besoin d'un défouloir, là tout de suite.

– Ah oui ? Mais comment tu sais qu'elle n'a rien, hein ? T'es médecin ou médium ? Peut-être les deux ! je crache en enfonçant mes doigts dans sa portière.

Ce n'est ni mature ni dans ma nature de m'emporter comme ça, mais j'ai du mal à contrôler les spasmes qui fusent dans mon corps. Un ardent mélange de sentiments.

– Elle est déjà remontée sur son fichu vélo, voilà ce que j'en sais ! il rétorque à bout de patience, en agitant sa main devant son pare-brise. Elle rentre chez elle et j'aimerais en faire autant !

Je le quitte des yeux pour regarder vers le trottoir et… *Non mais je rêve !*

– Breen ! je tonne d'une voix rauque. Descends de ce truc immédiatement !

Je me mets à courir vers elle, mais je ne la rattrape pas. Je l'observe filer et j'insulte tout ce qui se trouve dans mon champ de vision, et ce sur plusieurs générations. J'ai le cœur qui bat à dcux mille, à cause de sa fuite, mais surtout de sa chute qui se rejoue dans mon crâne. Quand je l'ai vue glisser et disparaître derrière la voiture, j'ai senti mon cœur se figer. J'ai encore mal aux côtes, à l'endroit où il s'est rué quand il a repris sa course.

– Putain ! je grogne en enfonçant mes doigts dans mes cheveux. Elle s'est barrée, normal !

Je garde mes mains posées sur mon crâne et ris nerveusement sans quitter des yeux l'angle de la rue où elle a disparu.

– Eh bien ! J'avais tort, il y a un peu d'animation dans ce bled, tout compte fait ! raille Ashley en s'approchant. Est-ce que c'est elle ? elle ajoute sur un autre ton.

– De quoi tu parles ?

– Celle qui te retient ici ? Allez frangin, la seule chose qu'il y a de cool dans cette ville, c'est Ben, et il n'est clairement pas ton style !

– Oh, ça c'est gentil ! s'écrie l'intéressé en lui envoyant un baiser avec sa main.

Elle lui fait un clin d'œil et reprend :

– En tout cas, si c'est bien ça, elle m'a regardée super bizarrement. J'espère pour toi qu'elle sait qui je suis ! Avec les milliers de photos de moi que tu as prises, je serais super vexée que tu ne lui aies pas déjà montré mes plus beaux portraits.

Je dévisage ma sœur en m'imprégnant de ses paroles. Est-ce que c'est pour ça que Breen s'est tirée comme si elle avait laissé le gaz ouvert ? On est en froid depuis que je l'ai mise au pied du mur, et j'étais effectivement en train d'étreindre ma sœur quand Benji m'a fait remarquer que Breen arrivait en face. *Est-ce qu'elle a cru que*... Quand je me suis jeté sur elle pour m'assurer qu'elle n'était pas blessée, j'ai bien saisi cette nuance inhabituelle dans son regard.

J'ai cru que c'était dû à la frayeur d'avoir été presque renversée, mais si c'était à cause d'Ashley ? Je ne veux pas qu'elle s'imagine une seule seconde que j'aurais pu la remplacer. C'est ridicule !

Je fouille dans mes poches, à la recherche de mon téléphone. Il faut que je l'appelle tout de suite, au diable mes résolutions.

Quand je le déverrouille, le prénom de Breen est affiché sur l'écran et je me crispe. Trois appels manqués, qui ne remontent qu'à quelques heures. *Merde ! Qu'est-ce que j'ai foutu ? Pourquoi je n'ai rien entendu ?*

J'essaie de la rappeler, mais il n'y a aucune tonalité, je tombe directement sur son répondeur impersonnel.

– Ben, tu peux raccompagner ma sœur chez moi, s'te plaît ?

– Yes !

– Merci, mec. Et merci pour cette semaine de boulot, c'était cool, vraiment.

Lorsque Benji m'a téléphoné le lendemain de ma dispute avec Breen, je n'ai pas hésité longtemps avant d'accepter sa requête. Il voulait mon avis sur un projet et on a bossé dessus comme des forcenés, jusqu'à ce que ma sœur débarque à l'improviste, il y a deux heures. Moi qui suis plutôt solitaire quand il s'agit de la photo, cette fois j'ai beaucoup aimé avoir quelqu'un et quelque chose sur lesquels me concentrer. Quelqu'un qui n'était pas Breen et quelque chose qui ne me faisait pas mal dans la poitrine. Il a compris qu'un truc clochait, mais il n'a rien dit.

– Ne me remercie pas ! il s'exclame en levant ses mains devant lui. J'étais prêt à vendre mes reins pour avoir la chance de bosser avec toi ! Maintenant, bouge !

– Désolé Ash, je sais que tu viens d'arriver, mais j'ai un truc important à faire. Ensuite je te rejoins, c'est promis.

– T'inquiète ! Ben va bien s'occuper de moi.

– Ben est gay, je rétorque sans les regarder.

– Ouais, mais ta sœur me donne envie d'essayer ! je l'entends s'esclaffer.

– Faites ce que vous voulez, je conclus en haussant les épaules.

Je m'élance en direction de chez Breen, sans vélo et sans parapluie. Ma poitrine me fait souffrir, je n'ai pas beaucoup dormi ces derniers jours alors c'est un peu l'effort de trop, mais ça vaut le coup.

Je suis trempé, de pluie et de sueur, mais je me répète encore que ça vaut le coup. Elle a essayé de m'appeler dans l'après-midi, donc elle n'a pas abandonné. Et moi non plus. Je n'en doutais pas vraiment mais la revoir m'a convaincu.

Je bifurque dans sa petite rue et accélère une dernière fois. Quand j'atteins enfin son immeuble, je réfléchis à une autre éventualité pour le cas où elle refuserait de m'ouvrir. Réflexion qui se volatilise dès que je l'aperçois sur les marches. Assise sous la pluie, recroquevillée sur ses jambes. Elle doit entendre le bruit de mes baskets sur le goudron, car elle relève aussitôt la tête.

– Sawyer ? Qu'est-ce que…

– C'est ma sœur, je lance sans la laisser finir.

Je me penche en avant pour calmer mon pouls et reprendre ma respiration.

– Quoi ?

– Ashley est ma sœur, Breen.

Elle fronce les sourcils, me regarde de haut en bas avant de se détourner.

– L'étudiante en comptabilité, elle articule tout bas en regardant dans le vide.

– Ouais. Elle vient de passer ses derniers exams, elle a décidé de faire un crochet par Camaret avant de remonter sur Londres demain soir.

– Oh… Et tu es venu en courant jusqu'ici pour me dire ça ?

– Ouais, je répète comme un ado attardé. Entre autres.

Elle pose ses mains sur ses genoux et je grimace en voyant les traces de sa chute.

– Tu es certaine que ça va ?

Elle lève ses yeux rougis vers moi et ouvre la bouche pour prendre une bouffée d'air.

– Ta jambe, je précise en la pointant du doigt. C'est aussi pour ça que je t'ai suivie. Tu m'as foutu une trouille bleue… Quand je t'ai vue tomber, j'ai eu l'impression de m'effondrer aussi. J'ai failli emplâtrer ce mec pour t'avoir presque écrasée. En y repensant, j'aurais dû le plaquer contre sa BMW et le…

– Non, ça ne va pas, elle me coupe d'une voix tremblante.

Mes yeux courent sur son corps à la recherche d'une blessure qui m'aurait échappé, mais elle secoue la tête.

– Je ne parle pas de ça, Sawyer. Ce n'est pas quelque chose qui se voit.

Elle grimace et cache son visage pâle derrière ses mains. *Nous y voilà* !

– Alors parle-moi, Breen.

– J'ai essayé de t'appeler… elle contre dans une sorte de reproche las.

– J'étais en train de travailler avec Ben. Je te jure que si je m'en étais rendu compte, j'aurais tout lâché pour te répondre. J'ai attendu cet appel jour et nuit, je confesse sans honte.

– J'aurais compris. C'est moi, je… Tu es parti. J'aurais compris.

– Maintenant je suis là. Et je ne suis pas vraiment parti…

Elle hoche la tête dans un rythme désordonné et se barricade entre ses bras, ses jambes repliées contre sa poitrine. Elle tremble si fort, je ne sais pas si c'est à cause du froid ou d'autre chose. J'aimerais faire un pas vers elle, mais je n'y arrive pas. Elle semble bien trop lointaine, alors même qu'il me suffirait de tendre la main pour l'effleurer. J'ai l'impression de me retrouver six jours en arrière, alors que j'attendais ses explications en vain. Mais en cet instant, je regrette ma réaction de la semaine dernière. Je regrette d'avoir pété les plombs et tout envoyé bouler sur un coup de tête. J'ai l'affreux sentiment d'avoir perdu de précieux jours et j'ai peur des conséquences.

– Je suis là, Breen, dis-moi quelque chose, s'il te plaît.

– Je t'ai appelé… J'ai essayé, elle bafouille, sa bouche cachée dans ses jambes. Je te jure que j'essaie encore, mais…

Elle tourne la tête sur sa droite et regarde vers le bout de la rue déserte, avant de contempler le ciel. Il n'y a pas une seule étoile de visible, ce qui rend ses prunelles mates et sans vie. Elle se masse la paume en silence, puis son poignet tatoué. Je sens des picotements sous mon tee-shirt, à l'endroit où mon flanc est marqué. Juste là où nos mots encrés, nos maux ancrés, sont en parfaite communion. Je repense à cette soirée chez Ben, où ils ont tous ri en collant sa phrase et la mienne. *Will I survive, with or without you* ? Et cette question s'impose à moi, ou plutôt sa réponse. Non, je n'ai pas envie de survivre sans elle et, plus que ça, j'ai besoin qu'elle survive avec moi. Parce que si je n'ai pas la moindre idée de ce que Breen camoufle sous ce tatouage, je suis certain que c'est sa survie qui fait tourner son monde. Et le mien, depuis que mon cœur est le satellite du sien.

– J'ai eu… je…

Elle cherche son air et j'ai du mal à respirer de la voir à ce point troublée. Elle se débat avec quelque chose qui l'entrave de l'intérieur et la culpabilité m'étouffe un peu plus.

– Breen, calme-toi.

Je m'agenouille devant elle et entoure son corps trempé et tremblant de mes bras.

– Bébé… je murmure contre sa tempe.

Un sanglot déchirant résonne entre nous et je la serre plus fort. Elle demeure crispée, alors j'embrasse ses cheveux, son oreille, sa joue. Je la couvre de petits baisers dans lesquels je dépose tout ce que je ressens pour elle.

– C'est pas grave, d'accord ? Je ne suis plus en colère, je ne supporte pas de te voir souffrir comme ça.

– Je voudrais te dire toutes ces choses, Sawyer, je l'entends gémir. Je te le jure.

– Je te crois, Breen. Ça va aller.

– Je t'ai dit que j'étais nulle avec ces trucs-là. Si je savais comment faire, tout serait tellement plus facile… Mais je veux y arriver. J'ai besoin de plus de temps, elle répète encore en claquant des dents, mais laisse-moi y arriver. Aide-moi à y arriver, elle me supplie d'une voix chevrotante. Juste quelques jours.

– Combien ? je m'entends articuler sans l'avoir prémédité.

– 21, elle lâche avec une étrange volonté.

Trois semaines, c'est plus que ce que j'imaginais, mais pas insurmontable. Enfin, je l'espère. J'ai envie de lui demander de me le promettre, de m'expliquer pourquoi ce nombre précisément, mais ce sont d'autres mots qui sortent à la place.

– Tout ce que tu voudras, je souffle en la tirant vers moi. C'est bien assez pour ce soir. Viens, tu es frigorifiée.

Elle se laisse faire et se redresse. Elle vacille, son visage est marbré de larmes qui ne coulent plus. Elle tangue à nouveau, alors je la hisse contre mon torse. Elle passe ses bras autour de mon cou, ses jambes s'enroulent sur mes hanches. Je la porte sans peine, comme une enfant fatiguée. Elle est légère, minuscule entre mes bras. Sa peau est gelée, je m'empresse de remonter les quelques marches de son immeuble et pousse la porte d'entrée d'un coup de pied. Elle tape contre le mur et claque dans un bruit sec quand j'arrive au premier étage.

– Tes clés, je chuchote dans sa nuque.

Elle remue doucement, glisse une main dans son petit sac en bandoulière et en extrait son trousseau. Elle se remet contre moi, m'étrangle presque. La clé résiste et finit par déverrouiller la porte. Je la referme avec mon talon et me dirige vers Sofa, sans allumer la lumière.

– Désolé ma vieille, je lui lance en me laissant tomber dessus, mouillé de la tête aux pieds.

Breen et moi nous enfonçons dans les coussins douillets et je sens son petit nez glacé se faufiler dans mon cou. Son corps tressaute encore et je me mets à masser doucement sa nuque en lui murmurant des mots doux. Je ne saurais dire ce que je lui souffle à l'oreille, à ce stade ce sont bien plus que des mots. C'est le prolongement des battements de mon cœur, qui se transforment en phrases que je ne contrôle pas.

– Il faut que tu te changes, tu vas tomber malade si tu gardes tes vêtements.

Elle refuse et me serre plus fort, comme pour me mettre au défi de la déloger. Je pouffe en silence, elle devrait se douter que si je le voulais, nous finirions tous les deux dans sa cabine de douche, nus et réchauffés. Mais si l'envie est là, toujours là, le moment est mal choisi. Je rejette ma tête en arrière pour essayer de voir son visage.

– Sofa va choper un foutu rhume si on reste comme ça.

Elle continue à cacher sa figure en bougonnant, alors je pince son flanc plusieurs fois. Elle gigote et je parviens enfin à lui faire relever la tête.

– Je n'ai pas froid, elle argue en regardant ma bouche. Je veux juste rester comme ça un petit moment, tu veux bien ?

Je la contemple, ravale l'envie d'aspirer cette bouche que j'ai dessinée du bout du doigt sur les clichés qui s'accumulent chez moi.

– Sawyer…

– Ok, je lâche, en la ramenant contre ma poitrine.

Je suis faible. Elle soupire d'aise, écarte un peu les cuisses pour se caler plus confortablement. J'avance spontanément mon bassin vers le sien, mais elle ne me rabroue pas. Chaque morceau de nous trouve sa place, elle se moule parfaitement à mon corps. Nos vêtements mouillés facilitent cette sensation de peau à peau. En inspirant l'odeur humide de ses cheveux, un mélange nouveau d'amande et de café, j'admets un peu plus à quel point elle m'a manqué. Ne pas avoir de ses nouvelles depuis notre dispute m'avait brisé le cœur, mais ce soir, je suis témoin de l'état dans lequel ça l'a plongée elle aussi. Elle ne sait pas me le dire, mais je n'ai pas besoin de ses paroles pour voir combien elle est attachée à moi. Et en fait, ça me suffit. J'en veux plus, mais avec ce qu'elle m'offre déjà là sans le savoir, je suis prêt à patienter. Je ne peux pas risquer de la perdre, je veux lui montrer qu'elle peut compter sur moi.

Au bout d'un long moment de silence, je tends l'oreille. Je perçois sa respiration lente et apaisée buter contre ma gorge, elle s'est endormie. Ses vêtements sont toujours collés aux miens, j'aurais aimé la déshabiller pour la mettre au sec mais je n'ose plus bouger. Alors je ferme les yeux et profite de notre connexion retrouvée. Je prends également une grande résolution. Dès que la tension sera redescendue, je lui parlerai de ma mère. J'aurais dû le faire plus tôt, mais c'est peut-être le moment parfait, dans un sens.

Ce soir, je suis rassuré, parce que j'ai compris que Breen ne recule pas. Jamais. Elle avance à peine ou bien reste immobile, alors chaque pas que je ferai vers elle ne fera que nous rapprocher.

Jour 30

BREEN

Vendredi 26 juillet 2013.

J'ai enfilé une robe jaune avec de jolies broderies sur les épaules. J'ai bouclé mes cheveux, mis des anneaux à mes oreilles et appliqué le rose à lèvres que Mei m'a offert hier. Je reste pieds nus, c'est une vieille habitude que je tiens de ma grand-mère. Quant à Will, il porte aussi une tenue de circonstance.

Un mois. Trente jours depuis que nos regards se sont croisés et que l'amour est né. Ça mérite une soirée !

J'ai fait un gâteau, préparé mon repas préféré et dressé une jolie table. Will a souri toute la journée, surtout quand je l'ai embrassé trente fois d'affilée. Un baiser pour chaque jour passé à ses côtés et plein d'autres que je n'ai pas comptés, parce que je ne suis jamais rassasiée. Lui non plus.

Je glisse le plat dans mon petit four électrique et le rejoins sur le canapé. J'avais dans l'idée de le changer mais Will l'aime tellement que je n'ose pas l'en séparer. Ses nuits sont toujours agitées et trouvent refuge et apaisement sur ce divan. La magie des vieux coussins râpés !

Nous passons un long moment à regarder les photos que j'ai prises de nous depuis le premier jour et j'en profite pour les classer dans le bel album acheté ce matin. Je passe un doigt attendri sur le papier glacé. Je vois clairement combien Will s'est épanoui et ça me met du baume au cœur. Il avait l'air perdu et dépourvu de repères à l'hôpital. Au fil des jours, il a grandi. Je suis fière de moi, fière de nous. Forte de cette chance qui a uni nos routes.

Quand les lasagnes ont fini de cuire, le gâteau est déjà bien entamé et je glousse en déposant le plat fumant sur la table de la cuisine.

– Un jour, il faudra qu'on fasse les choses dans l'ordre !

Je trempe mon doigt dans la sauce tomate et le porte à ma bouche en regardant Will derrière mon mascara.

– Demain !

Je hoche la tête en prenant une cuillère en bois dans le tiroir. En réalité, je me fiche de suivre le bon rythme. Je me fiche d'aller trop vite et de sauter des étapes dans ma vie. Si je profite du dessert avant l'entrée, qui est en droit de me juger ?

Waouh, je suis en train de changer.

Des coups sourds retentissent derrière la porte au moment où mes lasagnes font un *splash* disgracieux dans l'assiette.

– Tu attends quelqu'un ?

Je hausse un sourcil à l'attention de Will, avant de lui lancer un coup d'œil amusé.

– Ça doit être Mei.

Je pose la cuillère dans le plat et trottine jusqu'à l'entrée. Je lisse ma robe et rejette mes cheveux en arrière avant d'ouvrir.

– *Hai*[5] Breen ! Quelle beauté !

– Salut, ma voisine préférée !

– Bonsoir, Will ! elle crie par-dessus mon épaule.

Depuis que j'ai fait sa connaissance, la semaine dernière, elle est venue chaque soir nous rendre visite. Parfois seulement quelques minutes, d'autres fois plusieurs heures. Will l'aime bien, peut-être parce qu'il sent combien cette femme est douce et ouverte. Elle n'a jamais cette étincelle de méfiance dans le regard, ou bien ce truc indescriptible qui me donne l'impression que nous portons une maladie incurable. Elle n'est pas comme tous ceux qui nous ont laissés tomber. Elle me redonne foi en l'humanité.

– J'ai préparé de la gelée de litchi et j'ai récupéré quelques biscuits de la chance.

Elle me fourre le tout dans les bras et repart d'un pas tranquille jusqu'à son appartement.

---

5. Salut.

– Tu veux des lasagnes ? je lance avant qu'elle atteigne sa porte.

– Je vous laisse en tête à tête ! Mais s'il en reste demain, je ne dirai pas non !

– Ça roule ! Et merci !

Elle secoue sa main sans se retourner et disparaît chez elle en marmonnant des mots de sa langue. Je rebrousse chemin vers mon salon, les bras chargés et le sourire aux lèvres.

– Devine qui c'était ? je chantonne en rejoignant Will.

Je tends le plateau vers lui pour lui montrer ce qu'il contient, avant de le déposer près de l'évier.

– Je l'adore, mais j'aime aussi les lasagnes, alors bon appétit !

Je lève mon verre. À nous. À sa santé.

Entre deux bouchées, je lui raconte combien j'ai toujours détesté fêter des anniversaires, et même plus globalement des événements, quels qu'ils soient. Je sentais combien c'était une corvée pour ma mère, jusqu'à ce qu'elle se décide à ne plus rien célébrer me concernant. Je devais avoir quinze ans et le fait d'être en internat a favorisé tout ça. Elle-même ne supportait pas de vieillir, refusant de voir les mois et les années défiler. Comme si ça pouvait empêcher sa peau de vache de rider. Je ne l'ai jamais vue non plus se réjouir de ses relations, même les plus longues. En y réfléchissant, elle a toujours tourné le dos à la vie et je ne sais même pas pourquoi. Peut-être que, si je ne la détestais pas autant, j'aurais cherché à comprendre ce qui l'a rendue comme ça.

Sauf qu'aujourd'hui, je choisis de célébrer la vie et tout ce qui va avec.

Bref, c'est bien la première fois que ça ne me fiche pas le cafard. Alors certes, ce n'est qu'un tout petit mois, trente jours depuis que Will est entré dans ma chambre, mais ça compte. Énormément.

Quand j'arrive au terme de mon histoire, j'ai mangé deux assiettes et je n'ai plus faim pour la gelée de Mei alors je me contente d'attraper un petit biscuit et le casse en deux sans attendre. Je repousse les morceaux, les miettes et déplie consciencieusement le message qui s'y cache. Je plisse les yeux et relis plusieurs fois les petits bâtons d'encre rouge.

« Rajoutez de la vie aux mois plus que des mois à la vie. »

– Hum… je me racle la gorge, en tapotant des doigts sur ma joue. Qu'est-ce que t'en penses, Will ?

J'approche le petit bout de papier de son visage, tout en essayant de répéter cette phrase dans ma tête.

– Un mois aujourd'hui que je revis… On est bons, non ?

Je lui souris et me lève pour aimanter ce joli souvenir au frigo. C'est notre premier mois et les suivants seront remplis de vie. En tout cas, c'est la promesse silencieuse que j'adresse à mon cœur et au sien. Je me penche sur Will pour l'embrasser, parce que je n'y serais jamais arrivé sans lui.

Jour 30. Celui qui célèbre le premier chapitre d'une existence, qui lui a donné son sens.

Jour 30

BREEN

Aujourd'hui.

– Elle s'appelle Breen Peterson, je vous en prie, sauvez-la ! Je... j'ai... Oh mon Dieu, Breen...

– Mademoiselle ? Est-ce que vous m'entendez ?

– Pouls très faible... Plaies multiples... Blessures volontaires... Phlébotomie...

– Mademoiselle ? Si vous entendez ma voix, serrez ma main.

– Où est-il ?

– Brancardez !

– Constantes vitales insuffisantes...

– Will... Will... Pourquoi ?

– Perte de connaissance...

Je cligne des yeux, frissonne et me redresse subitement. Je viens de passer d'un rêve brouillon et assourdissant au silence des plus complets. C'est comme se réveiller dans une cage en verre remplie d'eau, sans un bruit et sans moyen de respirer. J'ai la bouche sèche, je jette des coups d'œil confus autour de moi, l'esprit encore tout embrumé de chimères lointaines. Si lointaines que je n'arrive déjà plus à m'en souvenir. Je reprends peu à peu pied dans la réalité, serre les poings et cligne des yeux.

Le temps de contempler mes fringues détrempées et l'auréole humide que j'ai laissée sur le canapé, l'angoisse me frappe au cœur. Le présent reprend sa place et je tourne la tête dans tous les sens, cherchant une trace de la présence de Sawyer. Mes appels restent sans réponse. Est-ce que j'ai rêvé notre discussion et notre étreinte humide sur Sofa ? C'est dans des moments comme ça que je me fais peur. Tout se mélange. Les jours d'avant et ceux d'après. La Breen perdue et celle qui est désespérée.

Je me lève et cherche mon téléphone comme une cinglée, avant de le retrouver dans mon petit sac.

– Non…

Il est cassé, probablement à cause de ma chute à vélo. Totalement hors service. *C'est pas vrai !* Je cours jusqu'à ma chambre pour récupérer l'ancien que j'ai gardé pour ce genre de tuile et me tords les mains en attendant qu'il soit suffisamment chargé pour s'allumer. Ensuite, il me faut deux bonnes minutes pour enfoncer cette satanée carte SIM dans la petite encoche. Mes mains refusent de coopérer. L'écran s'illumine, mais rien ne vient. Pas de messages. Rien.

Je me frotte le visage, serre les paupières de toutes mes forces. Je me défais de mes habits et me réfugie dans l'angle de ma cabine de douche. Je ne me savonne même pas, je reste juste comme ça, immobile, prostrée sous le jet chaud qui me recouvre. La vapeur rend l'air irrespirable, alors je coupe l'eau et retourne vers mon lit. J'enfile un long débardeur et une culotte trop large mais, malgré ça, je continue à me sentir oppressée.

Mes pas lourds m'entraînent à la cuisine et je le vois. Le phare dans mon obscurité. Le message aimanté sur mon frigo, portant une écriture que je ne connais pas mais qui ne me laisse aucun doute sur l'identité de son auteur.

« *Jolie Breen,*

Il est deux heures du matin, tu dors profondément et, avant toute chose, je me sens contraint de t'informer que tu ronfles comme mon vieil oncle Alfred. Désolé de te laisser ainsi, au bord de Sofa et de la pneumonie, mais ma sœur est avec Ben et je refuse de trouver des photos d'elle à poil sur son PC. J'ai promis de lui montrer les plus beaux coins de Camaret aujourd'hui, même si elle est persuadée que cette ville est à chier (je ne fais que la citer). Bref, je jouerai au gentil grand frère avant de la déposer à l'aéroport de Brest. Je te retrouve chez toi ce soir, si t'es OK ?

P.-S. 1 : je t'ai prise en photo comme un voyeur bien intentionné (je la retoucherai pour effacer le filet de bave si tu le souhaites).

P.-S. 2 : j'adore mon vieil oncle Alfred.

P.-S. 3 : tu me manques déjà (note à Wiki : Sawyer Hall est un garçon sensible !). »

J'éclate de rire et l'oxygène revient subitement. Un peu diffus et désordonné, mais bien là. Suffisant pour tracer deux chiffres dans ma main et recommencer à espérer. Je relis plusieurs fois ses mots, retournant parfois le papier en espérant qu'il y en ait d'autres. Sawyer a cette facilité à désamorcer les situations compliquées, à me faire me sentir mieux, même si ce n'est pas encore assez. Mais je ne suis pas gourmande, je prends ce que les jours me donnent, parce que je sais ce qu'ils peuvent m'enlever à tout moment.

Revigorée, je me change à nouveau et file au supermarché sans attendre. J'ai envie d'organiser une soirée pour sceller notre réconciliation, et surtout pour célébrer ce trentième jour. Jamais je n'ai eu l'opportunité de le faire avec un autre que Will et ça me remplit d'excitation. D'anxiété aussi, mais j'arrive à l'étouffer. Les sentiments contradictoires, je connais.

Sur le chemin du retour, j'aperçois Mei à sa fenêtre et me contente de lui sourire, les bras trop chargés pour la saluer.

– J'en connais un qui va se régaler ce soir ! elle crie en se penchant au-dessus de la balustrade.

– Deux, tu veux dire !

– Peut-être même trois si tu as la main lourde, elle ajoute l'air de rien.

– Si tu continues à lorgner sur mes sacs, tu vas tomber ! Rentre chez toi, espèce de vieille commère affamée !

On rit de bon cœur et elle disparaît à l'intérieur quand je m'engouffre dans l'immeuble.

Je m'attelle alors à tout préparer avant que Sawyer revienne. Je suis à la fois impatiente et terrifiée de le revoir. Cette journée aurait pu ne jamais avoir lieu, ce qui la rend d'autant plus importante.

Lorsque je rince la casserole, la mousse du liquide vaisselle glisse sur le petit 30 dans ma main. Un mois. Trente jours depuis que nos regards se sont croisés et que l'amour a germé. Ça mérite une soirée, surtout après la semaine qui vient de passer.

Je viens d'enfiler une robe orange avec dc jolies broderies sur les manches. J'ai lissé mes cheveux, mis des brillants à mes oreilles et appliqué du mascara waterproof. Je reste pieds nus, c'est une vieille habitude que je tiens de ma grand-mère.

Je claque la porte du four et farfouille dans mon placard, sur la pointe des pieds. J'en tire deux assiettes et quatre verres. Pour l'eau et pour le vin. Je dépose le tout sur la table et prends une minute pour faire le point et m'assurer que tout est prêt. Je n'ai pas fait de gâteau, j'ai préféré préparer les crêpes que Sawyer m'avait réclamées. J'espère qu'il y verra ma tentative de faire un pas vers lui. J'ai cuisiné mon repas préféré. Pas les lasagnes, je suis incapable d'en manger depuis… Bref. Un rôti et des petites pommes de terre feront très bien l'affaire.

J'entends trois coups à la porte, suivis de trois autres plus rapides. J'essuie mes mains dans un torchon et file à la porte d'un pas hésitant. Il est trop tôt pour que ce soit lui, ça ne peut être qu'une seule autre personne. Réglée comme du papier à musique.

– Salut, Mei.

– *Hai* mon petit chou. Tu es toute belle.

Elle me couve de son regard doux et aimant. Il me réchauffe toujours, même s'il m'emplit aussi d'une nostalgie douloureuse. Je secoue la tête et remue mes épaules pour les dégager de leur raideur.

– Tiens, je t'ai cuisiné un petit quelque chose.

Évidemment !

Elle ouvre le Tupperware qu'elle tient entre ses mains et une odeur sucrée remonte jusqu'à mon nez.

– Ce sont des beignets à la banane.

– C'est gentil, je murmure en attrapant la boîte.

– Ça va ?

Je hoche la tête, le regard fuyant. Elle sait très bien quel jour on est, je la soupçonne de les compter en même temps que moi depuis qu'elle a vu le 9 dans ma main. D'un geste automatique, je frotte ma paume et mon poignet.

– Tu te débrouilles comme une chef, Breen.

Elle a baissé les yeux sur mon tatouage, sur ce qu'il recouvre, et je perçois une ombre fugace traverser son visage. Elle se souvient de ce jour-là.

– Tu crois ça ? je rétorque, incertaine.

– J'en suis sûre. Qu'est-ce que tu as cuisiné ? Ça sent drôlement bon.

– Rôti et pommes de terre, j'admets en regardant mes pieds. Je t'en garderai une assiette…

– Tes lasagnes me manquent.

Boum. Mes doigts se crispent autour du plastique tiède. Je devrais la détester de me dire ça, parce que je sais trop bien ce qui se cache derrière ses paroles. Mais c'est Mei, la seule qui en ait le droit.

– À moi aussi.

– Passe une bonne soirée, ma chérie.

Elle m'envoie un baiser avec sa main et retourne chez elle d'une démarche lente. Chacun de ses pas résonne contre le sol, en écho aux mots qui se succèdent inlassablement dans ma tête.

À moi aussi. À moi aussi. À moi aussi…

1, 2, 3… 15… 28… 30.

Je reprends une respiration plus calme et me mets en quête d'occupations, en attendant que Sawyer arrive. Armée de mon sèche-cheveux, je prends soin de redonner un petit coup d'éclat à Sofa. Je change ensuite les draps de mon lit, lance une machine et ouvre toutes les fenêtres pour laisser entrer la chaleur estivale.

Plus tard, je descends sur le trottoir afin d'évaluer les dégâts de mon vélo. Accroupie devant une des roues mal en point, une main sous le menton, je soupire de ma bêtise.

– Est-ce que j'interromps un moment de recueillement solennel ?

Je sursaute en entendant la voix de Sawyer dans mon dos, ce qui a pour conséquence de me faire basculer sur les fesses. Il se penche et me tend la main.

– Merci, je pouffe en le laissant me relever. Tu as fait vite.

– Ma sœur est une petite peste citadine mal élevée. Elle a fini par prendre le vol d'avant, trop pressée de retrouver l'air anglais. On dirait ma… Je crois que j'ai été adopté, il se reprend soudain.

Il me sourit de toutes ses dents et je fais comme si je n'avais pas remarqué son léger malaise.

– On peut aller t'acheter une nouvelle bicyclette, si tu veux !

– Elle n'est pas encore fichue, je n'en veux pas d'une neuve. Je préfère la faire retaper, elle va survivre.

Je me rends compte qu'en disant ça je fais un transfert sur mon vélo. Je ne souhaite pas devenir une nouvelle Breen, juste réparer ce qui a été brisé.

– Tu viens ? je l'invite en hochant la tête vers l'immeuble.

– Non.

– Non ?

– Je ne suis pas le genre de garçon à suivre une fille dans son appartement sans l'avoir embrassée au préalable.

– Vraiment ?

Je recule d'un pas devant son air rieur, monte sur la première marche du petit escalier. Je m'étire l'air de rien en sifflotant et quand je capte le regard de Sawyer descendre sur mes cuisses découvertes, je m'empresse de tirer sur ma robe.

– Toujours aussi pudique, il commente en léchant ses lèvres.

– Toujours aussi pervers, je rétorque pour cacher la raison de mon geste.

– Tu me tentes à t'exhiber ainsi…

Il reste un instant à m'observer, j'ai le sentiment désagréable qu'il sait que je lui cache quelque chose. Il n'a pas pu louper combien je cherche toujours à couvrir mon corps. J'espère qu'il prend ça pour de la timidité, ou un complexe que je traînerais… Certainement pas des marques qui lui feraient poser trop de questions.

Je m'empresse de changer de sujet. Je pose les poings sur mes hanches et lève un sourcil provocateur.

– Bon, eh bien, c'est dommage que tu ne montes pas. Il y a des crêpes, là-haut, je lâche en haussant les épaules.

Je l'entends gronder et, l'instant d'après, il est déjà dans le hall.

– Sexe faible, j'articule en le suivant jusqu'à mon appartement.

Il entre chez moi, laisse sa sacoche sur la console après en avoir extrait son appareil photo, qu'il pose sur la table basse.

– Sofa… il s'extasie en s'installant sur le canapé. Tu as retrouvé toute ta fougue, belle amie !

Il étend ses bras sur le dossier, cale sa tête en arrière et ferme les yeux. À quelques pas de lui, je le détaille en souriant.

– J'attends, il chantonne sans ouvrir les paupières.

– Pardon ?

– Les crêpes. Je les attends !

– T'es sérieux ? Espèce de macho, si tu t'imagines une seule seconde que je vais te… Enlève tes pieds de ma table !

Il éclate de rire et se rassoit normalement.

– En plus il est tout juste dix-huit heures !

– Et alors ? Je pensais qu'il n'y avait pas d'heures pour ça, par chez vous. M'aurait-on menti ?

Je pouffe et pars vers la cuisinière, en déclarant forfait. Sawyer n'a pas tort. Je n'ai d'heures pour rien, seulement des jours pour tout.

On poursuit nos chamailleries comme s'il n'y avait pas eu cette semaine de vide entre nous. Comme s'il n'y avait rien eu hier soir. Pourtant, dans un recoin de ma tête, j'entends cette voix qui me répète que je dois lui parler. Pas de tout, pas de Will. Mais au moins en effleurer une partie.

Les aiguilles tournent vite. Rapidement, il ne reste de nos crêpes que des grains de sucre au milieu des assiettes et je regarde Sawyer engloutir sa dernière tranche de rôti.

– Je me suis régalé, il soupire en allongeant ses jambes sous la table, les mains posées sur son ventre.

– Merci.

– J'ai oublié de te dire combien tu es magnifique dans cette robe.

– J'ai voulu faire les choses bien.

– En quel honneur ?

– Je… euh… Ça fait un mois aujourd'hui. Un mois depuis l'expo photo, je bafouille en me sentant rougir.

Je me sens soudain un peu ridicule quand il fronce ses sourcils et secoue la tête.

– Mince, est-ce que j'ai loupé le premier examen relationnel ?

– Le quoi ?

– Un mois ! Et je n'y ai même pas pensé !

– C'est pas grave, je m'empresse de le rassurer. Tu n'as rien loupé du tout !

– Je ne vois pas le temps défiler, avec toi. Un mois, c'est… bien.

Il réfléchit, j'aimerais être capable de sonder son esprit.

– C'est bien, je répète en gloussant.

– Putain, c'est nul de dire ça comme ça ! C'est pas juste bien, c'est…

– C'est bon, Sawyer. Détends-toi !

Il fait racler sa chaise et je manque de basculer de la mienne quand il se jette à mes pieds.

– Ô Breen ! il récite d'une voix théâtrale. Pour célébrer ce mois passé ensemble, accepte cet humble…

Il jette un coup d'œil autour de lui, sur la table, et tend un bras jusqu'à son assiette.

– Je recommence, deuxième prise. Ô Breen ! Pour célébrer ce mois passé ensemble, accepte cet humble bracelet cher à mon cœur !

– Une ficelle de rôti ?

– *La* ficelle de *notre* rôti d'anniversaire, il argue en l'enroulant autour de mon poignet.

– Ça change tout, je ris en le laissant faire.

Il fait tourner mon poignet entre ses doigts pour pouvoir faire un nœud.

Dans cette position, il a une vue directe sur mon tatouage, mais aussi sur le 30 que j'ai retracé dans ma paume avant qu'il arrive. Le muscle de mon avant-bras se contracte, provoquant un tremblement fugace jusqu'à mes doigts. Sawyer ne dit plus rien, il noue sagement son présent, mais je vois ses yeux dériver plusieurs fois sur ma peau noircie.

– Que signifie ce numéro ?

– Stephan ne me tenait pas la main, je m'entends alors lui dire au même moment.

Je vois sa mâchoire se crisper, ses iris se fixer sur les mots qu'il a devant les yeux. Je viens certainement de briser l'instant, mais il faut que je continue. Je ne peux pas faire comme si rien ne s'était passé, du moins, pas pour cela.

– Il regardait mon tatouage.

– Pourquoi ça ? il m'interroge sans se relever.

– Parce qu'il sait ce qu'il y a en dessous.

Je regrette mes mots au moment où ils s'échappent de ma bouche. Pire encore quand je sens l'index de Sawyer caresser la peau fine de mon poignet. Ça ravive une brûlure dont il n'a pas idée, mais il est trop tard pour reculer.

– Qu'est-ce qu'il s'est passé ? il murmure d'une voix douce, comme s'il avait affaire à un animal blessé.

Il continue à suivre les lignes recouvertes d'encre, qu'on ne remarque qu'au toucher.

– J'ai voulu… J'ai essayé de…

– Je ne te parle pas de ça, Breen. J'ai compris ce que sont ces marques, dis-moi juste pourquoi.

– Je…

Je ne peux pas. J'essaie quand même.

– Je…

J'essaie encore.

– Je…

– Oublie, ok ? Tu m'as donné ton délai de 21 jours hier et j'ai accepté, tu te souviens ?

– Oui.

– Réponds juste à une seule question : est-ce que quelqu'un t'a fait du mal ?

Ma bouche reste scellée, parce que tout ça est bien trop compliqué. Imprononçable.

C'est la lueur dans ses prunelles qui m'empêche de m'égarer. Lui aussi se perd dans mes yeux et semble y trouver sa réponse.

– J'ai survécu, d'accord ? je reprends, le souffle court. Les rares personnes qui sont au courant me regardent comme si je risquais de recommencer. C'est pour ça que je n'en parle jamais, c'est pour ça que j'ai fait faire ce tatouage par-dessus. J'ai choisi de survivre, même si parfois c'est difficile. Je veux que tu me croies, que tu… que tu…

– Merci, il me coupe en posant ses paumes sur mes joues. Merci, il murmure encore. Maintenant respire et bois ton vin, je n'ai pas besoin de plus aujourd'hui.

Il me sourit, passe son pouce le long de mes pommettes dans un geste bienveillant.

Il se remet debout, prend mon verre et me le tend. Je le vide d'une traite avant de le reposer au bord de la table. Je le regarde encore, il me semble immense, à se tenir ainsi devant moi. Une immensité qui me rassure et me trouble à la fois.

– Qu'est-ce que tu attends de moi ? je souffle d'une toute petite voix.

Il penche la tête, prend le temps de me dévisager.

– J'ai envie de te répondre que je n'attends rien, il articule lentement. J'ai envie de te répondre que j'attends tout, il poursuit en expirant. En fait, je suis ballotté quelque part entre les deux et ça ne m'est jamais arrivé.

– Un entre-deux, je murmure pensive. Je trouve ça bien.

– Un « entre nous deux », il corrige en me souriant.

– Je trouve ça mieux.

– Moi aussi, Breen.

J'aime la manière qu'il a de prononcer mon prénom. J'aime la forme que prennent ses lèvres quand il roule entre elles. Elles ont l'air de vouloir m'embrasser et j'ai presque la sensation de les sentir courir sur ma peau.

– Breen ?

J'ai le regard accroché à sa bouche et il le voit. Il m'appelle, encore, et ma température augmente. À chaque « Breen » qu'il énonce, je frissonne. Je suis captivée, attisée, jusqu'à ne plus pouvoir retenir mon corps. Je suis devant lui la seconde qui suit, les doigts fermement agrippés au col de sa chemise.

– Br…

Je l'aspire avant qu'il finisse et ma langue se mêle à la sienne sans trouver de résistance. Au contraire, c'est une délivrance. Pour tous les deux. On ne s'est plus embrassés depuis son départ pour Paris, il y a une éternité. Nos mouvements s'emballent, imparfaitement synchronisés. Je défais les boutons en haut de sa chemise, il s'occupe de ceux du bas. Il se retrouve torse nu avant moi, mais ça ne dure pas.

Pendant que je l'entraîne vers mon lit, ma robe a disparu. Je me cogne le mollet contre un tabouret, je retiens le bras de Sawyer quand il cherche l'interrupteur à tâtons. Je veux bien le laisser jouir de mon corps tout entier, jouir sur mon corps qu'il dévêt complètement pour la toute première fois, mais seulement dans le noir. Il y a eu assez de confessions pour ce soir et ma peau ne ferait que créer davantage de questions. Celles que je refuse d'aborder.

Il me soulève et j'enroule mes jambes autour de lui. Je le sens bouillir contre ma culotte et mon gémissement provoque son grognement. Ses baisers se font plus voraces, plus profonds. Si le goût du vin n'était pas si présent dans nos bouches, il remarquerait certainement la saveur de mon abandon.

Il pose un genou sur mon matelas, me fait basculer en arrière avec une infinie douceur. Il se redresse, je le devine plisser les yeux pour m'apprécier dans l'obscurité. J'entends le froissement de ses derniers vêtements, ses respirations coupées.

Je sursaute en sentant ses mains remonter sur mes cuisses, puis redescendre en entraînant ma culotte. Je me fige un instant, retiens mon souffle.

Respire, Breen. Reste en mouvement.

Je ravale de l'air au moment où il plonge sur moi. En moi. Dans cette mer morte qui avait perdu ses courants. Je les sens, remonter dans mon ventre, forcer jusqu'à ma poitrine et s'amplifier le long de ma gorge. Tourbillonner, fuser. Tantôt chauds, tantôt froids. Je ne leur résiste pas et me laisse emporter loin de moi-même.

– Je me sens partir, je m'entends lui gémir.

– Vas-y, Breen, je te retiens, il susurre en emprisonnant mes mains dans les siennes.

Je suis comme la petite barque de sa photo, celle qui poursuit son chemin, plus proche que jamais des berges tant convoitées.

– Je te retiens, il répète en me serrant plus fort.

– Oui… Oui.

Retiens-moi, Sawyer. Retiens-moi quoi qu'il arrive. Je ne veux plus m'échouer, j'ai tellement besoin d'un port où m'ancrer.

Jour 30. Celui qui célèbre le chapitre d'une autre existence, qui lui redonne une chance.

Jour 31

SAWYER

C'est le bruit de la rue qui me réveille. Ça, et l'odeur de Breen mélangée à la mienne, qui me chatouille le nez. Je m'étire doucement, mon bras gauche est tout ankylosé par le corps de celle qui est allongée dessus, mais je le laisse tel quel. Je me cale sur le côté et profite du calme de l'instant pour la regarder. Même si je ne vois pas son visage puisqu'elle est étendue sur le ventre, le simple fait de l'avoir là me suffit. Et puis l'avantage, c'est qu'elle ne peut pas voir l'air idiot que je sens flotter sur ma figure.

Bon sang, quelle nuit ! Ça n'a été qu'un enchaînement de sexe jusqu'au petit matin. Après lui avoir enfin fait l'amour dans son lit, je me suis assoupi. C'est sa bouche qui m'a aspiré de mes rêves. Puis la mienne des siens. Et encore elle. Et encore moi. En fin de compte, nous n'avons fait que des micro-siestes, mais je ne me suis jamais senti aussi reposé que ce matin. Je n'imagine pas pouvoir faire autre chose de mes nuits à l'avenir et ça me fait peur.

Je me colle davantage contre son flanc pour calmer mes palpitations et observe nos corps. Je suis encore à poil, là où Breen a pris le temps de se rhabiller à la fin de nos ébats. Un long débardeur et un short qui lui tombe sous l'arrondi des fesses. C'est dommage, j'aurais aimé ouvrir les yeux sur sa peau nue, profiter de son sommeil profond pour la détailler sur toute sa longueur, dans toute sa splendeur. Mais elle s'est encore cachée, comme si elle en avait besoin, comme si j'en avais quelque chose à faire qu'elle soit trop ronde, trop maigre ou je ne sais quoi d'autre.

Elle soupire, gigote et je vois ses omoplates se couvrir de chair de poule. Il ne fait pourtant pas froid, mais j'approche doucement ma main vers le bas de son tee-shirt, qui est remonté au milieu de son dos. Je m'apprête à le remettre en place quand un détail attire mon œil. Ma main reste en suspens. Mon bras gauche est toujours coincé sous sa tête, je n'ose pas bouger de peur de la réveiller. Alors je plisse les yeux pour essayer de mieux apercevoir les lignes blanchâtres qui marquent le bas de ses reins. Je redresse ma nuque, c'est inconfortable, mais ma curiosité est en effervescence. *Qu'est-ce qui a bien pu provoquer des cicatrices de la sorte ?*

J'en frôle une du bout de l'index, ce qui provoque un frisson sur sa peau. Je suis le dessin vertical, plus profond vers le milieu. Je remonte et redescends, comme si un message en braille y était caché. Depuis qu'elle m'a avoué avoir tenté de se suicider, je ne peux pas m'empêcher de me demander ce qui l'y a poussée. *Qui* l'y a poussée. Est-ce que ce sont des stigmates de violence ? Bon sang, j'ai envie de tout savoir. Parce que si quelqu'un lui a fait du mal, je veux connaître son nom.

– Will…

Je tourne la tête vers Breen, qui vient de baragouiner quelque chose dans son sommeil. Je n'ai pas bien saisi, même si ça m'a semblé familier à l'oreille. Peut-être qu'elle a dit « oui », comme si elle avait entendu mes interrogations muettes.

Elle remue encore et finit par tourner la tête dans ma direction. Les paupières toujours closes, elle soupire et ses yeux s'agitent en dessous. C'est fou comme son visage me semble différent quand elle dort. C'est la première fois que je passe la nuit chez elle et que je me réveille à ses côtés. Elle devrait être apaisée, reposée, mais elle semble à l'inverse subir tout ce qu'elle retient la journée.

Par réflexe, j'abandonne ma contemplation et tends le bras sur le côté pour attraper mon téléphone, puisque mon appareil photo est resté dans le salon. Je prends une photo, deux, douze. Chaque fois que mon doigt frôle l'écran pour capter son visage, la prise est différente. Cette fille est incroyable. Même endormie, elle conserve cette multiplicité d'expressions. Je continue à la photographier, les yeux rivés à l'écran.

Je pousse un juron quand, soudain, deux yeux grands ouverts me fixent sur un énième cliché.

– Tu m'as fait peur !

Je serre les doigts autour du smartphone et tapote mon front avec.

– C'est toi le plus flippant de nous deux, elle rétorque d'une voix rauque.

– J'immortalisais juste notre première nuit, je souffle en rabattant mon bras sur elle pour l'étreindre.

Elle se tortille pour se mettre sur le flanc et tire le drap par-dessus son corps. Je regarde spontanément vers ses hanches, sûrement un peu trop longuement.

– Qu'est-ce qu'il y a ?

Je fais remonter mes yeux jusqu'aux siens, une réponse hésitante au bout des lèvres.

– J'aime bien me réveiller à tes côtés, je choisis d'articuler à la place de ce que j'aimerais lui demander.

– Moi aussi, elle chuchote en posant son front sur ma joue. J'ai bien dormi.

– Vraiment ? J'ai eu l'impression que tes rêves étaient agités.

– Ah bon ?

Je la sens se tendre entre mes bras.

– J'ai… Est-ce que j'ai parlé dans mon sommeil ?

– Tu as susurré mon prénom en gémissant. Tu étais toute transpirante et essoufflée… Hum,

Sawyer Hall est le meilleur coup de ma vie… Hum, Sawyer Hall est l'empereur de mon temple…

Là encore, au lieu de chercher à en savoir plus, je choisis de privilégier la légèreté.

– T'es bête ! elle pouffe en me mettant un coup de genou.

Ouais, je suis bêtement amoureux de cette nana.

On traîne au lit de longues heures, Breen ne bosse pas aujourd'hui et je suis bien décidé à profiter de tout son temps. C'est la première fille avec qui j'ai envie d'être à chaque instant et ça fait naître une idée en moi. J'y pense quand elle remonte à califourchon sur mes hanches, quand je la plaque au matelas et la couvre de baisers, quand je la chatouille, juste pour apprécier son rire mélodieux.

– Je ne sens plus mes jambes, elle finit par gémir en me repoussant au bout du lit. Sors d'ici, le temple est fermé !

– J'ai une course à faire, de toute façon, je chuchote en sourcillant.

– Une course ? Là, tout de suite ?

– Oui, madame !

– Tu reviens après ?

– Tout dépend à quelle heure rouvre le temple, je souffle, en tapotant mon index contre sa culotte.

Elle tape sur ma main et tire son débardeur jusqu'à ses cuisses.

– Vil fornicateur !

J'éclate de rire en sortant du lit, enfile boxer et pantalon en sifflotant et pars à la cuisine chercher le reste de mes vêtements.

– Café ? elle me propose en remplissant le réservoir d'eau.

– Nope, je suis pressé.

– Tu es trop mystérieux, est-ce que je dois m'inquiéter ?

– Peut-être bien… Je te retrouve ici quand j'ai terminé ?

– Je dois emmener mon vélo chez le réparateur, alors appelle-moi quand tu auras fini de faire… ce que tu dois faire.

– Ça te stresse, hein ? je la taquine en pinçant son nez.

– Tu reviens après ? elle me redemande en mordant sa lèvre.

– Oh que oui !

– Alors tout va bien, elle murmure en claquant un bisou sur mes lèvres.

Je recule jusqu'à la porte, un peu à contrecœur. Ça me plaît de la voir tiraillée par mon départ et ça ne fait que renforcer le projet que je m'apprête à mettre en œuvre.

– À toute, poupée ! je balance avec un clin d'œil.

– Je ne valide toujours pas le « poupée » ! je l'entends crier tandis que la porte se referme derrière moi.

Je roule jusqu'au centre-ville et me gare dans une rue proche de *La Petite Tasse*. Dès que j'aurai parlé à Josie, je filerai chez moi pour lancer le nouveau projet auquel je n'ai fait que penser depuis que je suis réveillé. J'espère que Breen ne m'en voudra pas et, surtout, j'espère que Josie m'aidera à le concrétiser. J'ai de bons arguments et un sourire convaincant, il faut que ça marche.

En longeant le trottoir, je réfléchis déjà au programme, qui doit être parfait. À la hauteur de celle qui en est l'objet. Je suis tellement concentré que je bouscule un passant en train de sortir d'une petite maison.

– Désolé ! je m'exclame en levant les yeux vers lui. Je…

Ma gorge se serre, entraînant mes mâchoires et mes poings.

– Ou pas… je siffle en reculant d'un pas.

– Sawyer, c'est bien ça ?

Je hoche la tête une fois, sans lui rendre la pareille. Pourtant, je me souviens parfaitement de son prénom.

– Stephan, il ajoute avec un faux sourire de salutation.

Je jette un coup d'œil derrière lui, c'est donc là qu'il loge le temps de sa venue. Si mes souvenirs sont bons – et ils le sont –, il n'était censé rester que le temps d'un week-end.

– Toujours en ville, à ce que je vois.

– Ces photographes ne loupent rien ! il raille en jouant des sourcils. Toujours avec Breen, à ce que je vois. Pas besoin de prendre cet air de mâle, je n'ai pas l'intention de lui rendre une deuxième visite.

Il force le passage pour me dépasser, mais je l'interromps en lui barrant la route.

– Combien de temps ?

– Pardon ?

– Vous êtes restés ensemble combien de temps ? Breen ne me l'a pas dit, mais j'ai compris.

– Combien de jours, tu veux dire. Vingt, ni plus, ni moins.

Une petite partie de moi exulte d'avoir dépassé ce type. C'est puéril, mais je ne le contrôle pas.

– Félicitations, il articule comme s'il avait entendu mon cri de victoire. C'est toi qui détiens le record, je crois.

Il se gratte le menton avant de m'adresser une moue indéchiffrable. Je bous de l'intérieur, inspire et expire en détaillant son visage. J'aimerais que mon esprit ne fabrique pas des images d'elle et lui, mais je n'arrive pas à le freiner.

– Est-ce qu'elle va bien ? il m'interroge sur un ton radicalement différent.

– Elle avait l'air de se porter à merveille quand j'ai quitté son lit tout à l'heure, je réplique par provocation.

– Waouh, une nuit entière chez Breen !

Chaque fois que je l'attaque, il me crache bien pire au visage. On dirait qu'il anticipe tous mes coups et cette longueur d'avance me rend fou.

– J'ai plus de munitions que toi, mec, alors arrête ton petit jeu, il soupire. Je connais bien Breen et son passé… Mais toi, tu peux avoir son futur si elle le veut, alors ne perds pas ton temps avec moi. D'ailleurs, ne perds pas ton temps tout court. Chaque jour que Breen accepte de t'offrir est précieux, parce que si un jour elle t'aime, l'autre elle te rejette.

– Merci pour tes conseils, j'ironise en le toisant. Mais pour ton information, et parce que tu n'as pas l'air de m'en croire digne, elle a commencé à me parler de son passé. Son tatouage, ce qu'il cache…

– Ah bon ? il m'interrompt, le front plissé.

Bam, une balle dans ta tête !

– Waouh, il souffle en plaquant ses mains sur son crâne, elle est vraiment très attachée à toi…

Son ton est à la fois blasé et soulagé. Ce type est un satané mystère, exactement comme Breen. Il m'énerve, mais je fais des efforts pour ne pas lui montrer toute l'animosité qu'il m'inspire. Son aura s'est modifiée, Stephan a l'air d'avoir perdu cinq bons centimètres.

– Tu es au courant toi aussi, alors pourquoi es-tu tellement étonné qu'elle m'en ait parlé ?

– Ça n'a rien à voir, il rétorque en secouant la tête. Breen ne m'a rien confié à moi. Elle est tellement… Si ça ne tenait qu'à elle, jamais elle ne m'aurait mis au courant de quoi que ce soit.

– Je ne comprends rien… Tu es qui pour elle, exactement ?

– Ravale ta jalousie, mec. Je ne suis rien de ce genre-là pour elle. J'aurais tout donné pour que ce soit le cas, mais ça n'a pas marché. C'était couru d'avance, mais je ne regrette pas d'avoir tenté ma chance. Elle ne m'aime pas, Sawyer. Et puis, c'était il y a deux ans… Alors tu n'as qu'à me voir comme… Je sais pas, comme un oncle dérangeant qu'on doit supporter aux repas de famille.

– Sois plus clair, Stephan. Parle-moi de lui.

J'ai lâché ça d'une voix tranchante et ça le décontenance. Il y a donc bien un *lui* dans cette histoire, et il tient le rôle principal.

– Non, désolé. Ça ne t'aidera pas de savoir contre quoi tu te bats, crois-moi. Et puis ce n'est pas à moi de te parler de Will.

– Will ? Je t'ai déjà entendu prononcer ce nom au café.

– Laisse tomber, d'accord. Ce n'est pas correct, ce que tu fais. Ça appartient à Breen, ne lui vole pas ses secrets. Si tu l'aimes un tant soit peu, laisse-lui le temps dont elle a besoin. Et si elle t'aime un jour, alors elle te dira tout. Tout ce que je n'entendrai jamais.

– Tu l'aimes toujours, hein ? je lâche d'une voix cinglante.

– Un jour, Sawyer, tu me comprendras. Dans un sens, je souhaite que ça n'arrive jamais. Parce que si Breen m'a brisé le cœur, j'espère malgré tout que quelqu'un réussisse à la sauver. Mais ne te leurre pas. Je ne suis pas le premier à m'être cassé les dents sur cette fille. Et toi, tu risques de ne pas être le dernier.

– C'est ta manière de me souhaiter bonne chance ?

J'ai envie d'ajouter un « connard » à ma phrase, mais la lueur de tristesse dans son regard m'en empêche.

– Ça n'a rien à voir avec la chance. C'est un combat, un putain de combat dans l'obscurité.

– Alors je me battrai pour elle, je n'ai plus peur du noir depuis l'école primaire.

– Tu devrais, je l'entends murmurer. Est-ce que tu sais quel jour on est ? il ajoute de but en blanc.

– Euh… Dimanche, je réponds sans comprendre sa requête soudaine.

Il ricane, lève les yeux au ciel et balance son sac à dos sur son épaule.

– Je vois… Allez, bonne journée, Sawyer.

Il se met à marcher, avant de s'arrêter.

– Oh ! Et j'ai décidé de rester dans le coin, disons… encore une vingtaine de jours, il annonce sans se retourner.

– Et c'est censé me faire plaisir ? je crie, alors qu'il est déjà reparti.

Il se contente d'un haussement d'épaules et je ne le quitte pas des yeux jusqu'à ce qu'il disparaisse de ma vue.

Je n'aime pas ce mec, parce qu'il a eu Breen avant moi. Je n'aime pas ce mec, parce qu'il sait des choses qui m'échappent totalement. Mais je n'arrive pas à le détester, parce que derrière sa façade arrogante, il émane de lui une douleur qui me fout la chair de poule. Une douleur qu'il laisse dans son sillage et qui m'entoure. Comme un mauvais présage qui rôde et attend de s'abattre sur moi.

Je me repasse notre conversation, mais de tout ce qu'il m'a dit, il n'y a qu'une seule chose qui domine. Un seul mot qui se détache du reste.

Will. Maintenant que je le prononce dans ma tête, il se pourrait bien que ce soit ce que Breen a murmuré ce matin. *Oui, c'est forcément ça* ! Mon cerveau fait aussitôt le lien avec ce tatouage qu'elle porte et je me mets à cogiter si fort que je reste sur le trottoir, incapable d'avancer vers *La Petite Tasse*. Qui est-il ? Où est-il ? Qu'a-t-il bien pu lui faire pour la rendre si frileuse ?

Quelque chose essaie de me faire reculer, pour repartir chez Breen et lui poser toutes les questions qui déferlent en moi. Ou bien retourner à mon appartement pour me replonger dans toutes les photos que j'ai d'elle et qui me montreront peut-être ce détail qui m'échappe. Mais le vent se lève et il me semble percevoir autre chose, qui me murmure d'avancer.

Je regarde derrière moi, devant moi, puis vers la porte d'où est sorti Stephan. Ce gars, qui a l'air d'être coincé au milieu de sa vie, entre la Breen qu'il a eue et celle qu'il n'aura jamais plus. Je ne veux pas devenir comme lui. Alors je choisis de reprendre mon chemin initial jusqu'au café. De ne pas revenir sur mes pas. De ne pas la brusquer. De lui offrir des raisons de me faire confiance. Des raisons de m'aimer, je conclus en poussant la porte du café.

Jour 37

BREEN

Aujourd'hui.

Je sors du lit sur la pointe des pieds, pour ne pas réveiller mon compagnon endormi. La chambre est plongée dans une semi-obscurité, seulement éclairée par le soleil qui peine à percer les volets baissés. Je grimace en marchant sur la boucle de sa ceinture qui gît au sol, sautille sur un pied en mordant l'intérieur de ma joue. Le drap qui pendouille du matelas s'enroule insidieusement autour de ma cheville. Je fais un tour sur moi-même, bats des bras et tombe en avant dans un bruit sourd et indélicat.

– Putain de merde ! je grogne, la bouche contre la moquette.

– J'ai une mauvaise influence sur cette fille, j'entends Sawyer soupirer.

Le sommier grince et je relève le nez vers deux tibias poilus.

– Besoin d'un coup de main ?

– Pourquoi donc ? j'élude en croisant mes jambes et en me redressant sur mes coudes.

Je lui offre un regard faussement surpris et fais mine d'être dans une position totalement volontaire.

– Au temps pour moi, il poursuit en prenant une pose identique, sa tête face à la mienne.

Il sifflote en battant la mesure avec ses jambes croisées et regarde un peu partout, comme si c'était tout à fait naturel. Il ne porte que son caleçon et je dévore des yeux ses larges épaules tendues.

– Bonté divine, cette moquette ferait presque de l'ombre à Sofa ! il s'extasie en la caressant du bout de l'index. Je comprends que tu aimes t'y frotter.

– Je ne me frotte pas, sombre taré !

Il me regarde de biais en souriant.

– Pas encore, je l'entends susurrer.

J'ai à peine le temps de comprendre qu'il s'est relevé, pour venir s'asseoir lourdement sur mes fesses. Je me tortille, essaie de ramper, mais il est bien trop lourd.

– Descends de là ! je gronde en tapant son dos avec mes talons.

– Je suis le roi du monde ! il crie avant d'enrouler ses mains autour de mes poignets.

Il m'oblige à m'allonger à plat ventre, embrasse mon épaule, ma nuque et mon oreille, en appuyant son corps sur le mien. Il cale son bassin contre mes fesses et soupire d'aise en faisant remonter ma chemise de nuit jusqu'aux hanches.

– Où est ta culotte ? il me questionne d'une voix taquine.

Je sonde le sol, avant de pointer un doigt sur ma droite.

– Je crois qu'elle est là… je rétorque sur un ton innocent. Je ne suis pas sûre, c'est peut-être mon soutien-gorge.

L'air siffle entre ses dents pendant qu'il m'assène une petite claque sur le côté de la cuisse. Il ramène ses mains sous mes bras et tire sur mon vêtement pour toucher mes seins.

– Si tu me libères, je pourrai aller récupérer mes dessous.

– Je ne crois pas, non. Je te retiens, il murmure alors à la base de ma nuque.

Ses mots semblent peser lourd sur sa langue, comme s'ils en cachaient d'autres, mais je suis fixée sur quelque chose de plus flagrant. Sur cette façon qu'il a de m'anticiper, de me rassurer. Je ne me lasse pas de ces trois mots qu'il scande chaque fois que nous couchons ensemble. Nous ne faisons pas l'Amour, parce que j'en suis encore incapable. Mais c'est tout aussi beau, parce que nous faisons *un* amour, le fabriquons, plus exactement, jour après jour.

Il me coupe le souffle, mais je n'ai pas besoin d'air pour survivre. Pas plus aujourd'hui qu'hier. J'ai juste besoin de lui et de ce qu'il distille en moi inconsciemment. Je perds le fil de mes pensées, oublie qui je suis l'espace d'un moment. En cet instant, Sawyer a accès à une Breen que lui seul connaît.

Il s'aide de ses bras pour se relever, je m'étire et roule sur le dos pour l'observer.

– Tu valides le frottage sur la moquette ?

– Moui, j'acquiesce en faisant l'ange à ses pieds. D'ailleurs, je vais rester là, je crois.

Il m'observe ouvrir et fermer mes jambes et mes bras, dans un silence cérémonieux. Il pense à quelque chose qui m'échappe, la profondeur de son regard me fait frissonner.

Je m'immobilise quand il se rallonge au-dessus de moi, sans me toucher. Il se met à faire des pompes, claque un baiser sur mes lèvres à chaque flexion de ses bras.

– Tu dois… (il m'embrasse) préparer… (il m'embrasse) tes affaires.

Il suit le contour de ma bouche avec sa langue et reprend :

– Je vais prendre une douche… (il m'embrasse deux fois) pendant que tu t'occupes de ta valise.

Il conclut par un dernier baiser bruyant et saute sur ses pieds.

Le temps de cligner trois fois des yeux, il a disparu. Je contemple alors le plafond, en me demandant comment j'ai pu accepter ce que nous nous apprêtons à faire. J'aurais pu refuser, j'ai encore tendance à croire que j'aurais dû. Après tout, il s'est permis de manigancer avec Josie près de dix jours de congés. *Dix jours !*

La garce n'a pas été dure à convaincre, il faut dire qu'elle me harcèle depuis longtemps pour que je solde enfin toutes les vacances que je n'ai jamais posées. Alors quand Sawyer lui a exposé son envie de m'embarquer loin de Camaret, elle a immédiatement dit oui. *Traîtresse !* Je sentais bien que quelque chose se tramait jusqu'à ce qu'il crache le morceau avant-hier, entre le plat et le dessert. J'en ai perdu ma fourchette et ma voix. S'est ensuivi un monologue qu'il a débité presque sans respirer, appuyé par un fichu regard brillant et ensorcelant.

Après la semaine à partager tout notre temps, je n'ai pas eu le cœur à refuser. Et puis Sawyer n'avait pas oublié ma prétendue promesse de l'accompagner lorsqu'une nouvelle occasion se présenterait. Il avait tout prévu. Voilà comment je me suis retrouvée à acquiescer lentement, comme si un ouragan attendait patiemment de m'emporter au moindre mouvement brusque de ma part.

Je me suis forcée à ne pas y penser, mais maintenant, je suis terrifiée.

J'entends l'eau se couper dans la salle de bain et le rideau de douche coulisser sur la tringle. Je me redresse enfin et maltraite ma lèvre entre mes dents agitées.

– Fais-le, Breen, je m'encourage en frottant mes paumes entre elles.

J'ouvre mon armoire et fourre tout ce qui me tombe sous la main dans un gros sac poussiéreux. Sawyer est resté plutôt évasif sur le programme, je le soupçonne de jouer la carte de l'improvisation. Seigneur, j'ai du mal à respirer. Je tire mon sac jusqu'à mon lit et l'observe d'un œil nostalgique. Je ne l'ai plus utilisé depuis Will et me voici en train de le remplir de suppositions et d'angoisse. Dans un sens, rien n'a changé.

– J'espère que tu as presque fini ! crie Sawyer depuis le salon.

Je pince mes lèvres et rejoins la douche en cherchant mon souffle entre mes pas hésitants. Et si je changeais d'avis maintenant ? Je ne suis jamais partie d'ici, j'ai peur de mes réactions loin de cette bulle familière, aussi suffocante soit-elle.

L'eau coule sur ma tête, sans parvenir à détendre ma nuque. Dix jours, loin de Camaret. Loin de Will. Est-ce vraiment une bonne idée ? Même si je le ressens partout où je me trouve, m'éloigner de nos souvenirs relève du défi. Je n'ai pas d'écho passé auquel me raccrocher comme les autres jours, je ne peux qu'imaginer les conséquences.

– Respire, Breen, je chuchote en posant une main sur ma poitrine serrée. Tu te dois d'essayer.

Je continue à m'adresser un monologue désespérant en me savonnant, persiste en me séchant. J'évite de croiser mon regard dans le miroir et retourne dans ma chambre, encore humide. Je m'habille d'un short confortable, assorti d'un tee-shirt assez large pour ne pas accentuer l'oppression que je ressens. J'erre dans l'appartement sans savoir ce que je cherche, sous le regard curieux de Sawyer qui boit son café sur Sofa. Je défais mon sac plus d'une fois, puis je finis par le déposer devant la porte d'entrée avant de m'immobiliser dans la cuisine en réalisant qu'il me manque l'essentiel. Le 36 de la veille doit se transformer en 37 et il me faut un feutre pour le voyage, quoi qu'il en soit. Je ne sais pas si le stress me rend aveugle, mais je ne remets pas la main dessus. Je tape du poing sur le plan de travail avant de filer dans ma chambre.

– Il faut y aller, Breen ! s'impatiente Sawyer.

– Oui, oui !

Je fouille dans ma commode, ma penderie, sous mon lit, à la recherche de ce marqueur tant convoité, celui sans lequel je suis incapable de placer ma journée sous un bon augure. Mes ongles crissent contre le bois, sans parvenir à retrouver le moindre feutre. *Bon sang, j'en avais pourtant acheté trois, la dernière fois !*

– Breen ! insiste Sawyer en passant la tête par la porte de ma chambre. Qu'est-ce que tu cherches ?

– Le chargeur de mon portable, je lance sans réfléchir.

– Il est là, je le vois d'ici, branché à côté de la table de nuit.

– Oh, merci.

Je lui souris avant de grimacer en me retournant vers le mur.

– J'ai descendu nos sacs dans la voiture. Si tu ne viens pas dans 3… 2… 1… maintenant, j'embarque Mei à ta place ! Elle lorgne sur la voiture depuis cinq bonnes minutes, je suis certain qu'elle se jettera du balcon pour atterrir sur mon siège passager si je lui propose de m'accompagner.

– Des menaces, toujours des menaces, je grommelle en tirant sur le câble.

Je me redresse et m'arrête à sa hauteur, un sourcil levé et la bouche pincée.

– T'es trop mignonne quand tu boudes, il minaude en coinçant mon nez entre ses doigts. À moins que mademoiselle Peterson ne soit en train de faire dans sa culotte ? Tu as bien remis ta culotte ?

Je claque des dents et il retire sa main en riant.

– Laisse-moi une minute et on pourra y aller.

Je le pousse, mais il ne bouge que d'un centimètre. Je pose mon front contre son torse et appuie de toutes mes forces. D'abord silencieusement, puis en grognant. Sa poitrine se soulève, il rit, se moque de ma vaine tentative.

Quand je sens son poing toquer contre le haut de mon crâne, je relève la tête vers la sienne.

– Tu as vérifié ton sac au moins dix fois, il articule en replaçant mes cheveux derrière mes oreilles. Et on ne part pas au beau milieu du désert. S'il te manque vraiment un truc vital, on le trouvera en chemin. Maintenant détends-toi, on va bien s'amuser, j'te le promets.

Je soutiens son regard, 1… 2… 3… 37 secondes, avant de hocher la tête lentement. Il est encore tôt, je peux me contenter d'un simple stylo. Il ne laissera qu'une trace légère qui s'effacera d'elle-même à cause de la moiteur ambiante, mais ce sera suffisant pour trouver le courage de partir.

– Ok, je murmure en enroulant mes bras autour de sa taille.

Il penche sa tête jusqu'à embrasser mes lèvres, bloquant ma nuque entre ses coudes. Avec une facilité étonnante, je le laisse prendre l'angoisse qui emplit mes souffles, la remplaçant par une quiétude à laquelle je n'avais jamais goûtée jusque-là. Ce baiser est différent de tous ceux que Sawyer m'a offerts, parce qu'il imprègne ma bouche d'une saveur subtile. Quelque chose qui se détache du reste et le recouvre. Ma langue durcit, comme si elle luttait pour briser ce qui la retient encore. Je le serre plus fort, si fort que mes mouvements se calent aux siens. À tel point que je ne différencie plus qui est celui de nous deux qui bouge, recule, marche… Et je ne sais pas non plus si je respire, car pour la première fois, ça ne ressemble pas à un combat. C'est évident, naturel et facile. Je ne ressens plus cette faim qui me transperce et m'affaiblit.

Quand je rouvre les yeux, j'ai les fesses posées sur le capot d'une voiture que je ne connais pas.

– Où est l'autre ? je demande à Sawyer d'une voix essoufflée.

– Je l'ai échangée contre un modèle plus confortable. On va rouler, rouler, rouler… alors je me suis dit qu'il valait mieux une voiture plus spacieuse. On a assez de place pour dormir à l'arrière, je trouve ça parfait !

Il se recule, se penche à l'intérieur de l'habitacle et m'adresse un sourire complice à travers le large pare-brise. Je ris en le voyant pointer son doigt vers le donut en fourrure, qui pendouille fièrement au rétro.

– Celui-là est du voyage, il reprend en revenant entre mes jambes. Je n'irai nulle part sans lui, il ajoute d'une voix amoureuse.

– Tu voulais le brûler, pas plus tard que le mois dernier !

– Le feu de la passion !

– Tu m'en diras tant.

Un chien aboie quelque part dans la rue et Sawyer tend le cou dans sa direction. Il plisse les yeux, avant de les ouvrir en grand.

– Gérard est vivant ! il crie tout à coup.

– Hein ? Qui ?

– Gérard !

Je me retourne vers l'endroit qu'il désigne, un peu perdue. Un homme est en train de traverser la route en boitant, un gros chien brun trottine devant lui.

– Tu le connais ? je demande à Sawyer.

Il ne me répond pas et interpelle l'inconnu :

– Hey, comment ça va ?

Le passant s'arrête à notre hauteur, tandis que le chien continue d'avancer jusqu'à disparaître au coin de la rue. Je reporte alors mon attention sur son maître.

– Je promène mon chien, il nous annonce de but en blanc, en tirant sur sa barbe. Il est gentil, il s'appelle…

– Gérard ? je termine à sa place.

Sawyer applaudit comme un gamin, puis tape sur l'épaule du type, qui n'a pas l'air d'y comprendre grand-chose. Il nous salue par un grognement et reprend son chemin.

– Tu vas m'expliquer ?

– Monte, je te raconterai en chemin, il pouffe en m'ouvrant la portière.

Je saute sur mes pieds et m'installe sur le siège. Le temps que Sawyer ferme le coffre et me rejoigne, j'ai déjà rangé mon stylo dans mon sac à main. Je jette un coup d'œil rassuré au léger 37 et souffle dessus jusqu'à ce qu'il n'y ait plus d'air dans ma poitrine.

– Prête ? me hèle mon conducteur en pressant mon genou.

Je me couvre de chair de poule et tremble de l'intérieur. Je serre le poing, pour chaque jour qui vient de s'écouler et me surprends même à continuer.

J'arrête de compter au jour fatidique et hoche la tête, d'abord lentement, puis vigoureusement.

– Prête, je déclare d'un ton sans appel.

– Alors c'est parti !

C'est parti, oui... Lui, moi et Will. Ce passager clandestin que Sawyer ne soupçonne pas et qui a déposé ses bagages dans un recoin de mon être. Je jette un coup d'œil incontrôlé dans le rétro, comme s'il était installé sur la banquette arrière. Dans un sens, c'est comme s'il y était.

– Je te laisse choisir la musique ! lance Sawyer en enfonçant son doigt dans ma joue.

– Waouh, quel honneur ! je rétorque en clignant des yeux.

– Je mets toutes les chances de mon côté, il raille en me glissant un clin d'œil intéressé.

– Regarde la route, tu veux !

– Oui, madame !

Je trifouille l'autoradio, tourne la molette jusqu'à reconnaître la chanson parfaite.

« ... *it's the sound of leaving, leaving*[6]... »

C'est donc à ça que ressemble le bruit du départ. Ce n'est pas si terrible. Le vrombissement du moteur, mêlé au sifflement du vent qui traverse l'habitacle, le tout sublimé par la voix de Sawyer qui, quand il ne massacre pas la chanson, rit à gorge déployée.

---

6. C'est le son du départ (*The Sound Of Leaving*, Veruca Salt)

Ces sons qui se transforment en une mélodie qui recouvre les rumeurs de mon esprit. À chaque kilomètre qui défile, mon vacarme intérieur se fait de moins en moins assourdissant. C'est progressif, sans peine, ni brusquerie. Si bien que, lorsque nous franchissons les limites de Paris, je ne remarque pas que je ne l'entends plus.

Jour 37. Celui qui s'éloigne et perd ses repères.

Jour 45

SAWYER

Les jours se mêlent aux nuits sans que rien n'ait de prise sur nous. On ne suit aucune logique, les heures n'ont pas d'importance. Nous déjeunons à dix heures, dînons à trois heures du matin, dormons quand nos corps ont assouvi leur désir magnétique.

J'avais choisi Paris pour débuter nos vacances et nous y sommes encore une semaine plus tard. C'est une ville qui ne nous impose rien et c'est exactement ce qu'il nous faut. On roule, on rit, on marche, on vit. Le jour ou la nuit. Nous ne sommes en phase avec rien, ce qui nous rend libres d'être au plus près de nous-mêmes. Au plus près d'elle. Je n'ai pas besoin de soleil, ni de lune, quand je suis avec Breen. J'ai le sentiment d'avoir trouvé ma gravité à ses côtés, parce que je n'ai jamais eu autant l'impression d'avoir les pieds sur Terre que maintenant.

Et en me réveillant aux aurores, ce matin, après avoir observé le visage endormi de Breen posé sur mon ventre, les dernières pièces du puzzle se sont mises en place dans ma tête. Il me reste quand même un dernier pas à faire. Quelque chose que j'ai repoussé jusqu'ici, et ce même avant de la rencontrer.

Pour la première fois depuis que j'ai fui de chez moi, pour la première fois depuis que nous avons entrepris ce voyage, je sais quel jour on est.

– Où est-ce qu'on va ? elle m'interroge en avançant son buste vers le pare-brise.

Nous avons pris la route depuis plusieurs heures et je suis étonné qu'elle ne me pose cette question que maintenant. En même temps, depuis que je l'ai éloignée de Camaret, je la trouve changée. Elle a baissé ses défenses, elle est moins perdue dans ses pensées. Plus accessible et apaisée. Enfin, pas toujours. J'ai failli perdre un bras quand elle a voulu m'arracher mon appareil photo. Il semblerait que la mitrailler à chaque instant, même pendant qu'elle se rase les jambes, soit une mauvaise idée. Malgré de la mousse plein les cheveux et le visage, elle a failli m'avoir.

– Je t'ai posé une question, elle insiste en enfonçant son doigt dans ma joue.

– En Angleterre, je me contente de répondre avec décontraction.

La décontraction d'un parpaing de huit cents kilos, si on y regarde de plus près. Je suis en train de faire le con, mais c'est plus fort que moi. J'ai l'impression d'avoir douze ans et de ne pas être capable d'avouer ce que j'ai derrière la tête. Comme quand on a fait une bêtise et qu'on se garde bien de l'avouer. Si mettre les gens au pied du mur est une mauvaise idée, faire ça avec Breen est cent fois plus risqué. Je suis un homme mort.

– Oui, je crois que j'avais compris au moment où on s'est engouffrés dans le tunnel sous la Manche…

– Et tu ne t'inquiètes que maintenant ?

– Seulement parce que tu prends ta tête de conspirateur, Sawyer Hall…

– Non…

– Siii.

– Je n'ai pas d'air conspirateur, moi. Jamais.

– Oh ! Tu veux un exemple ?

– S'il te plaît !

– Quand tu as essayé de me convaincre de me mettre à quatre pattes sur ta banquette arrière ?

– Mon portable était tombé entre les sièges !

– Cons.Pi.Ra.Teur !

J'éclate de rire devant sa moue assurée et elle me rejoint presque aussitôt. Ses éclats se mêlent au mien et forment une jolie mélodie qui colle parfaitement à notre voyage. C'est exactement ce qu'il me faut pour aller au bout de ce que j'ai prévu. Meilleure sera son humeur, moins pire sera la chute. Je suis conscient que ce que je m'apprête à faire, sans rien lui dire, n'est pas une bonne idée. Mais je sais aussi qu'elle va flipper et m'ordonner de faire demi-tour si je lui avoue notre destination. Je suis déjà à deux doigts de repartir en arrière, alors je me tais. Au risque de le payer cher.

– Donc… elle s'obstine en s'accoudant entre nos sièges.

– J'ai envie de te montrer mon pays, j'énonce d'une grande voix. Est-ce que c'est un crime ?

Elle observe le paysage et réfléchit en mordillant son ongle.

– Je ne sais pas si c'est un effet de « ton pays », mais ton accent anglais revient en force. Tu as prononcé « crime » comme « cream ».

– Ça t'excite ?

– Pas plus que ça, elle pouffe en jouant avec l'ourlet de sa jupe. Mais maintenant, j'ai envie de manger une glace !

Elle se renfonce dans son siège en croisant les bras sur sa poitrine. Elle tente de ravaler son sourire, quant à moi, j'essaie de retenir mon envie de l'embrasser. Je crois que ça m'aiderait à mieux respirer.

– Je te laisse deux heures avant de ne plus savoir parler français, elle ajoute sur le ton du défi.

– Laisse-moi deux heures à regarder ta jupette remonter toujours plus haut et tu ne sauras plus marcher.

– Waouh, la classe anglaise dans toute sa splendeur !

– N’est-ce pas ?

Je la détourne de ses questions en lui achetant une énorme glace sur une aire de repos. En plus de lui occuper la bouche, ça a l’avantage de lancer un débat sur l’intérêt (non) discutable des pépites de chocolat. Évidemment, la voir lécher sa crème glacée en soupirant de plaisir est un prix fort à payer.

Je passe un bras par la fenêtre et laisse l’air glisser entre mes doigts. J’essaie de jouer au type tranquille encore un peu. Ouais, un type tranquille qui n’a pas vu ses parents depuis un bail et qui va se pointer chez eux sans prévenir. Avec sa nana. Et pas n’importe laquelle. Bref, je suis un con borné et effrayé.

Elle a le nez au fond de son cornet et ne remarque pas que nous dépassons le panneau de Brighton. Lorsque je commence à reconnaître les abords de la propriété de ma famille, mon ventre se tord.

– Tu as faim ? s’enquiert Breen en se méprenant sur les bruits émis par mon estomac.

– Pourquoi ? Tu comptes me laisser finir ta glace ?

– Même pas en rêve.

J’ai surtout soif. D’alcool, plus précisément, mais je tais ce détail. J’engage la voiture dans une longue allée trop familière et le bruit des graviers sous les pneus résonne fort à mes oreilles. J’expire bruyamment et je sens le regard de Breen sur ma joue.

– Sawyer ?

– Hum ?

– Qu'est-ce que t'as ? On est où, là ?

– Chez moi, je souffle en essuyant mon front.

– Pardon ?

– Chez moi, je répète en apercevant mon père sortir sur le perron.

Je gare la voiture en bas des marches et referme mes doigts autour du volant. Mon père approche, il n'ose pas sourire tant il est surpris de me voir là. Je n'ai prévenu personne.

– Qui est-ce ? elle m'interroge en s'accrochant à sa ceinture encore bouclée.

Je déglutis au moment où un visage qui ressemble au mien se penche à ma vitre.

– Salut, je souffle en français.

– Salut, fiston.

J'entends clairement Breen s'étrangler et hyperventiler. J'hésite à verrouiller les portières pour être sûr qu'elle ne s'enfuie pas, mais je ne suis pas venu jusqu'ici pour rester dans la voiture.

– Bonjour, je suis Daniel, il précise en posant des yeux stupéfaits sur ma voisine.

Il faut dire que, hormis ma première copine au lycée, je n'ai jamais plus amené de fille ici.

– Breen, elle croasse en frottant ses mains contre ses jambes.

– Ravi de vous rencontrer.

Il revient sur moi et me fixe un long moment, les prunelles brillantes.

– Je ne savais pas… il murmure avant de s'interrompre aussitôt. Ta sœur est à l'intérieur.

Il est heureux de me voir là et ça me crève le cœur parce que ce n'est pas totalement réciproque. J'aime mon paternel, mais il m'évoque tout ce que je ne suis pas. Des mois et des années me reviennent en pleine figure et je détourne les yeux.

– Tu veux de l'aide pour vos affaires ?

– Ça va. On te rejoint dans une minute.

– D'accord, il conclut en tapant sur la carrosserie.

Il repart vers la maison d'une démarche pressée, en se retournant plusieurs fois comme pour s'assurer qu'il n'est pas en train de rêver. Je gonfle mes joues et relâche l'air par à-coups. Je regarde droit devant moi, sans rien voir, et Breen fait exactement la même chose. Le silence règne et c'est elle qui le rompt.

– Tu n'as pas fait ça ?

– …

– Tu n'as pas fait ça ? elle répète en insistant sur chaque mot.

– J'ai peut-être omis de t'en parler, j'ai le culot de rétorquer.

– Tu te moques de moi ? Tu… tu… tu… Rha !

Elle cache sa bouche derrière une de ses mains, pendant que l'autre agrippe la poignée de sa portière.

– On ne fait pas un truc pareil, elle bafouille en se tournant vers moi. Dis quelque chose !

– Je suis désolé.

– Bon sang, je te mettrais volontiers mon pied dans la figure si tu n'avais pas l'air si…

– Terrifié ? je termine à sa place en posant mon crâne contre l'appuie-tête.

Je lui jette un regard de biais, elle a ouvert la bouche mais plus rien n'en sort. Elle scrute mes yeux et sa colère laisse place à la curiosité. Je ne sais pas comment lui dire ce que j'aurais dû lui confier bien avant.

– Je ne t'en ai pas parlé parce que j'ai cru faire demi-tour une bonne centaine de fois.

– Tu aurais dû me le dire.

– Tu aurais dit oui ?

– Probablement pas.

Je me détache et sors de l'habitacle sans rien ajouter de plus. Je fais le tour, ouvre sa portière et lui tends la main. Elle serre les poings et les paupières, je ne lui laisse pas le temps de réfléchir davantage et la sors de force, avant de la jeter sur mon épaule. N'est pas gentleman qui veut.

– Non mais t'as craqué ? elle s'énerve en tapant dans mes reins.

– Tiens-toi correctement, je rétorque en resserrant ma prise sur elle.

Je la relâche dans le vestibule et la menace qu'elle commence à formuler meurt sur ses lèvres à l'instant où ma sœur me saute au cou.

– Sawyer ! J'en reviens pas de te voir là ! Pourquoi tu m'as pas prévenue ? Je suis trop contente ! Tu m'avais dit que…

– Tout doux, Ashley, j'articule difficilement, mes lèvres entravées par ses cheveux.

– C'est super que tu sois venu.

Elle se met sur la pointe des pieds, cale ses paumes contre mes joues et m'adresse mentalement toutes les choses qu'elle n'a pas besoin de formuler. Puis elle recule d'un pas et penche la tête sur le côté.

– Tu as amené Breen ! elle s'écrie alors en la reconnaissant derrière moi. Oh mon Dieu !

Avec sa délicatesse légendaire, elle se jette sur elle et la serre dans ses bras. Breen me lance un hochement de tête interrogatif – à moins qu'elle ne soit en train de s'asphyxier –, auquel je réponds par un haussement d'épaules. Ashley n'a pas eu besoin de me tirer les vers du nez lors de sa venue à Camaret, elle a très vite compris à quel point je suis fou de Breen. Mais je me garde bien de le lui préciser.

– C'est génial de te voir !

– Oh… Merci, elle murmure, embarrassée.

– Enfin, de te « revoir », parce que techniquement on…

– Elle a compris, je coupe court en fourrageant dans mes cheveux.

– Je ne savais pas que vous veniez !

– Comme ça on est deux, ironise Breen en me faisant les gros yeux.

– Sérieusement, Saw ? s'offusque ma sœur en me fusillant du regard. Mais enfin, on n'emmène pas sa petite amie chez ses parents sans la préparer psychologiquement !

– On est d'accord, grommelle ma « petite amie ».

– T'en fais pas, Breen, elle reprend en lui frottant le dos avec énergie. Ça.Va.Bien.Se.Passer. Et tu pourras dormir avec moi ce soir, si tu veux le priver de sexe…

– Papa t'appelle ! je l'interromps dans sa lancée.

Bon sang, Ashley est folle ! Et adoptée, je persiste à y croire dur comme fer.

Elle nous laisse enfin tranquilles et part en sautillant vers le salon.

– Ok… expire Breen en fermant les yeux.

– Désolé, Ash est… Tu vas me frapper si j'approche ?

– Je travaille sur moi pour ne pas t'embrocher avec le porte-manteau qui est là. Laisse-moi deux heures pour effacer la jouissance que ça provoque en moi.

– J'aime quand tu dis « jouissance »… je raille en réduisant l'espace entre nous.

– Attends de m'entendre prononcer « strangulation », elle rétorque en posant une main contre ma poitrine pour stopper ma progression. Tu veux bien m'expliquer ?

Je me racle la gorge et fais le tri dans les mots que je pourrais utiliser. Par lequel débuter ? J'ai envie de lui dire que je suis désolé, avant même de commencer à lui expliquer. Lui dire que j'ai honte mais que j'ai besoin d'elle. Et elle doit deviner que je me bats avec des phrases, qui vont et viennent sans que je puisse m'en saisir, parce qu'elle approche son visage sous le mien et décolle mon menton de ma gorge.

– C'est si terrible que ça ?

J'observe ses yeux, son nez puis sa bouche, avant de tirer sur sa main pour la détailler à son tour.

– Tu me retiens ? je murmure beaucoup trop bas.

– Comment ?

– Si je glisse, tu me retiendras ?

Ses iris me transpercent et j'attends encore sa réponse quand mon père nous interrompt.

– Vous venez ? il nous invite, en passant la tête par la porte du fond.

– On arrive, papa.

Il comprend tout de suite qu'il me faut encore quelques secondes avant de pouvoir le suivre. Avant de pouvoir marcher jusqu'au fauteuil que ma mère ne quitte jamais. Avant de faire face à son regard étranger et à celui de Breen, quand elle comprendra ce que j'ai fait. Ce que j'ai fui en espérant oublier moi aussi.

Je vide tout l'air de mes poumons en rejetant la tête en arrière. Je suis en sueur et je sais d'avance que l'atmosphère du salon ne va rien arranger. Je m'arrime à la main de Breen, décidant qu'aucun mot ne pourra m'être utile maintenant.

Quand on pénètre dans le séjour, mes yeux filent directement vers les fenêtres, plus précisément sur l'imposant rocking-chair qui est plus vieux que moi. Breen marque un temps d'arrêt, mais elle se laisse entraîner plus près. Je prends de courtes inspirations et ignore l'humidité qui fait glisser nos doigts. Je m'immobilise devant la femme qui se bascule dans un rythme constant, m'imprègne de son profil orienté vers le jardin. Je ne l'ai plus vue depuis… trop longtemps et je remarque tout de suite combien elle a changé. Vieilli. Elle est *partie* encore plus loin, si loin que tendre la main ne servirait à rien.

– Regarde qui est là, Gillian, se réjouit mon père en secouant doucement l'épaule de ma mère.

Elle pivote lentement vers son mari avant de me remarquer, devant elle, droit comme un piquet.

– Oh, bonjour Jordy ! elle s'enthousiasme en posant son regard sur moi. Que tu es beau !

Je sens les iris perplexes de Breen sur ma mâchoire crispée. Mes mains s'agitent, frottent le tissu de mon jean dans un toc nerveux. J'ai l'impression d'avoir à nouveau quinze ans, tout ce que j'ai désespérément construit autour de moi pour me protéger s'étiole à chaque frottement. Ma gorge se serre, je n'arrive même pas à lui répondre, à corriger son erreur sur mon identité.

– Ce n'est pas Jordan, ma chérie, murmure mon père en se penchant à son oreille. C'est Sawyer.

Il m'adresse une moue désolée, qu'il essaie de rendre encourageante.

– Il ressemble à mon petit frère, elle poursuit en fronçant les sourcils. Qui est-ce ?

Je détourne les yeux, serre mes paupières brûlantes. Quand je les rouvre, je croise le regard de Breen et le retiens un long moment. Je la laisse lire en moi cette partie qu'elle ne connaît pas.

Sa tête oscille entre ma mère et moi, elle essaie de saisir le pourquoi du comment et je regrette de ne pas l'avoir mise au parfum plus tôt. J'aurais aimé qu'elle capte tout de suite l'ampleur du problème, pour ne pas avoir besoin de poser des mots sur tout ce que j'ai sur le cœur. Mais d'un autre côté, c'est peut-être mieux ainsi. En cet instant, je suis à vif et il n'y a plus aucune couche derrière laquelle je peux me cacher. Est-ce que ce n'est pas exactement ce que je voulais ? Je ne sais plus.

– Je suis Sawyer, j'articule en repivotant vers ma mère.

– Sawyer, elle répète, en appuyant sur chacune des syllabes.

J'attends, suspendu à ses lèvres et à ses prunelles. J'attends de voir s'y allumer une étincelle, un sursaut de conscience. Mais rien. Elle cligne des yeux, sourit dans le vide et se renfonce dans son fauteuil. Elle a l'air d'avoir cent ans. Je me plie en deux jusqu'à atteindre son front et y pose un baiser, d'abord léger, puis plus appuyé.

– Joyeux anniversaire, maman.

Je titube presque en me remettant droit. Breen se présente poliment et j'ai la tête qui tourne, comme si je venais de me relever trop vite. Je me précipite à la fenêtre, l'ouvre trop fort et enfonce mes doigts dans l'encadrement vernis. Quelque chose grince, mes dents ou mes ongles. Je tente laborieusement d'aspirer de l'oxygène, mais l'air lourd que j'essaie de faire entrer dans ma gorge se heurte à ce qui essaie d'en sortir. Je n'aurais pas dû venir. Je n'étais pas prêt. Je ne le serai jamais.

– Je vais vous servir un café, intervient mon père en sentant mon malaise grandir.

– C'est gentil, lui répond Breen.

– Non.

Leurs têtes se tournent vers moi, pendant que je recule de plus en plus. Je suis tout autant surpris qu'eux par la voix qui a résonné fort dans le salon. La mienne, caverneuse et désespérée.

– On ne reste pas.

– Mon garçon, tu…

– Breen, on s'en va, je tranche d'une voix sèche.

– Sawyer…

– Maintenant.

Je cours presquc jusqu'à l'entrée et ouvre la porte brusquement. Je dévale les marches du perron et file à la voiture. Je me fige près de la portière, pose mes paumes sur mes cuisses et cherche toujours à prendre de grandes goulées d'air.

Je finis par pousser un cri rauque qui fait s'envoler plusieurs mouettes au loin. C'était une putain de mauvaise idée de venir ici. Je n'ai pas changé, je ne suis ni plus fort, ni plus adulte. Je suis toujours ce gosse perturbé par la disparition insidieuse de sa maman. Je ne sais pas pourquoi j'ai cru que la présence de Breen y changerait quoi que ce soit. Je ne peux pas l'affronter. Je ne sais pas comment réagir parce que, lorsque je me regarde à travers les yeux de ma mère, je ne vois rien. Plus rien.

J'entends des semelles crisser sur les graviers. À quelques pas de moi, je reconnais sa voix et celle de mon père.

– Je suis désolée, elle articule d'une voix douce.

– Ne le soyez pas. Croyez-moi, c'est bien plus que ce que j'espérais.

– Breen… je gronde sans la regarder.

– Vous êtes la bienvenue ici, ce sera un plaisir de vous revoir.

– Merci, elle toussote en me rejoignant.

Je lui ouvre la portière en silence et pendant qu'elle s'installe sur son siège, je sens ses prunelles fouiller mon visage baissé. Elle fait glisser ses lèvres l'une contre l'autre, avant de fixer son attention sur sa ceinture de sécurité. J'apprécie.

– Sawyer, me hèle mon père tandis que je contourne le véhicule.

Je lève une main pour le supplier de ne rien dire.

– Embrasse Ash, dis-lui que… Je ne sais pas. Je ne suis pas comme vous. C'est juste trop pour moi, je murmure avant de me réfugier dans l'habitacle.

Je lance le moteur et fais une manœuvre à toute vitesse. Les pneus font voler des graviers dans notre sillage et je déboule comme un fou sur la route principale.

Je garde les lèvres scellées, ma langue a triplé de volume dans ma bouche. Je ressasse mille pensées, monte des conversations de toutes pièces dans ma tête. Insultes, hurlements et pleurs silencieux résonnent dans mon esprit.

Breen ne bronche pas une seule fois et finit même par s'endormir quand la nuit est en train de tomber.

À Portsmouth, j'embarque la voiture dans le dernier ferry sur le point de partir et elle ne se réveille qu'au moment de rejoindre le pont supérieur. Elle cligne des yeux, fronce les sourcils en essayant de se repérer. Elle me tourne le dos, le front contre sa vitre. J'ai tout un tas de mots sur le bout de la langue, mais ils y restent irrémédiablement collés. Je me conduis comme un abruti, elle ne mérite pas ce revirement que j'ai moi-même provoqué. *J'ai tout gâché…*

Autour de nous, tout le monde sort des voitures pour rejoindre les salons et les cabines du ferry. Breen se détache sans un regard, attrape son petit sac et quitte son siège pour patienter dans la file de passagers. Je tape contre le volant, repousse mes cheveux, enfonce mes doigts dans mes tempes. J'ai perdu toute sérénité, je ne sais plus par où rattraper ce qui m'échappe.

Je retrouve Breen dans une coursive et passe devant elle pour la conduire jusqu'à la réception. L'hôtesse me tend une carte magnétique en me souriant, je n'écoute pas ses indications et tourne déjà le dos.

Il y a toujours ce silence pesant entre Breen et moi. Je lui jette des coups d'œil à la dérobée pendant que l'ascenseur bondé grimpe péniblement. J'essaie de lire son visage, mais rien ne transparaît. Elle réfléchit et ça me tord l'estomac. J'imagine très bien ce à quoi elle est en train de cogiter. *Sawyer est un pauvre type. Sawyer est un fils ingrat. Sawyer déteste sa mère. Sawyer est lâche. Il se cache derrière son appareil photo, en prétextant savoir capter les plus beaux instants. Tout ça pour ignorer les mauvais, se cacher dans le recoin d'une pellicule améliorée. Il choisit le paysage qu'il peut supporter. Il est hypocrite.*

J'insère la carte dans le lecteur et Breen me précède dans la cabine. Elle se défait de son sac, de ses chaussures et disparaît dans la salle de bain. Quand vient mon tour, l'eau tiède ne détend rien. La serviette rêche n'efface rien. Le miroir ne me renvoie que du vide. Je ne sais pas quelle heure il est quand je m'assieds sur le rebord du matelas. Breen n'est plus dans la chambre et l'angoisse de son absence me fait suffoquer. Tout ce que je déteste remonte doucement jusqu'à ma gorge et le barrage cède. Je pleure et c'est douloureux parce que je n'ai plus versé une seule larme depuis longtemps.

– Tiens.

Je sursaute en découvrant celle pour qui j'ai essayé, celle devant qui j'ai échoué. Elle tient dans une main une bouteille de vin, dans l'autre un verre rempli. Pas de colère ou de reproche. Juste une main tendue.

– Non, elle chuchote alors que je lève mes doigts pour attraper le verre.

Elle me donne la bouteille entière et hoche le menton pour m'inviter à boire. Je ne me fais pas prier. J'avale l'alcool sans respirer et, si les premières gorgées n'ont aucun effet, les suivantes emportent mes sanglots minables.

Breen me dévisage, puis elle monte sur le lit et avance à quatre pattes jusqu'à s'allonger derrière moi. Elle patiente, sagement, généreusement, sans rien exiger. Je me laisse aller en arrière, enfonce mon crâne dans l'oreiller épais et prends enfin le courage de lui faire face. Profil contre profil, nos fronts uniquement séparés par un infime espace, je laisse sa respiration drainer mes dernières faiblesses. Je regarde cette fille unique, que j'aime chaque fois pour une raison différente. Et quand sa main délicate vient recoiffer une mèche derrière mon oreille, deux aveux butent contre mes dents et se disputent le droit d'être exprimés.

– Dégénérescence cognitive précoce, je murmure d'une voix rauque, sans préambule.

– Ça veut dire qu'elle perd la mémoire ?

– Ouais. Certaines choses demeurent, les plus anciennes. Mon père s'en tire bien, ils avaient dix-sept ans quand ils se sont rencontrés. La plupart du temps, elle se souvient parfaitement de lui. Mais nous… on a disparu. Ashley s'en moque, du moins elle fait front comme une guerrière. Quant à moi…

– C'est donc pour ça que tu es parti ? elle m'incite à continuer.

– Aujourd'hui comme hier. Je ne supporte pas de la voir m'oublier, alors je mets les voiles.

Je ferme les yeux et ne dis plus rien. Il y aurait pourtant encore matière à disserter, mais dès que j'essaie de reprendre la parole, rien ne vient.

– Je suis désolé, je parviens à formuler. Donne-moi une seconde, j'ai…

– Shhh…

Elle pose ses paumes contre mes joues et ses pouces sur mes lèvres. Je sens une caresse différente les effleurer, une chaleur pénétrer ma bouche. Ma langue se délie enfin et s'anime. Je ne dis rien, mais j'ai l'impression de tout lui raconter ainsi. Elle m'embrasse longtemps, profondément. Elle se colle davantage à moi, défait la serviette qui couvre mes hanches sans interrompre notre baiser et s'allonge entièrement sur moi.

Le noir tombe sur nous quand elle abaisse l'interrupteur au-dessus de ma tête. Son corps quitte le mien quelques secondes, avant de reprendre sa place, sans plus rien pour nous séparer. Ses cuisses sur mes hanches, son ventre superposé à mes abdos, ses seins pointant contre ma poitrine. Son cœur vif asservissant le mien. Je n'ai pas assez de mes deux mains pour la toucher comme je le voudrais, la toucher comme elle le fait si bien. Il n'est pas question de chair, même quand elle se laisse glisser sur moi. Il n'est pas question de sexe, même quand son souffle s'emballe et se désordonne. Il n'est question de rien. D'un rien qui me remplit de tout.

Jour 46

BREEN

Aujourd'hui.

La traversée en ferry est passée comme dans un rêve. Au sens propre du terme, car nous avons dormi d'un sommeil profond jusqu'à ce que les haut-parleurs nous informent de la fin du voyage. Les ultimes événements mêlés au rythme fou de ces derniers jours ont eu raison de nous. Je ne sais pas qui de Sawyer ou moi a sombré le premier cette nuit, je ne me souviens même pas avoir posé la tête sur l'oreiller. La première chose que j'ai vue en ouvrant les yeux a été le visage souriant de mon amant. Nous n'avons échangé aucune parole, juste des regards bavards. Puis nous sommes remontés en voiture et les kilomètres ont repris leur course folle.

À mesure qu'on approche de l'arrivée, l'efferves-cence qui m'habite s'étiole. Je ne sais plus réfléchir et un brouillard opaque vient m'engourdir. Mes sens sont totalement bouleversés, comme si j'avais retenu mon souffle depuis le départ de Camaret. Et à force de ne plus respirer, mon esprit s'est enfoncé dans une léthargie agréable.

Quand Sawyer a fait exploser le calme de notre échappée, j'ai concentré toute mon attention sur lui. Je recommence à peine à écouter mes propres pensées.

– Merci… il lance soudain en serrant mon genou.

Il garde les yeux sur la route, mais j'aperçois ses prunelles brillantes. Je ne sais pas quoi lui répondre, il y a trop de trous d'air dans ma tête. Alors je me contente de sourire, en posant ma main sur la sienne. Il enroule ses doigts entre les miens, des fourmillements remontent le long de mon bras.

Je suis encore dans une bulle confortable et ce n'est qu'au moment où la voiture s'engage dans ma rue que je sens un léger tiraillement. Une piqûre subtile quelque part entre ma gorge et ma poitrine.

– Terminus, tout le monde descend ! s'exclame mon conducteur.

J'étire mes jambes, lève mes bras au-dessus de ma tête en poussant un long gémissement. Ma salive passe difficilement dans ma gorge et je commence à me demander si je n'ai pas quelque chose qui cloche. Quelque chose de plus gros. Une sensation diffuse, comme si j'avais oublié d'éteindre le gaz dans une autre vie.

– Tu viens ?

Je cherche Sawyer des yeux et le trouve déjà dehors, accoudé à ma fenêtre ouverte. On sort mes bagages de son coffre et à mesure que je monte les escaliers, je m'essouffle plus que de raison. Une fois que nous sommes arrivés devant ma porte, mon cœur semble se coincer entre deux côtes. Je le sens se débattre, étouffer. Je suis obligée de cligner des yeux plusieurs fois pour pouvoir avancer.

La porte s'ouvre en grand, Sawyer pénètre chez moi d'un pas assuré, balance son sac sur Sofa juste après l'avoir saluée et m'aide à porter le mien.

– Je peux prendre une douche ? il me demande en passant une main dans ses cheveux.

– Hum, hum… je marmonne en regardant tout autour de moi.

– Ça va ?

– Hum, hum.

Il pince mon menton entre ses doigts pour observer mon visage et je ne sens pas ses lèvres quand il embrasse ma tempe. Je n'entends pas non plus la porte de la salle de bain s'ouvrir ni se refermer. Le vrombissement bizarre qui résonne dans mes tympans étouffe tout le reste. Je tourne sur moi-même, un frisson remonte le long de mon ventre, de ma gorge et je sens mes cheveux se dresser.

Les jours passés hors de cet endroit m'ont déconnectée et je reprends à peine conscience de la réalité. *De ma réalité.* Je passe une main glacée dans ma nuque, me frotte le visage et enroule mes doigts autour de ma gorge. Pour recouvrir la prise invisible qui m'étrangle de plus en plus. J'ai la bouche sèche, les dents serrées. Mes épaules se crispent, comme si elles se préparaient à recevoir un poids insupportable. Mes yeux se figent alors sur le calendrier. Je lève ma paume devant mes yeux et ma gorge se serre si violemment qu'un minuscule cri reste bloqué entre mes amygdales.

C'est là que je réalise ce qui cloche. Je sens une gifle invisible claquer sur ma joue, une main acérée s'enfoncer dans ma poitrine pour venir y déloger l'innommable. Ma bulle éclate. *Mon Dieu, qu'est-ce que j'ai fait ?*

Mon cœur se met à battre à tout rompre et je sens des gouttes de sueur dégouliner le long de mes tempes. Je n'arrive plus à respirer, mon champ de vision se rétrécit et je n'entends que les battements de mon cœur résonner à mes oreilles. La tête me tourne mais je ne quitte pas ma main des yeux. Ma main vierge d'encre, pour la première fois depuis que j'ai démarré ce compte à rebours désolant.

– Quel jour on est ? je balbutie en sentant mes jambes flageoler. Quel jour on est ?

Sawyer est encore dans la salle de bain, il ne peut pas voir que je suis en train de tomber dans la faille qui s'étire à mes pieds. Une crise d'angoisse grossit en moi et m'empêche de réfléchir. *Ce n'est pas possible, je n'ai pas fait ça !* Je ferme, ouvre, ferme mes doigts une bonne centaine de milliers de fois. Comme si ça pouvait changer quelque chose. J'essaie de reprendre mes esprits, de calculer à quel moment j'ai oublié de compter les jours. À quel moment j'ai oublié Will. *Will, où est-il ?*

Je lance des regards affolés partout, les souvenirs me mitraillent si fort qu'ils sont totalement flous et insaisissables. Le passé et le présent. La mort et la vie. *Will I survive ?* Où suis-je ? Quel jour on est ? *Comment ai-je pu ?*

– Qu'est-ce qui se passe ?

J'entends la voix de Sawyer quelque part devant moi, mais je n'arrive pas à me détacher de ma peau immaculée que je regarde encore. Je suis en train de pleurer, je m'en rends compte seulement parce que des larmes sont en train de tomber dans ma main.

– Breen ?

– Quel jour on est ? je lance dans une complainte douloureuse.

– Euh… Lundi.

Mais je me fous qu'on soit lundi ! Il ne comprend pas.

– Pourquoi tu pleures, qu'est-ce que tu as ?

Il jette la serviette avec laquelle il séchait ses cheveux et s'élance vers moi, inquiet. Je perçois sa main se tendre vers mon épaule et je bondis en arrière comme s'il s'apprêtait à me frapper. Je me cogne dans la table basse, manque de tomber en arrière et me rattrape à l'accoudoir de Sofa.

Je continue à reculer sans regarder Sawyer, sans répondre aux questions qui s'échappent de ses lèvres.

– Quel jour on est ? Quel jour on est, Will ? je m'affole en parlant à toute vitesse.

J'attrape le calendrier qui est aimanté au frigo, dans un geste désespéré. Les aimants tombent au sol, des feuilles se mettent à voler. Je dépasse Sawyer qui me regarde comme si j'étais devenue folle, manque de me prendre les pieds dans mes sacs et m'enferme dans ma chambre.

J'ai un haut-le-cœur si violent que j'en viens presque à vomir sur mes chaussures. Je tombe à genoux et tourne les pages du calendrier de manière désordonnée, si vite qu'elles se déchirent presque. Les chiffres se mélangent dans mon cerveau paniqué, j'ai envie de hurler.

La voix de Sawyer résonne derrière la porte, mais je suis trop piégée dans ma crise de nerfs pour m'en soucier.

37, 38, 39, 40, 41, 42, 43, 44, 45, 46. *Non* !

Le ciel me tombe sur la tête. Je recompte un million de fois, car on ne peut pas déjà être le quarante-sixième jour. Impossible. Je n'ai pas pu oublier de compter pendant huit jours ! *Huit jours !*

Jamais le temps n'a défilé si vite. Jamais. Je ne sais pas vivre sans ce repère, je ne peux pas. Je refuse de croire que j'ai pu refermer cette porte pendant autant de journées. Pire, je ne *veux* pas l'avoir fait.

– Ce n'est pas ce que je voulais. Ce n'est pas ma faute, je scande avec démence.

Je me mets à sangloter, Sawyer tambourine plus fort contre la porte.

– Breen, ouvre la porte ! Tu me fais peur, bon sang !

Huit jours, je martèle dans ma tête.

– Rentre chez toi, Sawyer, je gémis. Je… je…

– Pourquoi tu pleures ? il insiste en actionnant la poignée encore et encore.

– J'me sens pas bien, je balance en enfonçant mes ongles dans mon cuir chevelu. Je suis malade…

Et c'est vrai. Un truc que je croyais pouvoir soigner mais qui revient sans cesse.

– Tu veux que j'appelle un médecin ?

– Non, je souffle en me laissant tomber sur le sol dans un bruit sourd. Je suis fatiguée, j'ai juste besoin de me reposer. Ça va aller…

C'est faux, ça ne va pas. Ça n'ira pas mieux. Encore une fois. Il faut qu'il s'en aille, le temps que je retrouve mes repères. Je ne veux pas être méchante avec lui, c'est moi qui ai un problème.

Huit jours.

– S'il te plaît, rentre chez toi.

Il doit me prendre pour une folle, je ne vais pas le lui reprocher. J'aurais voulu lui cacher mes faiblesses encore un peu. Un jour. Ou plutôt trois. Pourquoi me suis-je à ce point éloignée de moi-même ?

– Pas question que je te laisse dans cet état !

– Je te dis que ça va !

– Je ne peux pas partir comme ça, Breen. Pas quand tu es comme ça. Encore moins après tout ça.

Cet homme est têtu, il ne va pas lâcher l'affaire si facilement. Surtout vu les moments que nous avons partagés. Nous venons de passer plusieurs jours ensemble, dans une atmosphère joyeuse et amoureuse, il ne voit que ça. Pour ma part, cette atmosphère qui s'est imposée à moi me semble déjà chimérique. Ces huit jours qui m'ont arrachée à ce qui m'empoisonne pour la première fois depuis que Will m'a quittée ont perdu toute beauté. Ce n'est pas comme ça que ça devait se passer ! *Je n'ai jamais demandé à retrouver la paix au détriment de Will...*

Je regarde mon tatouage, la peau autour est rouge à force de subir mes griffures incontrôlées. Il ne manque pas grand-chose pour que le sang s'écoule à nouveau.

– Ne m'oblige pas à fracasser ta porte.

Ne m'oblige pas à fracasser ton existence, Sawyer.

Je dois le convaincre de partir, tout de suite. Je viens de perdre le contrôle et rien de ce qu'il dira ne saura me ramencr. J'ai besoin de me retrouver. De *le* retrouver. Sinon, ce quarante-sixième jour ne pourra être que le dernier.

Je m'aide de mon lit pour me remettre debout, la pièce tangue autour de moi. J'essuie mes larmes d'un revers de manche et ouvre la porte si vite qu'il recule d'un pas.

– T'en fais pas, j'articule en plissant mes yeux. C'est le contrecoup, c'est tout.

– Le contrecoup de quoi ? Tu es toute blanche… il murmure en posant sa paume contre ma joue. Et glacée, il ajoute en caressant ma pommette de son pouce.

Je repousse son bras, son contact m'est insupportable. Il ouvre de grands yeux, avant de les plisser.

– Le contrecoup de quoi ? il insiste encore une fois.

– J'ai besoin d'être seule, je lance d'une voix dure.

Je vois ses poings se raidir et mon cœur se serre.

– Breen, tu me fais quoi, là ? Je ne suis pas stupide. Il s'est passé beaucoup de choses, je veux savoir ce qui te bouleverse tout à coup.

Huit jours.

Son visage empreint d'incompréhension cherche à me sonder, il suffirait de quelques mots de ma part pour qu'il comprenne ce que j'ai. Une seule confidence, que je ne suis pas prête à formuler.

– J'ai fait quelque chose ? il murmure en approchant son visage. Est-ce que c'est parce que je t'ai emmenée chez moi ? J'ai conscience que ce n'était ni le moment, ni la bonne manière, mais… Je ne suis pas le meilleur pour ces choses-là, je te l'accorde. J'ai voulu, j'ai essayé de…

Il parle sans respirer, ses yeux s'agitent dans tous les sens à mesure qu'il cherche une raison à mon trouble.

– J'ai eu le sentiment que tu avais compris, il articule d'une voix blanche.

– Je n'ai rien compris, je murmure plus pour moi que pour lui. J'ai besoin d'être seule, je répète en sentant l'urgence courir dans mon corps crispé. S'il te plaît.

Il me scrute, je m'en veux de le faire douter. Oui, c'était super de partir avec lui. Mais *trop* pour mon cœur fragile. *Trop tôt*, pour cette Breen déréglée qui ne connaît qu'une seule façon de fonctionner.

– On peut en reparler, si tu veux. À vrai dire, j'ai encore beaucoup de choses à te dire.

Il m'a confié ses faiblesses, il mériterait que j'en fasse autant. Quelques phrases, un aveu douloureux sur ce que Will m'a infligé, m'empêchant d'aimer comme il le faudrait. Sauf que je n'y arrive pas, j'ai du béton armé dans la bouche, qui scelle mes dents et retient mes mots. Une serrure programmée pour se déverrouiller une fois les 49 jours écoulés. Du moins, c'est l'espoir que j'ai, la seule prise qui me retient de chuter. Ça me tue. C'est un mec bien et je suis en train de tout gâcher. Si proche de la ligne d'arrivée.

– Je ne suis pas fier de moi, tu sais… il reprend sur un timbre précipité. Il y a ces choses que j'ai préféré repousser, oublier. Comme toi.

J'entends à peine ses premiers mots, je suis trop obsédée par les jours qui sont passés sans que je m'en soucie. Puis son « comme toi » se détache clairement et une lumière insupportable jaillit du tréfonds de mon cerveau. J'ai oublié, j'ai oublié… comme lui. À cause de lui. Ce n'est pas ma faute. C'est lui. Lui, qui m'a sortie d'ici. Lui, qui a détourné mon attention en comprimant mon cœur.

Quand ce constat explose dans mon crâne, je ne contrôle pas ce qui suit.

– Je ne suis pas comme toi ! je hurle à quelques centimètres de son visage. Moi je n'oublie jamais ! Je ne tourne pas le dos à ceux que j'aime sous prétexte qu'ils ne sont plus !

Sous le choc, il recule, un bras tendu entre nos corps.

– T'es sérieuse ? Après ce que je t'ai confié, c'est tout ce que tu retiens ? C'est ça, ton analyse ?

– Tu n'avais pas le droit… je lance comme une gifle.

Quelque chose s'est ouvert en moi, je ne fais rien pour refermer la vanne.

– Qu'est-ce qui te prend ?

– Je t'avais dit que j'étais mieux ici, mais tu n'as rien voulu savoir ! Je ne suis pas comme toi, je ne refoule pas ce que j'aimerais oublier !

– Tu ne vois pas que si j'ai fait ça, si je suis retourné chez moi avec toi, c'est justement pour ne plus être ce gars-là ?

– Je ne voulais pas venir avec toi ! je m'étrangle avec ma colère.

Sentiment que je redirige sur lui, parce que c'est plus facile.

Il me dévisage, muet et concentré. Il renifle soudain et refait un pas vers moi, là où j'en fais un loin de lui.

– À l'exception de ma tragédie familiale, tu as aimé chaque instant, il contre d'une voix râpeuse. Je l'ai vu.

– Tout ça pour quoi, hein ? Quelle est la grande morale de l'histoire ? Des kilomètres et des kilomètres pour mettre de la distance avec ce qui compte vraiment ? Je n'aurais rien aimé du tout si j'avais su…

– Su quoi ?

Si j'avais su ce que ça me coûterait. Huit jours.

– Aimer, ce n'est pas oublier !

– Oublier, oublier ! Tu utilises ce mot, mais tu ne sais même pas ce que ça veut dire !

– Eh bien merci de m'en avoir fait la démonstration, argumentée et illustrée ! je débite avec acidité.

Quand tu seras calmée, Breen, tu regretteras chacun de ces mots.

Il est totalement crispé, je devine sans peine ses muscles durcis sous sa peau tendue.

– Je vois, il acquiesce en me détaillant des pieds à la tête.

Il scanne chaque parcelle de mon être, il n'a jamais été aussi près de mon âme qu'en cet instant. Ce qu'il voit est hideux, à n'en pas douter. Et quand ses iris glacials se figent sur mon tatouage que je pince sans m'en rendre compte, il fait claquer sa langue contre son palais.

– Ce n'est pas ça, il articule. Ce n'est même pas moi. C'est autre chose, Breen. C'est *lui*.

Il pointe son doigt vers mon poignet et je le ramène vers ma poitrine dans un geste de repli. La seconde qui suit, une nausée incontrôlée me submerge et je cours jusqu'aux toilettes. Je rends tout mon repas, le calme de ces derniers jours et peut-être un peu d'amour. Ne reste que cette colère collante.

– Laisse-moi tranquille, je soupire sans me relever.

– Je t'ai livré tout ce que je cachais, Breen. Je n'ai jamais eu aussi honte de moi qu'hier, mais je t'ai laissée tout voir.

– Tu m'as laissé du temps, je le corrige en essuyant ma bouche.

Il ne peut rien contre cet argument. Rien contre ce qui me rend malade. Rien contre nos mots qui se heurtent et s'abîment parce qu'ils ne traitent pas de la même chose.

– Tu m'as laissé du temps et il n'est pas encore passé.

– Ah ok, il obtempère, les dents serrées. Faisons donc ça. Continue à me jouer ta comédie pendant que je dépose tout à tes pieds. Vas-y, piétine ça, Breen. Piétine tout court, c'est ce que tu fais depuis le premier jour, pas vrai ?

Il m'assène chaque parole sans réaliser combien elles sont justes. Infiniment méritées.

– Tu sais où me trouver, il conclut en reculant.

Je hoche la tête, un torrent de larmes se fracasse derrière le barrage que j'essaie de maintenir. Ce barrage qui contient ce que je n'ai pas le courage d'affronter. Si je craque devant lui, il comprendra tout ce que je ne lui dis pas. Ce que moi-même je refuse de comprendre.

Je le sens hésiter, mes paupières se crispent et mon cœur convulse. *Va-t'en avant qu'il ne soit trop tard*. Il hésite encore un peu, j'entends ses respirations s'accélérer devant ce qui semble sonner le glas de notre escapade. *Va-t'en !*

Il se résout à pivoter vers la porte et ses talons claquent sur le sol comme des déflagrations terrifiantes. Des coups de tonnerre dévastateurs. Mon traître de cœur se cale à ce son et ma raison vacille. *Il est sur le point de partir, Breen.*

Quand la porte se referme, un courant d'air glacé remplace sa présence si chaleureuse.

Il est parti. Ils partent tous et c'est toujours ma faute.

Mes pieds s'animent, j'avance jusqu'à la cuisine et peine à ouvre le tiroir. Je finis par tirer si fort qu'il sort de ses rails et se renverse sur le sol. Je m'assieds par terre, fouille jusqu'à dénicher ce fichu marqueur indélébile, celui que je n'avais pas réussi à trouver avant de partir. Je trace un énorme 46 sur ma peau, je passe et repasse sur les lignes avec frénésie. Je ne peux pas dire s'il a encore sa place en cet instant. Le feutre m'échappe et je serre le poing si fort que mes ongles s'enfoncent dans ma chair. Je marche à quatre pattes jusqu'à mon sac, en tire mon téléphone, avant de m'allonger à même le parquet.

– Allô ?

J'avale ma salive péniblement, ma gorge est si étroite que mes expirations sifflent dans le combiné.

– Breen, tu es là ?

– Parle-moi, Mei, je débute d'une voix faible.

– Comment ?

– Parle-moi de lui, je gémis en me recroquevillant.

– Qu'est-ce qui se passe, ma chérie ?

– Je ne sais plus, je… je ne…

Je ne me souviens plus. Tout s'emmêle dans ma tête et je ne parviens pas à rattraper les ficelles. Les nœuds paraissaient pourtant solides, mais aujourd'hui, pour la toute première fois, ils me glissent entre les doigts.

– Breen, je ne comprends pas.

– Parle-moi de Will. S'il te plaît.

– Il y a un problème avec Sawyer ?

– Mei ! J'ai besoin que tu me racontes quelque chose à propos de Will ! Je t'en prie, il faut que je l'entende à travers tes mots. Aide-moi… je la supplie misérablement.

– Je vais venir.

– Non !

– Tu me fais peur, ma petite.

– Je ne ferai pas de bêtise, je te le jure. Mais les jours semblent tout à coup si courts, tellement fugaces qu'ils m'échappent. Je n'arrive pas à me souvenir. Est-ce que tu le sais, toi, comment était ce jour cinq ans en arrière ? J'ai *besoin* de le savoir.

Sa réponse ne vient pas tout de suite, le temps de traduire ce langage qu'elle seule est capable de comprendre.

– Il était beau, Breen. Il était beau, elle répète avec douceur.

– J'avais peur ? je murmure en un souffle.

– Non, il n'y avait que de l'amour.

J'acquiesce en silence, les genoux au plus près de ma poitrine.

Hier, il y avait l'amour, mais aujourd'hui, ici et maintenant, c'est la peur qui règne. Le voilà, ce jour que je redoute tant. Celui où j'ai peur. Je déteste ce sentiment, parce qu'il s'entrelace tellement avec l'amour que les deux finissent par se fondre l'un en l'autre. Et c'est quand je ne les différencie plus que je sombre.

– Tu te rappelles cette chanson qu'il adorait ?

Je serre les paupières plus fort et je retiens mon souffle quand mon cœur se met à hoqueter.

Mei entonne les premières paroles et je garde les yeux fermés tandis que des images défilent quelque part entre ma poitrine et ma tête. Je les laisse prendre toute la place et ma respiration se calme un peu.

– Il m'a emmenée à Paris, je m'entends chuchoter après de longues minutes, les lèvres collées au téléphone.

Je poursuis sur la même tonalité, je sais qu'elle m'écoute attentivement.

– Il m'a emmenée chez ses parents. Il m'a emmenée loin d'ici. Beaucoup trop loin.

Ma voix se brise sur ce dernier mot et de lourdes larmes éclosent sous mes cils. Ma joue est enfoncée dans le sol et baigne rapidement dans un petit lac salé. D'un doigt distrait, je trace des lettres humides sur le bois usé. W.I.L.L. Encore et encore, à mesure que je livre à Mei l'ampleur du trou noir dans lequel Sawyer m'a propulsée.

– Je ne sais pas ce qu'il s'est passé, je renifle bruyamment. Je ne comprends pas comment j'ai pu oublier.

– Ne dis pas de sottises, Breen. La terre n'est pas plate, il n'y a pas une face avec Will et l'autre sans…

– Huit jours. Huit jours sans songer à lui. Je suis horrible, mon Dieu.

– Non, tu as pensé à Will.

– Tu n'étais pas là ! Tu n'es pas dans ma tête ! je siffle en abattant ma paume contre le parquet.

– Tu as peut-être juste trouvé un moyen de penser à lui sans souffrir le martyre.

Ne plus souffrir, c'est presque pire. Parce que l'absence de douleur devient source d'angoisse. Je me suis habituée à avoir mal, c'est une part de moi indétachable. Sans elle, je me sens perdue.

– C'est impossible, j'assène. Ce n'est pas comme ça que ça marche. Pas avant…

– La fin ? Ça, c'est toi qui le dis.

– C'est Will qui le dit, j'articule d'une toute petite voix.

– Essaie encore un peu.

– Je ne fais que ça, je lâche avant de raccrocher.

Je laisse le téléphone glisser. Le silence me lacère. Mon esprit est hors de contrôle et mon cœur est en train de dérailler. *Non, la ligne d'arrivée est presque à portée !*

Je m'essouffle, hurle dans ma tête. Puis je tape du poing. Contre le sol. Ma poitrine. Le sol. Ma poitrine, tant de fois. J'essaie d'atteindre ce foutu cœur, qui se terre dans son trou béant. Lâche et las.

– Bats… je gémis de désespoir. Bats-toi ! je le supplie un millier de fois.

1, 2, 3 ; 1, 2, 3…

Seulement trois jours. Trois pas. C'est tout ce que je demande.

Reste en mouvement, Breen. Essaie encore un peu.

Jour 46. Celui qui m'échappe et m'écharpe.

Jour 48

BREEN

Mardi 13 août 2013.

La routine est une chose de la vie qui m'aurait révulsée il y a peu. Le genre de spectre qui vole au-dessus de vous et fait naître une chair de poule désagréable sous la peau. Pourtant, avec Will, même si tous mes actes se ressemblent chaque jour, j'ai l'impression que rien ne saurait jamais être identique. Nos discussions, nos rires, nos échanges muets. Ses doigts qui s'enroulent autour des miens chaque matin, son visage qui se réfugie naturellement dans mon cou.

Avant lui, mes journées me semblaient sans vie, se perdant à l'infini. Je n'avais aucun but. Souvent les heures défilaient et, à la fin de la journée, tout ce temps avait finalement été gâché. Avec lui, même si j'ai fait le choix de m'oublier, même si j'ai décidé que ce serait lui qui conduirait mon existence, chaque minute en sa présence est emplie de vie. Alors même quand je passe plusieurs heures à ses côtés, sans prendre soin de moi, sans ranger l'appartement qui croule sous le désordre, je me sens en harmonie. Avec ma vie, avec lui. Sans que je m'en rende compte, la routine a pris le parfum de Will.

– Tu dors debout, je glousse en le pointant avec mon verre d'eau.

Il a mangé tout ce que j'ai préparé et je lis dans ses yeux que, même s'il aimerait rester là à me regarder encore un moment, il est épuisé. Bien que suspendu à tout ce que je peux bien lui raconter, il lutte. Je ris en l'observant, à la fois si fragile et si fort. Il semble vouloir me prouver constamment à quel point il ne veut rien lâcher.

– Que penses-tu d'aller tenir compagnie à Mei, demain matin ? Elle dit que tu es le seul à montrer un intérêt pour ses albums photo volumineux. Tu nous rendrais service à tous les trois, il faut vraiment que je range tout ce barda !

Je me lève pour aller à sa rencontre et pose à peine ma tête sur ses jambes. Je le détaille encore, remerciant le destin de me l'avoir envoyé, d'avoir fait naître cette douce chaleur dans mon ventre. Il lâche un bâillement, m'adresse des mots d'amour uniques. J'embrasse chacune de ses joues, son front puis le bout de son nez, en y laissant encore un peu mes lèvres pour le réchauffer.

Je lui dis que je l'aime. Que je l'aime comme jamais on ne m'avait dit qu'il était possible d'aimer. Jusqu'à ce qu'il s'endorme, je lui répète encore et encore, comme une douce berceuse, une mélodie composée par mon cœur. Juste pour lui. *Seulement pour lui.*

Dès qu'il est entré dans ma vie sans me demander mon avis, un lien puissant s'est matérialisé entre son âme et la mienne. Il a pris un morceau de moi, que j'ai bien voulu lui offrir sans rien attendre en retour. Et cette part de moi qui vit en lui persiste à résonner à l'intérieur de mon être. Comme si ces deux parties d'un tout continuaient à communiquer entre elles dans un langage vibratoire.

Je me laisse tomber sur le canapé et avale ma tasse de café froid. J'use de toute ma motivation pour me doucher, me brosser les cheveux et manger un fond de purée. Au moment où je pose mes fesses sur le canapé, Will se met à râler dans la chambre. Il pleure un peu, s'agite, mais je choisis de ne pas le rejoindre. Je reprends mon livre, souffle sur les miettes qui se sont intercalées entre les pages depuis ma dernière tentative de lecture, mais avant d'avoir terminé le chapitre, je suis déjà profondément endormie.

Jour 48. Celui du calme
qui précède la tempête.

Jour 48

BREEN

Aujourd'hui.

Je suis en train de me préparer à aller travailler quand mon téléphone émet deux bips. Je marque un temps d'arrêt, les mains figées autour de ma queue-de-cheval. Je fixe la petite lumière qui clignote et m'hypnotise à tel point que je ne contrôle pas mes pas.

Arrivée au-dessus de l'appareil, je continue à l'observer comme s'il s'apprêtait à me hurler dessus. Il bipe à nouveau et je saute en arrière.

– Idiote, je soupire en m'asseyant sur Sofa.

Je tends un bras hésitant vers la table basse, pianote dans le vide avant de me résoudre à lire le message. Je dois le relire trois fois pour être sûre.

Sawyer : J'ai acheté des bottes
de pluie. La vendeuse m'a certifié
que ça marchait aussi pour le vomi.

Un éclat de rire m'échappe et je plaque une main sur ma bouche, stupéfaite. Parmi toutes les manières qu'il avait de briser le silence qui s'est insinué entre nous, il en a choisi une bien à lui.

Breen : Plaît-il ?

Sawyer : Cette entrée en matière
n'était pas mon premier choix !

Breen : J'admire ta bravoure,
Sawyer Hall !

Sawyer : Seulement ça ?
Moi qui croyais que tu n'avais
d'yeux que pour mon cul d'enfer !

Breen : Arrête, ton ego démesuré
me redonne des haut-le-cœur !

Je rigole toute seule, soulagée de cet échange. Je suis concentrée sur l'écran, mes doigts s'agitent, tapent des messages avant de les effacer et de recommencer.

Breen : Je suis désolée pour lundi,
je n'aurais pas dû réagir comme ça.
Je me suis sentie mal et j'ai paniqué…

Je supprime ce sms sans l'envoyer, je ne me sens pas de lancer ce sujet. À la place, je choisis quelque chose de plus léger.

Breen : Et c'était quoi
ce premier choix ?

Sawyer : Il faut qu'on parle,
Breen Peterson !

Breen : Je valide le vomi.

Je regrette aussitôt d'avoir appuyé sur envoyer.

Depuis avant-hier et ma crise de nerfs, je n'avais plus eu de nouvelles de lui. Il m'a fallu ce temps pour calmer mon pouls rageur, ressasser et analyser où j'en suis. Pour culpabiliser aussi, beaucoup. Je m'en veux d'avoir réagi comme ça devant lui. Envers lui. Moi, je mérite de traverser tout ça, mais Sawyer…

Sawyer : Du coup j'ai du mal à lancer
mon invitation à dîner après ça…

Je me sens mal depuis que je l'ai quasiment jeté dehors et, une fois de plus, Sawyer arrive à me troubler en quelques mots, à contourner les barrières qui m'emprisonnent. Reste à déterminer s'il arrivera à les détruire définitivement. La balle est dans mon camp, c'est à moi de faire ce pas.

Je prends une grande inspiration, bloque mon souffle et le relâche lentement à mesure que mes pouces lui répondent.

Breen : Dis, Sawyer Hall, ça te tente
de dîner avec moi ce soir ?

Mon doigt plane au-dessus de l'écran, hésitant. J'ai encore besoin de temps, sans trop savoir pourquoi exactement. Mais je dois faire face à Sawyer, je n'ai pas le droit de tricher avec lui. Ça ne veut pas dire tout lui raconter, car même après cinq années, je ne me sens pas encore capable d'expliquer ce qui m'est arrivé. Je le ferai quand mon cœur me le permettra. Alors je dois simplement assumer l'éventualité de cette journée.

Un peu plus tôt, j'ai tracé un 48 dans ma main avant même d'avoir enfilé mon uniforme. Je l'ai fait sans trop savoir ce qu'il signifie et l'encre ne semble pas vouloir sécher. Comme si elle doutait aussi et acceptait de me laisser la possibilité de tout effacer. Reste à savoir si c'est ce que je veux.

Je dois m'assurer que notre relation est encore d'actualité. Ça me tue, mais à cette minute, j'ignore toujours où j'en suis. Il y a trop de contradictions piégées dans ma poitrine, il faut que je le voie. Alors je saurai. Mon cœur est mon unique conseiller, à lui de me dire si Sawyer Hall est celui que j'attends depuis tout ce temps. *Reste en mouvement, Breen.*

J'efface malgré tout ce message que je juge trop joyeux, le remplaçant par quelque chose de plus mitigé.

Breen : Quelle heure et quel endroit ?

Le sms part et je me mords la lèvre d'inquiétude.

Sa réponse arrive dans la foulée.

Sawyer : Le Styvel, 20 h. Non,
disons 19 h ☺

Je déglutis en reconnaissant ces mots. Il m'a dit les mêmes le soir de l'expo. Le soir où nous nous sommes rencontrés. Embrassés. Le jour 1.

Je me laisse tomber allongée sur le canapé et cache mon visage derrière un coussin. Je respire fort contre le tissu, qui absorbe quelques larmes au passage. Je dois me reprendre, rien n'est encore perdu et des réponses m'attendent sûrement ce soir.

Je m'accroche à ça pour trouver le courage de me relever.

Je pars en direction du café en comptant dans ma tête. De 1 à 48, encore et encore, en repensant à chaque journée passée avec Sawyer. Il me tarde de pouvoir compter plus loin et j'oscille entre hâte et peur pour notre rendez-vous à venir.

C'est toujours affreusement douloureux quand ça s'arrête. *Ne pense pas à cette éventualité.*

Pourtant, je ne fais que ça et cette journée s'étire, horriblement longue et oppressante. Mes collègues devinent que quelque chose ne va pas, je me réjouis que Josie ne soit pas là. Elle capterait tout de suite que je suis en train de dériver. Même les habitués ont remarqué mon humeur nuageuse mais se gardent de me questionner.

Après mon service, je rentre chez moi à pied, en espérant que ça m'aide à m'aérer l'esprit.

De retour dans mon salon, je tourne en rond, en proie à une panique sourde qui monte *crescendo*.

Je regarde l'heure pour la vingtième fois et soupire parce que je devrais déjà être partie. Je dois le rejoindre au *Styvel* et je suis encore en culotte, à me ronger les ongles. L'établissement a bonne réputation, mais je n'ai pas faim, quelque chose à l'intérieur de moi prend trop de place aujourd'hui. C'est assez bizarre quand j'y pense. *Comment un vide peut-il peser si lourd ?*

Je dois y aller. Je dois savoir si je suis capable de dépasser cette journée. Et celle du lendemain. Je n'ai pas fait tout ce chemin pour laisser la peur et la douleur décider pour moi. Je n'ai jamais été aussi près du but, j'ai encore un peu de courage pour continuer. Je dois affronter ce même démon, quel que soit le dénouement. Pas de fuite, jamais. Sawyer ne mérite pas ça, et moi… Peu importe ce vers quoi je me dirige, il faut que je reste en mouvement, toujours. Pour Will. Pour l'amour. *I survive*.

Peut-être qu'en voyant Sawyer, ce soir, l'amour que j'ai ressenti pour lui jusqu'à aujourd'hui aura l'intensité du premier jour. Je l'espère vraiment, sans trop y croire pour autant. Je me déteste. Je suis terrorisée.

J'enfile la robe préférée de Sawyer, l'enlève et la remets trois fois. Est-ce que c'est une bonne idée ? Il s'attend à voir la Breen qu'il connaît, mais je ne suis pas sûre d'être encore cette fille-là. Ces deux derniers jours m'ont abîmée. J'ai beau me recouvrir d'habits et de maquillage, derrière, je devine la misérable épave qui refait surface. *Arrête ça, Breen.* Oui, mais arrêter quoi ?

Je descends sur le trottoir avec déjà près d'une heure de retard et un vent frais fait voler mes cheveux. Je suis fébrile, j'ai froid comme si l'hiver se présentait avec des mois d'avance. J'arpente le bitume, en soufflant sur mes mains pour les réchauffer, et je jette un coup d'œil vers ma bicyclette calée contre un mur.

Je pourrais y aller à vélo, mais je ne me sens pas capable de pédaler dans le bon sens. Sans dérailler… Je choisis de m'y rendre à pied, j'ai besoin d'air, ça dissipera peut-être le brouillard qui s'infiltre irrémédiablement en moi.

Je marche, sans prendre garde à mon itinéraire, sans remarquer que je viens d'arriver.

Quand je réalise où je me trouve, je ne sais pas dire depuis combien de temps je suis là, à attendre de sortir de mes pensées. À attendre, comme je le fais depuis cinq ans, que mon cœur ouvre enfin les yeux.

Je reste devant l'entrée de longues minutes, exactement comme ce premier jour à l'expo de Ben. Je piétine, me balance d'un pied sur l'autre, dans une danse désordonnée. J'hésite et ça me tue. Pourquoi maintenant, alors que j'y suis presque ?

– Excusez-nous.

Un couple patiente derrière moi, je me décale en leur demandant pardon. Quand ils poussent les battants, je repère tout de suite Sawyer, qui vient de lever la tête. Un large sourire épouse ses traits parfaits quand il me reconnaît et je jurerais lire du soulagement sur son visage. Je ne peux plus reculer et le tiraillement que je ressens dans mon ventre me donne le courage d'entrer. Mon cœur, lui, demeure silencieux.

J'avance d'un pas tremblant dans le restaurant et pose instinctivement une main contre ma poitrine, pour chercher la solution, un soutien. Pour encourager mon cœur à cesser de se débattre, pour simplement battre.

– Breen, il souffle en me détaillant avec des yeux brillants. Tu es magnifique, j'adore cette robe.

– Je sais.

Je regrette aussitôt de ne pas m'être changée, puis je m'en veux de regretter. Mais quand ma poitrine se met enfin à palpiter, cette pensée se dissipe.

– Oh mon Dieu, tu étais sérieux ? je glousse en baissant les yeux sur ses chaussures.

– Je le suis toujours avec toi.

– Ces bottes sont absolument ignobles, Sawyer. Elles sont à vomir !

– Fais-toi plaisir, c'est satisfait ou remboursé, il raille en agitant son pied entre nous.

Il tire sur ma chaise et je m'y installe en souriant. Ce type est dingue, il est génial. Mes doutes s'éloignent un peu.

– Désolée pour le retard, je balbutie en rougissant devant son regard doux.

Les battements de mon cœur résonnent plus fort dans mes oreilles, le sang afflue dans mes veines. C'est un bon début. *I survive*.

– Tu as meilleure mine, il commente en m'observant sans ciller.

– Ça va un peu mieux, oui. Merci.

Il lâche un long soupir en jouant avec ses cheveux. Ce toc qu'il a chaque fois qu'il est gêné.

– J'étais pas sûr que tu viendrais… Est-ce que tout va bien ?

Oui. Non. J'en sais rien. Quoi qu'il en soit, je ne peux plus échapper à des explications.

– Je voulais te demander de m'excuser, Sawyer, j'entame, tant que je m'en sens le courage.

Il pose son menton sur son poing et m'adresse un regard attentif. J'ai la bouche sèche mais le serveur n'est pas encore venu prendre notre commande. Alors je mords ma langue pour faire remonter un peu de salive.

– Je ne voulais pas me montrer à ce point désagréable. Tu ne méritais pas ça, pas après cette semaine… J'avais la migraine, j'étais fatiguée, déboussolée… Je…

Mon souffle s'emballe, s'arrête et repart. J'ai seulement prononcé quelques mots et je suis déjà en train de m'enliser dans mes excuses.

– J'ai eu beaucoup d'émotions en peu de temps et ça m'a chamboulée, je souffle d'une traite.

– Détends-toi, Breen, il m'interrompt alors. On a tous des coups de mou, des jours avec et des jours sans.

Des jours avec et des jours sans, je le sais.

Je suis surprise par son calme apparent, alors je reste sur le qui-vive, persuadée qu'il va revenir sur notre dispute d'un moment à l'autre et enclencher ce qui me terrorise. Nous nous sommes quittés deux jours plus tôt sur des mots acides, je ne comprends pas son comportement. Je ne m'en plains pas, mais je ne m'attendais pas à ça.

– Je suis content de te voir, il lâche d'une voix grave. Tu m'as manqué.

Toi aussi. Je crois.

Une serveuse nous interrompt, c'est Sawyer qui choisit pour nous deux. Tant mieux, les lignes du menu sont aussi floues que le reste. La jeune femme repart et il bifurque aussitôt sur un autre sujet. Je l'écoute me raconter sa journée, avec cet entrain qui m'a attiré chez lui dès le début. Il parle, mais mon attention dérive et se focalise ailleurs. Sur ses yeux, ses cheveux, ses bras qui s'agitent pour illustrer ses paroles. Je ne vois rien d'autre que cette vie qui émane de lui, comme un doux nuage qui cherche à m'atteindre. Il suffirait que je tende les doigts pour l'effleurer. Et sans me contrôler, je le fais.

– Tu es bien silencieuse, il me lance soudain en attrapant ma main.

– J'aime t'écouter, j'élude en appréciant sa chaleur. Au fait, tu as des nouvelles de ce client australien dont tu m'as parlé à Paris ?

– Toujours pas, mais j'ai reçu un autre appel hier, au sujet d'un projet intéressant.

– Ah oui ? Lequel ?

– On me propose un shooting à travers l'Asie.

– Waouh ! C'est super !

Je suis vraiment heureuse pour lui, j'essaie de mettre tout mon cœur pour réagir. Les tremblements de mes mains n'ont rien à voir avec l'éventualité qu'il s'en aille, n'est-ce pas ? Ça ne change rien, ça ne m'aide pas à décider si…

– Tu as dit oui ? je lance pour étouffer les pensées parasites qui affrontent mes espoirs.

– Pas encore. C'est un projet gigantesque qui implique une organisation particulière et une durée non négligeable. Je dois leur donner une réponse en fin de semaine.

– Tu n'as pas l'air emballé, je note en fronçant les sourcils. Qu'est-ce qui te fait hésiter ?

– Eh bien, je compte d'abord poser certaines conditions.

– Je ne vois pas ce qu'ils pourraient refuser à Sawyer Hall…

– Ce n'est pas tellement leur refus qui m'inquiète, à vrai dire.

Il inspire, remue et réfléchit. Son attitude est inhabituelle et je commence à ressentir une vilaine appréhension.

– C'est quoi, tes conditions ? je l'interroge en grignotant sans faim l'entrée que l'on vient juste de nous servir.

– La durée, l'itinéraire, il énumère mollement. Oh, sans oublier que j'aimerais que tu m'accompagnes.

– Quoi ? je m'étrangle avec mon Martini.

Il a jeté ça en plein milieu de la table, en même temps que sa serviette froissée. J'éclate d'un rire hystérique qui se mue en une quinte de toux rauque.

– Viens avec moi, Breen, il poursuit sans se démonter. Si j'accepte, je devrais y rester deux mois, si ce n'est trois. Tu pourrais m'assister, je vais bien finir par te faire aimer la photo !

Me faire aimer tout court.

– Sawyer, je ne peux pas…

– Tu serais payée, il ajoute pour me rassurer.

– C'est pour ça que tu m'as invitée ici ? C'est ce dont tu voulais qu'on parle ? M'embaucher ?

– J'avais envie de te voir, il rétorque en croquant dans la crevette qu'il vient de décortiquer. Et… bonté divine, c'est vachement bon ce qu'on mange ici ! il ajoute en riant.

Il est tendu et cherche à se donner une contenance.

– Je ne peux pas venir avec toi, Sawyer, mais je suis d'accord, ce truc est délicieux, j'énonce sans respirer.

J'avale ma bouchée et bois une gorgée d'alcool pour essayer de faire passer le morceau. J'espère qu'il va s'arrêter là mais, soudain, il se racle la gorge et se met à gigoter, à jouer avec mes doigts encore et encore. *Qu'est-ce qui lui prend ?*

– Écoute, Breen, il débute sans oser me regarder. J'adore mon boulot, c'est le pied de pouvoir photographier le monde entier. J'ai l'impression d'être proche de l'humanité.

– Je sais, je murmure, stressée par son comportement qui annonce davantage.

– Sauf que la seule personne dont j'ai envie d'être proche, c'est toi. C'est pour ça que je veux que tu viennes avec moi. J'en suis d'autant plus certain depuis que nous sommes rentrés. C'était génial, je ne m'étais jamais senti aussi libre et à ma place qu'à ce moment-là. Même si la fin a été un peu chaotique.

– Deux mois, Sawyer… C'est rien du tout, je balbutie.

C'est faux. Deux mois, c'est 60 jours. Une vie tout entière et même davantage.

– On est super bien ensemble. Je te fais rire et toi, tu me fais… beaucoup de choses, il ajoute en souriant. Je suis certain que ce sera incroyable.

– C'est trop tôt…

Ou trop tard, chuchote une petite voix dans mon esprit.

– Ma vie est ici, à Camaret. J'ai mes amis, mon travail.

Mes souvenirs. Je récite mes arguments avec un automatisme incontrôlable et sans consistance.

– Et je ne te demande pas de les abandonner. On pourra revenir dès que ce sera terminé, même si je suis persuadé que tu sembles bien plus heureuse quand tu t'éloignes de cet endroit. Josie sera d'accord pour te garder la place et je peux payer tes loyers d'avance.

Plus il parle, plus je me sens acculée. Il est en train de secouer le pont branlant sur lequel j'essaie d'avancer.

– Tu me connais trop peu, tu es complètement taré de me proposer un truc pareil. Tu tires des plans sans réfléchir, sans savoir.

Tu ne sais rien, tu ne te rends pas compte de ce que tu es en train de faire.

Je m'agite sur ma chaise, tire sur mon col pour chercher un peu d'air. J'ai le vertige, le mal de mer.

– Eh bien ça nous laissera tout le temps de remédier à ça. J'aime bien être avec toi. Je sais que notre histoire est spéciale, peut-être rapide vue de l'extérieur, et qu'il y a encore des choses que tu gardes pour toi.

– Je…

– Je ne t'en veux pas ! J'ai passé ces deux derniers jours à réfléchir, Breen. La conclusion, c'est que j'ai confiance en toi, je suis prêt à te laisser le temps dont tu as besoin. Mais ce temps, je veux le passer avec toi.

– Tu ne comprends pas, Sawyer.

Je repousse un peu mon assiette, tripote ma fourchette pour m'occuper les mains. Le plat principal apparaît devant mes yeux, je n'ai pas d'appétit.

Plus aucun de nous ne dit mot pendant un long moment, c'est très perturbant. Tous les bruits autour de nous semblent exacerbés et agressifs. Sawyer est concentré sur ce qu'il mange ou, du moins, c'est l'impression qu'il donne. Est-ce que je l'ai vexé ?

– C'est vraiment adorable de ta part, ta proposition est… inattendue, mais touchante. Sauf que je ne peux pas… Et ça n'a rien à voir avec toi. Tu…

– Je t'aime, Breen.

Je lâche ma fourchette dans mon assiette et le fracas qui en résulte ne s'estompe pas. Il se transforme en un sifflement insupportable qui agresse mes tympans sans relâche. Je n'entends plus rien, à l'exception de la voix de Sawyer, qui se détache nettement. Elle entre en moi sans rencontrer la moindre résistance.

– Voilà, c'est dit, il conclut en posant son poing contre sa tempe. Bon sang, ça fait du bien ! Je t'aime et je veux que tu viennes avec moi. Voilà.

Le bruit des conversations autour de nous ressemble à un film muet. Ne restent que ces mots que je désire autant que je les déteste. J'étais venue sans savoir ce qui allait se passer. Entre lui et moi. En moi. Je voulais du temps, rien qu'un peu, et il vient de tout… bousiller.

Mon cœur remonte, se recule, cherche une cachette lointaine, hors de portée. Je crois que mes côtes viennent de se briser en mille morceaux.

– Je t'aime et si tu persistes à refuser de m'accompagner, alors je n'irai pas. Je resterai à Camaret pour toi. Avec toi.

Je me sens blêmir, mes doigts deviennent glace autour de mon verre, comme si la vie était en train de me quitter. C'est un peu vrai. Je viens de recevoir son aveu maladroit en pleine gorge, comme une lame acérée.

Will I survive ?

J'aurais aimé qu'il vise plus bas, qu'il me frappe en plein cœur, dépassant l'armure qui émerge pour reprendre sa place. Mais je la sens glisser sur moi, sans rien pouvoir faire pour la repousser.

Non, non, non ! *Pourquoi tu me fais ça, Sawyer ? Tu ne devais pas brusquer ce qui me maintient en vie !*

Clac, clac. C'est le bruit de mes dents qui s'entrechoquent. Celui de ma prison qui se referme bruyamment. *Une fois de plus*.

Je m'affole, incapable de me caler à ce virage dans lequel il vient de me propulser. Ça ne devait pas se passer comme ça. Pas aujourd'hui. À force de me concentrer sur moi seule, j'ai oublié de faire attention à lui. Depuis le premier jour, il n'y a que mes sentiments qui ont compté, mes jours, pas une seule fois je n'ai ressenti le besoin qu'il m'aime, lui.

C'est l'inconnu, je ne me souviens plus de ce que ça fait. Sa déclaration devrait mettre en pleine lumière le dernier indice que je cherchais, me donner la trajectoire qui me manquait, mais elle m'éblouit si fort que je ne vois plus rien. J'ai peur. Privée de mes sens, je ne peux que me raccrocher à ce que je connais par cœur.

Je libère mon autre main de la sienne, cligne des yeux et ouvre ma paume pour y lire l'horrible vérité.

48

Malgré la moiteur de ma peau, ce chiffre maudit y est toujours inscrit, intact et indélébile. Ce soir, j'aimerais qu'il disparaisse, parce qu'il signifie soudain tout ce que je redoute de ressentir à nouveau. La perte. La fin.

Je sens le regard de Sawyer sur ma main, je ne cherche même pas à la cacher.

– Toujours ces numéros, il commente en se penchant davantage. Donne-moi leur signification, s'il te plaît.

– Non.

Il est allé trop vite, il m'a fait trébucher. À un mètre de la ligne d'arrivée. À un jour près. Tout s'effondre. Je comprends que je suis une nouvelle fois en train d'échouer. Ce chiffre ne s'effacera plus jamais, rien ne sera assez fort pour écailler de mes chairs les souvenirs qui y sont attachés. Ce n'est pas comme ça que ça aurait dû se passer.

Je relève les yeux vers Sawyer qui a perdu de sa bonne humeur. J'aimerais lui dire que je l'aime aussi, parce qu'en ce quarante-huitième jour, c'est encore un peu vrai. Mais pas comme il l'imagine. Il ne peut pas comprendre ce que moi-même je ne sais pas traduire.

Son sourire bienveillant vacille, je crois que mon visage reflète ce que j'espérais voir disparaître avec lui.

J'y étais presque.

Je voudrais que le temps se suspende, mais je n'ai aucune maîtrise là-dessus. Pas plus aujourd'hui qu'il y a cinq ans. Ma volonté m'échappe, parce que je sais déjà que demain tout sera terminé. Je n'ai pas le pouvoir d'interrompre le sablier, qui s'écoule entre mes doigts inexorablement. J'ai eu beau essayer, je n'ai pas su y arriver. Il y a des choses contre lesquelles on ne peut pas se battre.

L'horloge derrière lui m'indique qu'il est presque minuit. Le quarante-neuvième jour patiente, tapi dans cette nuit sans étoiles. Sans lumière pour me guider hors de cette impasse, cette boucle sans fin qui refuse de me laisser en paix.

Comme chaque fois que mon cœur s'est emballé, les rouages se sont finalement essoufflés, programmés pour une durée limitée.

Je regarde Sawyer, il me parle mais je ne l'entends déjà plus. Le seul son qui me parvient est celui des grincements qui résonnent dans ma poitrine malade, annonciateurs de la fin. Ce foutu cœur calé au *sien*, qui ne sait pas survivre depuis qu'*il* s'est éteint.

– Dis quelque chose, Breen.

Non ! Il vient de m'avouer qu'il m'aime, sans se douter qu'il se vante d'un sentiment qu'on me refuse depuis cinq ans. J'essaie sans relâche, mais je n'y arrive pas. Je sens ma poitrine se verrouiller et la clé se briser à l'intérieur. *Game over*. Je suis dévastée et la colère devient si forte, subitement, que je repose le verre dans un mouvement sec.

– Je ne peux pas, je murmure les dents serrées.

– Tu ne peux pas quoi ? Venir avec moi ?

Ça et tout le reste. Je suis incapable de le suivre, de lui parler. De l'aimer.

– Qu'est-ce que tu fais ? il articule en me voyant me lever.

– Je dois y aller.

Les minutes s'égrènent, il faut que je rentre chez moi pour retrouver la chaleur de mon enfer.

– Arrête ! Je ne voulais pas t'effrayer ! Je sais que ça peut paraître dingue, c'est allé très vite entre nous, mais c'est puissant.

– Non.

– Tu réagis comme si c'était la première fois qu'on te disait « je t'aime » ! Relax !

Je relève les yeux vers lui, il accroche mes prunelles et observe tout ce qu'elles ont à plaider.

– Attends, est-ce que quelqu'un t'a déjà dit qu'il était amoureux de toi ?

Je ne peux pas lui répondre, sa question ne veut rien dire pour moi, mais ma tête oscille de gauche à droite. On ne me l'a jamais *dit*, non. Mais Will m'aimait au-delà de ce que Sawyer sous-entend. *Will.* Il était tout ce que Sawyer ne sera jamais, je ne vois même pas comment j'ai pu une seule seconde les comparer. Je suis complètement dérangée, vouée à me casser le nez sur le même rebord, encore et encore. Ce rebord insaisissable parce que personne n'est assez grand pour me porter jusque-là.

– Alors c'est normal d'avoir peur, il chuchote.

Je sens déjà les vagues que je redoutais tant ravager l'intérieur de mon corps. Noyant mon esprit, emportant mes sentiments. Encore quelques heures et cette Breen qu'il ne quitte pas des yeux aura complètement disparu.

Ses doigts s'enroulent autour de mon poignet pour me rattraper, recouvrant ce tatouage brûlant qui palpite encore un peu. *Will I survive ? Pas encore. Pas avec lui.*

Il serre plus fort. Sentir son contact à cet endroit précis déclenche une réaction incontrôlée.

– Lâche-moi ! je crie si fort que les autres clients interrompent leurs conversations.

Il se recule sous la violence de mes mots et secoue la tête comme si je venais de lui jeter mon verre à la figure. Son visage se couvre d'incompréhension et perd la dernière trace de chaleur qu'il contenait, comme si je venais de piétiner son cœur. Je m'en veux, ce n'est pas ce que je souhaitais provoquer. Il ne mérite pas ça, je dois préserver son organe plein de vie de mon aura mortelle.

– Pardonne-moi…

Mes pieds foulent le sol à reculons, pressés de mettre de la distance entre lui et moi.

Quand je le regarde, je ne vois que l'amour que je croyais ressentir pour lui s'effilocher à vue d'œil. Une photographie abandonnée sous un soleil brûlant, qui jaunit en accéléré. Je refuse d'être témoin de sa disparition, mon lendemain n'en sera que plus douloureux.

Mon dos percute les portes du restaurant et je tire dessus d'un geste désespéré. Je me mets à courir dans la nuit, sans direction, sans but. Si ce n'est celui de fuir une dernière fois ce qui va, de toute façon, me tomber dessus.

– Breen, attends !

Je l'entends courir derrière moi, j'essaie d'accélérer mais je ne serai jamais assez rapide pour en réchapper. J'aurais dû prendre mon vélo, tout compte fait.

Sa main s'abat sur mon épaule, je manque de chuter en avant. Je n'ai pas peur de tomber, je connais déjà cette sensation de sombrer dans le néant. Il me rattrape *in extremis*, mais ce ne sera pas suffisant pour empêcher ce qui va suivre quand minuit aura sonné.

– Mais enfin qu'est-ce qui te prend ? Je ne capte rien, Breen ! Tu ne peux pas partir comme ça !

Je lui tourne le dos, il ne voit pas les larmes qui s'accumulent sous mes cils. Même si elles ne couleront pas aujourd'hui, je refuse qu'il puisse lire en moi la détresse qui m'envahit. Elle est mienne, ce sont mes chairs et mon cœur qui pleurent.

– Regarde-moi, il me supplie d'une voix rauque. Breen, je t'aime comme un fou mais tu n'es pas obligée de me répondre maintenant. Je peux attendre, on a tout notre temps.

Oh Seigneur, qu'est-ce que j'ai fait ?

– Parle-moi, je t'en prie.

– Non, le temps est écoulé, Sawyer, je souffle si bas qu'il ne m'entend pas.

– Si je t'ai fait peur, je te présente mes excuses.

– Tu n'y es pour rien, j'avais déjà peur avant même de te rencontrer.

– Qu'est-ce que je dois faire ?

Rien. Je suis foutue, irrécupérable. J'ai le cœur gros, trop gros pour être autre chose qu'un fardeau. Sawyer ne peut rien faire pour moi, mais pour lui, oui.

– Reviens sur tes mots, je lâche, essoufflée.

– Quoi, quels mots ?

– Retire ce que tu as dit, je répète en lui faisant face.

– Je suis complètement paumé, Breen.

– Fais-le !

– Certainement pas !

Il me dévisage, perdu devant mon expression dure.

– Tu me fais quoi, là ? il gronde, refusant d'admettre ce que tout mon corps lui hurle.

– Je suis désolée.

– Si tu ne veux pas partir avec moi, ok. Je n'irai pas. C'était encore une fois la pire des manières pour essayer de me rapprocher davantage de toi, apparemment. Je croyais que c'était facile d'être en couple, mais ça ne l'est pas, d'accord, j'ai saisi. Je me fous de ce shooting, je n'irai pas.

Il débite ça à toute allure, sans me quitter des yeux.

– Je veux que tu y ailles, j'articule en insistant gravement sur chaque mot.

Il me scrute longuement, mon silence perdure, mes yeux s'expriment pour moi.

– Attends une seconde, on parle de quoi, là ?

– L'Asie, ce sera parfait…

– Rassure-moi, tu n'es pas en train de faire ce que je crois ?

– Je suis désolée, je répète avec plus de force.

– Tu me quittes ?

Mes yeux sont lâches et se dérobent. Il éclate d'un rire nerveux, passe des doigts rageurs dans ses cheveux.

– Avant que je continue à me ridiculiser en plein milieu de la rue, j'aimerais que tu m'éclaires un peu. Tu avais prévu ça quand tu as accepté mon invitation à dîner ?

Je ne réponds pas, parce que je n'en ai pas la moindre idée.

– Peut-être que c'était déjà terminé.

Il expire bruyamment et je réalise que j'ai prononcé cette dernière phrase à voix haute. Il souffre devant mon rejet manifeste et la culpabilité me fait l'effet d'un pieu enfoncé dans l'estomac.

– Tu as peur de quoi, putain ?

Du lendemain. C'est tout proche, plus que quelques heures.

– Mais merde, Breen ! Je te vois réfléchir sans jamais ouvrir la bouche ! Parle ! Parle-moi ! Je ne sais pas ce qui a pu t'arriver, je peux admettre qu'il y ait des choses difficiles à confier, mais je refuse que ça bousille ce qu'il y a entre nous. Fais-moi confiance !

– Ce n'est pas une histoire de confiance, Sawyer. Ce n'est pas… toi.

Ce n'est pas lui, *il* n'est pas lui.

– Sérieux ? « C'est pas toi, c'est moi », voilà où on en est ?

– Ce n'est pas ce que j'ai voulu dire.

– Tu te moques de moi… Stephan avait raison, il crache alors d'une voix froide.

Est-ce que le sol vient de trembler ?

– Quoi ? je m'étrangle en manquant de défaillir. Stephan ? Mais que… Quand est-ce que tu l'as vu ? Qu'est-ce qu'il t'a dit ? je m'affole en avançant vers lui.

Je jure que s'il m'a trahie, il peut tirer un trait sur moi à jamais.

– Il m'avait prévenu, il grince, amer. Il m'avait dit que ça arriverait. Mais les jours ont défilé et je n'ai pas voulu le croire parce que je pensais qu'il cherchait à m'éloigner de toi. Il t'aime toujours et la fille qu'il m'a dépeinte ne te ressemblait en aucun point. Quel abruti je fais ! Non seulement il disait vrai, mais tu es même encore pire !

Je porte une main à ma gorge, cherchant l'air qu'il vient de me voler.

– Je t'interdis de me parler comme ça ! je hurle malgré moi.

Je sursaute de m'entendre crier ainsi et l'ombre d'un regret traverse son visage furieux. Je dois partir, avant de perdre le contrôle de mes mots, mais la vanne qui vient de s'ouvrir n'a pas fini de se déverser.

– Tu ne sais rien ! Rien du tout ! je vocifère en frappant sa poitrine pour étourdir son cœur.

– Parce que tu ne me dis que dalle ! Alors explique-moi ! il rétorque sur le même ton. Ouvre-moi cette porte ! Je disais que j'étais prêt à patienter, mais j'ai changé d'avis ! Laisse-moi l'accès à ton cœur, Breen ! J'ai tout à t'offrir, sûrement beaucoup trop vu combien ça me remplit !

– Non ! je gémis, désespérée. Je ne veux pas de ton amour !

Je plaque une main sur ma bouche à peine ces paroles sorties. Oh mon Dieu, c'est encore pire que ce que je croyais. Sawyer est stupéfait.

– Mais pourquoi ?

– Parce que je ne peux pas t'aimer en retour.

– Pourquoi ? il répète en serrant les dents.

Je secoue la tête, il frappe contre une borne d'incendie pour atténuer sa colère. Je n'ai pas la force d'en faire autant. Il n'existe rien qui puisse évacuer ce qui m'envahit tout entière.

– Tu te trompes ! il revient à la charge. Je sais que tu m'aimes, Breen ! À ta façon, d'accord, peut-être pas autant que moi, mais je m'en fous ! Y a ce truc entre nous, tu l'as senti, j'en suis sûr… Ça m'a percuté dès le premier jour sur la… Je n'ai pas rêvé, il se reprend en enfonçant ses poings dans ses tempes.

– Non…

– Dis-moi que j'ai tort, dis-moi que ces dernières semaines n'ont pas compté ! Que ça ne veut rien dire pour toi !

Il avale sa salive, rattrape son souffle comme il peut.

– Dis-moi que je me suis trompé quand je voyais dans tes yeux ce qui brûle dans les miens, quand je sentais sous ta peau la même électricité que sous la mienne. J'ai besoin de l'entendre !

Mes lèvres tremblent, quelque chose m'empêche de lui répondre. Je mentirais en disant que ces quarante-huit jours passés ensemble n'ont pas compté. Ils ont été merveilleux, une parenthèse qui m'a comblée comme avant. Comme quand c'était *Will*. Mais il est parti, en emportant mon amour avec lui. Il va partir, à nouveau, dans quelques heures… Il faisait nuit, comme maintenant. J'avais froid, j'avais peur, terriblement mal. Et en cet instant, je sens l'empreinte de sa disparition grossir encore. Ça bouleverse tout ce que Sawyer m'a insufflé. Ça m'aveugle, m'asphyxie. La mort reprend sa place dans ma vie.

– Dis-le, Breen, dis que tu ne m'aimes pas et tu n'entendras plus jamais parler de moi. Je refuse de me battre contre toi si tu as déjà rendu les armes.

– Je…

Les mots tourbillonnent dans mon esprit, cherchant à formuler des phrases qui restent bloquées. J'avais envie de l'aimer, de ressentir ce battement si particulier. C'est la première fois que ça me fait si mal, mais j'ai connu pire douleur que celle-là. Je ne peux pas aller plus loin, mon cœur est prostré, je n'ai plus d'énergie. J'ai déjà consommé les journées qu'on m'offrait, consumé les sentiments destinés à disparaître, quoi que je fasse.

– Je ne peux pas t'aimer davantage. C'est terminé.

Ce n'est qu'un murmure, une complainte que j'aurais aimé ne jamais avoir à prononcer une nouvelle fois. Il est le premier à m'avoir donné l'espoir que tout ça allait s'arrêter. J'y ai cru et ça me rend malade de m'être trompée, de l'avoir utilisé. Il est le seul à m'avoir dit qu'il m'aimait, même Stephan n'a jamais osé prononcer ces mots maudits.

« Je t'aime. »

Une bénédiction devenue ma malédiction.

J'émerge de mes pensées et mon regard ne le trouve plus. J'ai reculé sans m'en rendre compte, il n'a pas cherché à m'en empêcher. Ma réponse a brisé ce qu'il essayait de réparer. Sauf que rien ne peut panser mon cœur. Il est le seul maître.

Sawyer a disparu et son absence trouve un écho affreusement identique dans ma poitrine. Je suffoque, une panique étrangère essaie de m'accabler. Mes yeux le cherchent malgré moi, mes ongles s'enfoncent dans ma paume. Je me mets à courir, pour m'éloigner de ce chaos qui veut m'aspirer. *Reste en mouvement, Breen.*

Ça devait arriver et je ne pleure même pas en traversant la ville jusqu'à chez moi. Mes larmes sont programmées, elles patientent, attendant leur heure. Leur jour. Le 49.

Je referme doucement la porte de mon appartement et reste le front appuyé contre le bois froid pendant un long moment. Je rejoins l'évier de la cuisine, prête à effacer de ma paume ce dernier numéro. J'y étais presque, jamais je n'étais allée si loin depuis Will. Et ce nouvel échec est plus difficile que les autres. *Pourquoi ?* Mes genoux se dérobent et je me recroqueville par terre, épuisée de me battre en vain. Terrifiée par ce que mon lendemain va m'infliger.

Je repense à Sawyer et la culpabilité m'empêche de respirer. Il a mis son cœur entre mes mains lui aussi et je n'ai pas su en prendre soin. D'autres souvenirs affluent alors, ceux contre lesquels j'essaie de gagner depuis toutes ces années.

Mes doigts se mettent à frotter l'intérieur de mon poignet, cherchant derrière mon tatouage les battements d'un cœur que je partageais avec *lui* autrefois. Je regarde ce prénom qui disparaît à mesure que ma vision se rétrécit. L'obscurité s'abat sur moi, sans pour autant me défaire de cette inscription imprimée à l'intérieur de mes paupières en lettres de feu.

Des pleurs résonnent quelque part, je ne sais plus dire si ce sont les miens ou les *siens*, que je n'ai jamais pu oublier. *Je n'aurais pas dû le laisser pleurer.* Je n'aurais pas dû le laisser seul.

Je ferme les yeux plus fort, je suis frigorifiée. Je sais que, quand je les rouvrirai, mon histoire avec Sawyer sera définitivement terminée. Et il faudra que je me relève, pour tout recommencer.

Le silence revient dans mon appartement, seulement interrompu par le bruit de l'horloge qui décompte des minutes maudites.

Tic tac, tic tac…

Comme les battements d'un cœur qui va finir par sonner sa dernière heure.

Jour 48. Celui où la fin sonne au loin, comme un éternel recommencement.

Jour 49

SAWYER

Cette soirée est une catastrophe.

Je suis en train de courir dans la nuit, espérant échapper à la douleur que Breen vient de provoquer dans mon cœur. Je sais exactement vers où je me dirige, malgré le flou collant qui obstrue mon esprit. Je n'avais jamais laissé une femme m'atteindre comme elle l'a fait, et ça fait un mal de chien. Tout paraissait si simple avec elle, je ne comprends pas le dérapage de ce soir. Je me suis retrouvé face à une Breen lointaine. Une inconnue. Elle n'a même pas remarqué que j'étais parti, perdue bien trop loin dans ses pensées. J'aurais pu insister, mais ce que j'ai lu sur son visage a motivé mon départ. Pour la première fois, j'ai vu cette barrière invisible entre nous, qui était pourtant là depuis le début. Je l'avais devinée à certains moments, mais mes sentiments avaient fini par me la faire oublier. Jusqu'à ce qu'elle les piétine sans le moindre regret. Froide et distante.

Au retour de Brighton, quand elle a pété un plomb en rentrant chez elle, j'ai beaucoup réfléchi. À elle, à nous, à moi. Même si ses mots m'ont fait mal, elle n'avait pas tout à fait tort. Breen est comme ça, il émane d'elle une lumière qui éclaire mes ombres intérieures. C'est une belle personne, si unique que c'en est effrayant. J'ai vu combien elle avait peur, tout à coup, à quel point elle semblait encore plus minuscule et chamboulée par un truc qui m'échappe. Alors plutôt que de lui en vouloir, j'ai choisi de l'aimer. Ouvertement. Je l'ai invitée au *Styvel* pour lui avouer ce que je savais depuis un bail. Une belle connerie.

Je cours encore, mais je ne fuis pas. Pas cette fois.

Mon poing s'abat finalement contre la porte d'une grande bâtisse. Le visage de Breen me hante et amplifie mes coups. Je suis en colère, blessé, mais j'ai besoin de comprendre ce que j'ai loupé. Ce détail qu'elle a su cacher et que Stephan semble connaître. Quelque chose de son passé qui est plus fort que mon amour pour elle. Rien ne me dit qu'il est encore à Camaret, mais je suis persuadé qu'il n'a pas mis les voiles. Au pire, je finirai au poste de police pour tapage nocturne.

– Ouvre ! je beugle comme un fou.

Une porte s'entrebâille sur ma droite, se referme aussitôt. Je me fous d'ameuter tout le voisinage, je ne repartirai pas sans réponse. J'en ai besoin, autant que j'ai besoin d'elle.

– Putain mais t'as vu l'heure ?

Je me retourne vers Stephan qui vient d'entrouvrir et je scrute son visage mal réveillé.

– Laisse-moi entrer ! je gronde en poussant le battant.

– Il est une heure du matin, mec… Qu'est-ce que tu veux ?

– C'est Breen… je souffle en passant une main sur mon visage crispé.

À peine son prénom prononcé, il ouvre en grand et m'invite à rentrer.

– Elle va bien ? il s'inquiète immédiatement.

– J'en sais rien, je rétorque en pénétrant chez lui d'un pas vif.

– Parle ! il s'impatiente comme s'il se doutait de quelque chose.

Je me laisse tomber dans son canapé, incapable de me débarrasser du plomb qui pèse sur ma poitrine.

– On était au restaurant et je…

Je ne sais pas comment décrire cette soirée qui a tourné au fiasco.

– Crache le morceau !

– Elle m'a quitté ! je beugle si fort que ma gorge me brûle.

Le dire à voix haute ancre cette vérité que je n'avais pas encore voulu accepter. Stephan me regarde longuement, l'expression indéchiffrable qu'il renvoie me fait monter en pression.

– T'as fait tout ce chemin pour venir me raconter ça ? il raille en croisant les bras sur sa poitrine.

– Tu savais que ça arriverait, je crache, amer.

– C'est vrai, il se contente de rétorquer.

Je m'attends à le voir satisfait, mais c'est de la peine que je lis sur ses traits.

– C'est à cause de lui, je siffle les dents serrées.

– De quoi tu parles ? il se tend immédiatement.

– Celui qu'elle a aimé par le passé. Will, je prononce en revoyant le tatouage sur son poignet.

Un tremblement parcourt son corps et j'entends un soupir douloureux mourir sur ses lèvres.

– Qui est ce mec ? je le presse, en comprenant qu'il sait.

Je veux savoir pourquoi la peau de Breen porte son prénom et découvrir quelles sont les autres marques qu'il lui a laissées.

– Ce « mec » ? il articule en secouant la tête. Will n'est pas…

Il s'interrompt et un rire rauque lui échappe. Mais très vite, je comprends que ce que j'avais pris pour un rire est en fait un sanglot qu'il n'a pas su retenir. Il plaque ses mains sur son visage et pince ses lèvres si fort qu'elles deviennent blanches.

– Stephan, je gronde en le voyant s'éloigner. Qui est-il ?

– Ce n'est pas à moi de t'en parler, tu ferais mieux de rentrer chez toi.

– Non ! Je veux savoir de quoi il retourne ! Je… je suis amoureux d'elle !

– Ça fait mal, hein ? il grince en me dévisageant avec une sorte de complicité incompréhensible.

– Je veux savoir !

– Ça ne changera rien, Sawyer. Regarde-moi, je savais dans quoi je mettais les pieds, et malgré tout, je n'ai pas su la retenir.

– Je capte rien…

– Je pensais pas que c'était si profond… il balbutie en se parlant à lui-même. Je croyais que tout ça avait surtout un rapport avec moi, que je lui rappelais trop cette période de sa vie.

J'écoute ses paroles sans rien y comprendre, je me retiens de le secouer pour qu'il m'explique.

– Quand je vous ai vus ce jour-là, ça m'a rendu jaloux, t'imagines pas. Même dans les premiers jours avec moi, elle n'avait pas cet air si… amoureux.

J'expire bruyamment, soulagé de l'entendre témoigner de ce que j'ai cru avoir rêvé.

– Alors c'est quoi son problème, Stephan ? Je sens qu'un truc cloche depuis quelques jours, mais je n'ai pas réussi à mettre le doigt dessus. Elle avait des sentiments pour moi, je ne comprends pas ce qu'il s'est passé. Je n'ai rien fait, bon sang.

Je retourne tout dans mon cerveau, mais rien ne vient. Tout allait bien !

– Combien de temps ? il lance alors d'une voix étrange.

– Quoi ?

– Combien de jours ? il insiste en me regardant droit dans les yeux.

Je le regarde sans comprendre. Il recommence avec son délire de jours et je perds patience.

– Tu as forcément remarqué cette manie qu'elle a de compter les jours au creux de sa main, il précise devant mon incompréhension. Elle le faisait avec moi et j'ai vu qu'elle avait recommencé avec toi.

Les jours ? C'était donc ça ces numéros. Je revois nettement l'encre sur sa paume, je me souviens lui avoir demandé plus d'une fois ce que ces nombres signifiaient. Et c'est seulement maintenant que je réalise qu'elle ne m'a jamais répondu. Elle se contentait de m'embrasser et j'oubliais jusqu'à mon nom. *Elle comptait les jours, mais pourquoi ?*

– Alors ? il persiste plus fort.

– 48, je murmure en revoyant la main tremblante de Breen m'échapper ce soir.

Un hoquet résonne dans la gorge de Stephan et il m'attrape l'épaule avec force.

– 48 ? T'en es certain ?

Je hoche la tête et il se recule en jurant.

— Alors c'est pire que ce que je pensais. Bon sang, 48 ! il répète, comme s'il n'en revenait pas.

Il continue à marmonner, s'essouffle jusqu'à se figer.

– Quelle heure il était ? il lance soudain. C'était avant ou après minuit ? il ajoute en regardant sa montre.

– J'en sais rien…

Sa réaction me fait perdre le fil de mes pensées.

– Avant, je lance alors en me souvenant avoir entendu un clocher lointain sonner les douze coups pendant que je courais.

– Non… il s'étrangle en vacillant.

Il regarde une nouvelle fois sa montre avant de se ruer dans une autre pièce. Je l'entends fouiller et s'énerver.

– Où est-ce que vous étiez ? il crie alors en revenant devant moi. Où est Breen ?

– Je l'ai laissée devant le restaurant, j'avoue en regrettant d'être parti comme ça. J'avais besoin de m'éloigner, alors j'ai marché jusqu'à chez toi.

– Oh Seigneur ! Quel restaurant, Sawyer ?

Il est paniqué et je ne comprends pas ce qui le rend soudain si agité.

– Qu'est-ce que tu fais, Stephan ?

– Je vais chez elle, il lance, essoufflé. Elle est forcément rentrée.

– Quoi ? Attends, rembobine, là ! Tu vas m'expliquer ce que j'ai loupé !

– C'est trop tard pour toi, Sawyer.

Il sort de l'appartement sans rien ajouter. *Hors de question qu'il me laisse comme ça !*

– Je viens avec toi ! je gueule en ouvrant la portière de la voiture dans laquelle il vient de s'engouffrer.

– Mec, tu…

– Je viens avec toi, je martèle en tirant sur la ceinture.

– Comme tu voudras, il soupire en secouant la tête. Tu ne diras pas que je ne t'ai pas prévenu.

Il démarre en trombe et j'essaie de comprendre ce qui vient de se passer en quelques heures. Le comportement de Stephan laisse présager qu'une partie encore plus opaque de Breen m'a complètement échappé.

– Raconte-moi, je lui demande encore une fois. Il faut que je sache, Stephan.

Il serre plus fort le volant entre ses doigts, gardant le silence comme un gardien fatigué. Je le scrute et mes doigts fourmillent, ils cherchent instinctivement mon appareil photo pour immortaliser l'instant. C'est toujours comme ça que je fonctionne. J'ai besoin de graver sur le papier ce que j'ai peur de voir m'échapper. Sauf que ce soir, mon fidèle ami ne me sera d'aucune utilité. Et je me sens totalement démuni.

– Je suis tombé amoureux d'elle dès que je l'ai vue, il soupire alors douloureusement.

Il ne m'apprend rien. Mais c'est la première fois que je réalise combien ses sentiments sont profonds, encore maintenant, empreints de quelque chose qui semble le faire suffoquer de l'intérieur. Il me donne une petite idée de ce qui me pend au nez.

– Je la revois encore, à attendre devant chez moi, avec sa robe à fleurs et ses sandales dorées. Elle était solaire, elle avait cette aura de vie brillante autour d'elle. Ce petit quelque chose qui la rend unique. Même aujourd'hui, malgré ce qu'elle a vécu, je l'aperçois encore en elle, parfois. Quand elle est avec toi, il ajoute tristement.

Je me surprends à hocher la tête, je vois très bien ce qu'il veut dire.

– C'était quand, exactement ?

– Il y a à peu près six ans.

– Attends, je croyais que vous étiez sortis ensemble il y a deux ans ?

– Oui, mais je l'ai connue avant ça. Elle était si jeune, à peine dix-sept ans, avec une naïveté qui la rendait magnifique.

Il reprend son souffle, avant de poursuivre d'une voix blanche.

– Elle a fréquenté mon frère pendant des mois. J'essayais d'attirer son attention, j'aurais voulu qu'elle remarque qu'elle avait choisi le mauvais cheval. Mais elle était hypnotisée par Éric. J'ai fini par mettre les voiles quand ma jalousie est devenue trop forte. Je suis parti au Canada pour l'oublier.

– Apparemment ça n'a pas marché, je rétorque en supportant difficilement ses sentiments envers celle que j'aime. Attends, t'as dit Éric ?

Pourquoi ce prénom me semble familier ?

– Je n'aurais jamais dû partir, il lâche avec un regret dégoulinant de colère. J'ai été stupide. Si j'étais resté, peut-être que Breen l'aurait laissé tomber. Ou j'aurais au moins su ce qu'elle était en train de traverser toute seule. J'aurais pris le relais de cet enfoiré. Je me serais occupé d'elle, j'aurais assumé la lâcheté de mon frère. J'aurais défié notre mère pour elle… Mais personne ne m'a prévenu. Je les hais tellement pour ça.

Éric, le type du cinéma ! Bon sang, ce soir-là j'avais bien vu que cette rencontre avait perturbé Breen. Mais une fois de plus, elle a étouffé mes questions avec son corps nu. Elle les a recouvertes de sa chair, me noyant dans le plaisir. Cet Éric était donc l'un de ses ex-petits amis ?

– Quand j'ai su… c'était trop tard. Il n'y avait plus rien à faire, continue Stephan.

Je le regarde toujours, des larmes coulent sur ses joues pâles.

– J'aurais dû me battre pour elle. À l'époque, mais aussi quand on a commencé cette relation il y a deux ans. Mais cette putain de culpabilité que je ressens à chaque instant m'en a empêché…

– Trop tard pour quoi ? Et quel rapport avec ce Will ? je l'interromps d'une voix rauque. Mec, je suis complètement largué ! Qui est cet homme dans toute cette histoire ?

Il renifle, essuie son visage. Je sens combien il hésite et, s'il n'était pas si dévasté, je laisserais mes mains le secouer.

– Stephan, aide-moi à me battre pour elle, je le presse en sentant mon cœur s'affoler. Pour une fois, même si ce n'est pas pour toi, donne-moi ce qu'il faut pour y arriver. Qui est Will ?

– Will n'est pas un homme, Sawyer.

Il s'arrête à un feu et en profite pour plonger ses yeux malheureux dans les miens. Je me prends sa peine, ses regrets et sa culpabilité en pleine poitrine. Mes sourcils se froncent. Plus Stephan m'en dit, plus je m'embourbe. Il se gare devant chez Breen et sort de la voiture sans un mot.

– Stephan ! je l'avertis en le rejoignant sur le trottoir.

– Will était son fils, il assène alors d'une voix sourde.

Quoi ? Je me prends ses mots comme une claque, qui résonne si fort que je n'arrive pas à écouter mes propres pensées.

– Elle est tombée enceinte d'Éric, il poursuit en regardant le ciel noir. Ce n'était pas prévu et quand elle lui en a parlé, ce connard l'a larguée comme une moins que rien. Je ne sais pas s'il a jamais ressenti quelque chose pour elle, ou si notre mère a fait ce qu'elle sait si bien faire… Esther est une sorcière et Éric a toujours joué au fils parfait avec elle. Elle contrôlait sa vie, elle essayait avec moi aussi et c'est l'une des raisons pour lesquelles je suis parti. Je ne supportais plus sa tendance maladive à s'insinuer dans nos existences comme un poison perfide. Quand ma mère a découvert cette grossesse, elle a tout fait pour la convaincre d'avorter. Éric était encore à la fac, Breen venait de passer son bac et travaillait dans un restaurant. C'était intolérable pour Esther. Elle l'a menacée, mais Breen est la fille la plus têtue que je connaisse.

J'essaie d'absorber toutes ces informations, de comprendre comment j'ai pu à ce point me tromper sur elle. Je me sens comme un con, vexé qu'elle n'ait jamais abordé ce passé. Je lui ai tout donné de moi, sans rien en retour. Pour autant, j'ai encore plus envie de la comprendre, encore plus envie de l'aimer. *Bon sang, Will était son fils*... Je répète les mots de Stephan dans ma tête. Et une question surgit.

– Attends Stephan, quand tu dis « était »…

– Will est mort.

Il reste silencieux quelques secondes, avant de se mettre à triturer ses mains.

– Mon Dieu… je souffle en sentant mon cœur se briser.

Pire, je ressens celui de Breen se consumer dans ma poitrine. Ce cœur que j'ai accueilli auprès du mien avec l'espoir fou de le chérir.

Jour 49

BREEN

Mercredi 14 août 2013.

Je me réveille en sursaut plusieurs heures plus tard. Je suis toujours allongée sur le canapé et il me faut quelques instants pour émerger. Je tends l'oreille spontanément. Il n'y a aucun bruit, en dehors du tic-tac de la pendule. Will ne pleure plus, je ne sais pas ce qui a provoqué mon réveil. Ce n'est sûrement rien, mon sommeil n'est plus le même depuis qu'il est là, voilà tout. Il est déphasé, je paie encore le prix de nos longues nuits d'insomnie.

Je regarde le mur devant moi, l'horloge affiche quatre heures du matin. Je m'étire, et avant de le rejoindre dans la chambre, je me concentre sur la vaisselle qui déborde.

Je suis debout devant l'évier, mon cœur bat vite, sans raison. Mon pouls s'excite dans ma gorge, mais je me contente de respirer. Je respire. Je profite de ce sentiment de vie qui a remplacé mon oxygène.

J'essuie mes mains et, en passant le torchon humide sur mes poignets, je regarde le bracelet que je me suis offert. Il est tout simple, rien qu'une petite tresse d'argent qui représente parfaitement ce lien qui nous unit, Will et moi. Je le fais glisser entre mes doigts, dans un geste devenu un automatisme. Chaque fois que je fais ça, j'ai l'impression de faire vibrer les cordes de nos âmes. Je le sens, tout au fond de moi. Bien que, cette fois, je ressente surtout mon pouls déchaîné, qui tambourine contre la pulpe de mes doigts. Je respire. Pour libérer le poids qui vient de se loger au travers de ma trachée sans que je sache pourquoi. La fatigue, probablement.

J'entre dans notre chambre baignée de la plus grande obscurité. J'aimais dormir avec un peu de lumière, avant, mais Will déteste ça. Je me glisse dans mon lit, près de lui et remonte le drap. Comme chaque fois, j'écoute. Je ne me lasserai jamais de cette mélodie dont il est l'auteur. J'aimerai toute ma vie écouter ses respirations légères, le froissement de ses vêtements contre le matelas. Ça me rappellera toujours combien j'ai de la chance qu'il soit à moi. Tout à moi.

Alors je tends l'oreille, pour profiter de ma berceuse préférée. Mais mon cœur bat si fort dans mes tympans qu'il est assourdissant. *Fichu palpitant !*

Incapable de m'endormir sans cette ultime habitude, je prends de longues inspirations pour calmer mon rythme cardiaque hors de contrôle. Rien n'y fait, alors je rejette la couverture sur le côté et roule sur mon lit pour arriver à sa hauteur. Tout près. Je n'ose pas poser ma main sur sa poitrine de peur de le réveiller. Je me penche un peu plus et me concentre. Très fort.

Rien.

Je finis par me résoudre à poser une main contre son corps.

Rien.

J'appuie plus fort.

Rien.

Je recule dans un geste précipité et claque ma main contre l'interrupteur. La lumière jaillit, tant pis pour lui.

Je fais le tour du lit, passe une main sous sa nuque et l'attire contre moi. Je le secoue avec une infinie douceur, serre ses mains, frotte son ventre.

Rien.

Son visage est serein. Je ne crie pas encore. Ce n'est pas ce que je crois. Il est juste profondément endormi. Je le colle à ma poitrine et marche jusqu'au salon en lui parlant. D'abord doucement, puis de plus en plus fort. Il ne se réveille toujours pas.

Je m'affole, le déshabille, le supplie d'ouvrir les yeux.

À partir de là, je ne sais pas combien de temps passe, tout n'est qu'une tempête opaque. Ma porte d'entrée claque, des hommes déboulent si vite que je ne comprends pas ce qu'ils font là, autour de moi. Autour de lui. Je ne me souviens même pas les avoir appelés, ni avoir crié. Ils me demandent de m'éloigner, leurs voix se perdent dans le tumulte qui se déchaîne en moi. Je reste sur le pas de la porte, à les regarder le réanimer.

Je suis debout. Figée. Frigorifiée. Je suis le témoin impuissant de leurs visages résignés. De ses yeux bleus toujours fermés. Et c'est là que je le sens. C'est à cet instant précis que je réalise pourquoi mon corps semblait tant vouloir se révolter de l'intérieur tout à l'heure. Ce lien que je croyais indestructible, cette vibration qui faisait battre mon cœur n'est plus. Je l'ai perdue. *Je l'ai perdu.*

Mon âme hurle, griffe au sang, souffre le martyre. Je recule en boitant, parce que, en moi, la partie tout juste amputée me fait vaciller. Je viens de perdre ma moitié. Ma totalité. J'ai perdu mon équilibre et je sens mon corps tomber. Dans le néant.

L'agitation persiste autour de moi, mais je ne vois rien d'autre que ce jour suspendu. Son dernier jour, qui emporte mon amour avec lui.

Son cœur s'est arrêté de battre. Comme ça, juste comme ça. À la seconde où il a cessé de palpiter, le mien aussi s'est arrêté. L'organe bat encore pour me maintenir debout, donnant l'illusion de ma survie. Mais derrière cette façade, mon cœur, lui, a fini d'irradier. Pendant 49 jours, il a aimé. Il a su apprendre à apprivoiser ce sentiment qui n'était pas inné. Personne ne m'avait jamais aimée comme il le faisait *lui*. Je n'avais jamais ressenti ça pour qui que ce soit.

Depuis le premier jour, celui où Will est né en même temps que mon amour pour lui, mon cœur s'est gorgé de ce sentiment puissant. Mon bébé, il était si petit, pourtant il prenait toute la place. J'étais comblée, vivante, amoureuse de cet être magnifique. Remplie d'amour, jusqu'à ce jour.

Jour 49. Celui où l'Amour se meurt.

Jour 49

BREEN

Aujourd'hui.

Je me réveille en sursaut et je ne sais plus où je suis. Ni quand.

Allongée sur le carrelage de ma cuisine, je me redresse et cours jusqu'à la chambre. Je me fige à l'entrée, devant la porte entrebâillée. J'ai peur d'entrer. Mais le mal est déjà fait et, quand le vide de la pièce m'étrangle, je m'écroule, encore. Bancale et incomplète. Toujours. Dans ce silence insupportable. Qui implose soudain quand quelqu'un se met à tambouriner contre ma porte d'entrée.

– Breen ! Breen !

Stephan ? Mais qu'est-ce qu'il vient faire ici ? Le moment est vraiment mal choisi.

Je reste immobile et silencieuse.

– Ouvre-moi, je t'en prie !

Il a l'air effrayé et son timbre tremblant a raison de mon mutisme.

– Qu'est-ce que tu as ? je demande en rejoignant l'entrée, sans lui ouvrir.

– Oh Seigneur, tu es là, il soupire bruyamment. Laisse-moi entrer !

– Pourquoi ?

– S'il te plaît…

– Pourquoi ? je répète avec plus de force.

– Tu sais pourquoi, Breen. Pour Sawyer. Pour Will.

Sa voix se brise sur ce dernier mot et je recule comme s'il m'avait brûlée.

– Va-t'en, Stephan, je bafouille en posant une main contre ma poitrine.

– Non ! Pas cette fois. Pas encore.

– Va-t'en ! je hurle malgré moi.

– Je sais quel jour on est, il poursuit d'une voix rauque.

Je tombe assise sur mes fesses et ma tempe frappe le mur quand j'y pose ma tête. Derrière, je perçois Stephan s'agiter et jurer.

Et puis je l'entends, lui.

– Breen…

– Sawyer ?

Qu'est-ce qu'il fabrique avec Stephan ? Ici ? Maintenant ?

Ma gorge se serre sous le poids de toutes ces questions. Une sueur froide dégouline dans mon dos et me glace jusqu'aux os.

– Je suis désolé d'être parti tout à l'heure, il reprend plus fort. Si j'avais su, jamais je n'aurais tourné les talons. Je ne t'aurais pas laissée seule. Il faut qu'on parle.

S'il avait su ? Et soudain, je comprends. *Non...*

– Comment as-tu pu, Stephan ? je crie en tapant contre le mur. Tu n'avais pas le droit de lui raconter ! Dégagez de chez moi ! C'est terminé !

– Non, ça ne finit jamais, Breen, réplique ce traître de Stephan. Tu continues à te perdre dans cette spirale que tu crées. Jour après jour. Tu recommences, encore et encore. Il faut que ça s'arrête, laisse-nous t'aider.

– M'aider ? j'éructe d'une voix aiguë. Tu perds ton temps, tu ne peux rien pour moi ! Toi plus que n'importe qui, tu me rappelles les mauvais pans de mon passé. Je veux que tu t'en ailles d'ici, je martèle. Quand je te regarde, je vois ton frère. Je le vois, *lui*.

Mon fils, qui leur ressemblait tellement.

Les murs sont fins, et malgré les cris de désespoir qui résonnent dans mon esprit, je l'entends expirer sous la violence de mes paroles. C'est vraiment affreux de ma part de lui jeter de telles horreurs au visage, mais je veux qu'il s'en aille à tout prix.

– Je suis tellement désolé, il articule en prenant une pause entre chaque mot.

Moi aussi, Stephan, moi aussi. Tu ne mérites pas ça, mais tu dois t'éloigner de moi. Et comme si mes pensées lui parvenaient, ses pieds foulent le sol et s'évaporent dans la cage d'escaliers. Il n'est pas plus courageux que moi.

– Va-t'en toi aussi, Sawyer.

– Jamais de la vie. Maintenant, je sais, je suis au courant et je reste là.

– Ça ne change rien. *Je* ne change pas. Rentre chez toi.

– Je ne peux pas. Parce que je t'aime, Breen, et que je veux me battre pour toi. Avec toi. Je ne comprends pas encore tout, mais tu peux y arriver, je le sais. Je t'aime tellement…

– L'amour, je lance comme un appel de détresse. Je ne sais plus ce que c'est.

– Alors laisse-moi te réapprendre à aimer.

Je connais ces mots. Je les ai psalmodiés un millier de fois, en espérant que mes prières soient exaucées. Mais c'est trop tard, je n'ai plus de jours à lui offrir pour ça.

Je devine son dos glisser contre ma porte et sa tête se met à taper contre le battant, doucement, dans un rythme constant. Je ferme les yeux et j'écoute ce bruit, qui ressemble aux battements d'un cœur lointain. Je serre les dents, enfonce mes ongles dans le sol. Le tambour dans ma poitrine s'emballe, frappe plus fort. Il patiente, lui aussi. Il attend que le silence nous tombe dessus. À nouveau.

– Dis-moi comment t'aider…

– Tu ne peux pas, Sawyer. Après la vie, il y a la mort, je gémis en sentant la douleur s'imposer en moi. Mais après l'amour, il y a quoi ?

Mon cœur pleure, il connaît mieux que quiconque la réponse à cette question.

– Après l'amour, il n'y a rien… Plus rien.

Les larmes inondent mes joues, j'entoure mes genoux et les colle contre ma poitrine. Pas pour faire rempart à la souffrance, mais juste pour maîtriser mes tremblements.

– Tu te trompes, Breen, il me répond d'une voix emplie d'émotion. Après l'amour, il y a encore l'amour. Toujours.

Je l'entends renifler, il pleure à cause de moi, mais je ne fais rien pour l'en empêcher. Je reste derrière cette porte, à attendre. Will aussi a pleuré ce soir-là et je n'ai rien fait. Je croyais qu'il finirait par s'endormir, que je ne devais pas le rejoindre tout de suite. *Ne pas céder à ses caprices*, ils disaient. Il a fini par trouver le sommeil et il n'a plus jamais pleuré.

– Il y a encore de l'amour, Breen, répète Sawyer. Je te le jure.

J'éclate en sanglots. J'aimerais le croire, je donnerais tout pour partager ses mots. Mais j'échoue, inlassablement. Avec lui, comme avec les autres.

– Pardonne-moi, Sawyer. J'ai essayé. Je voulais y arriver, crois-moi. Je voulais t'aimer, t'aimer comme…

– Comme tu l'aimais lui… il finit à ma place.

– Oui.
– Mais ça ne marche pas comme ça.

Je le sais, mais mon cœur ne connaît pas d'autre façon de fonctionner.

– Ne baisse pas les bras. Tu es la personne la plus courageuse que je connaisse. Tu es cette fille qui regarde toujours vers le ciel…

– Et j'ai tort. Je suis fatiguée de m'agiter pour tenter de m'élever au-dessus de tout ça. Le ciel est trop haut, il sera toujours hors de portée. J'aurais dû comprendre dès le premier jour que les autres avaient raison de regarder devant eux, plutôt qu'en haut. On est capable d'avancer, jamais de s'envoler.

– Ne dis pas ça. La souffrance t'aveugle. Mon Dieu, Breen, tu as mal et ça me tue. Ce qu'il s'est passé, c'est un malheur infiniment lourd à porter. Je ne pourrai jamais t'en soulager pleinement, mais laisse-moi t'aider. T'aimer. Dis-moi que tu veux te battre encore, Breen, dis-le, et je te montrerai comment gagner.

Je me remets debout, mes muscles sont douloureux et tressautent alors que je colle mon front contre la porte.

– J'ai déjà perdu, Sawyer, je souffle en posant mes paumes contre le bois. J'ai déjà perdu.

Il me parle encore, mais je recule jusqu'à buter contre le mur de ma chambre. Ma vue est brouillée par mes larmes quand je me laisse tomber sur mon lit. Je me traîne en son centre et rabats les couvertures sur mon corps recroquevillé, glacé. Dépourvu d'amour et de vie.

Sawyer parle de plus en plus en fort à mesure qu'il n'obtient plus de réponses de ma part. Les murs sont fins, je reconnais la voix lointaine de Mei interrompre ses suppliques. Des pas, des soupirs, une porte qui grince et claque. Le silence s'installe et mon cœur, qui attendait ce vide, ralentit. Ralentit.

Reste en mouvement, Breen.

Pas aujourd'hui. *Pardon, Will.* Pas aujourd'hui. Pardon pour *hier*. Pour avoir posé trop d'amour sur tes épaules fragiles. Pour ne pas avoir su remplir ton cœur de tout ce que je ressentais pour toi. Je n'ai pas su y faire et je l'ai rendu trop faible pour survivre. Voilà ma culpabilité. Je t'ai trop aimé. Ou peut-être pas assez, tout compte fait. Et en ce jour où ce sentiment disparaît, je te perds un peu plus.

Je veux juste fermer les yeux. Dormir pour engourdir ma douleur. Faire une pause, en espérant retrouver la force d'essayer encore. Une fois de plus, même si ça me tue chaque fois davantage.

Le jour où tu es mort, mon sablier s'est interrompu. Le sable s'est envolé, ne laissant qu'une petite pincée. 49 grains, pas un de plus. Mon Dieu, c'est si peu. Depuis, je le retourne, recommence sans cesse ma quête, 49 jours après 49 jours. Je sais qu'en courant après l'amour, c'est en fait toi que je cherche. Il n'y a que de cette manière que tu vis encore en moi. Mais il y a toujours le même nombre de grains, alors l'amour m'échappe inexorablement et tu m'abandonnes à nouveau. Quand ta mort revient, plus forte, j'oublie comment aimer. Un cercle vicieux qui me retient piégée.

Will I survive ?
Pas cette fois, mon cœur.

Jour 49. Celui où l'Amour se meurt.

Un jour ou l'autre

BREEN

Cinq ans plus tôt.

Mon dernier repère remonte à la nuit où tout a basculé. Depuis, je suis ballottée d'un instant à l'autre, d'une journée à une nuit. Du blanc au noir, et ainsi de suite. Mon esprit n'adhère à rien, il se contente de subir.

– Je n'ai rien fait… je murmure d'une voix rauque.

– Nous le savons, mademoiselle Peterson. Les premiers examens évoquent un syndrome de mort subite du…

– Est-ce que j'ai fait quelque chose ? j'interromps la personne en face de moi en sentant mon souffle s'accélérer.

– Mademoiselle, je viens de vous dire que…

– La température de la chambre était peut-être trop élevée… je poursuis sans l'écouter.

– Non…

– Ou bien je ne l'avais pas assez couvert…

– Breen, écoutez-moi.

Je suis encerclée par mes pensées tumultueuses, piégée dans ce scénario insupportable.

– Il mangeait bien, il souriait, je ne comprends pas. J'ai fait comme on m'a dit, j'ai écouté leurs conseils. Il allait bien !

Je ne contrôle plus ce qui s'échappe de ma bouche. Gémissements, cris, suppliques. J'ai le sentiment qu'on m'a volé mon souffle alors que je venais d'inspirer pour la première fois.

– Breen, essayez de vous calmer.

La femme s'est levée et ses mains sont posées sur mes épaules. Je me débats, elles pèsent trop lourd.

– Ce sont des choses qui arrivent, elle murmure au-dessus de ma tête. Des choses horribles, mais qui existent.

– Pourquoi ?

Elle tapote trois fois sur ma clavicule et je ne perçois plus rien. Ni ses mots, ni les allers et venues, ni le temps qui passe. Je ne sens rien.

Je ferme les yeux, les rouvre, les ferme, les rouvre. Chaque fois, le décor est différent. Un bureau, une chambre d'hôpital, un autre bureau, un couloir. *Du noir, du blanc, du bleu.*

– Est-ce que vous savez quel jour on est, mademoiselle Peterson ? me demande un homme que je ne reconnais pas.

Quel jour ? Je ne sais pas. Le temps est devenu une notion abstraite. C'est moins douloureux ainsi.

– Quelqu'un peut-il vous y conduire ?
– Je ne veux pas y aller, je m'entends répondre.
– C'est une étape importante du processus.
– Je vais vomir.
Le noir. Le blanc. Le gris.

– Il reste des milliers de souvenirs de toi pour alimenter chacun de nos jours… récite le prêtre d'une voix cérémonieuse.
Le gris partout. Du gris clair, foncé, brillant, usé.
– Breen, si tu veux dire quelque chose, c'est maintenant.
– Je n'ai rien à dire devant ces gens, Mei.
Il n'y a pas grand monde, juste quelques personnes de l'hôpital ayant pris en pitié la pauvre gamine endeuillée et isolée que je suis.
– Tu peux dire quelques mots pour Will, insiste ma voisine en tordant un mouchoir entre ses doigts.
– Je n'ai rien à dire ici, je répète sans la regarder.
Je ne suis pas agressive, ma voix n'a d'ailleurs aucune intonation particulière. Elle est sans vie, comme tout ce qui m'entoure. Je ne suis jamais venue dans cet endroit jusqu'à aujourd'hui et je sais que je n'y remettrai plus les pieds. La pierre qui me fait face et porte mon nom de famille est une abomination. Je ne reviendrai jamais. Will n'est pas là. Ils peuvent bien me raconter tout ce qu'ils veulent, Will n'est pas ici.
Je lève les yeux vers le ciel bleu et me perds dans sa contemplation aussi longtemps que je le peux. La rose blanche que quelqu'un m'a mise dans la main est en

train de faire saigner ma paume. Je continue à regarder tout là-haut pendant que j'avance vers la fosse. Ce n'est pas la force qui me permet de tenir sur mes jambes, ni le courage. Je n'ai pas peur de tomber car je suis déjà six pieds sous terre. L'odeur qui règne ici a imprégné ma bouche depuis que tout ça a commencé. L'humidité et la mort qui émanent de cet endroit sont déjà profondément collées à ma peau glacée.

Le noir. Le marron.

Quelle que soit la chose qui m'ait maintenue debout, elle vient de m'abandonner à son tour. Mes genoux sont enfoncés dans le sol. Mes ongles griffent les graviers, je les sens taillader ma chair. Je perçois des sanglots déchirants qui ne semblent pas m'appartenir. Mes yeux balaient la terre, ma nuque est trop raide pour que je parvienne à relever la tête. Je tends les bras pour rattraper ce qui n'est déjà plus là.

Le noir. Le blanc.

Le carrelage de ma salle de bain m'offre un contraste saisissant avec le sang épais qui s'étale autour de mes pieds. J'ai cru qu'une entaille offrirait une porte de sortie à la souffrance qui ricoche en moi. La première n'a rien changé, la deuxième pas plus. Alors j'ai misé sur les trois suivantes pour désamorcer cette bombe qui est venue remplacer mon cœur. Chacun de mes battements résonne comme une déflagration et je veux que ça s'arrête. Après tout, mon cœur est déjà mort.

Le rouge. Le noir. Rien que du noir.

– Elle reprend connaissance. Mademoiselle Peterson ?

– Hum…

Ma langue est énorme, lourde et granuleuse. Prononcer la moindre parole me demande un effort surhumain et des étoiles brûlantes s'agitent devant mes yeux.

– Buvez un peu.

Je sens quelque chose se poser contre mes lèvres et un liquide frais emplir ma bouche mais je n'arrive pas non plus à déglutir. Je tousse et recrache tout, manquant de vomir par la même occasion.

– Trempez au moins les lèvres, murmure cette même voix quelque part.

Je bats des paupières, lutte contre la luminosité qui transperce mes rétines. Au bout de plusieurs longues minutes, je commence à discerner ce qui m'entoure.

Le blanc. Le blanc partout.

– Où suis-je ? je m'entends croasser.

– À l'hôpital.

– Pourquoi ?

– Vous avez tenté de mettre fin à vos jours.

Ah ! Oui, c'est vrai.

– Comment vous sentez-vous ?

– Vivante.

– Le docteur Bradel va passer vous voir dès que j'aurai pris vos constantes.

– C'est quoi ce bruit ? je grommelle en portant une main à mon oreille.

– C'est votre cœur qui bat.

Bip, bip, bip. C'est désagréable, encore une fois.

Le blanc. Le noir.

– Est-ce que vous vous sentez prête à rentrer chez vous, Breen ?

– Je ne sais pas.

– Vous savez quel jour on est ?

Encore cette question ! Je ne veux pas savoir.

Ils veulent m'obliger à faire face au temps, à compter. Toujours compter. Si je force mon cerveau à reprendre pied dans la réalité, je vais me rendre compte de tous ces jours qui se sont écoulés depuis que Will est parti. Pire, je vais devoir me confronter à tous ceux qui m'attendent sans lui. Une affreuse éternité.

– Est-ce que vous avez réfléchi à la question que je vous ai posée hier ?

Hier et chaque jour depuis qu'ils m'ont internée ici.

– Je n'ai pas l'intention de recommencer, docteur Bradel.

– Pourquoi ?

Je ne sais pas lui expliquer mon raisonnement. Quand je lui dis que je ne veux plus mourir, ça ne lui suffit pas. Quand je lui jure que j'ai regretté mon geste dès que ma vision s'est troublée, ce n'est jamais assez. Dans le fond, je n'ai aucune réponse à cette question parce que je ne sais pas encore pourquoi j'ai soudain tant besoin de survivre.

Le blanc. Le bleu.

Je lève le visage vers le ciel lumineux. Il n'y a qu'un tout petit nuage perdu dans l'immensité, trop minuscule pour faire de l'ombre au soleil. Il n'annonce pas d'orage, il est parfait. La pointe de Pen-Hir est étrangement déserte, aujourd'hui, il n'y a personne pour remarquer cette silhouette qui approche dangereusement du rebord de la falaise. J'aime venir tout au bord, là où le bleu de l'océan rejoint l'azur du ciel. Une immense perspective qui mériterait d'être photographiée. Le temps ne semble pas avoir passé, et pourtant, les saisons ont défilé. L'été vient de revenir et ce n'est pas la température qui me le fait remarquer. Depuis cet été-là, celui où je sentais encore la chaleur du soleil caresser ma peau, j'ai froid. J'ai toujours froid. Je suis bien là, mais figée. Sans personne pour qui compter.

J'aime bien cet endroit, il me communique un semblant de paix. Ne me reste qu'à retrouver ce que je me tue à chercher. La raison de ma survie. *Will*. Une vie entière, le seul véritable amour, résumé à 49 jours.

J'aime bien cet endroit, il me donne le courage de faire un pas. En avant ou en arrière, ça je ne sais pas. *Reste en mouvement, Breen*. C'est tout ce qui importe.

Un jour ou l'autre. Celui qui, dans le flou, me pousse toujours vers Will. Vers l'amour.

Un jour ou l'autre

BREEN

Aujourd'hui.

J'aimerais croire que c'est moins douloureux, que chaque nouvelle chute ne me blesse pas davantage. Je devrais être endurcie, recouverte d'une cale bien épaisse qui atténue le choc. Mais non. La plaie ne cicatrise pas, au contraire, elle s'ouvre encore plus. C'est bizarre de se sentir tomber dans sa propre faille, de se noyer dans ses propres larmes, de perdre le compte quand le temps se suspend dans un abominable arrêt sur image.

Le déni.

Ce n'est pas arrivé. Je n'ai pas pu recommencer. Will n'a pas disparu à nouveau. Je me répète un millier de fois que tout ça n'est qu'un mauvais rêve et que je ne suis pas cette fille-là. Je m'enferme dans la même bulle, loin de la vérité écrasante.

Parfois, j'entends mes gémissements crisser contre le parquet. Souvent, je ne perçois que mon pouls à l'agonie.

– Oh, Breen…

Je me crispe en reconnaissant la voix triste de Mei, qui est entrée grâce au double qu'elle a exigé il y a des années. Je me recroqueville davantage, appréhendant le moindre contact qui me forcerait à admettre ce que je rejette. La mort de Will, qui revient comme un boomerang.

– Relève-toi, ma chérie.

– Laisse-moi tranquille, je rétorque dans un douloureux effort.

– Ne reste pas par terre.

La culpabilité.

Le sol rend mes muscles raides et douloureux, mais je ne peux pas supporter mon lit, cette chambre, témoin de l'horreur passée. Je suis d'autant plus incapable de me résoudre à m'installer sur le canapé. Il me rappelle trop ce que je viens de provoquer dans le présent. Je suis assaillie, coincée entre deux mots : hier et maintenant. Coincée entre deux maux : la souffrance et l'abattement.

Je vais devoir me débarrasser de Sofa, de tout ce qui me renvoie en plein visage le mal que j'ai fait à Sawyer. J'étais heureuse d'avoir avancé plus loin avec lui, sans anticiper que le prix à payer n'en serait que plus immense.

Je me déteste. Je hais cette fille coincée sur sa balançoire, qui met tout son cœur à aller de l'avant mais repart toujours en arrière. Et qui se balance sans fin.

Des mains agiles m'agrippent et me tirent. En avant, en arrière…

La perspective change et mes yeux ne trouvent rien à quoi se fixer.

– Viens chez moi.

– Pourquoi tu fais ça ? Je n'ai que ce que je mérite.

– Tu es crasseuse, elle élude en me poussant en avant.

Chaque pas me demande une force que je n'ai pas. Je cligne des yeux en entrant chez elle et cache mon visage quand elle me guide jusqu'à sa salle de bain.

– Passe-toi un gant sur la figure.

Je me jauge dans le miroir avant de détourner la tête. Je ne me supporte plus.

– Je suis laide.

– Tu as besoin de repos.

Elle s'assied sur le rebord de la baignoire et hoche la tête vers le robinet. J'abdique et tends mes mains tremblantes vers le lavabo. L'eau froide me fait serrer les dents mais je ne bronche pas. Je fais ce qu'elle me dit, consciente qu'elle ne me laissera pas tranquille.

Quand une nausée sournoise me prend aux tripes, j'ai tout juste le temps de pivoter vers les toilettes. Je sens ses doigts retenir mes cheveux lorsque je me penche et ses caresses accompagnent les spasmes qui me parcourent.

– Ça ne s'arrêtera jamais… je gémis entre deux vomissements.

Mon estomac ne contient rien, je n'expulse que du vide. Un vide aigre et mécanique.

– Tu n'as pas besoin de veiller sur moi. Je n'ai pas l'intention de… Enfin, tu sais.

– Tu agis comme une tête de mule, je peux bien en faire autant. Maintenant tu vas t'allonger sur le canapé et avaler quelque chose. Depuis combien de temps tu n'as pas mangé ?

Le temps. Quand il ne me réconforte plus, il m'asphyxie.

– Je me fous de ça, je siffle en m'adossant au mur derrière moi.

– Je t'ai laissée tranquille un petit moment, mais maintenant ça suffit. Canapé, tout de suite.

Le cuir est froid quand je me laisse tomber à plat ventre dessus. Mei s'affaire dans la cuisine et le bol qu'elle dépose ensuite sur la table basse devant moi ne m'ouvre pas l'appétit.

– *Chī* ! elle s'impatiente en pointant son doigt sur la soupe.

– À tes souhaits.

– Mange ! elle traduit sur le même ton.

– Elle est coupée au saké ?

– Avale déjà ça et on pourra négocier.

Je lui lance un regard blasé et me redresse. Je vide le bol d'une traite, sous les iris perçants de ma tortionnaire de voisine. Je lui offre un rictus insolent auquel elle répond par une moue satisfaite. Ce petit jeu entre nous dure depuis longtemps, nous savons l'une comme l'autre que, dans le fond, j'apprécie tout ce qu'elle fait pour moi.

Je continue à la dévisager jusqu'à ce que ses traits disparaissent derrière mes larmes. Si elles restent enfouies la plupart du temps, elles deviennent incontrôlables dans un moment comme celui-ci.

– Là, là… elle chuchote en me rejoignant sur le canapé.

Elle passe un bras dans mon dos et pose ma tête sur ses genoux. Je repars dans mon flou, ballottée entre la lumière et l'obscurité. Je sombre dans le sommeil, me réveille en sueur, flotte dans une semi-inconscience qui ne m'apporte aucun repos.

Les seules fois où j'émerge assez, je me traîne dans sa baignoire et y passe un temps infini. Tout est au ralenti, rendant mes souvenirs indélébiles. Je connais cette phase, mais elle ne semble pas vouloir prendre fin. Mei tient à me garder à la surface, alors elle me répète tous les matins quel jour on est. Et je grimace chaque fois, parce qu'il n'y a que les jours que je compte qui ont de l'importance.

Je ne vis qu'à travers ces 49 jours, le reste m'est indifférent.

– À quoi tu penses ? m'interroge Mei alors que mes yeux sont tournés vers la fenêtre.

Je pense à plein de choses, qui s'emmêlent sans en avoir le droit.

– Tu n'as rien dit depuis presque quatre jours, Breen.

– Hum.

– Je veux t'entendre dire quelque chose.

– Quelque chose.

– *Gùzhì*[7] ! Si tu persistes à tout garder dans ton cœur, ne t'étonne pas qu'il soit si fragile.

Mon cœur... Parfois, j'aimerais l'extraire de ma poitrine pour pouvoir l'observer. Peut-être qu'alors je verrais ce qui cloche chez lui. J'arriverais à reprendre le dessus sur lui.

– Il me manque tellement, Mei.

Elle m'observe durant de longues secondes, je déteste quand elle fait ça. C'est dans ces moments-là qu'elle appuie toujours où ça fait mal. Et ça ne loupe pas.

– Qui ? Qui te manque, Breen ?

J'inspire brusquement. C'est Will, ça a toujours été Will. Il est le point de départ et d'arrivée. Le premier jour et le dernier. Alors pourquoi le visage de Sawyer ne fait que flotter devant mes yeux, bon sang ? Notre histoire est terminée !

---

7. Têtue !

La colère.

– Ne me demande pas de choisir entre eux…

– Alors ne le fais pas ! Rien ne t'oblige à les mettre dans la même case.

– Bien sûr que si ! Tu sais très bien que si.

– Tu fais fausse route…

– C'est comme ça que je fonctionne, Mei.

J'ai des palpitations, le souffle court et déréglé. Je suis obligée de me lever pour stopper la sensation de me faire avaler par le canapé.

– Continue… elle m'encourage en sentant des mots buter contre mes dents.

– Je ne comprends pas ce qui se passe, je halète en tirant sur la peau fine de ma gorge. J'ai mal, mais ça n'a pas le même goût que d'habitude. Il y a quelque chose qui ne va pas.

– Ma petite, je t'observe depuis longtemps maintenant et je crois que, au contraire, ce qui t'arrive aujourd'hui n'est pas mauvais.

– Ne recommence pas… Comment peux-tu dire que ce n'est pas mauvais ? L'absence de Will qui me retombe dessus, encore…

– Il y en a un qui est en vie, là, dehors, et qui n'attend qu'un signe de ta part pour faire partie de ton existence. Tu peux te cacher derrière la douleur que tu connais, mais Sawyer te manque aussi et c'est le premier à te faire cet effet. Voilà ce qui cloche.

– Ce n'est pas vrai !

Je sens la colère empiéter sur ma souffrance. Elle se fracasse avec véhémence contre mes sanglots et le tout se mélange. Jusqu'à ce jour, jamais je n'avais été aussi en colère. Je connais la douleur, le sentiment d'injustice et d'abandon. Mais pas cette fureur qui électrise chacune de mes terminaisons nerveuses. J'arpente le salon de Mei, je n'arrive pas à respirer correctement.

– Breen…

Je lève une main pour l'empêcher de parler et continue à tourner en rond. Même quand j'arrête de bouger, la pièce tourbillonne autour de moi.

– Je n'en peux plus, je gémis en tirant sur mes cheveux. Je veux que ça s'arrête !

– Alors fais-le. Mets un terme à tout ça. Sors d'ici et va retrouver Sawyer. Ne reste plus enfermée, tu as suffisamment retenu ton souffle, le moment est venu de respirer.

– Tu crois que ça me plaît ? je m'emporte en tapant du pied. Tu imagines que ça me fait plaisir d'être à ce point tordue ? J'essaie, j'essaie toujours et rien ne fonctionne comme je l'espère !

– Tu ériges toi-même les barrières qui te retiennent.

– Arrête ça ! je siffle en enfonçant mes paumes dans mes oreilles.

Je serre les dents, je ne veux pas m'en prendre à elle. Elle ne mérite pas que je l'agresse, mais si elle continue, je ne retiendrai plus très longtemps ma rage.

– Tu crois que tu dois faire un choix, mais c'est faux, elle persiste malgré tout. On n'hésite pas entre la vie et la mort. On accepte les deux. C'est exactement ça l'amour. Le bon et le mauvais, ce que l'on cherche et ce que l'on trouve. Ce qui nous fait peur et ce qui nous fait espérer.

– Stop…

– Il y a pire que de ne pas accepter la mort, c'est de ne pas accepter la vie. Will est là, elle murmure en posant sa main à plat sur ma poitrine. Arrête de le chercher, il est là et ça ne changera pas.

– Tais-toi…

– Sawyer est le ciment qui te manque pour ne plus avoir l'impression que tout t'échappe.

– Arrête ! Arrête ! je la supplie en me battant contre ses mots. Ce que tu me dis ne signifie strictement rien pour moi !

Je veux… Je vais… Je…

– Ahhh !

Je pousse ce hurlement à trois centimètres du visage de ma voisine. Je crie jusqu'à ce que l'air soit entièrement expulsé de ma poitrine. Le silence tombe. Mei n'a pas bougé d'un millimètre, elle sourit, fière d'elle.

Je me mets à courir vers la porte. Je l'ouvre si fort qu'elle frappe le mur avec fracas et je dévale les escaliers jusqu'au trottoir. J'enfourche mon vélo et me lance sur la route sans prendre garde aux voitures.

Quelqu'un klaxonne, m'interpelle, mais je pédale comme une dératée, la vue brouillée par les larmes. Je fonce sans savoir où je vais, j'ai besoin de mettre de la distance entre le vide et le rien. Je n'ai ni repère, ni volonté. Je ne suis plus la Breen d'hier et pas non plus celle que je retrouve toujours le lendemain. Je ne suis personne et c'est affreusement perturbant. Je me connais par cœur, qu'est-ce qui ne va pas ? Ma poitrine vibre et je découvre un nouveau son qui y résonne.

Je réalise que je foule la plus haute falaise de Pen-Hir quand ma cheville se tord sur une grosse pierre. Je reviens toujours là. Avec Will, déjà, puis sans lui. Quand ça va, quand ça ne va pas. C'est mon refuge, mon point de chute et d'ascension quand j'ai besoin de recommencer. Et aujourd'hui, plus que n'importe quel autre jour, j'ai besoin d'un exutoire à la hauteur de mon désespoir. Me souvenir. Retrouver l'envie de réessayer.

Les bourrasques me percutent, mes cheveux volent dans tous les sens. Les nuages filent dans le ciel et le temps semble accélérer. Le vent siffle et mes cris se perdent dans ce bruit. J'ai mal à la tête, la gorge me brûle. Je m'époumone, jetant dans le vide tout ce qui me bouffe de l'intérieur. J'appelle Will, je demande de l'aide encore et encore. Un misérable appel au secours. Un furieux appel à l'amour.

Je lève le visage vers le soleil, encore, espérant enfin m'imprégner de sa chaleur. J'attends, les yeux clos, que mon corps glacé daigne retrouver un peu de tiédeur. Mais il est des froids qui demeurent insensibles, même aux feux les plus ardents. Et insensibles à l'amour.

Un jour ou l'autre. Celui des cris d'un cœur au bord du gouffre.

Un jour de plus ?

SAWYER

Je contemple mon plafond, comme un immense écran géant rejouant le moindre instant passé avec Breen. Du premier jour jusqu'au dernier. Ma poitrine se comprime dans un sursaut incontrôlable. J'espère vraiment que ce n'est pas le dernier. Je tâtonne le matelas près de ma tête et attrape mon téléphone pour la centième fois.

J'ai besoin de l'appeler, d'entendre sa voix pour m'assurer qu'elle est toujours là. Qu'elle ne m'a pas rayé de sa vie.

Mes mains sont moites quand je fais tourner l'appareil entre mes doigts, si bien qu'il m'échappe et me tombe en pleine face.

– Merde ! je grogne en me pinçant le nez. Merde, merde et merde ! je m'énerve en le jetant par terre.

Il tombe sur la moquette dans un bruit sourd et mes poings s'enfoncent dans le matelas. Je continue à jurer entre mes lèvres. Je ne sais plus où j'en suis. Je ne sais plus où est Breen.

Hier soir, c'est un fantôme que j'ai laissé. Dieu seul sait ce qu'il en est aujourd'hui et ce qu'il adviendra de demain. La Breen épanouie s'est transformée en une petite chose fragile, insaisissable. Je n'aurais pas dû partir comme ça, j'aurais dû défoncer sa porte pour la serrer dans mes bras. Mais Mei m'a rejoint sur le palier pour me convaincre de lui laisser du temps. Elle m'a promis de veiller sur elle et m'a fait jurer en retour de ne pas l'abandonner. De ne pas cesser d'essayer. J'ai erré en ville jusqu'à rentrer dans mon appartement, et depuis, je n'ai pas quitté mes draps.

Je m'étire en prenant toute la place dans mon lit. Pourtant, il me semble affreusement vide. Après toutes ces nuits partagées avec elle, Breen me manque. J'ai besoin d'elle. Ça me rend dingue de ne plus être maître de moi-même, mais encore plus fou d'imaginer l'avenir sans elle. Il faut que j'agisse, mais mon corps semble peser une tonne. Je suis mort d'inquiétude.

– Putain de flippette ! je grogne en sortant finalement de mon lit.

Je rattrape mon bas de pyjama qui me glisse sur les hanches et m'accoude au plan de travail, les yeux vaguement intéressés par ma machine à café.

Le contenu de ma tasse est déjà froid quand j'émerge de mes pensées et je ne l'ai toujours pas touché quand je m'installe devant mon PC. La tête dans les mains, je fixe la barre de recherche qui clignote. Je ne sais même pas ce que j'espère dénicher là. Je crois que Breen demeurera un mystère, même pour Maître Google. Tant pis, qui ne tente rien n'a rien, j'ai besoin de comprendre ce qu'elle traverse, il me faut des pistes pour trouver le chemin de son cœur.

Je martyrise le clavier, mes premières recherches me bouleversent, les suivantes m'achèvent. Je claque l'ordinateur et enfonce mes doigts dans mes paupières humides. Je suis mortifié que Breen ait vécu une horreur pareille et je suis encore plus perdu après avoir lu tous ces articles et ces témoignages. Rien ne se rapproche de ce deuil bizarre dans lequel elle semble s'être enfermée.

– Ça ne sert à rien, je grommelle en faisant basculer ma chaise en arrière.

Ce n'est pas comme ça que je dois m'y prendre. Breen est bien trop singulière. Je dois me concentrer sur sa manière de fonctionner si je veux pouvoir l'atteindre. Mais je n'ai jamais été confronté à ce genre de choses, je ne sais pas par quel bout prendre ce sac de nœuds. Son chagrin est bien trop grand, bien trop profond pour que je me lance au hasard. Bon sang, Breen a perdu son petit garçon, l'amour de sa vie… Je ne peux pas débarquer comme une bombe et exiger qu'elle me laisse une place dans sa poitrine. Elle est déjà remplie de Will, alors il faut que je trouve la manière la plus douce qu'il soit pour agrandir son cœur.

– Réfléchis, Hall, réfléchis !

Je tourne autour de la table en maltraitant mes cheveux. Je suis à bout de souffle, à bout de tout. L'impasse dans laquelle je piétine semble se rétrécir à vue d'œil. Je m'agrippe au dossier du canapé et baisse la tête.

En la relevant, j'aperçois mon appareil photo sur la table basse. Je ne le quitte pas des yeux pendant que mon esprit se remet en marche. Je tape sur le tissu, saute par-dessus le divan pour choper mon bel ami et file me rasseoir à table. Je le branche à l'ordinateur, transfère toutes les photos dessus et clique sur le dossier que j'ai créé pour elle.

Les derniers clichés rejoignent les premiers déjà stockés là. Trois clics plus tard, je lance le diaporama. J'ai besoin de revoir son visage, peut-être que j'y trouverai un mode d'emploi.

Quand l'écran redevient noir, quelque chose remue dans mon ventre. C'est encore léger, alors je relance le défilé de souvenirs. Encore et encore, jusqu'à ce que je les connaisse par cœur.

Et la révélation survient. Elle n'est pas frappante, plutôt lente et sinueuse, avançant pas après pas. Puis elle m'emplit tout entier et le dernier déclic se fait. Mon cerveau se défait alors de sa retenue, se lance dans une course folle et alimente mes muscles d'un trop-plein d'énergie.

Je bois enfin mon café glacé, tout en gribouillant mes idées sur un bloc-notes. La première page noircie, je récupère mon téléphone sur le sol de ma chambre et passe un coup de fil à Ben. Il ne lui faut qu'une minute pour accepter de m'aider. Je ne lui ai pas donné les raisons de ce projet tout à fait particulier, mais il est tellement excité à l'idée de rebosser avec moi qu'il ne cherche pas à en savoir plus. Ce mec est incroyable et il est bourré de talent, je lui rendrai la monnaie de sa pièce dès que j'en aurai l'occasion.

Les jours se succèdent, je travaille d'arrache-pied et ça m'aide à étouffer le manque atroce de Breen. D'une certaine façon, elle est avec moi à chaque instant. Uniquement en pixels ou sur papier glacé, certes, mais elle est là. Et ça me suffit pour tenir bon.

À mesure que je mets mon plan à exécution, je trouve le courage de patienter. Heureusement, Mei me donne quelques nouvelles par sms. Nous avons échangé nos numéros le soir où tout a explosé et si elle n'est pas très à l'aise avec son téléphone, je comprends l'essentiel de ses messages codés, malgré les majuscules, l'absence de ponctuation et son chinois incompréhensible qui se glisse çà et là. Dieu merci, le langage émoticône est universel.

En parlant de texto, j'en reçois un de Ben au même instant.

Benji : Galerie ok. Josie m'a aidé
à tout installer. Que la force soit
avec toi, mon pote !

J'acquiesce en silence, mes yeux vont de droite à gauche pendant que je réfléchis à la suite. J'ai fini de développer les dernières photos et j'ai de l'encre sur les doigts quand je referme le marqueur indélébile.

Il me reste à trouver la bonne fenêtre de tir et j'ai besoin de Mei pour arriver à poser la pièce finale de ce puzzle gigantesque. Exactement comme ces grands portraits constitués de dizaines et dizaines de toutes petites photos. Un ultime portrait censé projeter ce qui a échappé à Breen. Ce jour si particulier.

Le temps est venu de lui avouer le point de départ de notre histoire. Elle n'imagine pas que tout a commencé avant l'exposition. J'ai failli lui en parler à Brighton, mais je ne l'ai pas fait. Je dois tout lui dire, c'est seulement là qu'elle aura tout en main pour prendre sa décision. Là que je saurai si elle est prête à partager mon cœur et à faire grossir le sien.

Pour l'heure, alors que je suis en train de fouler les trottoirs de Camaret, la moitié de mon organe est en suspension entre nous deux. Il s'agite devant mes yeux, comme pour me narguer et me faire espérer. Si Breen me rejette cette fois encore, il s'écrasera à mes pieds et il n'y aura plus rien à faire pour le sauver. Mais je repousse cette idée en même temps que la grande porte vitrée derrière laquelle j'ai placé tous mes espoirs. Et j'attends, dans le noir, en espérant que les néons éclairent enfin ce jour qui n'a jamais vu la lumière.

Un jour nouveau

BREEN

Aujourd'hui.

Je redescends en ville quand la nuit est sur le point de tomber. Je suis transie de froid et d'humidité, mes cheveux et mes lèvres ont le goût du sel. Mei m'intercepte sur le palier de notre étage, à la fois perplexe et soulagée. Elle ouvre sa porte et je jette un coup d'œil vers la mienne. Il me semble apercevoir quelque chose dépasser sous l'encadrement, mais j'ai besoin de mettre de la distance entre mon appartement et moi. Dans ces moments-là, j'y mettrais volontiers le feu.

– Est-ce qu'on peut faire comme si j'étais une vieille cousine éloignée qui vient passer un peu de temps chez toi ? je soupire en m'apprêtant à entrer chez elle.

Le marchandage.

– Pas cette fois, elle tranche sur un ton qui me fait hausser les sourcils. Je t'ai laissée faire ce petit manège bien trop longtemps. Maintenant, ça suffit.

– Pardon ?

– Je refuse de le cautionner.

– Mais, je…

– Je t'offre une dernière chance, Breen.

– Une chance de faire quoi ? je bafouille.

– D'essayer.

– Oh bon sang, Mei ! Tu ne vois pas que je ne fais que ça depuis tout ce temps ! Reproche-moi de ne pas y arriver si tu veux, mais je t'interdis de dire que je n'essaie pas.

– Tu ne vas jamais au bout des choses. Tu essaies, oui, mais dès que ça devient plus dur, dès que tu commences à avoir peur, tu bats en retraite. Ouvre les yeux !

– Mais qu'est-ce qui te prend ? Je suis partie deux heures et à mon retour tu…

– Tu es partie cinq ans, *xiao*. Il est temps de revenir, maintenant.

– Bien sûr, pourquoi n'y ai-je pas pensé avant ? je raille en claquant des doigts.

Debout devant moi, du haut de son mètre cinquante, elle me défie sans ciller. Elle ne se décale pas pour me laisser entrer, toute son attitude me pousse en arrière.

– Je vois, je vais rentrer chez moi, je lâche finalement.

– Bonne idée.

J'ouvre la bouche de stupéfaction. Mei ne fait jamais rien sans avoir une idée derrière la tête, mais là, je ne comprends pas ce qu'il lui prend.

Je recule, elle reste sur le seuil quand j'atteins la porte de chez moi.

En enfonçant ma clé dans la serrure, je remarque à nouveau quelque chose entre le sol et la porte. Je m'accroupis et tire sur ce qui dépasse. Il ne me faut qu'une seconde pour comprendre ce que c'est.

– Est-ce que Sawyer est passé ? j'articule à l'attention de Mei, en me redressant.

– Ça se pourrait…

Je tourne la clé et pousse le battant d'un geste hésitant. Je n'entre pas encore, mais je tends une main pour actionner l'interrupteur à l'intérieur. Je cligne des yeux longtemps devant le spectacle étalé à mes pieds.

– Tu l'as laissé entrer ? je m'offusque en jetant un regard outré à ma voisine.

– Lui, il essaie vraiment, elle réplique avant de refermer sa porte.

– Non mais je rêve !

J'avance à pas mesurés, un doigt entre les dents, jusqu'à me retrouver encerclée. Je mords mon ongle en contemplant ce qui est disposé tout autour de moi. C'est-à-dire… moi. Mon visage, parfois accompagné de celui de Sawyer, encore et encore sur des dizaines et des dizaines de photographies. Il y en a aussi de lui seul, pour les jours où on ne s'est pas vus.

Je lance un regard circulaire pour vérifier que mon visiteur n'est pas encore dans les lieux, mais la pièce est vide et silencieuse. Je demeure immobile, spectatrice du diaporama qui s'étend au sol.

Chacune de mes respirations est hésitante.

Je finis par m'asseoir sur le parquet et fais voler un doigt au-dessus des clichés disposés en demi-cercle parfait. Je les balaie du regard une fois, deux fois, puis je comprends. De la première à la dernière, elles sont classées par ordre chronologique.

L'expo de Ben, le restaurant, chez moi…

1, 2… 6… 15… 31… 46… 48…

Je n'ai pas besoin de chercher, je me souviens précisément du numéro de chacune de ces journées. J'attrape l'une d'entre elles et la retourne sans réfléchir. Au moment où mes yeux déchiffrent ce que Sawyer a inscrit derrière, je la lâche précipitamment. Mais dans une frénésie que je ne contrôle pas, je les retourne toutes.

Mes fesses glissent en arrière, jusqu'à ce que mon dos rencontre le mur. J'inspire, j'expire. Je meurs et je ressuscite. Je me traîne à quatre pattes jusqu'à l'évier de la cuisine, j'ai besoin de rafraîchir cette fièvre subite qui échauffe mes joues.

Je mouille mon visage et, alors qu'il dégouline encore sur mon tee-shirt, je me retourne et m'appuie contre le plan de travail. Je contemple Sofa, je n'arrive pas à en détacher mon regard. Je plisse les yeux, pousse sur mes bras pour me donner l'impulsion d'avancer. Ma hanche cogne contre une chaise de la table à manger, mais tout ce qui m'obnubile en cet instant, ce sont les rectangles brillants posés en équilibre sur le dossier du canapé.

Une nouvelle pile de photographies, que je n'ose pas saisir.

Je les laisse là et repars vers les autres, celles que je connais, celles qui ne me terrorisent pas autant. Je m'assieds en tailleur au milieu du salon et les remets toutes de face, comme autant de fenêtres entrouvertes. Mes jambes fourmillent, ma langue passe et repasse sur mes lèvres entaillées.

Je bataille contre l'envie d'aller chercher un carton dans ma chambre, caché tout en haut de ma penderie, derrière une pile de draps. Je lutte, jusqu'à ce que le besoin devienne plus fort que mon angoisse. Je me relève, attrape une chaise au passage et la traîne jusqu'à l'armoire.

Debout sur l'assise, je fais tomber les draps pliés sans ménagement et tire sur la grande boîte. Elle semble peser une tonne, alors qu'elle ne contient pas grand-chose.

Je me réinstalle au milieu de ma fresque et fais coulisser le couvercle centimètre par centimètre. Un très léger parfum s'en échappe et me tord le ventre. Je fouille parmi les quelques vêtements que j'ai conservés, une peluche, un bonnet, un biberon jauni. Le bracelet en argent que je n'ai pas eu la force de laisser à mon poignet.

Quand mes doigts frôlent la couverture épaisse d'un album, je tressaute mais ne me démonte pas.

Je le pose entre mes jambes, l'ouvre et trace le contour des quatre lettres qui ornent la page de garde. Sur les suivantes, en haut de chaque feuillet, le jour est numéroté, le décompte est lancé.

– Salut, je murmure en contemplant la première photo.

Ce cliché a été pris par une sage-femme de la maternité, celle qui a conduit Will à mon chevet. Je me rappelle notre première rencontre et tout ce qui est né ce jour-là.

Je prends le temps dont j'ai besoin pour m'immerger dans ces souvenirs. Je m'imprègne de tout le bonheur qui en émane, de cette vie, de ces sentiments forts que je n'avais jamais ressentis.

Page après page, je dépose près de Will chaque photo prise par Sawyer. Le jour 1 avec le jour 1 et ainsi de suite. Cinq ans les séparent, la seule chose qui change est mon visage, moins arrondi, moins juvénile.

J'essuie mes larmes du revers de la main, celles que je n'intercepte pas s'écrasent sur le papier glacé en y laissant une auréole humide.

Quand arrive la dernière page, je referme l'album d'un coup sec.

– Respire, Breen.

J'appuie mon front contre la reliure et tente de retrouver un peu d'oxygène. Lorsque mon pouls résonne moins fort dans ma gorge, je repars du début.

– Tu vois, Mei, j'essaie, je chuchote en faisant redéfiler les images.

Si au départ je ne vois que Will, Sawyer prend progressivement sa place à ses côtés. Quelque chose en moi cherche encore à lutter, à repousser cet intrus qui vient grignoter un espace jusqu'ici réservé. Puis arrive la dernière page. Celle qui ne contient qu'un malheureux 49 et rien d'autre. Plus de photos de Will, plus de Will tout court. Il me reste pourtant une petite pile de clichés, celle laissée par Sawyer sur Sofa. C'est là que le courage fait surface et me donne la force d'aller les chercher.

Je me réinstalle par terre et les examine. Elles sont différentes, il n'y a que lui dessus et les inscriptions au marqueur ne figurent plus au dos, mais directement sur la photo.

« Tu comptes pour moi »

« Laisse-moi compter pour toi »

Autant de phrases qui me laissent pantoise. Je n'ai donné aucune chance à Sawyer de lui expliquer, et pourtant il a cerné mes ombres, percé ma carapace comme un pro du casse-tête chinois. Ne reste qu'une ultime énigme : remettre les pièces de mon cœur dans le bon ordre.

« Je suis là »

Ces trois mêmes mots reviennent souvent, illustrés par Sawyer en train de prendre la pose dans divers endroits. Des lieux que je reconnais sans peine, puisqu'ils ont tous un lien avec notre histoire.

Le café, sa voiture, ma cuisine, mon canapé… Je souris même devant le cliché sur lequel il est allongé sur Sofa, un bras replié derrière la tête, son regard perçant l'objectif. Il a dû la prendre pendant que j'étais chez Mei, je n'arrive pas à croire qu'elle l'ait laissé entrer chez moi aussi facilement. Et en même temps, je ne lui en veux pas. Bizarrement, cette idée me plaît davantage que ce qu'elle devrait. En levant les yeux en direction du canapé, je pourrais presque l'y voir, encore installé.

– Il est là, je m'entends chuchoter. Il est là, Breen.

Mes mains se mettent en mouvement, mélangent les photos avec précipitation. Je leur cherche un ordre mais recommence systématiquement, jamais satisfaite. Je me nourris de cette excitation inconnue pour garder la tête hors de l'eau.

D'une main je retourne la page 49, celle qui demeure vierge quoi qu'il arrive. Mais les suivantes se remplissent très vite d'images, jusqu'à ce qu'il ne m'en reste qu'une dernière en main. C'est la pointe de Pen-Hir, si bien immortalisée que je sentirais presque le vent souffler sur mon visage et l'odeur des embruns flirter avec mon nez. Je la contemple, exactement comme je l'ai fait la première fois que je l'ai vue, à l'exposition de Ben et Sawyer. C'est la même. C'est elle, celle qui n'était pas à vendre, qui semblait si spéciale pour Sawyer. Je la tiens là, entre mes mains, et je sens une électricité grésiller sous mes doigts. Mon cerveau refuse de la retourner, mais mon cœur, qui demeure ce capitaine auto-proclamé, veut lire le message que je devine au dos.

« Tu comptes les jours depuis le premier. Redonne-m'en juste un, je veux te montrer celui qui t'a échappé. »

Un jour nouveau. Celui qui pose des questions au cœur incertain.

Jours 1

BREEN

Aujourd'hui.

Je ne sais pas comment je suis arrivée jusqu'au grand loft d'exposition.

Debout devant la porte vitrée, je me souviens exactement de ce premier jour où j'ai hésité. Partir ou rester. Flancher ou aimer. Aujourd'hui encore, je n'en ai pas la moindre idée. Je me répète que, si je suis là, c'est pour appréhender ce jour qui m'aurait échappé, parce que je ne vois vraiment pas ce que Sawyer a voulu dire par ce message.

La curiosité, voilà ce qui a poussé mon corps hors de chez moi, fait rouler mon vélo jusqu'ici. Il ne m'a pas fourni d'indications sur un lieu de rendez-vous, mais ça ne peut être que cet endroit. Le point de départ de toute cette histoire.

Je tends le cou pour lorgner derrière les grandes fenêtres. Il n'y a ni foule, ni lumière. Je commence à douter, puis je devine un faible éclairage plus loin dans le fond, comme un phare frileux qui ne se sentirait pas assez courageux pour tout éclairer.

Je piétine sur le trottoir, coincée entre deux pans de ma vie. Devant, le futur, derrière, le passé. J'ai encore ce même réflexe de regarder en l'air, vers cet infini rassurant, mais je suis consciente que le moment est venu de baisser la tête. De baisser la garde, ne serait-ce qu'une fois. Je crois que c'est la deuxième raison de ma présence ici.

– Juste un jour, j'articule en serrant les poings. Rien qu'un seul.

Je pose mes doigts sur la surface lisse de la porte, les uns après les autres. Je compte, mais seulement jusqu'à trois. Pas pour Will, pas pour Sawyer, juste pour moi. En réalité, je recommence plusieurs fois.

Quand je pousse le battant, j'inspire une goulée de courage et j'avance dans la pénombre. Les néons se mettent alors à clignoter et je me fige. Mon cœur fait des cascades dans ma poitrine, exécute des figures inconnues, se consume et revient à la vie.

Je tourne spontanément les yeux vers le grand cadre qui m'accueille et déglutis. Ce que mon miroir me renvoie depuis un nombre incalculable de jours pourrait presque me faire douter, mais c'est bien moi qui figure sur ce portrait. Une moi souriante, rougissante, un peu gênée d'être ainsi exposée. Cette

Breen qui ne s'éveille que dans la limite de ses 49 journées. Juste en dessous, je reconnais l'écriture de Sawyer.

– Les jours se suivent et te ressemblent, je lis à haute voix.

Je tangue en relisant cette légende qui me parle plus qu'elle ne le devrait. Ces mots sont absolument parfaits, révélateurs de cette boucle sans fin qui m'aspire depuis cinq ans. Des années à reproduire ces jours qui lui ressemblaient tant.

Mes respirations résonnent dans le silence ambiant, qui est bientôt rejoint par le bruit de mes pas en réponse à cette invitation. Je poursuis mon chemin, de plus en plus curieuse. Je retrouve chacune des photos que Sawyer a laissées chez moi, mais pas dans l'ordre que je leur ai donné. Ici, elles sont exposées à contre-courant, de la plus récente à la plus ancienne. Je remonte le fil de notre histoire et je dois bien admettre que c'est rassurant de me voir de plus en plus heureuse.

Face au jour 7, je n'ai toujours pas aperçu Sawyer. J'en viens même à me demander s'il est présent, ou s'il a choisi de me laisser ce moment. Étrangement, je ne sais pas ce que je préférerais.

Au pied de l'escalier, je reprends mon souffle. Les premiers jours sont forcément exposés là-haut, et cette fois, ils me font peur. C'est le monde à l'envers.

– Allez, Breen. Continue, je m'encourage en me frottant les cuisses. Le pire est derrière toi.

Je monte les marches sur la pointe des pieds, comme une danseuse qui improviserait une chorégraphie délicate.

J'ai un peu la tête qui tourne en arrivant à l'étage, ce qui semble logique quand on vient de retenir son souffle toute une minute. J'agrippe la rampe de peur de basculer en arrière, et lorsque je relève la tête, mes yeux déchiffrent immédiatement la phrase qui orne une nouvelle photographie.

Celle-ci est un peu différente des précédentes. Elle est scindée en deux, j'occupe toute la partie gauche, une main tendue vers l'objectif. Je me souviens de ce moment, quand j'essayais de convaincre Sawyer de lâcher son fichu appareil. Ce qui me surprend, en revanche, c'est la photo de droite, sur laquelle il reproduit ma pose. Paume ouverte et main tendue, j'ai l'impression qu'il m'invite à entremêler mes doigts aux siens. L'émotion me fait frissonner quand je relis les mots juste en dessous.

– Si tu glisses, je te retiens.

Comme s'il avait compris que, sur cette dernière marche, je risquais de dégringoler. Comme s'il avait réalisé que mes pieds foulent sans cesse un sol glissant qui cherche à me ramener en arrière. Et je la sens, cette force invisible, me tirer vers l'avant. C'est étrange, inhabituel. D'ordinaire, je n'ai qu'un seul moteur, celui qui vrombit dans ma poitrine. Mais il a calé, sans redémarrer, et je me laisse entraîner. Si je suis là, c'est pour aller tout au bout. Du dernier jour jusqu'au premier, pour trouver ce fameux détail qui m'aurait échappé. Et à mesure que j'avance, j'ai le pressentiment que c'est peut-être bien plus gros que ce que j'imagine.

La galerie se termine sur une pièce circulaire, s'ouvrant sur la grande terrasse. Les baies vitrées sont fermées, la nuit est encore profonde et la seule source de lumière provient du lustre gigantesque au-dessus de ma tête. Je tourne sur moi-même, cherchant un Sawyer inlassablement absent.

Mes yeux parcourent les cloisons vierges jusqu'à la trouver enfin. L'ultime photo, immense et brillante. Ou je devrais plutôt dire la première. Le jour 1, celui qui, tout prêt, me semble pourtant si lointain.

La curiosité bouillonne en moi pendant que je découvre ce cliché que je n'avais jamais soupçonné. C'est moi, le soir de l'expo. Je suis de dos, au premier plan, prise en train de contempler la grande photo de la falaise. C'est devant celle-là que Sawyer est venu me parler pour la première fois. Je lis alors le petit écriteau, qui me fait froncer les sourcils.

« Jours 1 »

Je bloque sur le « s », cherchant le sens de ce pluriel. Mes yeux remontent le long du papier glacé, pour en saisir tous les détails. Je reviens sur la légende, puis à nouveau sur la photo. Non, je ne comprends toujours pas ce que ce « s » vient faire ici.

– Qu'est-ce que ça veut dire ? je murmure en reculant d'un pas.

Il n'y a pas d'indices, je suis presque déçue d'avoir fait tout ce chemin sans rien obtenir de plus.

Je suis tellement concentrée sur cette photo que je n'entends pas Sawyer approcher. Et avant d'avoir pu sursauter, je sens sa chaleur m'englober et repousser mon frisson. Il se colle à mon dos, sans dire un mot, et je ferme les yeux en le sentant poser son nez contre mes cheveux.

Il frôle mon crâne, et son nez s'enfouit entre mes mèches pour respirer mon odeur. Ma tête suit le mouvement de la sienne et une chair de poule me parcourt tout entière.

Je me laisse voguer sur le rythme lancinant qu'il nous donne. Seul mon cœur demeure sur la défensive.

– Tu es là… il murmure en traçant de longues lignes le long de mes bras.

Je cligne des yeux, les oblige à revenir sur la grande toile imprimée.

– Pourquoi avoir mis un « s » ? j'articule avec peine.

– Regarde bien.

– Désolée, mais…

– Regarde mieux, il insiste en me poussant plus près.

– Je ne comprends pas.

– Ici, c'est *ton* jour 1, il démarre en posant son index sur le bas de la photo, là où je suis de dos, devant son œuvre.

– Oui. Ce soir-là, je n'ai même pas remarqué que tu m'avais photographiée.

– Et ça, il poursuit en faisant remonter son doigt sur la falaise, c'est *mon* jour 1.

Je penche la tête sur le côté, mords ma lèvre en cherchant la signification de son aveu. Je ne vois aucun rapport entre cette falaise et son jour 1. Entre cette silhouette floue que l'on aperçoit à son sommet et son jour…

Mon corps s'anime de lui-même et mon nez vient se coller plus près. Une idée fugace traverse mon esprit, mais ça ne peut pas être ce que je crois.

– Ce n'est pas… Attends, ce n'est pas…

– Toi ? il souffle en dessinant un cercle autour du tout petit corps lointain. Si, c'est toi, Breen.

Je cherche à faire un pas en arrière quand cette révélation explose. Mon dos bute contre son torse et m'empêche de m'éloigner davantage. Je sens une de ses mains se faufiler le long de mes côtes jusqu'à se poser sur mon ventre, tandis que sa tempe se colle à la mienne.

– Au départ, si je suis venu à Camaret, c'était pour photographier cet endroit. J'avais entendu dire que la pointe de Pen-Hir offrait une perspective incroyable, presque irréelle.

– C'est impossible…

– J'ai pris des dizaines de photos ce jour-là et, effectivement, le paysage était bluffant. Et alors que j'allais redescendre, j'ai entendu quelque chose. J'ai d'abord cru que c'était le vent et puis je t'ai aperçue. Minuscule, tout au bord, et j'ai compris que c'était toi. Toi qui criais dans les rafales, toi qui remplissais le vent et l'atmosphère étrange de cette falaise. C'est là que j'ai pris cette photo. C'est à cet instant que tout a commencé, voilà le jour qui t'a échappé.

– C'est vraiment moi ?

– Oui. Je suis descendu en Espagne pour un contrat le lendemain, mais je n'arrivais pas à penser à autre chose qu'à toi. Je suis revenu exposer à Camaret parce que c'est toi. Je ne sais pas ce qui s'est déclenché en moi ce jour-là, mais il fallait que je reste *parce que c'est toi*.

– J'aurais pu être une touriste de passage.

– Je t'ai revue en ville.

– Hum, c'est…

Je laisse ses mots faire leur chemin dans mon esprit stupéfait.

– C'est un hasard que Ben ait exposé en même temps que toi ?

– Est-ce que c'est une information cruciale ? il élude en se raclant la gorge.

– J'en crois pas mes oreilles… Tu as mené ta petite enquête sur moi ?

– Quelque chose comme ça.

– Tu as orchestré un guet-apens en te servant de mon ami…

– Ça semble très exagéré, présenté de cette manière ! il se défend sans grande conviction.

– Pourquoi tu ne m'as rien dit ?

– Je n'ai jamais trouvé le bon moment et maintenant je comprends pourquoi. Aujourd'hui, là, comme ça, c'est parfait.

Je suis tellement confuse que j'en oublie les raisons initiales de ma venue. Mon attention est focalisée sur cette image, sur toutes celles qui remplissent la galerie.

– Toutes ces photos, l'expo… Comment tu as fait ça si vite ?

– J'ai l'impression qu'il s'est écoulé une éternité depuis la dernière fois qu'on s'est vus. Mais c'est Benji, c'est lui qui m'a filé un coup de main pour tout organiser.

– Qu'est-ce que tu lui as dit ? Est-ce qu'il sait ?

– Non, bien sûr que non, il s'empresse de me rassurer. À vrai dire, j'ai peut-être laissé sous-entendre que le but de tout ça était…

Il fait une pause et je l'entends pouffer dans mes cheveux. Je me décale pour le regarder de biais.

– Crache le morceau, Hall. Tu as raconté quoi à Ben ?

– Que je comptais te demander en mariage.

J'ouvre la bouche de stupéfaction, secoue la tête automatiquement.

– Laisse-moi deviner, je vais devoir lui dire que tu as refusé ?

– Oh que oui ! j'assène à bout de souffle.

– Hum, il soupire en faisant la moue. Il va être dévasté. Tu aurais dû voir la joie pétiller dans ses yeux à l'annonce de notre union. Ça va lui briser le cœur.

– Tu le réconforteras, il s'en remettra.

Il hoche la tête, fixe les photos, puis il pose ses mains sur mes épaules pour me positionner face à lui.

– Et toi, Breen ?

– Moi ?

– Est-ce que tu t'en remettras ?

Sa question flotte entre nous comme une fumée opaque. Je savais qu'en entrant ici l'heure des confessions sonnerait. *Je peux le faire.*

Je prends de profondes inspirations et expire plus fort encore, en espérant faire disparaître le voile qui nous sépare.

– Je ne sais pas, je bafouille en clignant des paupières.

Je grimace aussitôt et peste intérieurement. J'essaie de tout mon cœur de lui livrer ce qui m'habite, mais ma bouche reste désespérément scellée. Les maux de l'âme sont durs à formuler.

– En fait, il en manque encore un, il lance soudain.

– De quoi ?

– De jour 1, il souffle dans le creux de mon oreille.

À peine ces mots prononcés, j'entends un clic lointain et une image se projette instantanément sur le mur blanc voisin. Une photo de Sawyer et moi, prise à l'instant.

– Écoute-moi, il chuchote en levant un doigt vers le mur. Il y a trois photos en une ici. *Mon* jour 1, à moi seul. *Ton* jour 1. Et là, ce soir, à portée de main, un autre jour 1. Tu vois en quoi il est différent ?

– Non…

– C'est le *nôtre*, Breen. Notre jour 1 à tous les deux. Plus de décompte solitaire, plus de secrets.

Ses paroles se faufilent en moi, glissent sous ma peau et s'enroulent autour de ma colonne vertébrale. L'électricité qui fuse dans toutes mes cellules me fait trembler. Ça semble si facile dans sa bouche, mais dans la mienne, les mots n'ont pas plus de consistance qu'un souffle.

– Je t'aime, jolie Breen, il susurre en raffermissant sa prise sur mes épaules. Depuis encore trop peu de temps pour accepter de nous laisser tomber. Mais bien assez pour te promettre d'être à tes côtés chaque fois que tu flancheras. Si ton amour c'est m'aimer 49 jours et recommencer, alors j'accepte. Aime-moi comme ça. Je te regarderai compter les jours jusqu'au quarante-neuvième, le temps qu'il faudra. Parce que j'ai confiance en nous et que j'ai envie de compter avec toi et pour toi.

– Ça ne te fait pas peur ?

– Non. À nous deux, notre amour sera infini. Tu seras la force du premier jour et je serai celle du dernier. Toujours.

Je pose mon front contre son menton, rassurée par ses mots qui trouvent une parfaite résonance en moi. J'ai encore peur, je sais que je vivrai toujours avec ce cœur qui tremble entre chacun de ses battements.

– Je t'aime, il répète en me serrant dans ses bras.

– J'ai le sentiment d'avoir eu plusieurs vies, Sawyer. Et dans chacune d'elles j'ai aimé. Parfois c'était une illusion, parfois c'était vrai.

– Je serai l'homme de cette vie. Celle qui commence ici.

Pour la première fois, j'ai assez de volonté pour croire en Sawyer. Il me comprend, il m'accepte avec mes peurs et mes erreurs. Mon corps se détend complètement et, si je tiens debout, c'est grâce à cet homme qui me retient.

Soudain, mille paroles s'affolent sur ma langue et jaillissent de mes lèvres. Je lui confie tout ce qui me vient, sans ordre ni sens, parfois. Il ne m'interrompt pas une seule fois jusqu'à ce que je me taise enfin.

Mon visage est toujours contre sa poitrine et je reste ainsi à écouter son pouls.

Dès qu'il est certain que je n'ajouterai rien de plus, il se met à hocher la tête plusieurs fois et c'est à mon tour de ne pas interférer dans ses réflexions. Les minutes s'écoulent, puis je sens sa main glisser le long de mon bras jusqu'à ce que ses doigts s'enroulent autour de mon poignet. Il me repousse un peu et le retourne doucement, de manière que je puisse y lire mon tatouage. *Will I survive*. Son autre main fouille dans sa poche arrière, puis s'approche en tenant un feutre noir qui ne tremble pas.

Je le laisse faire, concentrée sur ce qu'il est en train d'imprimer sur ma peau. Il commence par inscrire le chiffre 1 au creux de ma paume. Il m'adresse un regard sous ses cils et mon cœur s'emballe. Puis il dirige la pointe plus bas et sa promesse prend tout son sens. Ce qu'il encre sur ma peau est minuscule, mais immense pour moi. Quelque chose qui était infranchissable jusque-là et que Sawyer vient de rendre palpable. Juste ici, devant mes yeux humides, sur ma chair tremblante sous laquelle mon pouls palpite, il trace une virgule franche. Pleine de vie.

Will, I survive.

Rien qu'une virgule. Ce petit morceau qui me manquait pour y arriver. Rien qu'une virgule, qui signifie beaucoup. Tout.

Will, je survis. À partir d'aujourd'hui, je survis. C'est promis.

Jour 1. Celui où les certitudes meurent, pour que la vie reprenne enfin son cours.

ÉPILOGUE

BREEN

Cinq ans plus tard.

Assise dans l'herbe, je passe une main distraite parmi ces petites fleurs violettes que je chéris tant. Ce sont les mêmes que celles qui poussent sur la pointe de Pen-Hir, plantées avec amour par Sawyer. La seule différence, c'est le paysage qui m'entoure : pas de falaise, pas de vue directe sur l'océan agité ; rien qu'un immense jardin clôturé, abrité du vent par la maison qui s'étend derrière moi. Notre maison, fraîchement retapée, dans une rue paisible de Brighton. *Goodbye* Camaret.

Nous avons déménagé près des parents de Sawyer l'année dernière, quand l'état de sa mère s'est dégradé. Pour autant, nous revenons souvent à Camaret, pour rendre visite à Josie. Ben, lui, est quelque part en Inde. Sa carrière a pris un tournant monumental il y a quelques années et je soupçonne

Sawyer de ne pas y être étranger. Il n'est pas du genre à se vanter, mais je sais qu'il porte une grande estime à mon ami.

J'entends des rires et des cris devant moi, je lève le nez pour regarder Sawyer courir plus loin. Son appareil photo pendu à son cou, il essaie d'attraper notre fille qui refuse de rester en place.

– Oh allez ! Rien qu'une minute pour faire plaisir à papa ! il essaie de négocier.

J'éclate de rire devant ce spectacle dont je ne me lasse pas. Sa patience envers les « filles Hall », comme il nous appelle, m'impressionne toujours autant. Eh oui, j'ai abandonné le Peterson juste avant la naissance de notre fille, il y a bientôt trois ans et, depuis, je suis devenue « la jolie Hall ». Ou « la vilaine Hall », quand je refuse de prendre la pose pour mon photographe invétéré de mari.

– Viens ici, vilaine Hall !

Je relève la tête, mais ce n'est pas à moi qu'il s'adresse. *Telle mère, telle fille !*

Je glousse en regardant mon grand bébé faire tourner son père en bourrique. Elle est rapide et têtue comme une mule. Elle est magnifique. Elle s'appelle Rose. Comme la fleur qui se tourne toujours vers le ciel. Si elle a hérité de la tignasse de son père et de ses grands yeux bleus, elle me ressemble quand même beaucoup. Le regard toujours levé vers les nuages, elle peut passer des heures à les contempler. Sawyer râle, mais il adore ça.

Il était déjà un homme extraordinaire, mais la paternité l'a rendu encore plus incroyable. Avec elle, avec moi. Quand Rose est née, j'ai cru mourir d'angoisse à chaque seconde. Je ne voyais que ces jours… J'étais partagée entre célébrer la vie et redouter la mort. Sawyer s'est montré si patient, si attentif. Il m'a soutenue quand je luttais contre le sommeil pour ne pas perdre des yeux notre petite fille endormie. Il m'a serrée dans ses bras quand la peur m'étranglait. Il m'a soufflé des mots d'amour pour que je tienne le coup. Il a été parfait. Il *est* parfait, même quand il cède bien trop facilement aux caprices de sa petite princesse.

– Ces deux-là me donnent le tournis, souffle Mei à côté de moi.

Je souris en observant son profil familier. Accepter de quitter Camaret n'est pas une décision qui s'est prise en une journée et j'avais une condition suprême : embarquer Mei dans mes cartons. Je m'attendais à devoir négocier des heures durant, mais ma voisine préférée n'a pas fait durer le suspense. Elle a rendu ses clés le même jour que moi, pour venir s'installer au bout de la rue. Après tout, je la considère comme un membre à part entière de ma famille, et de son côté, elle n'a que nous.

– Mémei ! crie Rose en lui tournant autour avant de repartir de plus belle.

Ce surnom lui a été soufflé par Sawyer, même s'il refuse de l'avouer.

– Quel petit diable, elle poursuit en suivant Rose des yeux. Elle a de la chance d'avoir un père si dévoué.

– Oui, j'acquiesce en les couvant d'un regard brillant. Il a ça dans le sang, c'est indéniable.

Sawyer me dit souvent qu'il veut au moins six enfants de plus, et moi, je lui répète qu'il est complètement fou et qu'il faudra me passer sur le corps. Ça nous fait rire, parce que techniquement, s'il me passe sur le corps, il parviendra sans peine à ses fins. D'ailleurs, mon ventre qui s'agite en est la preuve.

Dans quelques semaines nous serons quatre et, quand je fais le bilan de ma vie, je suis fière d'avoir su saisir la main que Sawyer m'a tendue.

J'ai continué à compter les jours encore un peu quand j'ai laissé Sawyer revenir. On ne se libère pas de ses souffrances en un claquement de doigts. J'ai compté, j'ai aimé, j'ai pleuré, j'ai douté et j'ai recommencé.

Et puis un beau matin, j'ai ouvert les yeux et j'ai admiré cet homme qui dormait près de moi. Je l'ai observé plus intensément, jour après jour, jusqu'à trouver l'issue tant attendue. J'ai donné un nouveau sens à mes journées à partir de là.

Quand j'ouvre les yeux le matin et que je le vois à mes côtés, c'est un jour 1. Quand il me couve et me découvre, m'embrase et me fait chavirer, c'est un jour 16. Quand on se dispute, c'est un jour 23, et quand on se retrouve, c'est un jour 31. Et ça fonctionne comme ça, depuis cinq ans maintenant.

Grâce à lui, j'ai enfin pu comprendre l'essentiel. Cet amour que je cherchais avec tant de force et de désespoir, celui qui représentait Will, je ne pourrai jamais le retrouver, tout simplement parce que ce n'est pas ainsi que cela fonctionne. Il est unique, rien qu'à lui. Son empreinte est gravée dans mes chairs, dans mon cœur.

Pendant des années, j'ai cru qu'il n'en existait qu'un seul et je persistais dans cette quête stérile. J'avais tort, l'amour se conjugue au passé, au présent et au futur. Au pluriel.

J'aime Will.

J'aime Sawyer.

J'aime Rose.

J'aime déjà ce bébé qui enfonce son coude dans mon estomac.

Mais chacun d'eux reçoit de moi un amour qui lui est propre. Il m'aura fallu endurer toutes ces épreuves, ces chutes et la douleur pour comprendre mon erreur. Chaque fois qu'on commence à aimer, c'est un premier jour qui s'enclenche. Unique et mérité. Des parcours parallèles qui filent dans la même direction, qui s'entrecroisent parfois et se renforcent les uns les autres. Comme une toile tissée, une passerelle sur laquelle avancer.

Il y a encore parfois des jours 49, bien sûr, ce n'est pas quelque chose qui disparaît. Je ne veux pas que ça disparaisse. Je ne les compte plus comme avant, mais ils sont toujours là. Ils font partie de moi, parce que c'est en eux que résonne mon amour. Mais ils ne me font plus souffrir comme par le passé. Ils ont représenté la mort pendant longtemps, à présent ils signifient la vie qui suit son cours. Comme une leçon en 49 chapitres, que je révise sans cesse et qui forge mon cœur jour après jour. Lui rappelant que ce sentiment mérite une attention quotidienne et qu'il ne l'oublie plus jamais. Alors je me souviens chaque jour qu'aimer c'est aussi accepter de perdre, mais que ça laisse toujours une trace éternelle. Immortelle.

Mes yeux glissent jusqu'à mon poignet, suivent les lettres et reviennent sur la virgule devenue indélébile. Oui, ces 49 jours m'ont appris à aimer, pour le reste de ma vie.

L'Amour compte les jours,
comme les battements d'un toujours.

REMERCIEMENTS

Ce livre a fait trembler mes doigts et je suis passée par toutes les émotions en l'écrivant. J'ai eu le sentiment de vivre et survivre aux côtés de Breen, de rire et d'aimer avec Sawyer. En mettant le point final à cette histoire, je me suis sentie à la fois vide et remplie.

Les remerciements sont une étape importante du processus d'écriture, parce que c'est le moment où l'on comprend d'où provient cette étincelle indispensable. Cette énergie qui grésille au bout de mes doigts.

Merci à toi, lectrice d'un jour ou de toujours. Écrire est ma manière de communiquer, alors merci d'être là pour m'écouter. Merci aussi d'être patiente lorsque tu attends dans ma file de dédicace. J'essaie de parler moins, de ne pas dévier sur des hors-sujets tels que les masques pour cheveux ou les Smarties… Je travaille là-dessus, c'est promis !

Merci à Cécilia, la meilleure des bêtas, la meilleure des amies qu'on puisse avoir. Mon binôme qui me maltraite et traque mes répétitions. Qui me laisse de petites annotations, qui pleure et s'énerve. Ce livre ne serait pas ce qu'il est sans toi.

Merci à Marine, mon éditrice exceptionnelle, qui connaît parfaitement mon cœur d'auteure. Elle entend ce que je ne dis pas, elle lit entre les lignes et m'accompagne à chaque pas. Rien ne serait pareil sans elle et je suis comblée de l'avoir à mes côtés.

Merci à Fyctia. Je n'ai pas écrit ce livre sur la plateforme, mais c'est elle qui a su délier mes doigts la toute première fois. Si aujourd'hui j'ai terminé cette quatrième histoire, c'est grâce à Fyctia, à sa communauté et à la confiance qu'elle m'a insufflée. #fyctiaforever

Merci à Célia, mon attachée de stress qui rôde toujours aux séances de dédicaces pour calmer mes bavardages. Elle fait un travail fabuleux pour ses auteurs.

Merci à Hugues de Saint Vincent, pour avoir créé cette famille Hugo si accueillante. Je suis amoureuse de romance et j'ai trouvé ici la continuité de cette passion. Merci aux membres de cette belle équipe pour leur confiance, leur vision et les opportunités exceptionnelles qu'ils m'offrent.

Merci à mes collègues talentueuses de la #FrenchTeam NewRomance. C'est toujours un plaisir de vous revoir, notre complicité est un moteur pour moi.

Merci à toutes les bloggeuses, chroniqueuses, youtubeuses, instagrameuses… Vos magnifiques photos et vos articles naissent de notre passion commune. Nous sommes une immense famille et je suis ravie d'en faire partie.

Merci à Sarah, Margot et Ana, ce trio fantastique à qui j'ai confié la lecture de ce manuscrit. Vous avez compris, vous m'avez encouragée avec générosité et amitié. #cestunehonte

Merci à Anne, qui me lit depuis le début et dispense sa bonne parole avec sa grâce légendaire.

Merci à mon amoureux, qui veille sur mon cœur depuis plus de 5 000 jours et qui me soutient page après page.

Merci à toutes ces Breen courageuses que j'admire.

Merci à tous ces Sawyer qui font battre les cœurs fragiles.

Et merci à tous ces Will.

PLAYLIST

Twenty Twelve, Matt Meason
Touch, Sleeping At Last
It's Where My Demons Hide, Gavin Mikhail
Will I Fall, Zayde Wolf
Satellite (Alt. Version), Meadowlark
Meet Me On The Battlefield, SVRCINA
Breathe, Fleurie
The Sound Of Silence, Disturbed
Descent, Lawless feat. Dawn Golden
Ghost, Natasha Blume
Silhouette, Aquilo
Next To You, Of Rust & Bone
Come To This, Natalie Taylor
The Sound Of Leaving, Veruca Salt
Hold On, Chord Overstreet
Already Gone, Sleeping At Last
Hurts Like Hell, Fleurie
I'll Never Love Again, Lady Gaga
Where's My Love, SYML
On My Shoulders, The Dø

When It's All Over, RAIGN
The Other Side, Ruelle
Knocking On Heavens Door, RAIGN

PAR LA MÊME AUTEURE

Burning Dance, Tome 1,
éditions La Condamine (ebook)

Burning Dance, Tome 2,
éditions La Condamine (ebook)

Burning Games, Hugo Poche

Prude à Frange, Tome 1, Hugo Poche

Prude à Frange, Tome 2, Hugo Poche

Campus Drivers, Tome 1 – SuperMad,
Hugo New Romance

Campus Drivers, Tome 2 – BookBoyfriend,
Hugo New Romance
(à paraître en octobre 2020)

Campus Drivers, Tome 3 – CrashTest,
Hugo New Romance
(à paraître en novembre 2020)

Composition et mise en pages
Nord Compo à Villeneuve-d'Ascq